Carta a la madre
y cuentos completos

reloj de arena, 41

Esther Tusquets

Carta a la madre
y cuentos completos

Edición de Fernando Valls

menoscuarto

reloj de arena
Colección dirigida por FERNANDO VALLS

ISBN: 978-84-96675-40-7
Dep. Legal: P-311/2009

Diseño de colección: ECHEVE
Fotografía de cubierta: JAVIER AYARZA

Corrección de pruebas: BEATRIZ ESCUDERO
Impresión: GRÁFICAS ZAMART (PALENCIA)

Printed in Spain - Impreso en España

Edita: MENOSCUARTO EDICIONES
Pza. Cardenal Almaraz, 4 - 1°F
34005 PALENCIA (España)
Tfno. y fax: (+34) 979 70 12 50
correo@menoscuarto.es
www.menoscuarto.es

Los cuentos morales de Esther Tusquets

FERNANDO VALLS

... su miedoso presentimiento de que habían venido a nacer acaso en un mundo de tontos o de locos en el que casi todo discurría muy mal.

ESTHER TUSQUETS, «Los primos», *Siete miradas en un mismo paisaje*

MATERIALES PARA UN POSIBLE RETRATO

Para trazar un retrato personal y profesional de Esther Tusquets, habría que tener en cuenta, al menos, los siguientes rasgos: fue hija de una familia catalana burguesa, de aquellas que ganaron la guerra civil; las relaciones con su madre pasaron a convertirse en importante motivo de inspiración de sus ficciones;[1] se formó en los rigores de la Deutsche Schule de Barcelona; estudió Historia y fue alumna de Jaume Vicens Vives, Santiago Montero Díaz y del filólogo Antonio Vilanova; ha sido editora heterodoxa de Lumen, por tantos conceptos, en sus inicios lo fue por casualidad, luego se consolidó la empresa debido a la fe, generosidad y entrega del padre (el doctor Magín Tusquets), y -claro- por los descubrimientos de Quino y Umberto Eco; es hermana del prestigioso arquitecto y diseñador Oscar Tusquets y madre de dos hijos: Milena, también editora y escritora, y Néstor, frutos de su relación con Esteban Busquets, tras un matrimonio inicial con Jorge Argente; es amante del mar, de Cadaqués, de los animales, los perros (fíjense que, a menudo, aparece con sus perros en las fotos; y no por casualidad Juan Marsé ha comentado que no estaría mal del todo ser perro en casa de Esther), y aficionada a los juegos de azar (póquer, *brigde* e incluso bingo); autora de éxito, desde su primera y tardía novela, *El mismo mar de todos los veranos;* sigue fascinada por el teatro, su asignatura pendiente, que ahora piensa en la posibilidad de cultivar; puede tachársela de feminista no menos heterodoxa; despliega, a veces, un gran sentido del humor, que aparece de manera tan espontánea como inconsciente, sobre todo cuando está cómoda, relajada, entre amigos; se muestra cada vez más escéptica, quizá porque ahora se siente asqueada de la vejez, y lo más difícil de todo, ha sido una mujer coherente, de esas que cuando vamos conociéndola se hace querer, por generosa, educada y amable sin empalagos, sobria y amiga fiel, aunque en una primera impresión, superficial, pueda parecernos cuadriculada, y algo antipática y distante; en ocasiones, se muestra sincera en exceso, pero nunca hiriente, y ambos rasgos se agradecen. Y, sin embargo, ella -algo menos piadosa- se ha descrito como «tímida, descarada y un poco finolis».[2]

UNA ESCRITORA (TAMBIÉN) DE CUENTOS

Si como editora, Esther Tusquets empezaría a trabajar muy pronto, en 1960, cuando contaba apenas 23 años de edad, sus primeras publicaciones en calidad de narradora de ficción aparecen una vez cumplidos los 40. Por tanto, lo ha recordado Santos Sanz Villanueva, habría que situarla entre los escritores más jóvenes del llamado *grupo del 50*, junto a Juan

Marsé, Luis Goytisolo y Daniel Sueiro, nacidos en 1933, 1935 y 1936, cuyas primeras obras están fechadas en 1960 *(Encerrados con un solo juguete)* y 1958 *(Las afueras* y *La rebusca y otras desgracias),* respectivamente, pero también al lado de los autores que surgen durante la transición, como José María Merino (1941), Luis Mateo Díez (1942) y Eduardo Mendoza (1943), quienes, a su vez, darán a conocer su narrativa en 1973 *(Memorial de hierbas),* 1975 *(La verdad sobre el caso Savolta)* y 1976 *(Novela de Andrés Choz).* Así pues, cuando los nacidos en las mismas fechas que Esther Tusquets (1936) se iniciaban como escritores de ficción, ella se estrenaba como editora, en una empresa familiar. El caso es que su obra narrativa aparece en un momento en que la aprobación de la Constitución, en 1978, trae consigo la desaparición de la censura, a lo que habría que sumar el auge de la denominada *literatura femenina,* lo que hace posible que pueda contarse, por primera vez entre nosotros, la historia de unos amores lésbicos, tal como sucede ya, de hecho, en la novela inicial de la autora y en varios de sus primeros relatos.[3]

Y, sin embargo, desde que en 1979 apareciera publicado su primer cuento, titulado entonces «El juego o el hombre que pintaba mariposas»,[4] Esther Tusquets no ha dejado de cultivar, aun con altibajos, la narrativa breve, de lo que es buena prueba el compacto volumen que aquí les entregamos, compuesto por 21 relatos, cinco de los cuales no habían sido recogidos en libro por la autora. Así, las narraciones que no llegaron a formar parte de *Siete miradas en un mismo paisaje* (Lumen, Barcelona, 1981), un libro unitario, como veremos, permanecieron sueltas hasta que fueron agrupadas en *La niña lunática y otros cuentos* (Lumen, Barcelona, 1996), libro donde se recogieron sus relatos dispersos. En estos *cuentos completos* hemos recogido el libro de 1981, que ahora podemos leer, comprendiéndolo mejor, de acuerdo con lo que la crítica viene denominando *ciclo de cuentos.*

En más de una ocasión, Antonio Muñoz Molina ha afirmado que el relato es un género al que le sienta bien el encargo. Esta opinión, repetida por los autores españoles con cierta frecuencia, se justifica una vez más en la obra de nuestra escritora, quien -según ella misma confiesa- necesita un acicate para escribir. Si nos fijamos en la primera fecha de publicación de sus narraciones, y en dónde aparecieron, no podremos dejar de advertir que casi todas surgieron con un destino concreto: pese a ser publicadas en periódicos, revistas y antologías. Como también resulta evidente que su trayectoria de autora de cuentos ha transcurrido paralela a la de novelista, y en los últimos años, incluso a la de memorialista.

El lector que haya frecuentado la obra narrativa de Esther Tusquets volverá a encontrarse aquí con su peculiar estilo, lleno de meandros, puntualizaciones y precisiones, con un tono entre confesional e intimista, y una temática conocida; pero también hallará novedades que enriquecen y matizan el conjunto de su obra. Sorprende, por tanto, que la autora haya afirmado lo siguiente: «Mis relatos, me parece que acaso sea un defecto, no lo sé, no son auténticos cuentos, mis relatos son, creo yo, como bocetos de novela que no me gustan lo suficiente para desarrollar (...), tienen el esquema y el montaje de una novela»,[5] pues el cuento tiene en el conjunto de su obra un papel propio y una personalidad singular. En particular, llamaría la atención sobre la intensificación de lo autobiográfico (en los cuentos de *Siete miradas en un mismo paisaje,* pero también en «Recuerdo de Safo», «La conversión de la pequeña hereje», «La increíble, sanguinaria y abominable historia de los pollos asesinos» y «Carta a la madre»), y la importancia de la memoria, de los sueños, pero también destacaría un cierto tono nostálgico y, ante todo, su visión crítica del mundo.

Sus narraciones, ella lo ha contado en diversas entrevistas, tienen primero una existencia oral. Y, tras mucho relatarlas verbalmente, sólo cuando lo real -con el paso del tiempo- se ha transformado en fabulación, pasan a ser escritas, por un mecanismo parecido al que utiliza Juan Marsé. Lo que resulta evidente es que Esther Tusquets es una cultivadora heterodoxa del género, que ni sigue modas ni modelo alguno preestablecido. En sus cuentos, protagonizados por burgueses acomodados, impera la ambigüedad y, a veces, un cierto misterio, sin que falte cierta atmósfera peculiar. Y, casi siempre, aparece una joven o una mujer adulta que suelen hacerse preguntas, por qué sucede tal cosa fuera de toda lógica y justicia, o bien chocan con un mundo que no acaban de entender, o unos seres que no aceptan su singularidad. Lo importante aquí no son los personajes, sino el papel que éstos desempeñan en los relatos, escritos en un estilo quizá más sencillo y directo que el de sus primeras novelas, anticipándose al estilo habitual de sus obras más recientes, y a las revisiones que ha realizado de sus libros primeros, en los que ha tendido a simplificar la sintaxis.

El ciclo de Sara

Podría afirmarse que *Siete miradas en un mismo paisaje* hace su aparición en un momento de especial auge dentro de la reciente historia del cuento español. En 1980 se había publicado un par de libros clave: *La tierra será un paraíso,* de Juan Eduardo Zúñiga, y *Mi hermana Elba,* de Cristina Fernández Cubas.[6] Los siete cuentos, de dimensiones muy distintas que van desde las 13 páginas del último, el más corto, a las 41 del segundo, el más extenso, se ordenan de manera singular, pues los dos más breves abren y cierran el volumen, mientras que cuatro de ellos andan por las cuarenta páginas, por lo que, en realidad, se hallan a caballo -por su intensidad y dimensiones- entre el cuento y la novela corta.

El caso es que, según la propia autora, se trata de «historias reales con un levísimo camuflaje», constituyendo su libro de ficción más autobiográfico.[7] Así, en siete cuentos trabados presenta las diversas crisis que sufre la joven Sara, sus descubrimientos personales y sociales, no siempre gratos, antes de acceder definitivamente a la edad adulta. El volumen aparece dedicado al psicoanalista argentino Jorge Belinsky, en los siguientes términos: «Para Jorge Belinsky/ -mago de una secta infame-,/ que acertó a convocar/ tantos fantasmas». Unos pocos años después, en la novela *Para no volver* (Lumen, Barcelona, 1985), Elena se psicoanaliza con un argentino, a quien llama el Mago, inspirado en el mismo Belinsky. La dedicatoria reconoce, me lo confiesa la misma autora, que le marcó sus límites como no lo había hecho todavía nadie, lo que le permitió escribir más que en ninguna otra etapa de su vida, haciendo florecer algunos viejos recuerdos, para convertirlos en historias de ficción.

El *paisaje* del título no parece ser físico, sino que apunta a una edad, la adolescencia, al paso de la infancia a la edad adulta. Las distintas piezas deben entenderse, pues, como variaciones sobre temas y motivos semejantes, a la manera que suelen trabajar los músicos y pintores, en la que una parte de los componentes de la obra permanece, mientras varían los otros. Todas las narraciones están protagonizadas por un personaje llamado Sara, de familia acomodada y burguesa, como la Elia de las primeras novelas (en *El mismo mar de todos los veranos* se dice que cuenta con «casi cincuenta años»), cuya adolescencia podría contarse aquí, y que va mudando su edad, en un momento en que se halla entre el fin de la infancia y de la adolescencia, sin seguir la cronología. De tal forma que Sara, siempre distinta pero con algunos rasgos compartidos por todas ellas, va manifestándose en diversos personajes, quienes unas veces padecen la enfermedad de amor, o descubren una realidad y unos valores diferentes de aquellos en los que se educaron, y otras se enfrentan a sus progenitores y casi siempre, por una u otra razón, rompen con sus parejas y llegan en soledad a la vejez. Así las cosas, en estos cuentos predomina la variedad de historias y caracteres, sus matices, y los contrastes que se generan entre las distintas tramas y personajes; mientras que el conjunto, el resultado al fin y a la postre, se mantiene único, al abordar el choque con la realidad de una joven burguesa llamada Sara que ha crecido protegida por sus mayores, pero que al descubrir las distintas clases sociales, a los otros -para quienes la felicidad y el amor suelen ser pasajeros, y la injusticia y humillaciones recurrentes-, sufre su primera crisis existencial.

El volumen se abre con un relato titulado «Giselle»,[8] en el que Sara, joven burguesa de 16 años con palco familiar -se supone que- en el Liceo, de Barcelona,[9] se enamora de Giselle, del personaje de ficción, más que de la persona que lo interpreta, yendo a verla actuar una y otra vez, mandándole cartas apasionadas y rosas rojas de tallo largo (el mismo tipo de flores con que Julio inunda a Sara en *El mismo mar de todos los veranos, op. cit.*, p. 248), hasta que por fin consigue conocer a la persona, pero también a su representante y marido, confesándoles que desearía ser bailarina e interpretar *Giselle*. Pero será este quien acabe *suplantando* a su esposa y acaparando el trato con la chica. En ningún momento se nos da los nombres del matrimonio, que se quedan en el ficticio Giselle y en los genéricos de *representante* o *marido*. Así las cosas, la artista va perdiendo presencia en el relato, que no protagonismo, conforme avanza la historia, manteniéndose siempre ausente de la acción principal, mientras que su marido, un hombre mayor, abuelo ya, acosa a la joven Sara, iniciándola en la sexualidad, primero con protestas y más adelante con su consentimiento, haciéndole sentir placer por primera vez. La muy sensible Sara, que aspira a ser artista, desea además distanciarse del mundo burgués de su familia y amigos, quienes aprecian el arte pero no pueden comprenderlo. La joven, a través de la ficción alcanza la realidad, conoce el placer sensual mediante la exaltación de la belleza, aunque su atracción por una mujer la precipite –debido a un «proceso de afecto transferido», como apunta Nancy B. Vosburg[10]– al goce con un hombre maduro, con el que se muestra completamente pasiva. Así, concluye el narrador, «aunque a tientas y a puros ramalazos de instinto ella había emprendido el camino adecuado (...), iba a terminar de crecer aquí, mientras los esperaba (...), por haber quedado tantas y tantas cosas entre los tres pendientes» (p. 80).

«Los primos» es una narración que, por su intensidad y dimensión, se halla a medio camino entre el cuento y la novela corta, en la que asistimos a la toma de conciencia moral de una joven Sara, ahora de sólo 9 años. La acción transcurre durante la primavera de 1945, cuando resulta inminente la capitulación de Alemania en la Segunda Guerra Mundial. El cuento está narrado, igual que otros de este libro, desde un presente que se sitúa muchos años después, como la rememoración de un pasado remoto, en el momento en que la joven Sara empieza a descubrir «el revés de la trama» (p. 105): las distintas clases sociales, las sustanciales diferencias entre pobres y ricos, así como la división que supuso la guerra civil, entre vencedores y vencidos.

El cuento está protagonizado por seis miembros de una familia burguesa que, tras la guerra civil, se divide en los dos grupos resultantes de la contienda. Del bando ganador, de la facción nazifalangista, forman parte la madre de Sara y su hermano Ignacio, con sus correspondientes hijos: Sara y Gabi. Por el contrario, ni el padre de Sara, ni la esposa de Ignacio, tienen apenas protagonismo; aquél porque se encuentra siempre trabajando (el padre de la protagonista de *El mismo mar de todos los veranos, op. cit.*, p. 210, tampoco para apenas en su casa) y ésta porque suele estar enferma. Del bando perdedor, en cambio, su hermana mayor, Irene, y su hijo Bruno; no en vano, el marido de Irene ha luchado con los republicanos y perdido la vida en la guerra, mientras que su hijo mayor permanece exiliado en Francia, y la hermanita pequeña de Bruno apenas si tiene papel. Asimismo, las criadas de la casa actúan como conectores entre el mundo de los señores, con quienes conviven asimiladas, y el de las clases más desfavorecidas, del que ellas en esencia forman parte. El espacio que ocupan en la casa familiar, la cocina, el cuarto de costura y el de la plancha, se convierte en un ámbito distinto, dentro del cual los niños conocen otro tipo de historias y canciones, diferentes de las que cantan o les cuentan en el colegio, u oyen relatar a sus padres.

Así, Sara ha cumplido 9 años, mientras que sus primos, Gabi y Bruno, 12. Los tres son los *primos* del título, quienes tampoco coinciden en el mismo colegio, pues Sara y Gabi asisten a la Deutsche Schule, el mejor centro educativo de la ciudad, donde la coeducación se practicaba en buenas instalaciones, laboratorios y patios de deporte, y se cantaban canciones que hablaban de la patria y de la muerte; no en vano, está plagado de imágenes de Hitler (se trata, seguramente, del cuadro de Heinrich Knirr, que solía colocarse en las escuelas alemanas bajo el crucifijo; o de alguno de los infinitos retratos que le hiciera Heinrich Hoffmann, su fotógrafo privado). Bruno, por su parte, estudia en un modesto colegio nacionalcatólico, sólo masculino, de cuyas paredes cuelgan las efigies de Franco y José Antonio. Vistos juntos y en contraste (no debe olvidarse el rechazo que mostraron los nazis hacia el cristianismo), ninguno de los centros de enseñanza resulta bien parado. Así, por ejemplo, en el Colegio Alemán, de religión protestante, se idealiza la acción y se propagan las doctrinas sobre la superioridad de la raza aria, propias de la ideología nacionalsocialista. En este sentido, un profesor de ciencias les cuenta en la clase cómo, tras medir la anatomía de los niños de barrios obreros y de los que viven en zonas residenciales, se ha constatado que las dimensiones corporales de los chicos de clase humilde, exceptuando la nariz, resultaban inferiores (p. 93). De igual modo, tío Ignacio, cuyos rasgos faciales se semejan a los de los retratos de Hitler (de «gesto envarado y ojillos juntos y ratoniles y un bigotito muy parecido, aunque menos hirsuto y menos denso del que llevaba tío Ignacio», pp. 86, 98, 115 y 119), repite algunas de estas ideas en las charlas familiares, como aquellas que defienden la necesidad de que sólo se reproduzcan los mejores, los elegidos; o aquella otra en la que se identifica a los judíos como parásitos, sanguijuelas o ratas (recuérdese, por ejemplo, la película antisemita nazi de Fritz Hippler, *El judío errante,* 1940), que aquí se aplica a los rojos y pobres, sin distinción ni matices, como «bestias, peor que perros rabiosos», «rojos piojosos de mierda» y «ratas de cloaca» (pp. 95, 96, 101 y 120);[11] la negación de la identidad individual; o los ideales de belleza física: seres rubios, esbeltos y de ojos claros, tal y como aparecían en las esculturas de Arno Breker, Josef Thorak y Georg Kolbe. En contraposición, se comenta el aspecto físico de los pobres, «una multitud de personajes sin rostro [...], gente fea y encogida y torpe, gente baja y morena» (p. 93). Así, las maestras del Colegio Alemán son «casi todas muy rubias» (p. 83); para tío Ignacio, Sara es «la más rubia y la más guapa de todas sus sobrinas», aunque luego sepamos que tiene los ojos castaños (pp. 88 y 117), y de su madre se repite que era «preciosa [...], rubia y blanca y esbelta y ojiazul» (p. 89),[12] mientras que su hermana Irene, republicana y poco pudiente, es una «mujercita pequeña de cabello gris» (p. 101); y las niñas con las que tontean Bruno y sus amigos, las que suelen gustarles a los jóvenes, son «muchachas de [...] ojos claros [...], de sueltas melenas hasta la cintura, de apretadas trenzas lustrosas del color del oro, de tupidas colas de caballo del color del trigo –también ellas pues invariablemente rubias» (p. 116). Hasta tal punto era así que, en un momento dado, comenta el narrador: «durante años iba a creer Sara que todas las guapas de verdad tenían forzosamente el cabello rubio y los ojos claros, apócrifas y sin valor las bellezas oscuras y morenas» (p. 89).

Sara, por tanto, empieza a preocuparse cuando se da cuenta de que su cabello rubio se le estaba poniendo «cada día más y más oscuro, por mucho que lo lavaran con infusiones de manzanilla y se lo mojaran con colonia antes de que tomara el sol», deduciendo que a la larga tampoco iba a gustarles a ellos, a su tío y a su madre (p. 92). Con todo, pese a las creencias de tío Ignacio en la superioridad de la raza aria, sin que se formule nunca en el texto tan explícitamente, éste se ha casado con una mujer enfermiza que se describe como «la lánguida señora de las jaquecas permanentes» (p. 92), a pesar de la incompatibilidad entre lo ario y la enfermedad. Su hijo, Gabi, aunque al principio se identifique su debilidad con la de la madre, como ocurre también en otro cuento del libro, «Exiliados», acabará convirtiéndose en un adolescente fuerte y sano (p. 92).

A este respecto hay una escena fundamental en la que el padre, junto a su esposa e hija Sara, se pierden con el coche en un barrio periférico, «el mundo sombrío y equívoco» (p. 93), acabando en medio de una especie de manifestación, en la que se lanzan octavillas, de aquellas que se hicieron con motivo de la derrota del eje, al fin de la Segunda Guerra Mundial. Una vez allí, en un «breve encuentro», la gente se les encara e insulta, la madre siente hasta pánico, mientras que la chica observa y descubre, detrás de los cristales del vehículo (como habíamos visto que los niños pobres observaban con envidia a los ricos, tras los escaparates de las pastelerías elegantes, p. 103), a unos seres completamente distintos. Así, se nos muestra también la otra Barcelona, la *rosa de fuego,* como la motejaron los anarquistas a comienzos del XX, frente a la llamada «zona dorada» en la que habitan Sara y su familia, allí donde surgen los barrios marginales, a través del odio que les profesan sus habitantes.

El caso es que todo el cuento tiene algo de chejoviano, más del autor teatral que del narrador ruso, pues Esther Tusquets se vale de una familia para resumir un mundo: tanto la historia local y europea, como las vidas individuales y los efectos de los acontecimientos sobre los miembros de esta pequeña comunidad, a la que se añaden, no podían dejar de hacerlo en un relato tan a lo Chéjov, las innominadas criadas.

Todos ellos, en suma, comparten un espacio común, la casa familiar de Sara, donde también residen, por razones económicas, tía Irene y su hijo Bruno. Casa que frecuenta tío Ignacio, por la relación de complicidad que mantiene con su hermana menor, la madre de Sara. Por su parte, los vencedores gozan de espacios propios: el club hípico, los teatros, la ópera, o el elegante vehículo con chófer de uniforme, que a veces recoge a los niños en el colegio, lugares y objetos, estos, de los que no disfrutan Irene y su hijo; como tampoco sube Bruno nunca al coche de tío Ignacio. Pero también se nos muestra, perfectamente incardinado en el conjunto de la trama, el mundo de las criadas, quienes componen sus ajuares en los ratos libres, o los ritos de paso de los jóvenes: peleas, gimnasia y partidos de fútbol, y el cortejo a las primeras novias.

La idea de *la vida como juego* y *contienda,* a la que Sara le da vueltas casi a lo largo de todo el relato, muestra bien esta tajante división. Así, los privilegiados que viven en la «zona dorada», los «señores de la luz»,[13] como la familia de Sara, juegan a un «hermoso juego», expresión que se repite hasta tres veces a lo largo de otras tantas páginas (pp. 90-92), que practican con alegría, pues se divierten y viven sin preocupaciones. En ese juego, reservado sólo a los seres superiores, «los mejores de los mejores» (p. 91), los hombres eran siempre apuestos y varoniles, mientras que las mujeres solían ser hermosas y rubias.[14] La excepción de la familia la constituye tía Irene, a quien ya desde niña le gustaba relacionarse con las criadas y dedicarse a juegos distintos de los de sus hermanos, «jugaba Irene a ser la mujer de un minero o de un albañil, y le preparaba unas sardinas o una tortilla para llevárselo a la obra o a la mina» (p. 90), hasta el punto de que sus dos hermanos constatan que «a lo largo de todo lo que llevaban de vida, no habían hecho otra cosa los tres (Irene, la madre de Sara e Ignacio) que repetir o trasponer al terreno de la realidad unos mismos juegos» (p. 90).

Y, sin embargo, existía también otro mundo, «el oscuro dominio subterráneo de los pobladores de la noche» (p. 106), en el que la población vivía un «burdo sucedáneo de la vida de verdad» (p. 93), entre cuyas gentes no podía imaginar Sara qué clase de juego podrían practicar. Poco a poco, va dándose cuenta, descubriendo que ella no es como sus mayores, ni física ni moralmente, por lo que, al fin y a la postre, será expulsada del juego que ellos se traen entre manos, decantándose por Bruno y todo lo que el joven representa.

Por un lado, como se ha visto, surge un contraste entre los diversos mundos de los adultos; pero también entre los niños, quienes a su vez reproducen el mismo odio que sienten los mayores, según ocurre en «La conversión de la pequeña hereje». Si el cuento arranca con una imagen del Colegio Alemán, de sus patios como «campo de batalla» donde los chicos, atléticos y prepotentes, se pelean y se hacen hombres; concluye el 6 de mayo de 1945, el día de la capitulación de Alemania, el mismo en que transcurre la acción de *Ronda del Guinardó,* de Juan Marsé, con la pelea entre los dos primos: Gabi y Bruno, nuevo remedo del enfrentamiento de las dos Españas o de la «lucha a garrotazos», con la joven Sara decantándose por éste, a pesar de sentirse celosa y traicionada después de contarle Bruno su primer beso; en favor de los vencidos en la guerra civil española, ahora triunfadores en la guerra mundial, con las esperanzas renovadas, aun cuando pronto se darán cuenta de que sus ilusiones todavía tardarán algún tiempo en cumplirse.

Así, Sara, «la fisgona, Sara la curiosa, Sara la entrometida» (p. 97), que desea saber, aunque nunca suele obtener respuestas, acaba encontrando su lugar en el mundo, identificándose con su primo Bruno, con quien comparte casi en exclusiva la cabaña, en la que Gabi ni siquiera se atreve a entrar cuando es invitado, y el teatrito de cartón. De Bruno, además, recibe como obsequio la modesta y áspera manzana caramelizada, pero que a Sara tanto le apetece probar, a pesar de estar acostumbrada a disfrutar de caros juguetes y exquisitos dulces que le compran sus padres. Así las cosas, pronto sabremos que ni tío Ignacio, ni la aparente manzana son lo que parece, al contar con más apariencia externa que sustancia real. Por lo que respecta a Gabi, el chófer de su padre los recoge, a él y a su prima, en la puerta del colegio, lugar en el que el chico ejerce de protector de Sara. Ambos tienen en común la posición social, la complicidad de sus progenitores; pero en la violenta disputa final entre Bruno y Gabi, éste se revela gratuitamente pendenciero, mero repetidor de las ideas de su padre, que Sara empieza a no compartir.

La trama se sustenta también en numerosas contraposiciones, según he intentado mostrar, por lo que la vida, en suma, se presenta como contienda (en el patio del colegio y en los barrios periféricos) y como juego; un entretenimiento -digamos- que resulta hermoso y alegre para los ricos; pero triste y penoso para los pobres. En este excelente cuento, por tanto, una anciana recuerda su infancia y cómo, siendo niña, descubrió las consecuencias de la guerra civil, las ideas disparatadas que intentaban inculcarle en el colegio, junto a la lucha de clases, y el papel de mujeres y hombres en la sociedad. Pero también se da cuenta de que ella no será nunca bonita, de la misma forma que tiene la certeza de que no va a ser como su madre o su tío, pues finalmente se decantará por los vencidos. Aunque no por la quejosa tía Irene, sino por Bruno, quien representa un futuro más justo, frente al bronco tío Ignacio, a quien tanto admiraba en el arranque de la acción, e incluso contra el primo Gabi, meros ecos, ambos, de un pasado al que todavía le quedaba cuerda, pero que empezará a diluirse durante la segunda mitad de los años sesenta. Así, los auténticos protagonistas del relato son Sara y Bruno, quienes muchos años después, cuando ya habían llegado a la vejez, seguían tratándose, siendo amigos. Por entonces recordaría Sara que aquellos fueron algunos de los momentos más intensos de su vida, en los que quizás logró «compartir con otro ser humano, tomar como propios sus deseos y sus temores, rozando los umbrales de esta utopía irrenunciable, e inalcanzable, de vivir a dos» (p. 113).[15]

«En la ciudad sin mar» constituye una versión más elaborada y sutil, más conseguida, me parece, de un cuento que en su origen se denominaba «Olivia». A Sara la mandan sus acomodados padres a Madrid, con casi 18 años, para iniciar la carrera y alejarla de un amor que no aprueban, quizá porque tiene diez años más que ella y ha gozado ya de una existencia baqueteada. ¿No será esta Sara, «tan aficionada al teatro y a la declamación», la misma protagonista de «He besado tu boca, Yokanaán», un año después? En puridad no lo es, aunque comparte alguna de sus características. En la capital, Sara se instala en un Colegio Mayor, disfrutando de la ciudad, contando el tiempo que le falta para reencontrarse con Eduardo y añorando el mar. Pero cuando llega el momento, a él le surgen dudas y pide una tregua. Sara reacciona mal, se enfada, siente celos, pues sospecha que su novio prefiere viajar con una amiga a Granada. Lo cierto es que se produce la ruptura. Entonces aparece Roxana en la vida de Sara, una compañera de residencia, de 25 años, que estaba doctorándose en Medicina, una especie de patito feo («demasiado alta y demasiado flaca»), como la

Clara de *El mismo mar de todos los veranos* y la Silvia de «La niña lunática», que la consuela y mantiene con ella una apasionada relación amorosa, no del todo correspondida por Sara, quien parece aceptarla por curiosidad y despecho, pues nunca llega a corresponderla del todo, a pesar de que se fascina con sus ojos y su voz («hermosísima y profunda»), quizá porque Roxana sólo es para ella una amante-aspirina.[16]

La tragedia surge al reconciliarse con Eduardo, a quien Sara comete el error de contarle la aventura amorosa que ha mantenido con Roxana. Hasta tal punto se enfada el novio que le exige, entre la ira y el llanto, que no vuelva a ver a la chica. La misma exigencia de la que se vale Carlos con Sara, respecto a Diego, en «Las sutiles leyes de la simetría». Así, Sara y Eduardo abandonan juntos Madrid sin que ella pueda ni siquiera despedirse de Roxana, como ésta le había pedido. El caso es que, en efecto, no volverá a verla más y sólo tendrá noticias de ella a través de las compañeras de residencia que le cuentan lo mal que lo está pasando.

Pero muchos años después, desde el presente narrativo en que se encuentra, cuando tras Eduardo hayan pasado otros muchos hombres por la vida de Sara, ella volverá a recordar a Roxana, para no olvidarla ya nunca más. Quizá porque, al envejecer y madurar, aprende el valor de las distintas relaciones que ha ido teniendo a lo largo de su existencia, y consigue comprender la entrega incondicional de Roxana, su «ternura abrupta y escarpada», tan diferente de la vinculación, con un cierto sometimiento, que había establecido con Eduardo. No menos paradójico resulta, si nos atenemos a la mentalidad de la época, que los padres, pretendiendo alejarla de unos amores que no aprueban, la envíen a Madrid, donde mantendrá una relación lésbica.

El protagonismo del cuento, sin embargo, aparece compartido en esta ocasión, en una historia amorosa a tres bandas, con la ciudad de Madrid, primero, la ciudad sin mar,[17] pero con el Museo del Prado y una hermosa rosaleda, siempre en contraste por ello con Barcelona, y ya luego, completándose el espacio urbano, con referencias a Granada, «una ciudad -se afirma- que parecía inventada para el amor» (p. 141).

Si comparamos las dos versiones del cuento (la primera se publicó en 1980 y de nuevo en 1986, en las revistas *Penthouse* y *Litoral*, mientras que la segunda y definitiva vio la luz en el libro de 1981), nos percatamos de que en el título de la primera se le concede el protagonismo a Olivia, la enamorada de Sara; mientras que en la versión definitiva, lo ostenta Madrid, ciudad sin mar, lo que resulta también significativo, puesto que éste es el único relato del libro cuya acción no transcurre en Barcelona o en la costa, aunque en la versión de 1980-1986 Madrid no tenga ningún protagonismo. Algunas diferencias argumentales, entre otras, consisten en que Olivia, la madura directora de la Residencia, se convertirá en Roxana, una compañera; Carlos, el novio, se llamará Eduardo, y nunca irá a verla a Madrid, hasta el encuentro final, y la francesita de Nimes o Montpellier, de la que siente celos Sara sin razón alguna al parecer, es una mujer innominada, cuya procedencia tampoco se precisa, aunque en ambos casos se vayan juntos a Granada. Pero es en la relación que Sara mantiene con Olivia y Roxana donde se producen más cambios. Pues, si bien, Olivia acosa a la joven y mantiene con ella un vínculo obsesivo, e incluso enfermizo, de trágico desenlace, sin que Sara llegue a corresponderle nunca, mostrándose siempre pasiva, dejándose hacer, lo que al final acaba convirtiéndose en odio; la relación con Roxana, en cambio, resulta más sutil y compleja, más elaborada, como anunciamos, y la protagonista llegará a comprenderla y valorarla mejor con el paso del tiempo. ¿Por qué, entonces, acude Sara a la habitación de Olivia? Por despecho y venganza contra su novio, y por la atracción que le produce sentirse deseada, haber desencadenado semejante pasión amorosa. En una entrevista reciente, la autora ha confesado su fascinación por dos temas literarios: el de la relación entre madre e hija, muy frecuente en su obra, y el de la venganza, que hallamos en este relato.[18]

En «Exiliados», una Sara de 10 años comparte protagonismo con un chico de su edad, a quien por su aspecto y modales denominan el *Pequeño Lord,* en recuerdo del papel que Freddi Bartholomew interpretara en la película dirigida por John Cromwell en 1936. Aquí Sara, hija de una familia pudiente y biempensante, de la que sólo se desmarca la abuela por su mayor tolerancia, aparece durante el mes de agosto como una joven atormentada por «la soledad, la muerte y el desamor» (p. 126), e insatisfecha con su aspecto físico (piernas flacas y larguísimas, gafas, pelo color panocha y encrespado, pecas, p. 163). Por su parte, el joven es hijo de una excéntrica familia, cuyo padre se ha hecho célebre como calavera manirroto.

La autora utiliza el encuentro entre ambos niños, que se consideran únicos y distintos, para presentarnos dos tipos de familia, la una ortodoxa y la otra completamente atípica. Pero también para contarnos cómo este par almas gemelas se hacen amigas para sobrevivir en un medio que les resulta hostil, alejándose no sólo de los mayores sino también del resto de los jóvenes. Quizás el momento culminante de la historia, narrada muchos años después, se produzca con la llegada al pueblo del esperado padre, «el forastero», sobre quien se han propalado todo tipo de leyendas («con él llegaba invariablemente a todas partes el escándalo», p. 169), presentándose de pronto en el pueblo de veraneo cargado de regalos, e invitando al circo a todos los niños, pero también humillando a su propio hijo, a quien le corta el pelo y alienta a saltar desde el trampolín más alto, para demostrar su hombría, sin importarle lo más mínimo que su hijo carezca de aptitudes para semejante reto. No en vano, este hombre se nos describe como «un sinvergüenza absolutamente encantador, y en el fondo, aunque irresponsable, todo un caballero», pero también «un narrador extraordinario».[19] Quizás, avergonzado ante la actitud de su propio hijo, de quien se ha comentado que es guapo, sensible y frágil, decida abandonar inmediatamente el pueblo. Al final del relato, los delirios y fantasías del Pequeño Lord acerca de su origen y condición como «hijo del pueblo de la luz», le hacen entender a Sara («ella, ya de por sí morbosamente sensible y tan mal equipada para el común vivir», p. 184), lo que los convertía en distintos: la «posibilidad de sentir en uno el dolor y la ansiedad y la humillación de los hombres todos, y hasta de los animales y las flores» (p. 188). Pero la niña se valdrá también de las fantasías de su amigo para mitigar el desconsuelo que siente ante la muerte anunciada de la madre, una joven cantante a quien el marido había forzado a abandonar su profesión para casarse con él. Así, según la fábula que el Pequeño Lord ha forjado, su madre, Sara y él provienen de una estrella resplandeciente y sólo se hallan de forma provisional exiliados en la tierra: «tenía que ser así, porque de otro modo sería todo demasiado terrible y no entendería ella nada de nada y constituiría el mundo que la rodeaba y la vida de los hombres una pesadilla demasiado espantosa» (p. 189). Una vez más, en suma, la autora presenta a unos jóvenes insatisfechos, incómodos en el medio que les ha tocado vivir, *exiliados* de su auténtico mundo,[20] como un rito de paso más propio de la edad, aunque en este caso, y a pesar de que nunca aparezca en escena, se añada también un adulto, la madre del chico.[21]

«He besado tu boca, Yokanaán» aparece protagonizado por una Sara que desea ser actriz en la España de los años cincuenta, aunque cuando descubra el amor tras conocer a Ernesto, compañero de estudios en el Instituto de Arte Dramático, su objetivo primero se verá alterado. La joven Sara es, pues, escogida para interpretar el papel de Salomé en la obra de Oscar Wilde,[22] si bien vida y ficción se entrecruzarán. Fascinada por la boca de su novio, «llena y sensual», que tacha de femenina (como la belleza del Pequeño Lord), se despoja de todo para finalmente, tras desprenderse del sujetador, interpretar casi desnuda el papel de Salomé. Por su parte, Antonio, el profesor, también se interesa por ella, incluso se le declara (un cabo este que queda suelto en el cuento). Y, sin embargo, la distancia de Ernesto, su diferente condición social (familia modesta y republicana, padres separados, madrastra joven y vulgar que solía insinuársele tanto a él como a sus amigos), no va a impedir que ella se obnuvile, antes bien la mitificará con el objetivo de que la rescate de su familia. Así, a sus 17 años, Sara le anuncia a Ernesto: «no soporto ya más [...] el mundo que me rodea y que pienso ayudarte a dinamitar, te quiero porque vas a llevarme muy lejos» (p. 199). La decisión se produce, pues, al quemar las naves, sin vuelta atrás, después de hacer el amor con el chico, por primera vez, en una casa de citas. Ella, feliz, se siente como si estuviera «cabalgando sobre los lomos de un tigre a través de la selva en llamas» (p. 216).[23] Sin embargo, la joven, nieta de un banquero, acaba topándose con la pragmática realidad, no sólo porque sus padres se opongan tajantemente a la relación que mantiene con el chico, e incluso investiguen y descubran sus actividades (activismo político, homosexualidad...), sino también porque Ernesto no está dispuesto a abandonarlo todo, a fugarse con ella y compartir su amor, ahora que le han ofrecido trabajo en el Instituto. Debe tenerse en cuenta, sin embargo, que si Sara se muestra dispuesta a romper con todo, quizá sea porque tiene menos que perder, ya que por muy transgresora que se manifieste, siempre acabará contando con la protección de su familia. Ernesto, en cambio, de clase social humilde, e hijo de los vencidos en la guerra, tiene que enfrentarse solo a la existencia, de ahí que se aferre al trabajo que le surge y que no puede abandonar, ni siquiera por el preciado amor de Sara. En el desenlace, triste, sabremos que Sara abandonó definitivamente el Instituto de Arte Dramático, cumpliéndose así el pronóstico de doña Eulalia, su primera profesora de declamación, quien le anunció muy pronto que no llegaría a ser actriz, pues la profesión era dura y ella había tenido una vida demasiado fácil, por lo que le resultaría sencillo echarse atrás en cuanto surgiera alguna contrariedad.

La historia, en su tramo final, desde el momento en que la chica hace el amor con Ernesto y decide romper con su mundo, se cuenta también de manera simbólica, para lo que la autora desarrolla la imagen metafórica de un tigre que recorre la selva en llamas en busca del mar (p. 223). La joven, exultante, cree que «el mundo viejo» debe arder para que triunfe la alegría y el amor. Por ello, Ernesto aparece como un tigre cabalgado por Sara, y ambos recorren una selva en llamas (la ruptura de Sara con su mundo), hasta que el felino empieza a echarse atrás cuando la chica rompe con su padre y decide abandonarlo todo, huir lejos; momento en que se comenta que unos pájaros ciegos, negros (la ambición de Ernesto), le habían quebrado las alas al tigre. En el desenlace, el tigre agoniza en las Ramblas, en el mismo local en que los jóvenes se habían detenido la primera vez que salieron juntos, sin haber alcanzado el mar... Así, a pesar de que Ernesto le había reprochado en una ocasión que «no [iba] a matar el tigre y asustarse del pellejo» (p. 208), será él, precisamente, quien no se atreva a dar el paso definitivo.

Lo curioso, en resumidas cuentas, es que el joven no quiere que Sara rompa con su familia; a lo que en realidad aspira es a formar parte de ella, como el Pijoaparte, de Marsé, ascender socialmente. De la misma manera, Ricardo, en «La Casa Oscura», deseará ser como su prima Sara. No en vano, Sara y Ricardo comparten, en cierta forma, un espejismo semejante: ella se enamora de un chico pobre; mientras que Ricardo, de condición humilde, se fascina ante una chica rica. Y ambos serán finalmente rechazados. En última instancia, Sara se queda sin nada, puesto que rompe con su familia, sufre su primer desengaño amoroso y abandona sus estudios de teatro, convirtiéndose en una nueva víctima del amor apasionado.

«La Casa Oscura» es un relato en el que se cuenta cómo dos chicos, Sara y su primo Ricardo, de entre 9 y 14 años, descubren las diferencias sociales, esto es, el imperativo de clase. El muchacho, en tanto que protagonista de su primera historia de amor, y ella, como observadora de las andanzas de la salida inaugural de su amigo al mundo, una vez traspuesto «el lindero de la selva oscura donde concluía la infancia» (p. 243). Pero también se muestra, contrastándolas, la vida y actitudes que mantienen, frente al mundo y la existencia, las dos abuelas de Sara: Carmen y Concha, y ello a pesar de que casi todo el protagonismo lo ostente la primera, habitante de la Casa Oscura,[24] donde ha sido acogido el pequeño Ricardo tras la muerte de sus padres -nótese cómo, en su denominación, aparecen ecos de la vivienda del escudero del *Lazarillo*-, y cuya infancia desamparada se desenvuelve -frente a la «niñez dorada» de Sara y Víctor- entre ancianas, sacerdotes y criadas, jugando a curas y misas, «el más triste y el más feo y el más oscuro de todos los juegos del mundo» (p. 239). Además, y aunque desconozcamos el origen de Ricardo, no parece difícil imaginarlo a partir de los datos que se nos proporcionan: «de dónde había salido aquel chico [...], cuál era el exacto parentesco que los unía [...], qué había sucedido con sus padres [...], por qué lo había recogido la abuela en la casa» (p. 238).

La tragedia del joven se inicia, de hecho, cuando éste pide, como regalo de cumpleaños, pasar el verano en la playa junto a sus primos Sara y Víctor. Allí disfruta del mar y del sol, hace amigos y se enamora pronto de Cecilia, una chica tan atractiva como de familia rica, quien parece corresponderle. Pero el regreso de Víctor, heredero también de «los poseedores de la tierra», tras haber pasado julio estudiando en el extranjero, desbarata sus ilusiones, a causa de la atención que la veleidosa guapa le presta en adelante. Así, se apunta que el error que comete Ricardo, que Sara intuye y la *mademoiselle* anuncia, consiste en no haber sabido cuál era su lugar en el mundo, en su empeño por no aceptarlo, ignorando que las clases sociales pueden ser como castas cerradas, barreras imposibles de franquear. En el desenlace, Ricardo, excelente estudiante a quien todo el mundo pronostica que llegará donde se proponga, sufre una segunda metamorfosis, tras descubrir que «únicamente la obstinación en el odio, la entronización del rencor como centro de su vida y de sí mismo, el recuerdo perenne de la humillación y la injusticia y el dolor de aquella noche [en la que Cecilia, durante la verbena en el Casino,[25] lo abandonó por Víctor], podrían impulsarle desde la Casa Oscura hasta donde quisiera, a cualquier parte» (p. 263). Y aunque en esta ocasión Sara no sea la protagonista de la historia, al observar de cerca el comportamiento de quienes la rodean, de su familia y amigos, logra empezar a entender los singulares mecanismos que rigen la conducta humana, «ese cúmulo de hipocresía y gazmoñería y falsa virtud acumuladas» (p. 244), que abarcan desde la caridad, la condescendencia y el clasismo, hasta el dolor mismo y el odio.

«Orquesta de verano», según ha confesado la escritora, está basado en un hecho real acaecido durante un veraneo infantil de la autora, a finales de los años 40, en el elegante hotel La Gavina, de S'Agaró (Gerona). Lo que al principio puede parecer una historia de amor imposible entre una niña burguesa de 12 años y un modesto pianista que supera los 30, casado y con una hija, y -claro- con una existencia llena de penurias, acaba convirtiéndose en una toma de conciencia. Una vez más, en el conjunto del libro se pone de manifiesto la incomodidad de la joven Sara ante la forma de pensar y la conducta mezquina de las gentes de su propia clase social; pero, sobre todo, en este caso concreto, de su madre, y «como aquel mundo rutilante de los adultos [...] no le parecía de pronto ya tan maravilloso (p. 272)».

Lo que acaba soliviantando a la protagonista no es ya el desdén que sus mayores muestran hacia los músicos, sino la humillación a la que someten a la niña del pianista, tras no dejarla participar en la fiesta de cumpleaños de Sara, por el simple hecho de que no resulta una amistad conveniente. Además, como ya vimos en «Giselle», aquí también surge un afecto transferido, que va del pianista a la esposa y su hija; a pesar de que Sara pasea con el músico de la mano, mientras que éste, resignado al fracaso, le cuenta sus cuitas, sus sueños nunca cumplidos, lo que resulta poco creíble, teniendo en cuenta la edad de ambos y la estrecha mentalidad de la época. Concluye el cuento, como tantos otros del libro, con un desengaño que llevará a la protagonista a un descubrimiento y una firme resolución: «ella no olvidaría nunca lo que había ocurrido [...], que nunca [...] sería como ellos, que nunca aprendería cuál era la gente que debía tratar, porque su sitio estaba siempre con los hombres de mirada triste que habían soñado demasiado y habían perdido la esperanza, con las mujeres duras y envejecidas y desdibujadas que no podían apenas defender a sus crías, desde este verano terrible y complicado en que había descubierto Sara el amor y luego el odio [...], en este verano en que se había hecho [...] mujer» (p. 278). Ante la reciente invitación, formulada por la revista *Qué leer,* de que escogiera sus piezas preferidas de entre el conjunto de su literatura, Esther Tusquets se ha decantado por este cuento y por el monólogo que aparece en las páginas finales de la novela *Varada tras el último naufragio* (Lumen, Barcelona, 1980).[26]

Llegados a este punto, cabe preguntarse por la naturaleza del conjunto, tal como lo han hecho antes otros estudiosos de su obra: ¿se trata, entonces, de una novela, de un libro de cuentos? En mi opinión, no responde ni a una cosa, ni a la otra. La misma autora lo ha descrito a la perfección: «los siete relatos no constituyen propiamente una novela, pero no son tampoco relatos independientes unidos por el azar. Creo que cada uno de los relatos adquiere su significado en relación con los otros». En efecto, ese tipo de vinculación que se establece entre piezas narrativas breves independientes es lo que hoy solemos llamar *ciclo de cuentos,* subgénero del que también formarían parte libros como *Las afueras* (1958), de Luis Goytisolo, *Cuentos del Barrio del Refugio* (1994), de José María Merino, o *Los girasoles ciegos* (2004), de Alberto Méndez; todos ellos a caballo, en diversos grados, entre el libro de cuentos y la novela. Así, pues, lo que distingue a este libro del resto de obras que la autora escribirá por esos años, además de su forma, es la mirada social, colectiva, que ofrecen, junto con la toma de conciencia frente a la injusticia, los ecos de la guerra civil y las diversas humillaciones que padecen los derrotados, centrándose en el periodo que va del fin de la infancia a la salida de la adolescencia, entre 1945 y los años cincuenta. De hecho, esta múltiple Sara podría ser Elia (protagonista de las tres primeras novelas de la autora) en sus años de juventud, lo que convertiría a estos textos, dada su temática, en piezas sobre el aprendizaje vital, de iniciación a la vida. Podríamos afirmar, de hecho, que esta conciencia crítica, una vez adquirida por Sara, no va a perderse en la posterior Elia, quien se mostrará quizá más ensimismada, pero no por ello más complaciente con su entorno. En resumidas cuentas, Sara es una y múltiple, con rasgos comunes todas ellas, aunque cada una posea también peculiaridades diferentes.

Pero, además, como Juan Marsé, la autora se muestra muy crítica con los suyos, sin mostrarse complaciente con los desfavorecidos y perdedores. Tampoco faltan ciertos componentes costumbristas, perfectamente engarzados en la acción, y algunas páginas memorables, como la despedida de las Ramblas, en «He besado tu boca, Yokanaán», o la descripción de la comida de Navidad y las burlas de la madre, en «La Casa Oscura», etc. A este *ciclo,* que hemos llamado *de Sara,* podrían añadirse, además de sus tres primeras novelas, otros tres cuentos más, protagonizados también por una chica llamada Sara, y que serán recogidos en su siguiente libro de relatos: se trata de «Las sutiles leyes de la simetría», «La conversión de la pequeña hereje» y «La increíble, sanguinaria y abominable historia de los pollos asesinos».[27]

El regreso al relato

Si las piezas de *Siete miradas en un mismo paisaje* se ordenaban mediante el procedimiento de la coordinación, *La niña lunática y otros cuentos* se organiza por medio de la más frecuente yuxtaposición de elementos dispares, de ahí la fórmula clásica de su denominación.[28] En el nuevo título se incluyen todos aquellos relatos que había publicado la autora, no recogidos en sus libros anteriores. Así, en «El hombre que pintaba mariposas», un cuento simbólico, se narra la vida de J. B., el protagonista, desde que nace hasta que muere. En realidad, se trata de la existencia de un ser *distinto* que «tenía la cabeza a pájaros», de un «hombre que pintaba mariposas». Hasta tal punto es distinto que es el único de los personajes que es nombrado sólo con sus iniciales. Pero lo que resulta singular en el personaje es que no logre, como hacen sus compañeros de colegio, aprender a jugar al *juego,* ese mecanismo «denso» y «sucio» que convierte en hombres a sus amigos, mientras que margina a todo aquel que no participe en él, siendo por ello un solitario, un fracasado.

Quizás el elemento más significativo del relato, a la luz de la obra posterior de la autora, sea la presencia de dos mujeres: Lily y la que se denomina «la mujer que no tenía nombre». Si bien, la primera también impulsa al *juego* al protagonista; la segunda, en cambio, que nada le demanda, no halla su acomodo en este mundo. Cuando él, al fin, se decida a *jugar,* comprenderá que no sirve, pues «estaba fuera de juego». Este cuento muestra, por tanto, un mundo en el que no existe fácil acomodo para los seres *distintos,* los que no se adaptan al sistema, pero tampoco para las mujeres que no incitan a los hombres a competir en la sociedad. La narración, no obstante, acaba con una cierta esperanza, pues siempre, leemos, habrá algún niño que quiera pintar, ser distinto, que ni desee ni sepa *jugar*...

Si existe algún cuento feminista dentro de este volumen, no en balde apareció incluido en *Doce relatos de mujeres* (Alianza, Madrid, 1997), antología de Ymelda Navajo, siempre que un relato *rhomeriano* como éste pueda ser definido así, es «Las sutiles leyes de la simetría». En concreto, Sara, Carlos y Diego, «el otro», son los protagonistas de un triángulo amoroso, del viaje de Sara de un amor a otro. Pero lo sustancial es que la relación de Sara con Diego le sirve a la joven para desenmascarar a Carlos, para que surjan los celos, su vena posesiva, y éste se muestre realmente como es...[29]

De este modo, Sara acaba rompiendo con su papel de «enamorada romántica», con la relación asimétrica que le propone Carlos y sus chantajes sentimentales (en una escena melodramática, tras insultarla le pide que se case con él), pues éste se presenta como defensor de una relación libre que, en la práctica, no le permite ejercer a ella en libertad. En el fondo, como se apunta en el cuento, lo que le molestaba a Carlos era que «ahora se trataba de una historia autónoma, una historia a dos y no ya a tres», entre Sara y Diego.

El cuento alcanzará su complejidad mayor, sus aspectos más paradójicos, cuando el desencanto con Carlos coincida con la intensidad máxima del deseo, y su paso a la otra orilla, hacia la curación de Sara de esa enfermedad de amor que padece, esto es, cuando el joven deje de ser para ella «el mundo todo». O sea, con el triunfo de la simetría. Pero, como ha señalado Ángeles Encinar,[30] lo que interesa sobre todo es el proceso de aprendizaje y revelación interior llevado a cabo por la protagonista, cómo deja de ser una enamorada romántica para llegar a darse cuenta de lo que realmente quiere y desea.

En «Recuerdo de Safo», donde se narra la relación de la narradora protagonista con su perra *dackel*, se alterna el relato en primera y tercera persona. En realidad, la historia de la perra Safo, así como de los tres humorísticos intentos de cruzarla y su meada durante la presentación de un libro de Gillo Dorfles, editado por la narradora, constituyen el *Mac guffin* que encubrirá la relación sentimental de la protagonista: desde la noche que conoció a Esteban, el gran amor de su vida, cuando ella tiene 26 años y ha fracasado en su primer matrimonio, hasta que muere Safo, en 1980, diecisiete años después. «Con el ciclo de la vida de la perra -apunta la narradora- se clausuraba también la etapa de plenitud de mi vida, los años más felices y mejores.» Por posteriores declaraciones de la autora sabemos ahora que toda la historia que se cuenta es real: ella misma es la protagonista, a sus 26 años, tras fracasar en un primer matrimonio, la historia de la perra fue tal cual, y es real la presentación en Madrid del libro de Gillo Dorfles, como no menos auténticos son -claro- Ana María Moix y Mariano [de la Cruz], el amigo psiquiatra, así como el gran amor de su vida, Esteban Busquets, el padre de sus dos hijos.[31]

«A Love Story» es la irónica historia de la conversión de un sueño, de una pesadilla, en la que un gavilán acosa y ataca a una paloma, en la desagradable realidad de un encuentro en un hotel con un desconocido, pero también con un ser, con ella misma, en quien no se reconoce, pues al mirarse al espejo observa a una «tipa extraña, desgreñada, lívida y con ojos de loca», con el rostro desencajado... En el cuento se relata al principio, de manera simbólica, la historia de amor y muerte que se intuye al final: cómo el deseo lleva a Marta («loca y borracha, y atiborrada de blanquita, y trastornada de asco y de terror») hacia ese hombre que le produce horror, pero que la atrae fatalmente.

No consigo comprender por qué «La niña lunática» ha sido incluido en varias antologías de cuentos eróticos, pues, en lo esencial, nada tiene que ver este relato con tal registro. El argumento tiene su origen en un hecho real que conoció la autora y el título proviene del de un enigmático dibujo de Oskar Kokoschka, a quien se le rinde homenaje.[32] Lo que se relata, en suma, es una historia circular, las complejas relaciones de un joven con Silvia, una chica obsesionada por un antiguo amor imposible y, quizás, inventado. Ella, no menos caprichosa e inteligente que rara, aparece descrita como una «princesa corzo», un «arquetipo de la adolescencia (...), de la ambigüedad», «un patito feo». Y él, por su parte, como un joven paciente y enamorado (*colgado* de ella, se decía de manera expresiva en el momento en que fue escrito el relato), que intentará, por todos los medios, «arrancar a la princesa dormida, a la valquiria hechizada (...), de sus ridículos fantasmas adolescentes». O sea, este cuento de final abierto, podría definirse -y disculpen la simplificación y el dicho- como un ejemplo posible de aquello de que, ni contigo ni sin ti tienen mis males remedio... Quizá porque Silvia, un personaje que la autora considera una enferma mental, sólo quiere mantener una amistad, mientras que él -en cambio- genera unos deseos que no consigue satisfacer. En este relato nos encontramos también con otra Elia que ejerce de celestina entre los protagonistas, aunque no parece guardar relación alguna con el personaje del mismo nombre que protagoniza las primeras novelas.

En «La increíble, sanguinaria y abominable historia de los pollos asesinados», dos hermanos, Sara y Óscar, recuerdan un episodio de su infancia, cuando tenían 8 y 6 años, respectivamente. Así, esta «parábola de los pollos» viene a mostrar la distancia existente entre el ingenuo mundo infantil del niño, pues Sara resulta más maliciosa,[33] y el de los adultos, quienes aceptan que «el mundo está hecho así...». Hay, como en «El juego...», una sorpresa ante las leyes del sistema cuando Óscar descubre que sus padres mienten, que «los humanos (...), no podían dejar de comportarse como bestias carnívoras». Pero si el primer relato del libro acababa con una cierta esperanza, aquí, cuando Óscar crece, según había pronosticado el padre, acaba acostumbrándose a esa maleada realidad. Así las cosas, resulta interesante notar que el narrador se identifica en esta ocasión con el niño protagonista.

En «La conversión de la pequeña hereje» se narra en tercera persona un pintoresco episodio, acaso autobiográfico, que tiene lugar durante un veraneo en un pueblecito del Maresme: unos chicos, capitaneados por Sara, intentan convertir al catolicismo a una niña suiza de seis años, de religión protestante. Para ello, el cuento se construye sobre dos premisas. Si en la primera se ironiza sobre dos tópicos que circulaban en la postguerra: «no hay salvación fuera de la Iglesia» y «el que convierte a un infiel no puede condenarse»; en la segunda se muestra cómo los niños reproducen la misma intolerancia de los adultos.[34] Pero lo que verdaderamente se pone en cuestión es la «justicia de la Iglesia», el egoísmo de unas actuaciones que se presentan como altruistas. Y la influencia, en la madurez de Sara, de su pérdida de protagonismo en esa «nueva cruzada infantil», en su desinterés por la religión y su militancia feminista.

«Carta a la madre»[35] se presenta como el recuerdo de un sueño en el que la narradora entiende y perdona a medias a una madre que mantuvo muchos años mitificada, pero a la que terminó por no querer. Lo que, al comienzo del texto, pudiera parecer un ajuste de cuentas, concluye como un intento por comprenderla («Me ha resultado arduo llegar a entender a medias, y a medias perdonarte», p. 399), consiguiendo estar con ella en paz. El relato arranca de modo semejante a *Rebeca,* la película de Hitchcock. Y narra, desde el punto de vista de la hija, la relación que mantiene ésta con su madre, egoísta y malcasada. El argumento se sustenta sobre tres cuestiones básicas: la personalidad de la madre, «una gran señora», seductora y adorada por todos; su relación con la hija y con el marido, a quien declaraba no haber querido nunca; y la renuncia, tras su boda, a llevar una vida propia («por qué motivo [...] renunciaste, después de la boda, a todas tus actividades», se pregunta la hija, p. 401). En definitiva, si el carácter de la progenitora puede explicar las primeras cuestiones (el no querer a su marido ni ejercer como madre fue debido a su peculiar personalidad), no acaba de estar claro por qué, al final, como otras muchas mujeres de su generación, optó por desperdiciar su talento.

Nuevas tentativas sobre el cuento, y final

A pesar del éxito de este libro de relatos, del que se han impreso tres ediciones y que obtuvo el Premio Ciudad de Barcelona, entre 1996 y 2005, Esther Tusquets no publica ningún cuento, y en cambio, en los cuatro años siguientes aparecen cinco narraciones más, de las que paso a ocuparme. La que primero se publica es «Pepe, Pepe, Pepe», una historia de humor, cargado de leve ironía ya desde el mismo título, en el que la realización de un milagro conduce a la infelicidad a quien le es concedido. Pero también cabe entenderse como una serie de retratos de la vida burguesa (los veraneos, las torres, el atractivo heredero Pepe, las chicas condicionadas por su aspecto físico); o la historia de dos hermanas, completamente distintas, aunque ambas permanezcan «inmunes a la realidad», Nora y Blanca, naturalista e ingenua la primera, y fantasiosa y práctica, la segunda, y el relato de los riesgos que conlleva el enamoramiento ciego, la creencia en ciertas supersticiones religiosas y la convicción de que basta con desear las cosas para obtenerlas, por los procedimientos que sea. Así, cumpliendo todos los pronósticos, Nora se convierte para siempre en la víctima en que estaba destinada a convertirse, en la mujer infeliz que se empeñó en ser.[36]

«A una vieja amiga que se ha enamorado de la Pantera Rosa» es la historia de una mujer madura, casada y con hijos, que vuelve a enamorarse, con el trasfondo de una amistad duradera entre dos mujeres,[37] una profesora y la otra editora; el relato de la conversación que entablan ambas, veinticinco años después de conocerse, en donde la primera cuenta que se siente atraída por un compañero de trabajo también casado, con hijos y muy enamorado de su esposa. Hallaremos una estructura semejante, de hecho, en «Dos viejas amigas», en el que también se reencuentran dos antiguas y queridas amigas, en una conversación trascendente. El título anuncia una misiva que esconde un consejo, remedando una fórmula tradicional, que lo emparenta con el poema de Jaime Gil de Biedma, «A una dama muy joven, separada». La autora le proporciona al asunto un tratamiento humorístico, y no es para menos, cuando conocemos de quién se ha prendado la profesora, por qué y en qué consiste su vida familiar. Pero todo ello desemboca en los sensatos consejos sentimentales que la editora ofrece a su amiga en el desenlace, tras los que late una reflexión sobre por qué surge el amor y cuándo acaba. Quizá sea la única parte del relato que podríamos tachar de seria, frente al predominio de lo jocoso dentro del conjunto. Respecto a esto último, basta detenerse para notarlo en la descripción que se hace de la vida matrimonial de la profesora, en la imagen que nos proporciona de su marido ideal, o en los comentarios no menos hilarantes acerca del individuo objeto de su amor, motejado por la narradora de Pantera Rosa. Esther Tusquets, una vez más, se vale del cuento de manera heterodoxa, pues lo incluye en un libro suyo de artículos, *Prefiero ser mujer,* donde se presenta como la única pieza de ficción, para cerrar el volumen. Otra de las peculiaridades de esta recopilación es que, al final de cada uno de los textos, se anuncie y comente con brevedad el siguiente. Así, a propósito de «A una vieja amiga que se ha enamorado de la Pantera Rosa» se afirma en el último párrafo de «Ser madre»,[38] en realidad se trataba de un cuento. Y concluye, de forma clarificadora: «Ni es feminista, ni se refiere a la mujer. Trata del amor, del paso del tiempo, trata sobre todo de una larga amistad entre dos mujeres. Después de tanto exponer teorías y debatir ideas, me apetece contar por fin una historia».

«Epílogo triste» se publicó como artículo en la sección de *Opinión* del diario *El País,* pero por los procedimientos retóricos de que se vale la autora, me parece que muy bien podría leerse como un relato, aunque enseguida vaya a necesitar una explicación inicial para ser entendido cabalmente. Hoy mismo, de hecho, un lector que no se muestre al tanto de los detalles de la actualidad política española podría no comprender de quién habla la autora. Así las cosas, me pregunto, qué es posible entender en la lectura, incluso conociendo el contexto de esta «refinada maldad», tal y como la denomina. Con todo, el relato no deja de ser un artículo periodístico desde el momento en que los lectores del diario son capaces de restituir los huecos de información, unos vacíos, por cierto, perfectamente reconocibles y restituibles en el momento en que aparece publicado. Por un lado, si bien la elección de la tercera persona en lugar de la primera otorga a la narración un distanciamiento respecto a los hechos relatados definitorio de lo ficticio, la presentación expresamente velada de los personajes contribuye a mantener la leve tensión del relato, su interés. Por otro lado, y tal como decimos, un lector ajeno a la realidad política local sería capaz de concluir, con sólo basarse en la información mostrada, que lo que se narra es un asunto delicado -de ahí que sus personajes secundarios mantengan el anonimato- y que la autora ha necesitado escribir este relato, con aire testimonial, para dar su versión de los hechos, lo que nos lleva de nuevo a considerar el texto como la crónica periodística de un suceso digno de recuerdo: esto es, la biografía de Maragall y la censura a la que fue sometida.

El asunto, narrado en tercera persona, repito, es el siguiente. Dos mujeres, la Historiadora y la Escriba, entrevistan durante meses a un «hombre importante» y «carismático», en un ambiente grato y relajado, a pesar de que éste se halle enfermo. A su vez, han conversado con otros tres hombres importantes: Narcís, José y Jordi, quienes las han tratado en todo momento con semejante cordialidad. Se han reunido, además, con la esposa del primer hombre importante, llamada Artemisa (como la diosa de la caza, a quien los romanos llamarán Diana), «leal y enamorada», creándose entre todos ellos un «*feeling* instantáneo», según reconoce la propia esposa, que les habla de la «honestidad» de su marido. La narradora sopesa las virtudes y defectos de nuestro hombre y nos cuenta cómo desde el principio encararon, sin dificultades, los «temas dolorosos», así como algunos «espinosos problemas» de su biografía, incluso llegaron a conversar con total confianza de su enfermedad. El relato, de hecho, concluye con un comentario muy generoso acerca de su gestión. Y eso es todo, en suma.

Ahora bien, si sabemos que la Escriba es la misma Esther Tusquets y que, por tanto, la voz narradora coincide con uno de los personajes del relato, las cosas cambian, pues aquella tercera persona la reciben los lectores como una primera persona disfrazada. El lector habitual del periódico captaría, además, sin dificultad alguna, que el matrimonio lo componen Pascual Maragall y Diana *(Artemisa)* Garrigosa, e incluso podrá deducir, si está metido en el ajo del conflicto, que la Historiadora es Mercedes Vilanova, y desde luego no se le escapará que los otros tres hombres importantes son Narcís Serra, José Montilla y Jordi Pujol. Y todo ello será tal como comentamos porque es muy probable que haya leído en la prensa que Mercedes Vilanova y Esther Tusquets acaban de publicar una biografía sobre el ex alcalde de Barcelona y ex presidente de la Generalitat de Cataluña, titulada *Pascual Maragall, el hombre y el político* (Ediciones B, Barcelona, 2009), de la que han tenido que suprimirse unas veinte páginas que no gustaron a los Maragall, con la destrucción consiguiente de diez mil ejemplares, y poder evitarse, así, ir a los tribunales. En suma, y según declaraciones de las autoras, más allá de la cordialidad y de haberles facilitado todo tipo de documentos e informaciones, a partir de cierto momento, los Maragall intentaron retrasar la salida del libro, probablemente para que no apareciera antes que la autobiografía del político, que pensaba publicar RBA.[39]

¿Cómo cabe interpretar, por tanto, el artículo/relato de Esther Tusquets a la luz de lo expuesto? Para empezar, habría que considerar que representa sólo una de las piezas del puzle, hasta el extremo de constituir -tal y como se apunta en el título- un *epílogo triste* a una grata colaboración. Pero, sobre todo, lo que parece que se pone de manifiesto, si tenemos en cuenta el conjunto de los datos, es la doblez del político y de su esposa, a quienes no les importa dejar en evidencia a las autoras, con tal de salirse con la suya, y ello a pesar de ser una de ellas (Mercedes Vilanova) amiga íntima de la familia. Así, los Maragall no dudan en acusarlas de haber incumplido ciertos pactos previos, según los cuales éstos tendrían derecho a revisar antes de su publicación el manuscrito final, de darle el visto bueno, acuerdos cuya existencia niegan las autoras del libro. Lo curioso del caso es que, en el momento en que fue escrito el artículo/cuento, circulaban ya por la red, al alcance de todo el mundo, los fragmentos censurados. ¿Para qué, entonces, toda esta puesta en escena? Si el «hombre importante» del cuento de Esther Tusquets será tratado por la historia, conforme al pronóstico de la narradora, con benevolencia; me temo que el político Pascual Maragall no va a salir tan airoso. Tampoco su conducta en todo este asunto editorial parece que vaya a pesar, precisamente, a su favor. Así las cosas, en esta pieza y en la anterior resulta curioso, cuando menos, que una vez leídas en su nuevo contexto, esto es, dentro del marco de los *cuentos completos* de la autora, y no ya de forma aislada como cierre narrativo de un libro de artículos, o ni siquiera como un artículo de periódico; resulta curioso -decíamos- que ambas piezas adquieran nuevos significados a partir del diálogo que entablan con otros textos de ficción, de semejante intensidad, es decir, con los relatos restantes de la autora.

«Dos viejas amigas» proviene de un volumen, coordinado por Laura Freixas, que recoge diversos *Cuentos de amigas* (Anagrama, Barcelona, 2009). Lo que aquí se plantea es una reflexión sobre la vejez, «una afrenta intolerable», y cuanto conlleva de tristeza y aburrimiento, algo anticipado en «Recuerdo de Safo» y en la novela *¡Bingo!* (Anagrama, Barcelona, 2007). Así, dos viejas amigas, Elisa e Irene, tras haber disfrutado de una vida plena, tener hijos y nietos, y haber triunfado en su profesión dentro del mundo del cine, como directora y guionista, la una, y como fotógrafa, la otra, se encuentran solas, como todas aquellas «mujeres incapacitadas sin remedio para el sometimiento», y desengañadas de sus viejas certezas. Si bien el relato arranca con una llamada de socorro de Irene, puede decirse que toda la narración resulta -en cierta forma- una preparación para su reencuentro final en Venecia, en casa de Irene, una vez que sabemos cómo se conocieron, quiénes son y qué vida han llevado. En él ambas coinciden, una vez más, en la misma petición trágica, en la idea de que «tenemos derecho a bajar el telón cuando la función deja de interesarnos», que Elisa nos anuncia antes en dos ocasiones, aun cuando dicha revelación aparezca compensada por el redescubrimiento de esa «ciudad mágica» que es Venecia. Y, sin embargo, tras reencontrarse, charlar y reírse juntas, e intercambiar cariños, se dan cuenta de que todavía no les ha llegado la hora, hallando motivos suficientes para desear seguir viviendo.

Por último, en «Siempre el mar», encontramos de nuevo a Irene, ahora convertida, según ella misma, en «una vieja dama indigna» (así se define la autora, desde el mismo título, en la segunda entrega de sus memorias), para asistir a cómo el azar la lleva al pueblo donde pasaba sus veraneos durante la infancia y juventud, al mismo hotel y al mismo mar en el que gozó de su primer amor, Eduardo, cuando ellos tenían algo de Ofelia y Otelo. A la manera de la heroína de Shakespeare y de la pintura prerrafaelita, pero también de Virginia Woolf y Alfonsina Storni, Irene se adentra en el agua, como si de un amante se tratara, con el objetivo de que «la libere de los achaques, la terrible decrepitud de la vejez, la soledad y el miedo, sumiéndola en la más dulce de las muertes», para que «sirva de sustento a los grandes depredadores y a los minúsculos pececillos».[40] Así, la muerte, tras regresar al lugar donde conoció el amor y fue feliz, acaba convirtiéndose en un trámite aceptado y dichoso.

Sea como fuere, el mar desempeña un papel protagonista en varias de sus obras, ya desde los mismos títulos (*El mismo mar de todos los veranos*, «En la ciudad sin mar» y «Siempre el mar»). Recordemos, por ejemplo, la secuencia XXXIV de su primera novela, en donde Sara y Clara alcanzan en el mar la plena felicidad; o cómo en «La Casa Oscura» primero le dedica una larga reflexión al motivo, que arranca: «Y después fue el mar, la mar, los mares...» (p. 248), y luego distingue entre la gente de playa y la de mar: Sara es de mar; frente a la frívola Cecilia, chica de playa (p. 255).[41]

En esta última sección del libro he alterado el orden cronológico de los cuentos, no por capricho, sino para generar una determinada tensión, un cierto desenlace dramático, por medio de las dos últimas narraciones que se ocupan de la vejez, de la posibilidad del suicidio. Espero que no les parezca ilícito, aun cuando no estuviera en la intención de la autora, quien ha aceptado este orden arbitrario de los textos.

En todos sus cuentos, publicados a lo largo de treinta años, Esther Tusquets cuestiona no sólo diversas verdades preestablecidas, sino también algunos de los pilares más sólidos de nuestro mundo: así, ciertos fundamentos de la religión católica, las ambiciones sociales, las relaciones entre padres e hijos, el papel de la mujer en la pareja y en la sociedad, la subversión de los sueños juveniles y, por último, la tristeza, el aburrimiento y la soledad de la vejez. Y todo ello, para ofrecer una visión crítica del mundo, sin dejar de contrastar pasado y presente, a fin de proporcionarnos una moral más acorde con los tiempos que vivimos. El libro, por tanto, podría entenderse como un alegato en favor de la libertad y de la naturalidad de la conducta humana frente a las dificultades padecidas por el hecho de aspirar a comportarse y vivir como se desea; una defensa -en suma- de la felicidad. Un tema, éste, cuya omnipresencia en la literatura española contemporánea (¿es necesario recordar a Lorca o a Cernuda?), resulta más que significativa.

Afirma el arquitecto, diseñador y ensayista Oscar Tusquets (en esta ocasión sin acento en la o mayúscula, como él prefiere), hermano de Esther, que, a nuestra autora, o se la adora, o se la teme, o si acaso, se la adora temiéndola, según le ocurre a él mismo; nosotros, sin embargo, más discretamente, sólo hemos podido adorarla de forma incondicional, tanto a la persona coherente que es, como a la escritora y editora. En fin, así son las cosas, mientras esperamos la aparición del segundo tomo de sus memorias, titulado *Confesiones de un vieja dama indigna*.[42]

Berlín, agosto del 2009

Notas

[1] Sobre este centro, *vid. 100 Jahre Deutsche Schule Barcelona Chronik / Crónica de los 100 años del Colegio Alemán*, Deutsche Schule, Barcelona, 1994.

[2] Para la utilización de la biografía de la autora en sus ficciones, debe verse *Correspondencia privada* (Anagrama, Barcelona, 2001) y *Habíamos ganado la guerra* (Bruguera, Barcelona, 2007).

[3] *Vid.* Santos Sanz Villanueva, *La Eva actual*, Junta de Castilla y León, Salamanca, 1998, y Fernando Valls, «La literatura femenina en España: 1975-1989», *Ínsula*, 512-513, agosto y septiembre de 1989, p. 13.

[4] La primera versión del cuento data de 1962, aunque fue reescrito en diciembre de 1977 para José Batlló, como cuenta la autora en una nota final que aparece en la publicación del mismo en *Cuadernos Hispanoamericanos*, 347, mayo de 1979, p. 9. Llama la atención los dieciséis años que transcurren entre la composición de este texto y el resto de su producción literaria. En su versión definitiva, la que aparece recogida en *La niña lunática y otros cuentos*, el título se ha simplificado.

[5] *Vid.* «Para salir de tanta miseria», *Ojáncano*, 2, abril de 1989, p. 76.

[6] *Vid.* nuestro prólogo a *Son cuentos. Antología del relato breve español, 1975-1993*, Espasa Calpe (*Austral*, 326), Madrid, 1993.

[7] *Cf.* «Para salir de tanta miseria», *op. cit.*, p. 84, y Jochen Heymann y Montserrat Mullor-Heyman, *Retratos de escritorio. Entrevistas a autores españoles*, Vervuert, Frankfurt am Main, 1991, p. 47.

[8] El título proviene de la pieza romántica de ballet, estrenada en 1841, en la Ópera de París, con música de Adolphe Adam, coreografía de Jean Coralli y Jules Perrot, y libreto de Jules Henry Vernoy y Théophile Gautier.

[9] Sobre el Liceo deben verse las páginas que Esther Tusquets le dedica en *El mismo mar de todos los veranos*, Castalia *(Biblioteca de escritoras)*, Madrid, 1997, ed. de Santos Sanz Villanueva, pp. 170-176, en las que concluye reprochándoles a los burgueses catalanes que no se tomen la cultura en serio; y en *Habíamos ganado la guerra, op.*

cit., pp. 197-205. Como ocurre también en la obra de Luis Goytisolo y Juan Marsé, la capital catalana es juzgada con dureza, pues en diversas ocasiones aparece tachada, con variantes, de «chata ciudad de mercaderes donde no sucedía nunca nada» (pp. 73 y 80).

[10] *Cf.* Nancy B. Vosburg, «*Siete miradas en un mismo paisaje* de Esther Tusquets: hacia un proceso de individuación», *Monographic Review/Revista monográfica*, IV, 1988, pp. 97-106.

[11] El personaje de tío Ignacio está inspirado en un hermano de la madre de la autora, el tío Víctor, a quien se le presta atención en *Habíamos ganado la guerra, op. cit.*, pp. 49, 50, 57-66. En el imaginario nacionalsocialista, a los judíos, por analogía, se les identificaba con las plagas, los parásitos o las bacterias. *Vid.* Rosa Sala Rose, *Diccionario crítico de mitos y símbolos del nazismo,* Acantilado, Barcelona, 2004, p. 230. Este libro debe tenerse en cuenta también para conocer una síntesis de todas estas demenciales doctrinas sobre el triunfo de los más fuertes y la superioridad de la raza blanca (Christian Lassen); la distinción entre la raza «clara y bella» y la raza «oscura y fea» (Christoph Meiners); y los estudios socioanatómicos con escolares del médico Rudolf Virchow, sobre todo las pp. 50-64 y 224-246.

[12] En *El mismo mar de todos los veranos, op. cit.,* pp. 119 y 169, también Elia describe a su madre como «rubia, blanca, grande, indiscutiblemente aria», y más adelante, como «hermosa, tan rubia, tan maniblanca y ojiazul». Semejantes características físicas se le atribuyen a la progenitora de «Carta a la madre», quien siente simpatías por los nazis (p. 406).

[13] El romanista Otto Rahn, gran admirador de la SS y defensor de la idea de que el catarismo era una religión aria primitiva que fue oprimida por el cristianismo, vinculó a Hitler con el dios de la luz Baldur, hijo de Wotan, quien según la *Edda* regresaría tras el crepúsculo de los dioses. *Vid.* Rosa Sala Rose, *op. cit.,* pp. 90, 463 y 464.

[14] En *El mismo mar de todos los veranos, op. cit.,* p. 145, se afirma, en cambio, que a partir de la adolescencia nos dedicamos a una «interminable sucesión de farsas»; mientras que la palabra juego sólo remite a la infancia.

[15] El personaje de tía Irene es trasunto, en parte, de una tía Sara real, que acabó emigrando a Chile y Argentina, como se cuenta en las memorias de la escritora, *Habíamos ganado la guerra*, *op. cit.*, pp.

42-48. Así, por ejemplo, las distintas actitudes ante la vida de las tías Blanca y Sara, en la realidad, responden a la conducta de la madre y tía Irene en la ficción; la vocación de tía Sara por la miseria y la desgracia era la misma que la de tía Irene, como asimismo comparten la habilidad para contar historias.

[16] Este motivo, que subvierte ciertos cánones de belleza tradicional (mujeres muy delgadas, con aspecto de golfillo, descaradas y peinadas a lo garçon), también lo encontramos en la Clara de *El mismo mar de todos los veranos*, en la Roxana de «En la ciudad sin mar» (p. 123), en «Recuerdo de Safo», aunque aplicado a la perra del título (p. 313), y en la Silvia de «La niña lunática» (p. 345). Suele utilizarlo la autora referido a un cierto tipo de mujeres que quizá no llamen la atención a primera vista, pero que en la intimidad pueden resultar muy atractivas. O sea, como metáfora de lo que va de la apariencia a la esencia. Debe verse también, al respecto, lo que comenta Sanz Villanueva, *La Eva actual, op. cit.*, pp. 184-187.

[17] En la novela *Con la miel en los labios* (Anagrama, Barcelona, 1997, 106), Andrea, una de las protagonistas, piensa que «se le haría muy duro (...) vivir en una ciudad din mar y sin calles arboladas».

[18] *Cf.* Álex Chico, *Kafka,* núm. 5, 2009, revista electrónica: http://www.revistakafka.com/node/81.

[19] Cualidad que los distintos narradores de estas historias ponderan a menudo (pp. 82,105,107 y 169).

[20] En «He besado tu boca, Yokanaán», una Sara de 17 años también se siente «exiliada para siempre en una tierra de nadie» (p. 207).

[21] En este cuento, se ponen también de manifiesto, denunciándolos, unos supuestos derechos adquiridos por los asiduos a la playa («sociedad timorata e hipócrita donde no sucedía nunca bien a las claras nada», como la define el narrador, p. 169), una curiosa variante del clasismo, en la escena que allí se desarrolla; en la distinción entre los habituales y los turistas ocasionales, advenedizos, gente desconocida, a partir de hechos tan nimios como la colocación de las sombrillas o la distribución de los toldos en la arena (p. 167).

[22] El libro lo editó Lumen, en 1971, en versión de Pere Gimferrer, con las ilustraciones clásicas de Aubrey Beardsley.

[23] Como la Clara de *Siete miradas en un mismo paisaje, op. cit.*, p. 91, quien «cabalga a pelo sobre corceles pura sangre y azota con la

fusta a la servidumbre de palacio». En esta misma novela, Elia y Jorge pretenden «romper muy pronto con aquel futuro grotesco que tan cuidadosa como inútilmente habían ido disponiendo para mí, que iba a dejar un mundo que no era, que no había podido sentir jamás como mi mundo», p. 115. Para la relación de este cuento con la biografía de la autora, *vid. Habíamos ganado la guerra, op. cit.*, pp. 225-236.

[24] En cambio, en *Siete miradas en un mismo paisaje, op. cit.*, p. 64, Elia llama a la casa de sus padres, ahora sin habitar, la «casa oscura». Y en *Habíamos perdido la guerra, op. cit.*, pp. 20, 27, 97, 157 y 200, «la casa oscura» es siempre la de los padres de la escritora, situada en la esquina entre la Rambla de Cataluña y la calle Mallorca. De «la casa de la Abuelita», se trata de la abuela paterna, la que se supone que inspira este cuento, se dice que «era mucho más negra que la casa oscura de mis padres».

[25] En *El mismo mar de todos los veranos, op. cit.*, p. 218, también la fiesta del Casino que cierra el verano adquiere un cierto protagonismo, pues el padre de Sara, al regalarle flores a Sofía, cuidadora de la niña, deja en evidencia a su esposa, resolviendo en público lo que no supo solucionar en privado.

[26] *Vid.* «El libro dedicado de Esther Tusquets», *Qué leer*, 115, noviembre del 2006, p. 36.

[27] El análisis más certero que conozco del libro, y del conjunto de la obra de nuestra autora, es el de Santos Sanz Villanueva, *La Eva actual, op. cit.*, pp. 66-70. Deben consultarse también los trabajos de María Esther Lecumberri, «*Siete miradas en un mismo paisaje*, de Esther Tusquets: ¿una novela o siete relatos», *Monographic Review/Revista monográfica*, IV, 1988, pp. 85-96, a quien -a diferencia de Sanz Villanueva que lo considera una novela- le parece un libro de cuentos independientes, y Nancy B. Vosburg, *op. cit.*

[28] Para un análisis más pormenorizado de estos elementos, debe verse la «Introducción» de Gonzalo Sobejano a *La mortaja*, de Miguel Delibes, Cátedra, Madrid, 1987.

[29] Una relación y una reacción similar, aunque aquí el triángulo esté formado por dos mujeres y un hombre, y la conclusión de la historia sea distinta, se encuentra «En la ciudad sin mar».

[30] *Vid.* «Escritoras españolas actuales: una perspectiva a través del cuento», *Hispanic Journal*, 13, 1, primavera de 1992, p. 189.

[31] *Vid.* «Carta a Esteban (por fin el Holandés Errante)», *Correspondencia privada, op. cit.*

[32] El dibujo aparece reproducido en la edición de Lumen.

[33] Se afirma que Sara «parecía decidida a comerse el mundo de un bocado», porque «no había llegado todavía a ese momento inevitable en que las niñas, unas antes y otras después, descubren que el mero hecho de ser mujeres les pone muy difícil comerse el mundo de uno o varios bocados» (p. 49). Para los paralelismos con la biografía de la autora, *vid. Correspondencia privada, op. cit.*, pp. 132 y 133.

[34] En «Los primos» y en «La Casa Oscura» hallamos también ambas premisas (pp. 114 y 236).

[35] Santos Sanz Villanueva, tanto en el prólogo como en las notas a su edición de *El mismo mar de todos los veranos, op. cit.*, pp. 34 y 80, ha llamado la atención sobre los paralelismos entre estos dos textos y sobre el hecho de que la novela de Esther Tusquets pueda entenderse como un palimpsesto de la *Carta al padre,* de Kafka. Este cuento, reconoce la autora, aunque tenga un contenido más autobiográfico que la novela, podría servirle de cierre. Quizá no fuera inútil leer la carta a la luz de una cierta tradición de misivas dirigidas a los progenitores, aduzco sólo unos pocos ejemplos, como las de Albert Cohen, Phillip Roth, Richard Ford, Paul Auster; o, por recordar dos muestras nacionales recientes, la de Juan Pedro Aparicio a su madre *(Tristeza de lo finito),* y la de Juan Cruz a su padre *(Ojalá octubre).* Sobre estos últimos libros, puede verse mi trabajo, «Cartas para el más allá», *Olivar* (Universidad Nacional de La Plata, Argentina), 11, 2008, pp. 101-110.

[36] *Cf. Habíamos ganado la guerra, op. cit.*, p. 43.

[37] Tanto en su novela *Con la miel en los labios, op. cit.,* p. 161, como en varios momentos de su libro *Prefiero ser mujer* (RqueR, Barcelona, 2006), en especial en el artículo «Las mujeres y la amistad», combate Esther Tusquets el tópico de que las mujeres no pueden ser amigas, pp. 67, 92 y 93-97.

[38] Apareció en la revista *Destino,* durante 1979, no dispongo de datos más precisos, en una sección titulada «En defensa propia».

[39] Sobre la biografía de Maragall, de Esther Tusquets y Mercedes Vilanova, puede verse la reseña del historiador Ricardo García Cárcel, «Desde la simpatía», Suplemento *ABCD* del diario *ABC,* 27 de junio del 2009, p. 20.

[40] En la citada conversación con Álex Chico, confiesa la autora al respecto: «El mar es mi gran pasión. Ahora que soy vieja, en el mar no lo notas. Flotas, te sostienes, no sientes la torpeza que sientes en tierra. Hace tres o cuatro años estuve a punto de ahogarme. Por un error de medicación me desmayé dentro del agua (...). Y pensé que sería una forma fantástica de morir. Me gustaría morirme dentro del mar. Perder la conciencia de todo y que no encuentren nunca tu cuerpo (...), mientras te vayan comiendo los peces...».

[41] Santos Sanz Villanueva, *La Eva actual, op. cit.*, p. 49, aduce algunos ejemplos más al respecto. *Vid. Habíamos ganado la guerra, op. cit.*, p. 182.

[42] Este prólogo es una versión retocada y muy ampliada del que escribí para la antología *La niña lunática y otros cuentos*. Aprovecho la ocasión para agradecerle su ayuda a Esther Tusquets, y a su agente literaria, la eficiente Mercedes Casanovas. Y, como siempre, a Gemma, por sus sensatas sugerencias.

NUESTRA EDICIÓN

La presente recopilación de cuentos, que la autora ha corregido, suprimiendo erratas y acortando párrafos y frases para hacer más grata la lectura, debe considerarse definitiva.

PROCEDENCIA DE LOS TEXTOS

El libro *Siete miradas en un mismo paisaje* apareció en Lumen, Barcelona, 1981, en la colección *Palabra menor*. De uno de los cuentos que se recogen en el volumen, «En la ciudad sin mar», existe una primera y distinta versión, titulada «Olivia», que apareció en las revistas *Penthouse* (29, agosto de 1980, pp. 58-60) y *Litoral* (1986, pp. 365-371).

La niña lunática y otros cuentos lo publicó también Lumen, Barcelona, 1996, en su colección *Pocas palabras*.

Los cinco cuentos restantes aparecieron, entre el 2005 y el 2009, en diversas revistas y libros, casi siempre, misceláneos:

Pepe, Pepe, Pepe, Cuadernos del vigía (*Relatos para leer en el autobús,* 8), Granada, 2005; y en AA.VV., *Relatos para leer en el autobús,* Cuadernos del Vigía, Granada, 2006, pp. 63-68.

«A una vieja amiga que se ha enamorado de la Pantera Rosa» apareció en la revista *Destino,* y luego fue recogido en el libro *Prefiero ser mujer,* RqueR, Barcelona, 2006, pp. 127-135.

«Epílogo triste», *El País,* 28 de octubre del 2008.

«Dos viejas amigas», en Laura Freixas, ed., *Cuentos de amigas,* Anagrama, Barcelona, 2009, pp. 77-89.

«Siempre el mar», *Momentos,* 40, septiembre del 2008, p. 54.

SIETE MIRADAS EN UN MISMO PAISAJE

Para Jorge Belinsky
—mago de una secta infame—
que acertó a convocar
tantos fantasmas.

Giselle

Se apagaban despacio las luces de la sala, cesaban las risas y los parloteos entre el público, se cerraban o entornaban las puertas de los antepalcos, y a Sara el corazón le palpitaba más aprisa, y era una suerte que no pudieran ver los chicos —los primos y los amigos de los primos, pues no tenía Sara ningún hermano—, en aquella creciente oscuridad, cómo le temblaban las manos y se le encendían las mejillas, mientras sonaban inseguros los primeros acordes de la orquesta, y se levantaba, también muy lentamente, el telón, y a los pocos instantes estaba la mujer allí, asomada a la puerta de la cabaña, tan pálida y tan frágil, en la amplia falda verdiazul de mucho vuelo y el corpiño de raso color esmeralda y la blusa de encaje, el cabello oscuro recogido en una trenza alrededor de la cabeza, de modo que hacía resaltar todavía más el blanco porcelana de la piel. Se asomaba Giselle pues, un poco temerosa, un tanto desconcertada, a la puerta de su cabaña, a la que había llamado antes de ocultarse su príncipe encantador —príncipe encantador de las más abominables traiciones, se decía Sara con pueril rencor—, y bailaba luego leve junto a él de un extremo al otro del escenario, ligera, alada, deliciosa desde el azabache del cabello hasta las mismísimas puntas de las zapatillas rojas, toda ella belleza, una obra de arte puesta increíblemente en movimiento, vivificada noche tras noche por algún misterioso aunque benévolo capricho de los dioses. Y la miraba Sara hipnotizada, Sara hechizada, ahogándose en una densidad de emoción y sentimientos que no había experimentado todavía hasta entonces jamás, parecida a la que descubriera unos meses atrás en un viaje por Italia —la emoción de desembocar de pronto en la plaza de Siena, de recorrer las salas de Botticelli en los Uffizi, de adentrarse sin más por las callejas menos concurridas de Venecia—, sólo que más intensa todavía, la certidumbre repentina y total de que la belleza era esto, de que el arte era esto, algo que nos cortaba el aliento, que nos hacía llorar, una selva voluptuosa y oscura en la que una podía adentrarse y perderse sin remedio, sin desear ya nunca regresar. No había para el hombre sobre la tierra goce mayor.

O tal vez sí, se había dicho Sara una de las primeras noches, porque podía llegar acaso un día en que no estuviera ella ya sentada aquí, en la penumbra rojiza del palco familiar, la antesala quizá del más sugestivo de todos los infiernos, entre unos amigos y unos primos —todos varones— que no entendían nada de nada, que habían nacido relegados a la vasta muchedumbre de los que nunca habrían de entender, puesto que ni querían ni podían hacerlo, tan extraños a la propia Sara y tan remotos, por más que la subieran atrás en las motos y la invitaran a un helado o al cine y la sacaran a bailar y elucubraran sobre la posibilidad de ser sus novios, cuando no existía ni por lo más remoto la posibilidad de que Sara se casara al correr del tiempo con alguno de ellos, con nadie que se les pareciera, mientras que por el contrario —se aventuró a fantasear ahora por primera vez, atónita y maravillada— podía muy bien llegar un día en que no estuviera sentada en el palco familiar —el proscenio de platea tapizado en rojo que habían heredado conjuntamente del abuelo y todos compartían—, con un collar de perlas de muchas vueltas y una pulsera de oro con una moneda por cada hijo y un abrigo de marta o de visón sobre los hombros y unos dedos ensortijados que se deslizarían golosos en la bolsa de los marrons glacés o la cajita de bombones, sino situada allí, erguida con firmeza en mitad del escenario, bajo la cegadora luz de los focos, que la seguiría amorosa y arroparía sus evoluciones todas en un halo leve de tibio calor. Ella podía ser algún día Giselle, había descubierto embargada de asombro, aturdida por lo súbito de la revelación. Ella iba a ser algún día Giselle, había decidido de inmediato temeraria. Y lo que habían sido hasta entonces las clases de danza de una muchachita burguesa que completaban en cierto modo su cultura general —y que los padres no habían mirado no obstante jamás con buenos ojos, alarmados quizá por el excesivo entusiasmo que en ellas ponía Sara— iban a servir para algo muy distinto, iban a convertirse en el primer paso de aquella radical transgresión que la situaría más allá de la línea divisoria de las candilejas, definitivamente al otro lado.

Seguramente todo este proceso se había iniciado en Sara mucho tiempo atrás y había discurrido subterráneo y se había acrecentado y fortalecido de modo solapado, sin que ni ella misma con certeza lo supiera, para irrumpir entonces súbitamente a la superficie, la tarde en que, sentada en el proscenio como tantísimas otras veces entre amigos y primos, había visto aparecer en la puerta de la choza, a requerimientos del príncipe engañoso y encantador, aquella figura hermosa y fragilísima, tan superior y tan distinta a todo lo que se había publicado sobre ella en los periódicos —por más que la trataran críticos y comentaristas de monstruo sagrado, de incomparable, de divina, digna heredera de la Pavlova o de la Duncan—, tan radicalmente distinta también a las múltiples primeras bailarinas que Sara había ido descubriendo y admirando en el curso de temporadas sucesivas, una figura hermosa y fragilísima que dibujaba grácil en el tiempo, sin posibilidad ninguna de perdurabilidad —acaso radicaba precisamente ahí su mayor encanto, su extraña fascinación: esa magia y ese fulgor que sólo alcanza aquello que sabemos perecedero, fugaz e irrepetible—, una obra de arte siempre renovada que comenzaba y concluía en sí misma.

Sara había asistido aquel año a casi todas las funciones —aunque rezongaran los padres que no tenía edad, a sus dieciséis años, para tanto trasnocheo y que se levantaba seguro muerta de sueño a la mañana siguiente y asistía medio dormida a las primeras clases— y le había visto bailar diversos ballets y muy distintos entre sí, y en todos estaba invariablemente magnífica, pero sólo en *Giselle* alcanzaba esa inverosímil plenitud, esa intensidad de emoción que arrebataba a Sara en viajes sin retorno y que la hacía llorar. Y hubo una noche —recordaría más adelante, porque había sido seguramente aquella noche cuando lo que había surgido como una esperanza vaga, como un imposible sueño inconfesado, había cobrado de pronto peso y cuerpo y se había transformado en una decisión inquebrantable— en que la atmósfera estaba tensa y el público incómodo y los músicos distraídos y los bailarines desasosegados, sin que nadie supiera exactamente el porqué: era simplemente un día aciago en que andaban las cosas todas medio torcidas. Y aquella noche, al comienzo del segundo acto, ella tropezó, o acaso la sostuvo mal su torpe príncipe encantador, lo cierto era que cayó. Y hubo en la sala un murmullo decepcionado, el comienzo incluso —por más que pronto sofocado— de un abucheo de protesta, porque no tenía la divina, parecía, derecho ninguno a equivocarse un día o a fallarles, a decepcionar el tiempo y el dinero invertido y la emocionada espera, y cuando estallaron unos minutos después, tan fuera de lugar y de toda medida, los aplausos, coronando un mutis de la reina de las hadas, una nórdica escultural que exhibía desde los primeros días el cabello panocha y un cutis enrojecido malamente por el sol de las playas españolas, y que bailaba con la aburrida precisión de una autómata, con la fortaleza y el empeño de un animalito joven y poco educado, entendió Sara enfurecida que no se dirigía la ovación a esa chiquita insignificante, sino que era en realidad un torpe estímulo, un reto inadmisible, un desafío para Giselle, el establecimiento formal de una rivalidad inverosímil que había venido perfilándose ya sin embargo en esporádicas reacciones del público y en algunos desdichados comentarios de la prensa. Y así lo entendió Sara, tan angustiada y dolorida, y así debió entenderlo sin lugar a dudas la propia Giselle, porque cuando reapareció en escena —y ya desde los primeros pasos que la llevaron a situarse en el punto donde debía comenzar la danza, ya desde el gesto inmóvil, la cabeza insolente y erguida, la barbilla levantada, mientras esperaba sin ni un parpadeo que le dieran entrada los primeros compases de la orquesta—, advirtieron todos —no sólo Sara ya, sino muchos de aquellos brutos que llenaban la sala y que habían estado momentos antes al borde del abucheo y de la profanación— que estaba a punto de producirse algo inusitado y que habían sido elegidos sin mérito alguno por su parte para ser espectadores del prodigio, porque nunca había bailado nadie el segundo acto de *Giselle* como lo hizo ella aquella noche, y nadie, ni ella misma, lo lograría otra vez jamás, desbordados los límites de la perfección —la maestría del ademán, el dominio total de una técnica sin desfallecimientos, la resistencia y la agilidad acrobáticas—, que parecía de repente insignificante y vulgar, casi de mal gusto, para proyectarse, y arrastrarlos consigo, más allá, en un vertiginoso salto en el vacío, hacia lo inalcanzable, mágicamente por una vez alcanzado. Porque no era posible —no es posible, se dijo Sara incrédula— bailar así. Y habían cesado las toses y los murmullos y el rebullir de los cuerpos en las butacas y el abrir y cerrar de las puertas de los palcos, y estaban todos allí, petrificados, con la boca abierta, sin pestañear, sin atreverse siquiera a respirar —como cuando en lo más alto de la carpa de los circos van a intentar las águilas humanas sin la red el triple salto mortal—, hechizados, absortos, tan ajenos a sí mismos que no estalló al terminar la bailarina su actuación una salva cerrada de aplausos como tantas otras veces, sino que hubo antes unos segundos de silencio, el tiempo justo para volver en sí, recuperar la voz y el movimiento, y poder ponerse en pie y aplaudir como Sara en tantos años no los había visto aplaudir jamás (esa gente suya tan reacia a la entrega y al entusiasmo, y quizás incluso ahora la emoción había sido sentida sólo primigenia por algunos de ellos, pensó Sara, quizá sólo unos pocos se habían dado cabal cuenta del milagro y habían contagiado su entusiasmo a los demás, pero daba lo mismo), gritando primero «bravo» y luego el nombre de ella, sílaba tras sílaba para volver a empezar mordiéndose la cola, hasta que se confundieron sonidos y palabras y se fundió todo en un alarido inmenso, un enorme clamor que descendía en oleadas densas desde los pisos altos y trepaba desde la platea hasta el escenario. Y se habían puesto unánimes en pie los músicos en el foso de la orquesta, y también aplaudían y gritaban, y estaba inevitablemente interrumpida y desbordada la representación, y a Sara las lágrimas se le habían saltado hacía mucho de los ojos, le habían corrido salobres por las mejillas, le estaban empapando el vestido de terciopelo azul, y no le importó por una vez llorar así delante de los primos y los amigos de los primos, que habían dejado por otra parte de existir, como el mundo todo, porque no existía otra realidad aquí y ahora que la grácil figura de Giselle erguida en mitad del escenario, sin esbozar siquiera un gesto de gracias o un saludo, y aquel clamor inmenso que se desbordaba hacia ella y la perseguía y la envolvía y la alcanzaba. Pero desde el proscenio de platea pudo advertir Sara que, por más que no saludara ni agradeciera, tenía también la bailarina las mejillas encendidas y los ojos anegados en lágrimas, y le palpitaba veloz el pecho a causa de la emoción o del esfuerzo, y, en determinado momento, miró hacia Sara a través de las lágrimas —por aquel entonces se habían conocido ya y habían estado juntas varias veces— y esbozó un gesto levísimo que sólo Sara podía percibir y que venía a significar «les hemos podido, Sara, nos hemos tomado nuestro desquite».

Y pensaría Sara años después que había sido precisamente en este instante cuando había ella decidido «algún día yo seré Giselle, algún día yo seré tú». Costara lo que costara —poco importaba el precio— ella sería algún día Giselle, y estaría erguida allí desafiante en mitad del escenario, y ascendería desde el patio de butacas, descendería desde los pisos altos ese alarido interminable, esa voz única y plural que avanzaba a oleadas mordiéndose la cola, y quedarían entonces definitivamente atrás los primos y los amigos de los primos y las futuras esposas de los amigos y los primos, atrás incluso sus propios padres, sentados todos con sus trajes de etiqueta y sus vestidos largos y sus collares de muchas vueltas y sus cajitas de bombones y sus caras de palo en la penumbra enrojecida del palco que fuera otrora del abuelo (porque el abuelo y los suyos habían amado quizá de veras la música y la danza, habían gustado genuinamente del arte y la aventura, y habían construido entre todos este teatro, en una ciudad que estuvo acaso en aquel tiempo —mucho antes de que naciera Sara— despierta y viva), asistiendo impertérritos y suficientes —sin el más remoto atisbo de ridículo— a este reiterado ritual de las temporadas de ópera y de ballet, espectadores inertes de un espectáculo que pagaban pero que no alcanzaban, como tantas y tantas otras cosas, ni por lo más remoto a gozar o a comprender.

Sara había entrado en los camerinos a la tercera o cuarta noche, como lo había hecho ya otros años para felicitar y ver de cerca a los artistas que admiraba, para pedirles también tal vez una fotografía o un autógrafo, sólo que nunca le había palpitado en anteriores ocasiones tan loco el corazón, ni se había sentido —en contra de la propia voluntad— enrojecer, ni le habían flaqueado así las piernas, ni le había fallado la voz de ese modo lamentable, aunque por suerte estaba tan lleno el camerino de críticos y de espectadores, tan atestado el suelo y las superficies de los muebles de plantas y de flores (trabajo le costó identificar sus propias rosas rojas de largo tallo entre tanto ramo), que nadie se fijó en Sara para nada. Y allí, al fondo del camerino, estaba la bailarina, vestida todavía de Giselle, sin despegar apenas los labios, de pie junto al tocador, una mano abandonada blandamente sobre el marco dorado del espejo, un poco ladeado el cuerpo, alargando risueña la otra mano —mientras les sonreía desde lo más hondo de sus ojos violeta— a los que recién llegaban o ya se despedían. Tan bonita también allí, igual de frágil y maravillosa y entrañable que en lo alto del escenario. Siempre en el papel de Giselle, siempre Giselle (aunque, se preguntó Sara por unos instantes, ¿dónde demonios podía ocultarse su príncipe abominable y encantador?, porque allí se veía sólo a un tipo bajo y regordete, de cabello cano, lo bastante mayor como para haber sido el padre de ellas dos, un tipo que parecía atender a todo, estar en todo, supervisarlo todo —fue él quien los echó del camerino cuando estimó que estaba la bailarina fatigada en exceso o que se había hecho demasiado tarde—, con sus ojillos azules y sus ademanes un poco excesivos y exuberantes).

Sara volvió desde entonces al camerino casi todas las noches (no se perdía ya una sola representación, por más que siguieran protestando sin excesiva convicción los padres —«¿cuándo vas a preparar este año los exámenes de final de curso?»— y se burlara maliciosa y grosera la caterva de amigos y de primos —«¡ni que fuera tu novio!, ¡Sara se ha enamorado de la bailarina!»—), tras todas las funciones acudió Sara al camerino, hasta que hubo, al entrar ella, una chispa especial en los ojos violeta que indicaba la reconocían, un matiz amistoso en la sonrisa, que desligaba a Sara y la separaba de la multitud siempre cambiante de admiradores anónimos. Aunque no fue Giselle, sino su marido (porque el vejete gordinflón de cabello cano, que hubiera podido confundirse con su padre, había resultado ser a la postre, ante el pasmo de Sara, su marido) quien la cogió un día aparte y le preguntó si era ella quien mandaba las rosas rojas, tantas flores y tan caras, si era ella la que escribía aquellas cartas tan apasionadas y tan hermosas —«realmente preciosas, escribes muy bien, ¿quieres ser escritora?»—, y Sara, ahora sí sonrojada hasta el pelo, indignada y avergonzada de que alguien que no fuera Giselle hubiera leído aquellas confesiones locas escritas en la calentura y la ansiedad de sus noches insomnes, y que eran únicamente para «ella», que sólo «ella» —había fantaseado contra toda lógica— iba a ser capaz de comprender, tan avergonzada ahora Sara que ni acertó siquiera a protestar que no, que no tenía ni la más remota intención de ser escritora, que lo que ella quería era ser bailarina, ser Giselle, bailar en este mismo teatro y en todos los teatros del mundo, y cuando el hombre concluyó «son unas cartas preciosas, te mereces un beso grande», no supo si debía o no adelantar la mejilla, pero se quedó quieta porque el vejete había afirmado que no era ahora el momento y se había echado a reír y estaba hablando ya de otras cuestiones, «¿por qué no te pasas alguna tarde por nuestro hotel y charlamos un ratito los tres?» Y esto era el paraíso, se acababan de abrir de par en par ante ella las puertas de oro y de marfil reservadas a los elegidos, a los dueños del reino, y Sara miró expectante y aturdida a Giselle, que se había aproximado a ellos hacía unos instantes y había podido oír las últimas palabras, y entonces Giselle le sonrió y le dijo que sí, que por qué no se llegaba hasta el hotel a visitarles cualquier tarde.

Ahora le hubiera gustado a Sara dejar transcurrir algunos días, aunque fueran tan sólo tres o cuatro, antes de aprovechar la invitación, demostrarles así que era ella también una persona ocupada y que tenía otras cosas que hacer y en las que pensar, cuando en realidad (como se evidenciaba claramente en su actitud y sobre todo en las cartas que habían los dos —no quería ni imaginar que únicamente él— leído) no aparecía en su vida desde hacía unas semanas otro pensamiento ni otra ocupación que Giselle y su amor por Giselle, y la pensaba obsesiva a lo largo de todas las horas de sus días y la soñaba de modo invariable por las noches, y las peripecias y realidades del mundo entero alcanzaban únicamente cierto interés en la medida en que acertaba a relacionarlas con «ella», y era como si a través de aquella mujer desconocida estuviera aprendiendo Sara una clave hasta entonces ignorada, una manera nueva de entender el mundo. Todo patas arriba a causa de este amor (porque —aun no sabiendo nada, aun siendo por entero incapaces de entender si lo hubieran sabido— acertaban por mero azar o por simple malevolencia los chicos cuando afirmaban para hacerla rabiar que «esto» era amor).

Le hubiera gustado pues dejar pasar unos días, por lo menos tres o cuatro, en lugar de mostrarse tan ansiosa y marcar ya temblando a la mañana siguiente los números del teléfono del hotel y pedir trabucándose azarada —felizmente el conserje, ése sí, no «sabía»— que la comunicaran con la habitación de ellos dos —era también una suerte que no pudieran ver lo sonrojada que estaba y lo nerviosa, salvo quizá por las vacilaciones de la voz—, «¿les parecería a ustedes bien que pasara por su hotel esta misma tarde?», y él —porque era el marido quien se había puesto al teléfono, como era asimismo él quien leía y contestaba la correspondencia, quien alejaba a admiradores y pedigüeños importunos, quien peleaba con los empresarios y con los otros miembros de la compañía, quien organizaba las ruedas de prensa y dosificaba las entrevistas—, «sí, muy bien, pero no vengas antes de las seis, porque le gusta descansar un rato después del almuerzo» —sin nombrarla siquiera, porque no necesitaban nombrarla para saber que estaban hablando todo el tiempo de «ella», de Giselle.

Le hubiera gustado también a Sara que el tiempo se deslizara más veloz y fluido hacia las seis, y se fatigó de comprobar el discurrir lentísimo de los minutos y segundos, se aburrió de inventar ocupaciones y pretextos para que terminaran más aprisa. Le hubiera gustado incluso acudir con un leve retraso a la cita. Pero a las cinco y cuarto había agotado ya todos los recursos y se encontró allí, delante de la fachada del hotel, temerosa para colmo de que estuvieran ellos dos en el vestíbulo o se asomaran al balcón de su cuarto y pudieran descubrir que había llegado como una idiota cuarenta y cinco minutos antes de la hora convenida, con tiempo sobrado para elegir cuidadosamente una revista en el kiosco de la esquina y leerla de cabo a rabo en un bar mientras se tomaba una coca-cola que ni le pasaba por la garganta, y hasta para dar una vuelta completa a la manzana examinando con detenimiento los más insólitos escaparates de maquinaria agrícola o de bragueros, todo para comprobar desolada que estaba ya preguntando por ellos en la recepción cuando no eran todavía las seis menos diez.

Bajó el marido a buscarla, por más que insistió Sara en que podía ella subir y encontrar la habitación, y luego, al ascender juntos y solos en el ascensor, murmuró él medio en broma «ahora sí es buena la ocasión para aquel beso» (no lo había olvidado pues ni había hablado por hablar), y no le dio posibilidad ninguna de alargarle la frente o la mejilla, porque antes de que Sara pudiera entender y reaccionar, la había agarrado ya con firmeza y suavidad por la cintura, y antes de que tuviera tiempo de sentirse siquiera alarmada, la había acercado ya hacia sí, la estaba besando en plena boca —y era la primera vez que un hombre la besaba—, al comienzo apretadamente en los labios, luego tratando de que los de ella se entreabrieran debajo de los suyos, aunque no intentó retenerla cuando por fin se deshizo Sara del abrazo y se apartó de él —más sorprendida que asustada—, y entonces silbó unos compases —que no eran, claro está, de *Giselle*— y se rió cariñoso o divertido, y la miró fijo con aquellos ojillos tan vivos y tan azules (que no eran, descubrió ahora Sara, los ojos de un vejete ni de un hombre mayor: eran los ojos de un muchacho), mientras decía «eres maravillosa, sabes, vas a ser una gran mujer», y se le ocurrió a ella si estarían pensando al mismo tiempo los dos en la gran mujer que arriba los esperaba.

Siguieron para Sara unos días magníficos, que superaban y rebasaban en mucho todo aquello que en sus noches insomnes, mientras escribía poemas locos y cartas apasionadas, mientras miraba desde la ventana de su alcoba, sin terminar de penetrarla, la oscuridad, se había animado a fantasear. Porque ellos dos llevaban —descubrió— una vida aparte a la del resto de la compañía, a cuyos miembros veían sólo en el curso de las funciones o durante los no muy frecuentes ensayos, y ni se alojaban siquiera en el mismo hotel, y no disponían por otra parte apenas de amigos en esta ciudad para ellos extranjera y que visitaban por primera vez, de modo que estaban inesperadamente disponibles, y podía llamar Sara invariable por teléfono todas las mañanas, poco después de las diez, y conversaba con el marido y establecían de común acuerdo entre los dos —siempre, sin embargo, en función de «ella», siempre atendiendo en primer lugar a sus antojos, a sus gustos, a sus necesidades— el programa entero para la jornada. Y eran muchas las horas que pasaban juntas las dos mujeres —o juntos los tres— en la peluquería de moda, en los mejores modistos de la ciudad, en los más recónditos y selectos anticuarios, o en exposiciones de arte, o en la echadora de cartas —aunque aseguraban los tres que no creían en magia ni en quiromancia: era tan sólo un juego más que los tentaba y divertía—, comprando regalos para cuando volvieran ellos a su país (buscaba Giselle ropita de bebé para un nieto que en su ausencia acababa de nacer, y quedó Sara atónita de que pudiera contra todo pronóstico ser ya abuela), o recorriendo los barrios viejos en busca de librerías de lance, porque todo le gustaba a la bailarina, todo parecía capaz de sorprenderla y excitarla y divertirla, caprichosa y alocada y deliciosa, tan vital o acaso más que la propia Sara, y tan segura por otra parte de ser el centro del mundo como pudieran estarlo los otros dos de que sí lo era.

Y una mañana en que estaban los tres en la escollera, apoyados en la barandilla que daba sobre un mar gris y embravecido por el que se perseguían y alcanzaban y cabalgaban unas sobre otras largas olas de plomo, con el viento alborotándoles el cabello y enrojeciéndoles la cara, Sara, los ojos entrecerrados y fijos en el infinito, y sin para nada mirarla, se animó finalmente a confesar «quiero ser bailarina, sabes, nada me gustaría tanto como llegar a bailar algún día igual que tú, ¿crees que es ya demasiado tarde?», y la divina, también con la vista fija en el horizonte y con una expresión repentinamente ensoñada y grave, reconoció que tal vez dieciséis años fueran en efecto muchos para iniciarse en una profesión tan absorbente y tan difícil, era desde luego mejor empezar de muy niña —ni recordaba ella en qué momento había comenzado a bailar: había bailado, le parecía, desde que salió del vientre de su madre o escapó gateando de la cuna—, pero, de todos modos, si Sara lo deseaba de verdad y se esforzaba mucho y perseveraba, podría superar con toda certeza esa desventaja inicial. La vista en el infinito y la mirada ensoñada, el cabello oscuro ondeando suelto al viento, un manojo de violetas —del mismo tono que sus ojos, y por eso se las había comprado Sara— sujeto entre los dedos finos, largos, marfileños, un poquito huesudos —y acaso sólo ahí la traicionaba la edad—, hasta que sacudió la cabeza como si despertara de un sueño y voló el cabello en el aire y rompió ella a reír y aseguró que sí, que muy bien, que le encantaría —el hombre acababa de proponer que bailara Sara un día, después de la representación, para ellos dos, ya convencería él a algunos de los músicos de la orquesta para que se quedaran un rato más—, y entreabrió caprichosa los dedos y dejó caer blandamente las florecillas violetas, ya por el calor de su mano medio marchitas, que descendieron suaves hacia el mar tumultuoso y plomizo, que más parecía un mar invernal que un mar de primavera.

Fueron sí unos días maravillosos, y era cierto —se repetía Sara una y otra vez a sí misma— que no se había sentido nunca tan feliz, pero ya desde los comienzos de esta nueva amistad que era para ella mucho más que una amistad, acaso ya desde aquel día en que acudió por primera vez al hotel y estuvieron charlando ella y Giselle ante unas tazas de té, o antes todavía, desde la noche en que entró por primera vez en el camerino y la vio allí al fondo, apoyada en el marco dorado del espejo, se había mezclado a esta dicha suprema e inesperada, a este creciente éxtasis, la ansiedad de saber que no iba a poder prolongarse demasiado, que era la suya una pasión sin futuro o al menos sin posible continuidad, porque ni siquiera era muy larga en ese teatro la temporada de ballet, y cuando terminara se irían ellos dos a otros teatros, a otras ciudades, a otros países, regresarían a su tierra al otro lado de la mar, y podían transcurrir entonces años y más años antes de que tuvieran ocasión o deseos de volver, y Giselle no escribía para colmo de desdichas nunca cartas, tal vez ni las leía tan siquiera (se podía aspirar como mucho a una nota apresurada y cariñosa del marido), y la propia Sara se vería reducida para ellos a una figura remota e insignificante, atrapada en esa chata ciudad de mercaderes donde no sucedía nunca nada, una de las tantas y tantas personas que admiraban a la bailarina a lo largo y a lo ancho del mundo (imposible de todos modos, pensaba, que sintieran lo que ella estaba sintiendo, un parecido fervor, algo equivalente a esa pasión que la tenía muda y absorta y de rodillas...). Y la ansiedad por la separación, siempre sabida como inevitable pero ahora de día en día más cercana, se había ido sobreponiendo a la felicidad, quizá neutralizándola, o acaso por el contrario, cualquiera sabe, haciéndola en algún modo más intensa.

Asistió a la función de despedida como hipnotizada, un nudo apretado en la garganta que le impedía hablar, que le hacía incluso difícil el respirar, los ojos anegados a cada instante por el llanto, mirando las evoluciones de Giselle —habían elegido *Giselle* para esta última actuación— a través de un velo de lágrimas que las enturbiaba y desdibujaba y les prestaba un misterioso halo de irrealidad, cual si estuvieran hechas de esa vaga materia brumosa que caracteriza algunos sueños. Y a trechos el corazón le golpeaba desesperado contra el pecho y se le ocurría a Sara que la delataba e iban los otros a escucharlo y espantarse, y parecía a trechos que se olvidaba de latir, se paralizaba de repente, y fantaseaba Sara que bien podía de un instante a otro sucumbir («morir de amor», se burló de sí misma, sólo que la burla no sirvió en absoluto para que se sintiera menos desdichada, porque Giselle iba a marcharse a la mañana siguiente, tal vez para no regresar jamás, y no alcanzaba Sara a imaginar lo que sería de ahora en adelante su vida sin Giselle ni cómo iba a arreglárselas para sobrevivir, y no había posibles consuelos ni atenuantes ante esta angustia desolada).

Después todo discurrió definitivamente como un sueño, como si estuviera Sara borracha de tristeza, ebria de tristeza y de amor y de esa pavorosa nostalgia anticipada que había comenzado ya antes incluso de que la otra se marchara («nunca la echaré tan desesperadamente de menos como ahora, nunca volveré a añorarla ya de una forma tan terrible, estoy pasando ahora lo peor», se dijo en otro intento vano de consolarse). Se sentía flotar aturdida y como sonámbula, la mente paulatinamente más y más vacía, más intolerable el peso que le oprimía el pecho, la mano oscura que le atenazaba y le helaba el corazón, y pensó que una parte de sí misma había sido proyectada a un planeta remoto, donde no había otra presencia humana que la suya, y exiliada en esa soledad planetaria o lunar veía cómo se desenvolvían los otros en el teatro, cómo estallaban densos los aplausos y se llenaba de flores el escenario, cómo saludaba esta vez sí Giselle con una sonrisa, cómo se movía también esa pálida sombra de sí misma que había dejado en su vuelo atrás. Vio desde distancias siderales cómo acudía el marido a buscarla y la acompañaba hasta uno de los vestuarios y le hacía ponerse una malla y unas zapatillas de baile —no había olvidado tampoco esta vez su promesa—, cómo la subía al escenario ya vacío. Silbaron entre dientes los tramoyistas, los tipos encargados de los focos, admirativos y groseros; farfullaron algo sobre sus muslos y sus tetas, sobre su piel fresca, su carne firme y nueva, *ésa sí merecía la pena,* era una buena moza, una real hembra, y sintió Sara un remoto desagrado, la vergüenza y el miedo a que él los hubiera oído también, el breve sobresalto del espectador que ve aparecer en la pantalla las imágenes de una profanación —porque profanación era el compararlas— que de todos modos no le concierne. Y le preguntó el hombre qué era lo que quería bailar y bajó a decirles a los tres o cuatro músicos que aguardaban en el foso de la orquesta que *Sheherezade,* y fue a sentarse entonces en la primera fila del patio de butacas, y descubrió ahora Sara que también «ella» estaba allí esperando, ya con ropa de calle —unos vaqueros y una blusa de seda malva anudada a la cintura, aunque tendría que ir más tarde al hotel a vestirse para la recepción—, esbozando una sonrisa afectuosa y un gesto que venía a significar «ánimo y adelante». Y le pareció a Sara que bailar allí, en el teatro vacío, sólo para ellos dos, iba a causarle un pánico y un rubor peores a los que pudiera experimentar luego, en cualquier otro momento de su carrera, ante públicos multitudinarios y menos amistosos, pensó que no iba a poder mover, desde el remotísimo planeta en el que había sin remedio y contra su voluntad naufragado, ese cuerpo huérfano e inerte, esa marioneta malamente abandonada en mitad de un escenario. Pero empezó la música, se encendieron los focos, y Sara bailó, arrastrada por la melodía o por su misma inercia, o tal vez accionada esa sombra de sí misma por hilos invisibles que manejaba su otro yo desde la estrella.

Bailó leve y sonámbula, hasta que concluyó la música, y se encendieron ahora las luces tan aprisa que la dejaron aturdida y parpadeante, y sonaron muy extraños en el gran teatro vacío los aplausos de los tramoyistas y de los músicos. Y el hombre estaba ya a su lado y le cogía las manos fuerte fuerte y la besaba ruidoso en las dos mejillas, «estupendo, Sara, lo haces muy bien, cuando volvamos a España habrá que ir pensando en tu debut» (no estaba ella segura de que fuera sincero ni de que hubiera bailado tan bien). Y fue luego Giselle la que le oprimió las manos y la estrechó contra sí y la besó en las dos mejillas y aseguró que le había gustado mucho, sólo que era *Sheherezade* ante todo un ballet erótico y sensual, un vértigo de amor profano, y debía estar cada gesto de la bailarina revestido de quemante corporeidad, de encendido deseo. Y con la ropa de calle que llevaba puesta, quitándose únicamente los zapatos, sin requerir para nada el concurso de la orquesta, canturreando para sí bajito unos acordes, evolucionó unos segundos por el escenario, dio tan sólo unos pasos —«es más o menos así, ¿entiendes?»—, y quizá fuera en definitiva cierto que empezaba a envejecer y hasta que estaba demasiado flaca, pero la tímida muchachita campesina enamorada primero y burlada luego por su príncipe encantador, esa Giselle que Sara entre las múltiples posibles imágenes prefería, era ahora una mujer en la fulgurante plenitud de su sexualidad y su belleza, una bacante que estallaba de lujuria y goce, que electrizaba el aire a su alrededor —«¿entiendes?»—, y Sara sí entendía, era imposible no entender, pero se mezclaba a esta comprensión el temor de no alcanzar a bailar ella jamás de modo parecido, lo evidente del abismo acaso insalvable que las separaba, y por unos instantes el fervor con que la amaba, la añoranza terrible con que había empezado a echarla ya de menos, se enfrentaron a un sordo sentimiento contrapuesto de despecho y envidia y rencor.

Todo seguía discurriendo con esa inconcreta vaguedad que preside los sueños. Y allí estaba Sara ahora —sin que hubieran mediado imágenes intermedias, o no podía en cualquier caso evocarlas—, en el mismo camarín donde se había puesto antes las zapatillas y la malla, y Giselle-Sheherezade había desaparecido (estaría seguramente en el hotel arreglándose y cambiándose de ropa), y ella lloraba desconsolada de bruces en el diván —un diván tapizado de satén negro con flores rojas, que no habría de olvidar ya jamás—, con el abandono con que había llorado de niña —y nunca le había parecido su infancia tan distante—, con ese llanto difícil que cuando por fin estallaba nada podía luego parar, y por eso precisamente le daba tanta rabia comenzar a llorar. Lloraba y lloraba sobre el diván de fondo negro y rosas rojas, la cabeza hundida en las almohadas, mientras repetía una y mil veces atragantándose con los sollozos que la quería y que no iba a conseguir sobrevivir sin ella, y en algún momento que no hubiera logrado luego precisar había entrado el marido en el camerino y se había sentado a su lado, le había acariciado despacito el pelo, le había secado una vez y otra las lágrimas con su pañuelo, le había dicho en un murmullo ronco y tranquilizador «esto no es nada, pequeña, tú sabes que te queremos mucho, sabes que vamos a volver», y le había desabrochado sin que se diera ella cuenta la blusa, y había empezado a acariciarle con manos tibias y secas y muy suaves los pechos que había sacado delicadamente del sujetador, y había tenido Sara en su aturdimiento un gesto de alarma y de protesta, pero el hombre le había seguido hablando como a una niña chica, le besaba las manos, le acariciaba los hombros y el cabello, repetía incansable «tú sabes que te queremos los dos mucho, tú sabes que hemos de volver» —siempre en plural, por más que Sara insistiera tenaz en «yo la quiero»—, y volvió a poner despacio sobre sus senos inquietos, agitados todavía por el llanto, aquellas manos tan suaves y tan cálidas, y luego se los besó con cuidado, y mientras los besaba hizo descender una de sus manos a lo largo del vientre liso, y Sara tuvo de nuevo un sobresalto, un gesto de protesta y de rechazo, y apretó con fuerza los muslos, pero el hombre rió una vez más y le habló en un ronroneo cariñoso, tranquilizador, como se calma a un chiquillo —pensó Sara en medio de su ensueño— que acaba de despertar asustado en la oscuridad de la noche, o como se apacigua a la yegua primeriza que teme y que rehúye la montura, y pasó leves las yemas de los dedos por la parte interior de los muslos, mientras la abrazaba muy fuerte y volvía a besarla en la boca. Y Sara sabía que hubiera debido sentirse por fuerza asustada y ofendida, escandalizada por el hombre y por sí misma y sobre todo por aquella Giselle a la que estaban ambos de manera tan torpe traicionando, y trató de imaginar lo que dirían, caso de saber lo ocurrido, los primos y los otros amigos, trató de imaginar la reacción de sus padres (ni siquiera el abuelo, mítico defensor de la música y de la aventura, hubiera podido justificar una cosa así), pero todo quedaba más y más lejos, y en lugar de experimentar temor o repugnancia la fue invadiendo a oleadas un extraño calor, un profundo bienestar —¿cómo no le habría explicado nadie que el contacto de dos cuerpos, el cuerpo de otro pesando sobre el suyo, una boca sobre su boca, una lengua buscándole la lengua y la garganta, unos dedos desbrozándole con infinito cuidado los pezones, jugueteando leves entre sus muslos, adentrándose luego en la enramada oscura y densa y húmeda del sexo, podía ser tan agradable y tan conmovedor?

Sara descubrió que le gustaba demasiado para poder sentirse ofendida o asustada, demasiado para poder creerse de veras ante nadie culpable, demasiado —y resultaba tan extraño— para poder en su pereza, en su lánguida somnolencia, detenerle y atajar en algún punto esa locura, y se abandonó pues, enardecida y temblorosa, la respiración entrecortada, los ojos cerrados, y le dejó seguir sin resistencias ni protestas, y fue el hombre quien —cuando la muchacha gimió de placer, pero sobre todo de asombro y de incredulidad (conque era «esto» pues, cómo no le habían explicado que podía existir algo...), cuando abrió de golpe los ojos de par en par y le miró rectamente de frente y se asió a él con una fuerza insospechada y escondió luego la cabeza en su hombro— puso punto final a sus caricias, y la ayudó a ponerse el sujetador y le abrochó la blusa y le subió la falda y, mientras le alisaba el cabello con la mano, le preguntó tan sólo «¿te ha gustado mucho, de verdad?», como si interrogara a una niñita a la que acababa de regalarle un helado de chocolate, «si vieras lo bonita que estás ahora...», y «vas a ser algún día, dentro de poco, una gran mujer», repitió. Y entre tanto Sara aturdida iba recobrando despacio el aliento, recuperaba el ritmo habitual de su respiración, y se sentía ahora relajada y liberada, y tan cómoda, y advertía oscuramente que lo ocurrido aquí estaba de modo confuso pero cierto relacionado con su amor por la bailarina —por más que pareciera la habían juntos traicionado—, con su pasión por la danza, con su deseo tan vehemente de ser ella misma Giselle, con su reciente decisión de escapar para siempre del proscenio familiar, de esta ciudad de mercaderes, de esos amigos chatos, e incluso de sus padres. Todo andaba extrañamente junto y revuelto, y estaba en definitiva bien que fuera así, y aunque a tientas y a puros ramalazos de instinto ella había emprendido el camino adecuado, el camino preciso, y sabía que iba a aprender de veras a bailar y que se iba a hacer muy pronto plenamente mujer —acaso una gran mujer, como había repetido el hombre en dos distintas ocasiones—, iba a terminar de crecer aquí, mientras los esperaba, mientras ella a los dos los esperaba, y sabía también ahora con absoluta certeza que iban a volver, aunque no fuera más que por haber quedado tantas y tantas cosas entre los tres pendientes.

Los primos

Gabi la esperaba todos los días a la puerta del colegio, justo a las nueve y media de la mañana, porque a esta hora entraban los pequeños y tenían los mayores su primer recreo, y a Sara la atemorizaba cruzar sola por el extremo del patio grande, un rectángulo inhóspito de piedra y de cemento, con gravilla en el suelo, sin plantas y sin apenas árboles, donde estaban los muchachos —a las chicas mayores les correspondía en el recreo la otra mitad del patio, justo al extremo opuesto de aquel por donde entraba Sara—, pateando y corriendo tras la pelota, empujándose, haciéndose los unos a los otros la zancadilla o atizándose sin más, ante la mirada remota de unos profesores indiferentes o distraídos (sólo el instructor de gimnasia intervenía algunas veces, si le parecía que la pelea estaba pasando ya de castaño oscuro, y agarraba entonces a cada uno de los púgiles con sus manazas enormes y los levantaba casi en vilo y les hacía golpear cabeza contra cabeza, hasta que les sangraba la frente y se les quitaban las ganas), o simplemente ante la mirada de nadie. «Parece de veras un campo de batalla, hasta a mí me da un poco de miedo», había reconocido mamá risueña y comprensiva ante las protestas de Sara, y había comentado tío Ignacio, «dejan que los muchachos diriman entre ellos sus problemas, que aprendan a defenderse por sí mismos», y Sara le escuchaba como de costumbre atónita, porque era tío Ignacio, o eso le parecía a ella, el más guapo, el más fuerte, el más generoso y el más divertido de todos los hombres que frecuentaban la casa, y olía muy bien, a tabaco de pipa y a buena colonia inglesa, y se había traído del extranjero un coche largo y extraño como no había acaso otro en la ciudad —decían, además, y era uno de los muchos chismes que sobre él corrían, que lo había ganado en una noche de juego a la ruleta o al bacarrá—, y montaba muy bien a caballo, con altas botas de cuero negro y unas espuelas de plata, y se azaraban las criadas cuando él las miraba y se echaban a reír como unas tontas o se les caían las fuentes de las manos y volcaban las salsas, y tenía que mandarlas entonces la madre a la cocina, como la mandaba también a ella muy a menudo al cuarto de jugar, donde estaba su hermana menor, cada vez que iniciaba su tío una de esas historias que los niños no deben escuchar y que hacían estallar a los mayores en carcajadas y que desaprobaba mamá sin excesiva convicción, y ahora, el día en que hablaron del patio del colegio y de sus miedos, la tenía tío Ignacio sentada en las rodillas y daba breves chupadas a la pipa —se llenaba la habitación toda de sabor a miel— y le explicaba que así se convierten los muchachos en hombres, y Sara le escuchaba como siempre con la boca abierta —le gustaba mucho el modo en que la sentaba sobre sus piernas y le contaba historias—, y no se animó Sara a preguntar qué pasaba con los chicos menos peleones o menos fuertes, en parte porque le daba mucha vergüenza hacer estas preguntas que los adultos juzgaban a veces tan tontas, y en parte porque la acometió un repentino y difuso temor ante lo que pudiera el hombre responder, y entonces tío Ignacio la había abrazado riendo y le había explicado que no importaba que ella tuviera miedo y no se atreviera a cruzar sola el patio del colegio, le había explicado que era sólo una niña —la más rubia y la más guapa de todas sus sobrinas, la preferida— y no tenía por qué aprender a defenderse ni a pelear, y le prometió que Gabi, tres años mayor que ella y que tenía justo recreo a esa misma hora, la escoltaría todas las mañanas hasta el pabellón de los pequeños —donde sí había plantas y muchas flores y láminas a todo color en las paredes y árboles de Navidad o coronas de Adviento y unas maestras casi todas muy rubias y casi todas muy amables a las que había debido llamar hasta hacía poco «Tantes» y no «Fräuleins»—, y después tío Ignacio se había puesto en pie y la había levantado en alto y había bailado con ella en brazos el *Danubio Azul* —que era su vals particular, el de ellos dos, compartido como otros tantos ritos y secretos y claves y complicidades—, tarareando la melodía casi a gritos, con voz estruendosa y desafinada, y girando cada vez más y más aprisa, y había cerrado Sara los ojos porque le parecía que iba a marearse (estaba ya protestando mamá), pero de todos modos le gustaba, y había pensado de nuevo una vez más, girando allí en sus brazos, que era sin duda éste el mejor de todos los tíos del mundo —ninguno de sus compañeros o amigos tenía uno parecido—, y que tal vez había hablado por hablar o acaso los chicos más débiles lo fueran en definitiva por su propia culpa, como debía de ser —había oído a menudo— en gran parte al menos culpa de los pobres su pobreza (y era esa hipótesis la que le permitía elegir con cierta holgura los dulces en la pastelería, beber en las granjas con relativa buena conciencia los tazones humeantes de espeso chocolate, mientras veía las narices de otros niños apoyadas desde el exterior en los cristales, aunque no entendía mucho Sara en qué podía radicar la culpa de los niños), y ella tenía en cualquier caso la ventaja —qué inmenso alivio— de haber nacido mujer, porque no quería ni imaginar lo catastrófico que pudo haber sido nacer varón y tener que andar siempre a trompadas demostrando no se sabía cuántas cosas y aprender a golpear más fuerte y el primero («si un chico te pega, tú le pegas más fuerte, entiendes», le explicaba tío Ignacio a Gabi, y Gabi, que había sido de pequeño un crío tan frágil y delicado, y hasta enfermizo como su madre, respondía con énfasis que sí, que claro que entendía, que ya lo estaba haciendo así cada vez que se presentaba la ocasión), y no poder sentir o confesar nunca miedo ante nada y no poder para colmo de desdichas llorar tampoco jamás.

A las nueve y media de la mañana era el patio del colegio —como había reconocido la madre— un campo de Agramante, un amasijo confuso de gritos y de polvo y de carreras y patadas, y su primo Gabi, el único hijo de tío Ignacio, la acompañaba muy serio hasta el pabellón de los pequeños y hasta la misma puerta de su clase —en parte envanecido y en parte avergonzado por esa misión de caballero andante protector de doncellas—, y miraba Sara a hurtadillas al pasar a los chicos, sobre todo a los mayores, aquellos que estaban a punto de terminar el colegio y que aparecían en los festivales deportivos o de fin de curso con unos eslips y camisetas blancas, y trepaban como monos a las cuerdas más altas, a las barras más resbaladizas, y hacían unos ejercicios impecables en las paralelas o en el potro, y, para cerrar la exhibición —y era de mucho lo más impresionante—, saltaban tan hermosa, tan limpia, tan increíblemente con la pértiga, los cuerpos ágiles y finos y dorados proyectados hacia arriba, alto alto, contra el cielo azul— «en ningún otro colegio se ven ejercicios como éstos», comentaban los familiares en la tribuna que se había levantado en el patio para la ocasión—, y se alineaban por último ante los espectadores, sudorosos, erguidos, marciales, satisfechos, y entonaban con voces profundas, recién estrenadas voces de hombre, unas canciones que hablaban casi todo el tiempo de la patria y de la muerte, algunas extrañamente melancólicas.

Al llegar a este punto las madres, y no era sólo la de Sara, tan emotiva, tenían los ojos invariablemente arrasados de lágrimas, y tío Ignacio rezongaba emocionado algo así como «muchos de estos chicos irán desde aquí a la primera línea del frente... los mejores soldados del mundo», y entonces a Sara, por más que se sintiera al mismo tiempo arrastrada y enardecida por la belleza y el brío y hasta la tristeza de las canciones, se le aparecían sin que lo pudiera evitar las imágenes que había visto en el cine, una semana tras otra y desde hacía mucho, en los reportajes que completaban los programas de dibujos animados, y que ella veía siempre por mucho que se esforzara en no mirar y se cubriera los ojos con las manos y tratara de pensar en otras cosas —como no quería mirar tampoco cuando proyectaban documentales sobre las corridas de toros, y terminaba siempre por vislumbrar por entre las rendijas de los dedos entrecruzados aquellas imágenes que habían de quitarle luego el sueño—, los soldados en zanjas, entre la lluvia y el barro, corriendo, cayendo, saltando hechos pedazos por el aire, los edificios en llamas, las fachadas desmoronándose como decorados de cartón, las ciudades reducidas a montones de escombros entre los que vagaban fantasmales los niños y las mujeres y los viejos, y pensaba en el boletín que se imprimía en el colegio y se distribuía entre los padres, y que incluía en las últimas páginas unas listas, cada vez más largas, de ex alumnos muertos en combate a los diecinueve, a los dieciocho, a los diecisiete años, aquellos muchachos que eran según tío Ignacio los mejores soldados del mundo, y le parecía a Sara todo tan irreal, tan poco creíble.

Entonaban los chicos himnos patrióticos, marchas militares, y coreaban a una, en un grito fortísimo que desbordaba el patio del colegio, las voces de rigor y saludaban firmes y marciales brazo en alto —el mismo grito y el mismo saludo que repetían alumnos y profesores ante la fotografía de un tipo que estaba en todas las dependencias del edificio, en todas las clases, en el salón de actos, en la sala de juntas, en las del profesorado, con gesto envarado y ojillos juntos y ratoniles y un bigotito muy parecido, aunque menos hirsuto y menos denso, al que llevaba tío Ignacio. Y en estos comienzos de la primavera del 45, en que corrían rumores confusos y aterradores, terribles veredictos todavía encubiertos de derrota, en que habían aparecido repetidas veces pintarrajeadas las paredes exteriores del colegio con dibujos ofensivos y frases amenazadoras —tan pronto borradas que Sara ni las alcanzó a ver—, en que habían amanecido una mañana rotos los cristales de múltiples ventanas, y parecía que algunas de las gentes que cruzaban por la calle cuando salían los alumnos del colegio apresuraban el paso y los miraban mal, ahora pues, en esta primavera, el saludo se había tornado más enérgico y rotundo, el grito más viril y encrespado y marcial.

Cuando terminaban las clases, al mediodía, los chicos y las chicas bajaban juntos las escaleras y cruzaban el patio y salían a la calle en tropel, gritando y empujándose, volteando en el aire las carteras como si se tratara de armas de ataque, pero no era ya lo mismo que adentrarse por las mañanas sola en el patio de los mayores, y recorría ahora Sara sin excesivo miedo ni problemas el trecho que la llevaba hasta la verja de salida, y allí la estaba esperando casi siempre otro de sus primos, Bruno, algunas veces con tía Irene, los dos de pie y cogidos de la mano entre el kiosco de los tebeos y los cromos y el carrito verde y blanco donde un hombre vendía unas manzanas pequeñas, recubiertas de azúcar cristalizado y ensartadas en un palito, que compraban casi todos los otros chicos y que a Sara no le habían dejado nunca ni probar, porque decía la madre que eran, al igual que los chicles o el regaliz, una porquería, sin comparación posible con las golosinas que adquirían para ella en las mejores pastelerías de la ciudad o con los grandes tazones de chocolate espeso y desbordantes de nata que la llevaban a merendar a las granjas (siempre las golosinas más exquisitas, los juguetes recién importados, difícilmente importados de una Europa en guerra, los libros con las láminas en color mejor impresas, los gusanos de seda más gordos, los vestidos tan a la moda que no los llevaba todavía nadie, siempre, y era ya una manía, lo mejor de lo mejor), y seguramente por eso había inventado Sara para esas manzanitas barnizadas de azúcar colorado —era lo mejor de ellas, descubriría después, cuando las probó por fin y le parecieron verdes y ácidas, ese rojo y brillante color— que vendían a la salida del colegio (el mejor colegio de la ciudad: el que tenía los profesores más sabios, los laboratorios y la biblioteca más completos, el gimnasio más grande, los sistemas pedagógicos más avanzados) el sabor delicioso de lo vedado y lo prohibido.

Tía Irene era hermana de mamá y de tío Ignacio, pero le resultaba a Sara tan distinta en todo que no podía acabar de convencerse de que fuera de verdad su tía, y hasta se lo preguntó un día a la madre, y mamá se echó a reír y le apartó el flequillo de los ojos castaños y la besó como hacía a veces en la punta de la nariz y la atrajo hacia su regazo y le explicó que sí, claro que era Irene su tía, era la hermana mayor, y quizá por esto, por los cinco o seis años que les llevaba, le parecía diferente, y no le costaba nada a Sara creer que era su tía cinco años o seis o todos los del mundo mayor que su mamá o que tío Ignacio, y no la conformaba sin embargo la solución de que radicara ahí la diferencia. Y entonces se puso mamá un poco seria y pensativa, y reconoció que Irene había sido además, ya desde pequeña, distinta, una niña rara, y quiso averiguar Sara, «¿pero cómo era, qué hacía?», y entonces intervino como tantas otras veces tío Ignacio, que andaba a menudo por la casa, entre otras razones porque en aquel entonces vivían todos muy cerca los unos de los otros, de modo que creía Sara se limitaba la ciudad a unas pocas calles, y estaba el padre casi siempre fuera trabajando y estaba la mujer de tío Ignacio en la cama con jaqueca o en la peluquería, y el tío se escapaba a cada rato del despacho, que quedaba allí mismo, justo al lado, y venía a la casa a tomarse una copa o un café, y sobre todo a charlar y compinchearse con la madre, unidos el uno al otro como no lo estaban posiblemente a nadie más, y le explicaba el tío «tu madre era preciosa, sabes, rubia y blanca y esbelta y ojiazul (durante años iba a creer Sara que todas las guapas de verdad tenían forzosamente el cabello rubio y los ojos claros, apócrifas y sin valor las bellezas oscuras y morenas), la niña más bonita que yo he visto nunca, y lo sabía ella muy bien, ya desde chica, y le gustaba embadurnarse la cara con carmín y colorete, calzarse unos zapatos de tacón de tu abuela, inventarse disfraces con colchas y cortinas y otras ropas viejas, ponerse en la cabeza una corona de cartón dorado y jugar a ser la más princesa de todas las princesas («decíais que yo quería ser la princesa guisante», le interrumpía riendo la madre), o se recogía el pelo y agarraba un abanico y se envolvía en un mantón, y se sentaba al piano y jugaba a ser una dama romántica por la que dos apuestos caballeros iban a batirse aquella misma noche en terrible duelo...». «Pero Irene, ¿qué hacía entre tanto tía Irene?», le interrumpía y preguntaba Sara, que conocía ya de memoria las historias de los juegos de su madre niña y prefería ahora saciar su curiosidad sobre la tía. Y «mira, no lo sé bien», confesaba tío Ignacio, «era mayor que nosotros, y se casó y se marchó de la casa cuando éramos todavía unos niños, pero me parece que andaba siempre perdida por las habitaciones de servicio, siempre tratando con una gente que no era la adecuada, vestida de cualquier modo y cuidando a los niños de una vecina o de la portera, o con un pañuelo liado a la cabeza y ayudando a limpiar, por mucho que protestara y que la reprendiera tu abuela, y fue tu abuela la que me contó un día que de pequeña jugaba Irene a ser la mujer de un minero o de un albañil, y le preparaba unas sardinas o una tortilla para llevárselo a la obra o a la mina...». «Y a lo mejor hasta resultaba que tenía siete hijos enfermos y se producía un terrible accidente en el trabajo», sugería mamá interrumpiéndole, y empezaban ahí a evocar o a fabular los dos hermanos, muertos de risa, quitándose el uno al otro las palabras de la boca, hasta que se les saltaban las lágrimas, y habían olvidado quizás enteramente la presencia de Sara y sus curiosidades, y luego, mientras recuperaban el aliento, se ponían de repente serios y comentaban lo raro que resultaba constatar que después, a lo largo de todo lo que llevaban de vida, no habían hecho otra cosa los tres que repetir o trasponer al terreno de la realidad unos mismos juegos.

Pensaba Sara que tal vez los padres y los tíos y sus amigos sí jugaban a un juego que, por más que no terminara de entender, le parecía, eso sí, sin duda un hermoso juego, y lo jugaban con alegría, con soltura, con espontaneidad, y discurría el juego por lo que ella sabía en interiores alfombrados y aireados, con muebles blancos y lacados, con ramos de flores en todos los jarrones, o discurría a veces en el césped contiguo a la piscina, derrumbados unos y otras en las tumbonas con un vaso en la mano, o en las mesitas dispuestas debajo de los pinos en el club (había allí, bajo los pinos, un hermoso piar de pájaros enloquecidos, y le llevó mucho tiempo a Sara descubrir que eran unos pájaros apresados en jaulas miserables ocultas por el follaje los que así cantaban, y no era el suyo un canto de libertad y de alegría, sino de muerte y desolación), o quizás en los teatros, donde ella no había estado todavía nunca, pero que tía Irene —curioso que fuera ella, la única que casi nunca iba, la que le contara— le había descrito detalladamente, los palcos de la ópera de terciopelo rojo, los pasillos alfombrados, las arañas de cristal, los caballeros en esmoquin, las señoras con un vestido largo, o en las pistas de esquí o en la cubierta de un trasatlántico que navegaba por el Pacífico bajo la luz de las estrellas, en estos escenarios se desenvolvía sin duda alguna el hermoso juego, y eran los hombres por igual enérgicos y apuestos y varoniles, y eran las mujeres rubias y hermosas —o así hubiera debido ser, o así era por lo menos en las películas—, y se comportaban ellos como caballeros galantes y ellas un poco como princesas malcriadas y caprichosas («tu madre era la chica más guapa de todo el pueblo de veraneo», le explicaba el padre, que tomaba algunas veces el relevo del tío en ese cantar y no parar sus alabanzas, «y todos los chicos queríamos salir con ella, y fuimos cinco los que nos enamoramos de verdad e intentamos conseguirla como esposa, y entre los cinco me eligió a mí», todo como en un cuento), y eran, se suponía, los unos y las otras, exquisitamente sensibles y delicados, incuestionablemente honestos, inequívocamente superiores, y pensaba Sara que quizá por este motivo de su superioridad les había sido reservado un juego que todos los humanos hubieran querido jugar, pero que se brindaba sólo a unos pocos. («Los mejores de los mejores», se postuló Sara dubitativa, y se sintió mal, porque algo en algún punto no funcionaba, y también porque se miraba algunas veces en el espejo del cuarto de baño y había decidido que —dijera lo que dijera tío Ignacio, dijeran lo que dijeran los padres y los demás— ella no iba a ser nunca una mujer bonita, no era bonita ahora ya, y se le ponía para colmo el cabello, que había sido sí de un rubio inicial, cada día más y más oscuro, por mucho que lo lavaran con infusiones de manzanilla y se lo mojaran con colonia antes de que tomara el sol, y la aterrorizaban y disgustaban —aunque en ciertos aspectos la fascinaran también, pero no era ésta la fascinación que podía desembocar en el afecto o el amor— aquellos muchachos fuertes y tumultuosos y prepotentes y sin miedo que se estaban haciendo hombres a bofetadas en el patio del colegio —y a los que había terminado por parecerse Gabi, que había sido de pequeño tan flaco y delicado como lo era su madre, la lánguida señora de las jaquecas permanentes—, y tenía Sara el cierto presentimiento, la inquietante certeza de que tampoco podría gustarles ella a ellos en modo alguno jamás.

Los padres y todas las gentes que constituían el mundo de los padres —el mundo que hubiera debido ser algún día también el suyo— jugaban pues un hermoso juego que les estaba reservado y discurría a plena luz, como en lo alto de un escenario, bien encendidas las candilejas y los focos, y seguía sus movimientos un mágico resplandor, y estaban ahí arriba, donde se podía mirarlos y admirarlos —«contemplar, admirar, envidiar, odiar», se le ocurrió a Sara con un estremecimiento—, un mundo de personajes que le parecían bien dibujados, provisto cada uno de su individualidad —por más que se parecieran todos un poquito y tuvieran cierto inconfundible aire de familia—, pero más allá de esta zona dorada donde evolucionaban a sus anchas los elegidos de no se sabía bien qué dioses, comenzaba otro mundo sombrío y equívoco, del que no conocía Sara ni conocían los otros niños apenas nada, un mundo en el que pensaba unas veces con inquietud y otras veces con miedo, en el que se agolpaba una multitud de personajes sin rostro (pegada la nariz a los cristales del gran salón donde se había servido para unos pocos el festín, como pegaban los niños pobres las narices a los cristales de las granjas y las pastelerías), y era una gente fea y encogida y torpe, gente baja y morena («hemos hecho un estudio de las medidas de los niños en los barrios obreros y en las zonas residenciales», les había explicado sin parpadcar el profesor de ciencias, que les hablaba a veces de temas ajenos a la clase, «¿sabéis que los niños de clase humilde tienen todas las medidas inferiores, todas menos la nariz?»), gente que vestía mal, hablaba mal, olía mal, gente que vivía mal, se aventuró a conjeturar Sara, no de un modo distinto, sino distinto y mal, como si existieran de prestado, como si la vida que les había caído en suerte fuera —al igual que el pan negro y el aceite de semillas extrañas y la margarina que conseguían a cambio de unos cupones y que ella no había probado ni visto en su propia casa jamás, al igual que esas ropas mal cortadas y de tejidos ásperos, y no era sólo eso, era como si existiera el propósito deliberado de que fueran hasta donde fuera posible distintas, ropas que se hacían quizás ellos mismos o que compraban en un tipo de comercios que ella no conocía— un burdo sucedáneo de la vida de verdad, y eran muchos (primo Bruno le había contestado sarcástico que claro que eran muchos, eran «casi todos», eran «la inmensa mayoría», el día que ella se atrevió a preguntarle, sin animarse a precisar bien a quiénes se refería, pero la entendió él de todos modos), por más que nunca se aventuraran, salvo como mendigos o como sirvientes —y esto, le parecía a Sara, era otro cantar—, dentro del estrecho recinto —mágicamente fortificado por más que sin visibles murallas— de las pocas avenidas y calles que constituían para ella y los suyos la ciudad, porque tan ajenos eran, tan forasteros, que habitaban incluso —en unas zonas periféricas— unas casas que debían de ser también por fuerza diferentes, y los había visto Sara hasta entonces de uno en uno, o de muy pocos en muy pocos, grupos aislados y dispersos, pero Bruno le había confirmado sin embargo su sospecha de que eran muchísimos.

Y hubo luego un día —en aquella misma primavera del 45 en que había cumplido Sara nueve años— en que el padre equivocó el camino y se adentró por un barrio que no le era a ella familiar, inconcebible que perteneciera a la misma ciudad, y se vieron de pronto rodeados de esas gentes, los hombres agitando unas octavillas en el aire, metiéndoselas a la fuerza por la ventanilla, las mujeres —había muchas mujeres— interceptando el avance del vehículo con gesto crispado y rostros encendidos, y eran remotos como marcianos, y tenían un aspecto terrible y amenazador, raros seres vomitados por la noche, en nada parecidos a mendigos o a criados, habitantes oscuros de la más profunda de las tinieblas, en la que no imaginaba Sara cuál era el juego que se podía jugar, y gritaban roncos y agitaban los puños, y Sara se asustó —y no pudo sin embargo el miedo sobreponerse a la curiosidad, a las ganas imperiosas de saber, de comprender por fin, de modo que los siguió mirando de hito en hito con ojos bien abiertos—, y debió de durar todo sin duda poco más de unos segundos, porque dijo algo la madre con voz trémula —estaba palidísima—, y el padre pisó enseguida sin vacilar el acelerador —más enfadado que asustado—, y se apartaron los otros de un salto y salió el coche disparado de estampida, pero le habían parecido a Sara en este breve encuentro tan ajenos, tan hostiles, tan violentos, tan deseosos de dañar y de dañarla como pudieran estarlo los chicos en el patio del colegio, sólo que muchísimo peor, y le provocaron una ansiedad similar aunque más intensa y sobre todo mucho más conflictiva, que brotaba de esa confusa sensación del odio ajeno —duro y palpable y cierto— y de que era este odio contra ella inexplicable y no lo podía en modo alguno comprender y presentía sin embargo —y era una corazonada— que algo o acaso todo andaba mal pero que muy mal en el mundo, o al menos en el mundo que la rodeaba, y por debajo de todo esto, mucho más hondo, aunque ni ella misma lo hubiera detectado todavía, un ambiguo, turbio, mareante, avasallador sentimiento de culpabilidad, que había de ir creciendo y creciendo con el transcurso de los años, hasta romper los diques y desbordarla y arrollarlo todo a su paso, y precipitarla en lo más revuelto y proceloso de la corriente, definitivamente perdidas y para siempre inalcanzables cualquiera de las dos orillas.

Cuando aquel día llegaron a la casa, estaba la madre nerviosísima y muy pálida, y rompió ahora a llorar, y tío Ignacio, al averiguar lo que había sucedido, se enfureció, y gritó, hasta perder el resuello y la voz, que eran unas bestias, peor que perros rabiosos, peor que las alimañas de los bosques, y no habían aprendido además nada de nada, hubiera debido ser mucho más dura la lección, ya que era la sangre el único lenguaje que con ellos valía, haber terminado simplemente con todos esos rojos piojosos de mierda, que no quedara ni uno vivo, pero estaban de todos modos locos si creían que iban a poder repetir lo del 36 (tendrían que pasar todavía años antes de que Sara escuchara un día atónita por primera vez que no eran los rojos los que habían dado comienzo a la guerra civil, que no eran ellos los que se habían lanzado un día a las calles por las buenas para arrasar y saquear y torturar y asesinar), porque ellos —los de tío Ignacio y los suyos, aunque no sabía Sara exactamente quiénes eran— sí habían aprendido, y sabían ahora cómo funcionaban estas cosas y a qué atenerse y estaban preparados y no los pillarían de sorpresa, porque tenía él guardadas armas suficientes como para hacerles saltar el seso a unos cuantos antes de que traspusieran el umbral de su casa. Y aquí estalló el hombre en carcajadas, y a Sara esta risa, tan fuera de lugar, le sonó siniestra, y era —pensó— la misma risa con que había comentado un día que a los dueños del picadero no les gustaba —«no les convenía», esto fue lo que dijo— que les reventara él la tripa a los caballos (para eso servían pues en definitiva las espuelas de plata, y los flancos del caballo blanco de San Jorge, los ijares del corcel negro del Guerrero del Antifaz, estaban húmedos y pegajosos de una sangre que rezumaba oscura, espesa, todavía caliente), la misma risa en que había estallado otro día al comentar que habían tenido menganita y zutanito su cuarto hijo, y cómo demonios se atreverían a procrear así, como conejos, siendo los dos tan feos (y ahí se sumó la madre, y suscribió, entre bromas, que debería obtenerse un certificado previo antes de fabricar un hijo, porque no había derecho a rebajar así el nivel estético de la humanidad, ya de por sí tan deficiente, al igual que tampoco deberían tener hijos las gentes pobres que no los podían convenientemente mantener), la misma risa con la que —y se reía tanto que apenas se entendían las palabras— les explicó otra vez —mientras la madre las enviaba a ella y a su hermana menor al cuarto de las niñas—, «¿sabéis lo que me ha dicho la muy idiota?» —y Sara no tenía idea de quién pudiera ser la muy idiota, pero no se estaba refiriendo desde luego, y por eso las mandaba la madre salir de la habitación, a su esposa apática y melindrosa aunque bellísima—, «Ignacio, tú no eres un caballero, tú no eres tan siquiera un hombre». Y «¿por qué le ha dicho esa mujer que él no es un hombre?», preguntó Sara admirada a primo Bruno, ya en el cuarto de jugar, ¿no era acaso tío Ignacio, tan fuerte, tan valiente, tan amante del deporte y de las mujeres, tan entusiasmado con la guerra, cuyas batallas y avatares seguía con fruición —por más que últimamente con menor placer—, como si se tratara de una partida de ajedrez o de un match de boxeo, el prototipo mismo de la virilidad? Y Bruno contestó, y era como si la estuviera censurando a ella, culpando a ella, no sólo a tío Ignacio o a la madre, «esa pobre chica ha podido creer que ser hombre consistía en otra cosa», y estaba clarísimo, era a todas luces evidente, que él también lo creía, aunque no lo especificara de modo más concreto y se negara a seguir discutiendo la cuestión y empezara a jugar con la otra niña más pequeña, y se quedara Sara la fisgona, Sara la curiosa, Sara la entrometida, con tantísimas cuestiones por preguntar.

Y a Sara, por más que no terminara de entenderlos, por más que no supiera discernir con exactitud dónde terminaban las bromas y dónde comenzaban las veras, estos comentarios de tío Ignacio le parecían terribles —sobre todo lo de rajarles la tripa a los caballos con las espuelas de plata—, y no se explicaba que pudiera ver en ellos nadie gracia alguna, no comprendía que él riera y que los otros secundaran sin más sus carcajadas, lo cual equivalía a una complicidad y a una aceptación, y entonces, durante unos instantes —no solía durar más de unos instantes—, después de que él dijera esa brutalidad de volarles la cabeza o los sesos a no se sabía quién, le parecía a veces que también los ojos de tío Ignacio se ponían malvados y ratoniles, que el acre olor de sangre espesa se sobreponía y anulaba el rico olor a colonia y a tabaco de pipa, y acaso no se trataba ya —llegó a pensar en cierta ocasión— del más maravilloso de todos los tíos del mundo, aunque sí fuera guapo y fuerte y muy simpático y ni se sabía cuántas cosas más, aunque contara otras veces unas historias tan divertidas y fantásticas, y organizara para ella juegos apasionantes, y estableciera sin descanso complicidades entre los dos, inventara comunes transgresiones y ritos, le hiciera unos regalos de princesa, suntuosos y descabellados.

A veces, cuando tío Ignacio secundado por la madre y acaso otros amigos (el padre era un caso aparte, papá trabajaba a todas horas, desde la mañana hasta la noche, papá no hacía apenas otra cosa que trabajar, y no paraba casi en casa, y cuando sí paraba se encerraba a leer o a estudiar en su despacho —donde no se le podía interrumpir ni molestar—, y hablaba de todos modos poquísimo, y no tomó jamás una decisión —ni una sola, le parecía a Sara— acerca de lo que debía o no debía hacerse con ella y con su hermana, porque el ámbito del hogar y de los hijos caía por lo visto fuera de su interés o de su jurisdicción, y era una pena —pensaba Sara, o pensaría años más tarde—, porque tal vez si papá se hubiera animado a intentar explicar algunas cosas, tantos dilemas en los que ella se perdía, si se hubiera prestado a escuchar sus preguntas, si hubiera tenido ella siquiera ocasión de formulárselas, si se hubiera avenido a tener en cuenta sus demandas y a tomar resoluciones que muy de cerca la concernieran, en lugar de remitirla siempre y para todo y sin recurso posible a la madre, lo cual equivalía a devolverla al punto de partida, acaso entonces le hubiera sido más fácil aprehender el sentido de cuanto la rodeaba y descubrir incluso cuál podía ser su propio lugar en este mundo tan complejo y tan enrevesado y difícil), cuando se embarcaban pues mamá y tío Ignacio en ese género de conversaciones particulares, en esas burlas a dos compartidas a veces por otros amigos, o hablaba él, discurseaba él, y se limitaba la madre a corroborar, o a protestar sin excesiva convicción, sin alcanzar siquiera a contener la risa, entonces apretaban algunas veces tía Irene y primo Bruno los labios fuerte fuerte, como si no quisieran que se les escapara lo que tenían sin duda ganas de decir, y se les ponía la mirada rara y se inventaban luego cualquier pretexto para salir de la habitación (aunque ni falta hubiera hecho inventar nada, porque solían estar la madre y tío Ignacio absolutamente ajenos e ignorantes de su presencia).

Tía Irene le resultaba a Sara bastante pesada, siempre lamentándose y protestando por todo —o apretando en silencio los labios, que era peor—, y viendo agravios donde no los había, y prediciendo catástrofes —en una amplia gama, que abarcaba desde el inminente fin del mundo hasta la posibilidad de quedarse unas horas sin gas porque iban a hacer obras en la calle o en el edificio—, persiguiendo a todas horas a los niños con un vaso de leche o un plátano entre las manos —durante el resto de su vida le resultaría a Sara el mero olor a plátano repulsivo y la visión de una piel de plátano en la acera o sobre el mármol de la cocina le provocaría náuseas—, con la cantilena de que se alimentaban mal y hubieran debido engordar —pura maldad, le parecía a Sara, puro deseo de torturarlos—, montando un cristo porque se habían sentado en la cama recién hecha y habían arrugado supuestamente la colcha (mamá sobrevolaba olímpica la realidad, y no se inmiscuía jamás en estas cuestiones), pretendiendo que Frida, la perrita cocker, pasara los días encerrada en el patio y las noches en la cocina, porque los perros tenían pulgas y transmitían enfermedades terribles y pillaban la rabia cada dos por tres y desde luego lo ensuciaban todo —y era también su malevolencia hacia la perra pura maldad—, riñéndoles porque habían desordenado el armario de los juguetes, y —lo que era peor, mucho peor— criticando de modo sistemático a todas las personas a las que Sara quería o a las que hubiera podido llegar a querer (celosa no sólo de la madre y de tío Ignacio —curiosamente no del padre—, sino también de las criadas, de los profesores y los amigos del colegio, de la Fräulein que acudía todas las tardes a la casa para ayudarla con los deberes y enseñar algunas palabras y frases sencillas a la hermana menor, e incluso, en algunos momentos, celosa de su propio hijo).

Le daba pues en definitiva a Sara casi lo mismo que se quedara su tía o saliera de las habitaciones y que torciera o no torciera el gesto y que se considerara o no con o sin motivos agraviada, porque no le gustaba en realidad demasiado —y no la quería por descontado en absoluto— aquella mujercita pequeña de cabello gris, a la que le sentaban invariablemente tan mal los vestidos que le cedía la madre —apenas si parecían sobre ella los mismos, por más que estuvieran a menudo casi nuevos—, y que se había instalado prácticamente a vivir en la casa poco después de terminar la guerra, en la que había muerto (y de esta muerte se hablaba poco, como si hubiera en ella algo vergonzoso que debía permanecer oculto, y fantaseó Sara cien hipótesis distintas, y no se le ocurrió jamás, hasta que lo escuchó una tarde en la cocina, que había muerto simplemente luchando en el otro frente, entre aquellos rojos piojosos de mierda que no tenían derecho a procrear y a los que iba a saltarles tío Ignacio cualquier día la tapa de los sesos) su marido, poco después también de que se marchara a Francia su otro hijo (del que tampoco se hablaba o se sabía mucho: sólo algunas veces le contaba Bruno con admiración, y tal vez con envidia, las inverosímiles proezas de su hermano, más parecido en la narración al Coyote o al Guerrero del Antifaz que a un personaje de carne y hueso), y se había instalado pues con Bruno en la casa, sin que nadie le explicara a la niña por cuánto tiempo ni con qué concretas atribuciones ni para qué.

Con Bruno era distinto. Primo Bruno tenía doce años, los mismos de Gabi y tres más que la propia Sara, y aunque había sido de pequeño un renacuajo flaco que justificaba en parte la obsesión de su madre por cebarle, había pegado —y no se sabe si fue gracias a los plátanos gigantes y a los enormes vasos de leche, o simplemente porque sí— un estirón tremendo, se había colocado entre los más altos de su curso, y era ahora, en esa primavera del 45, un adolescente espigado y pecoso de ojos reflexivos. Bruno la esperaba siempre al mediodía a la salida del colegio, algunos días con su madre —y estaba entonces también allí la hermanita menor—, pero otras muchas veces solo, plantado allí, entre el kiosco de los tebeos y el carrito del tipo de las manzanas (fue Bruno el que, un mediodía de aquella primavera, se sacó decidido unas monedas del bolsillo, le compró con su propio dinero una de las manzanas, eligiendo entre los dos con cuidado la más bonita y grande y colorada, y fue entonces cuando descubrió Sara que eran un poco verdes y bastante ácidas, y que era lo mejor de ellas su brillo y su color, y perdieron las manzanas su lugar en el complejo olimpo de su mitología infantil, sin que hubiera intervenido la serpiente ni se hubiera adentrado en las ciencias del bien y del mal ni le hubiera valido la transgresión la expulsión de un tan poco verosímil paraíso), y algunos días estaba esperando también el chófer de tío Ignacio, y le pedía Gabi que se fuera ella con él, y no conseguía resistirse Sara a la tentación de subirse a un automóvil tan largo y rutilante, tan poco común, pero los más de los días no estaba el chófer allí, y entonces se acercaba ella a Bruno con una sonrisa («¿sabes que fuiste tú la primera mujer que me sonrió?», le preguntaría luego muchos años después, cuando habían ya los dos envejecido y quedaba tan lejos de ellos aquella primavera y la recordaban sin embargo ambos tan bien) y le daba él un beso en la mejilla y la cogía de la mano —como Gabi dentro del patio del colegio: siempre iba Sara de la mano de alguien—, y en los cruces de las calles se ponía todavía más serio de lo que estaba habitualmente y miraba en las dos direcciones con el ceño fruncido, y la sujetaba con fuerza, como si fuera Sara un cachorrillo loco proclive a las fugas inesperadas, y se paraban luego los dos invariablemente, todos los días, ante unos mismos escaparates, los que mediaban en el breve trayecto desde la escuela hasta la casa, no con la esperanza de que hubiera surgido en el curso de la noche un elemento distinto, sino con el afán y la renovada complacencia de que siguiera todo igual y reencontrar unos objetos que les eran, a fuerza de tan vistos, queridos y familiares.

En la casa, el cuarto de juegos de los niños estaba contiguo a la habitación de la costura y de la plancha, y mientras jugaban veían, al otro lado de la puerta siempre abierta, a las criadas que cosían infatigables y aplicadas su ajuar, no hacían apenas otra cosa en su tiempo libre —salvo las tardes en que salían, y el novio las llevaba entonces a bailar o al cine—, y tenía fascinada a Sara ese trajinar interminable con las sedas brillantes y las batistas más finas —rosas, azules, color crema—, con complicados bordados y entredoses y puntillas —que habían confeccionado a veces ellas mismas con los bolillos—, con retazos y aplicaciones de encaje, un trabajo que les llevaba años y que obedecía a un proyecto casi inalterable —que hacía sonreír a la madre, aunque les regalaba a menudo las prendas más hermosas—, porque no podían casarse parecía sin el juego de ropa interior —el más lujoso, y confeccionado siempre en color blanco o crema— que llevarían debajo del vestido de novia, el camisón aparatoso de la primera noche, más otras seis combinaciones más sencillas y otros seis camisones con menos encajes y bordados y fruncidos, y luego dos docenas de toallas, doce juegos completos de cama —también uno más fino y con las iniciales y adornos bordados en realce, para la noche de bodas— y otras tantas mantelerías (se iba apilando todo poco a poco en el armario de las criadas y Sara veía crecer el montón con parecido asombro y la misma satisfacción con que hubiera podido ver crecer una planta). Se ponían las sirvientas pues a confeccionar su ajuar en cuanto habían terminado con el trabajo en la cocina y con la plancha, bajo unas lámparas de pie que daban una luz amarillenta y cálida y que dejaban el resto de la estancia en la penumbra, y había otra mujer más vieja que acudía todas las tardes para repasar la ropa de la colada —en aquellos años cuarenta, las casas constituían todavía un pequeño universo poblado de personajes y de costumbres y de leyes no escritas: zumbante y vivo como una colmena—, y estaba entre ellas tía Irene entreteniendo a la hermana menor —a la que habían casi siempre Bruno y ella expulsado de sus juegos—, mientras tejía un nuevo suéter para Bruno o para el hijo que tenía en Francia —¿qué demonios estaría haciendo tanto tiempo allí, y por qué tanto misterio?, y era ésta otra pregunta a la que no respondía nadie—, o chaquetas y bufandas para los pobres. Los jerseys y las bufandas para los pobres eran de unas lanas y de unos colores y una hechura distinta, absolutamente inconfundibles, y le parecía a Sara que hasta en el otro extremo del mundo y mezclada entre otras mil hubiera localizado al instante una de esas bufandas a rayas de colores disparatados —se tejían con restos de distintas lanas, pero ni aun así se entendía por qué eran tan feas—, que no creyó nunca fuera a ponerse luego, ni en el peor de los fríos, nadie, como eran asimismo distintas las prendas que llenaban las canastillas para recién nacidos que repartían en la parroquia, o las ropas que se reunían en el ropero de tal o cual santo o del Niño Jesús y que las señoras distribuían luego en los barrios obreros —nunca su madre: para bien o para mal, la madre no tricotó jamás para los pobres, no participó jamás en un ropero ni estuvo en una mesa petitoria, y ni siquiera la iglesia frecuentaba demasiado—, y no eran diferentes estas ropas tan sólo, le parecía a Sara, por ser de menor precio e inferior calidad, sino que se trataba seguramente de una diferencia más profunda e intencionada, casi esencial.

Hablaban las mujeres como cotorras, bajo el cálido halo de luz de las lámparas, las manos y las lenguas siempre activas, mezcladas las voces al runrún de la máquina de coser o a la música y el consultorio sentimental de la radio, y hablaban de cuestiones que le eran a Sara extrañas, y contaban unas historias fascinantes y terribles —como no se escuchaban jamás en el salón o en el comedor, y era en cierto modo como estar viendo el revés de la trama—, historias de crímenes aterradores y repugnantes, niños secuestrados y torturados y violados y degollados, cadáveres despedazados a hachazos y distribuidos dentro de sacos y maletas, monstruosos devoradores de carne humana, viciosos bebedores de sangre, insólitas apariciones del diablo bajo los más insospechados disfraces («¿pero qué tonterías contáis delante de la niña?», preguntaba mamá escandalizada cuando ella le repetía alguna de las historias, y por ese motivo no lo hacía ya casi nunca), alumbramientos de hombres lobo o de enanos de dos cabezas, almas que vagaban en pena por haber muerto en pecado, inmediatamente después de haber cometido el primer pecado mortal tras una vida entera de virtud y sacrificio, sin haber tenido por desdicha tiempo para confesarse, infortunados difuntos enterrados con vida en el cementerio, enfermedades misteriosas y letales que sólo pavorosos hechizos hubieran podido sanar. Y contaban también historias de amor, que no se parecían tampoco en absoluto a los hermosos cuentos de princesas durmientes o cautivas o caprichosas y de príncipes apuestos y audaces y encantadores que podía leerle o inventar incluso para ella mamá, ni a las románticas historias de amores contrariados pero que concluían invariables en el beso final, que veía en el cine, ni siquiera a las peripecias y aventuras que narraba divertido tío Ignacio y que ella escuchaba siempre a medias, sólo hasta el punto en que la hacían salir de la habitación, y es que era acaso —se le ocurría a Sara— este ámbito de la cocina, del cuarto de costura y plancha, de los dormitorios de servicio, de la sala de juegos, una zona intermedia en la que convivían y entraban en contacto el universo dorado y fácil de los señores de la luz y el oscuro dominio subterráneo de los pobladores de la noche, una zona que recordaría eternamente en penumbra, una tierra de todos o de nadie, por la que Bruno y ella dejaban divagar su capacidad de asombro y su curiosidad insaciables —aunque Bruno sabía, claro, mucho más que ella—, sus velados temores y su desconcierto, su miedoso presentimiento de que habían venido a nacer acaso en un mundo de tontos o de locos en el que casi todo discurría muy mal.

Las historias de amor que narraban las criadas y la costurera y a veces la manicura que acababa de hacerle las manos a mamá y entraba a merendar, o la pasadora de perlas —porque había una mujer de porte grave, de finas manos blancas, que acudía de tanto en tanto a la casa para pasar en un hilo nuevo y resistente y fino los collares de varias vueltas, las gargantillas, las pulseras, no fuera a sustituir alguien en la joyería por falsas perlas las perlas verdaderas, y tenía fascinada a Sara eso de que existiera una pasadora de perlas—, las historias que contaba mejor que nadie en el cuarto de costura tía Irene —eran los tres hermanos, y acaso sólo en esto sí se asemejaban, tres fabuladores extraordinarios, y por más que variara el tema de los cuentos y consejas se las arreglaban siempre para tener al auditorio con la boca abierta, el corazón pendiente de un hilo que ellos a su gusto y hábilmente manejaban—, que algunas veces cantaba, y eran canciones éstas que nunca luego en el curso de su vida volvería Sara a escuchar jamás y de las que le quedaría duradera la memoria, canciones que tenían casi siempre un final desdichado. Eran historias, decía Sara, de llorar muchísimo, y trataban de padres despóticos y crueles, de amores que la diferencia de clase o posición tornaban imposibles, de tipos enloquecidos por el deseo carnal que la tumbaban y violaban a una en el primer recodo del camino, de novios traicioneros y amantes inconstantes que te sustituían por otra sin que lo supieras en una nueva ciudad, de alegres señoritos frívolos y desaprensivos, guapos también, que te seducían con tretas infames y que te abandonaban luego en mitad de la calle para casarse en el altar mayor de la catedral con una señorita de su misma condición, porque eran los varones de estas historias casi invariablemente lascivos y violentos, lascivos e irresponsables, lascivos siempre, mientras que eran en contrapartida las mujeres (salvo en los cuentos que trataban de una «mala mujer», pero quedaba entonces desde el principio muy claro que entre las malas mujeres y las mujeres en general no existían posibles puntos de identificación o de contacto: las malas mujeres pertenecían en cierto modo al mundo de los varones) sin límite tiernas y sensibles y crédulas y abnegadas, dispuestas a darlo todo, dispuestas a morir sin una queja en el intento de salvaguardar su pureza, o a ceder a los burdos deseos del hombre por el amor más puro —los hombres, había entendido Sara, sentían deseo, las mujeres sentían amor, y producía esto un desajuste sin posible solución, pues, incluso cuando el deseo de uno coincidía fortuitamente con el amor de otra, se trataba en realidad de un malentendido y estaban queriendo los dos cosas distintas—, capaces de parir solteras y arrostrar la vergüenza y sacar heroicamente adelante a sus hijos, capaces de perdonar las afrentas más espantosas, capaces de comprenderlo también todo, de disculpar al tipo que vilmente las sedujo y luego en la calle las abandonaba, y de sonreír entre lágrimas a la novia que bajaba hermosísima y cubierta de diamantes y vestida con un traje de raso blanco de larguísima cola las escaleras de la catedral, del brazo de aquel hombre que le había jurado a una amor eterno y matrimonio final. Y lloraba Sara como una magdalena, hasta que empezaba a hipar y tenía empapada la pechera del vestido, y se burlaba entonces Bruno de ella, por más que hubiera estado también él escuchando a las mujeres, acaso con menor credulidad pero con parecida fruición, y le alargaba un pañuelo grande y medio sucio que se sacaba del bolsillo del pantalón, y le proponía que se metieran los dos a jugar o a leer en la cabaña.

En uno de los rincones del cuarto de juegos de los niños, el más alejado de la puerta que daba a la pieza contigua, había construido Bruno ante las insistentes súplicas de Sara (que hubiera preferido una choza de troncos o de turrón y chocolate en lo más intrincado del bosque, un refugio de lianas y ramaje en lo más frondoso de un árbol gigantesco, una casita subterránea donde cuidar —una más entre ellos— de la caterva vocinglera de los niños perdidos, pero había tenido que limitar sus aspiraciones a esto) y haciendo caso omiso de las protestas de su madre —que rezongaba ya por todo, como por rutina y sin convicción, de modo que cuanto más los reñía menos la escuchaban, o menos la escuchaba Sara, porque Bruno, a pesar de todos los pesares, conservaba hacia su madre un tipo de devoción que no podía ella del todo comprender—, aunque adoptando, eso sí, ese aire condescendiente y un tanto irónico con el que se aproximaba casi siempre a las cosas de su prima —tres años menor que él, y para colmo mujer—, una cabaña hecha con palos, con viejas escobas, con colchas fuera de uso, con retazos de alfombras rotas, y era una cabaña que les parecía a los mayores una porquería —hablaba la madre de mandar construir una casita de ladrillo en el jardín de la torre de veraneo, y se preguntaba Sara perpleja cómo era posible que tampoco ella entendiera algunas veces nada de nada— y que deshacían una y otra vez las criadas, so pretexto de que era preciso limpiar a fondo la habitación —de hecho, también ellas, para fastidiar—, y que era preciso levantar una vez y otra de nuevo, cuidando, no de que fuera mayor o más hermosa, sino de que se pareciera todo lo posible a la anterior. Y no era exactamente un juego —reflexionaba Sara y adivinaba tal vez Bruno— esa necesidad suya de guarecerse, de esconderse, de agazaparse, de enroscarse en espacios pequeños y resguardados, donde hiciera calor y fueran el suelo y las paredes muelles y acolchados, esa necesidad acaso de dejar fuera el mundo de los otros —el mundo ante todo de los adultos, pero también el de los otros niños, que a veces le resultaba a Sara igualmente ajeno y todavía más hostil— y salvaguardar un mundo propio en un escondrijo no violado (a lo largo de toda su vida habría de esperar Sara luego que alguien le tendiera la mano y la impulsara a avanzar y la ayudara a cruzar la calle, que alguien erigiera para ella seguros refugios en la selva oscura), un espacio que era sólo de ella y de su primo Bruno: toleraban a veces la presencia de Frida y hasta de la hermanita menor, pero la de nadie más, porque una tarde entró Gabi en la habitación y se le ocurrió a Sara enseñarle la cabaña, y se acercó él curioso a ese confuso informe amasijo de colchas y de escobas, y pareció por un instante que se iba a decidir a entrar, y entonces se sintió Sara de pronto incómoda y mal, aunque era ella la que le había invitado a aproximarse, y cuando miró a Bruno quedó muy sorprendida, ya que había en sus ojos esa mirada torva y en sus labios ese gesto adusto que se le ponía algunas veces cuando decía según qué disparate tío Ignacio, la misma mirada y el mismo rictus —pensó con una punzada de remordimiento— que tenía algunos mediodías, a la salida del colegio, cuando estaba esperándoles el chófer de tío Ignacio y la invitaba Gabi a ir con ellos al club, y no podía resistirse Sara a la tentación de subirse a aquel coche único que era la envidia de todos los chicos del colegio, y que el chófer conducía, a instancias de Gabi, más y más aprisa, y entonces le golpeaba el aire fuerte la cara y le alborotaba el cabello y la obligaba a cerrar los ojos, y luego estaba el césped junto a la piscina o debajo de los pinos, la madre y sus amigas, con grandes pamelas y leves vestidos de organza, o tomando el sol en bañador cuando el tiempo era bueno, y tío Ignacio haciendo caracolear, retroceder, andar de costado, levantarse de manos al caballo que dominaba con las riendas y acaso sobre todo con las espuelas de plata, y pensaba en todo esto y se metía ella en el coche sintiéndose a un tiempo culpable y enojada ante la terquedad de Bruno, que nunca nunca, ni una sola vez, había querido acompañarles, por mucho que ella le insistiera, y que se quedaba quieto allí, entre el kiosco de los tebeos y el carrito de las manzanas, oscurecida la mirada y el gesto adusto, por mucho que fingiera que no le importaba, y ahora, en el cuarto de juegos de los niños, pensó Sara que si Gabi se metía dentro de la cabaña, iba Bruno a emprenderla contra él a bofetadas, y era una idea extraña, porque no era propio de Bruno pelearse con los otros chicos y no le había visto siquiera pegarse una sola vez con nadie, pero algo debía haber de cierto en sus aprensiones, puesto que también Gabi pareció intuir algo inusitado, y en el último instante, cuando tenía ya un pie en el umbral, desistió de entrar y se limitó a adelantar algún comentario banal, ni siquiera desdeñoso, y les propuso sin más que jugaran al dominó o a las cartas, pero había aprendido ya Sara en unos instantes que, por más que no se hubiera especificado nunca, hablado nunca, por mucho desdén que manifestara Bruno ante sus tontos caprichos de niñita, era la cabaña únicamente para ellos dos.

Algunas tardes, después de la merienda y de haber hecho Sara con la Fräulein los deberes, montaba Bruno el teatrito de cartón, que había sido antes de su hermano mayor, el que estaba ahora en Francia, y que tenía unos decorados tan hermosos y tan frágiles y complicados —hasta cuatro y cinco telones superpuestos en un mismo decorado—, y tuvo también en otro tiempo anterior multitud de personajes de papel y unos libretos en que se daba el argumento y los diálogos de las obras, pero todo andaba ahora revuelto y muchos de los elementos originales se debían de haber perdido en el transcurso de los años y con los sucesivos cambios de vivienda, pero de cualquier modo les divertía más a los niños combinar a su capricho decorados y personajes, inventar a dos voces los parlamentos, y fabular —también entre los dos— unas historias imposibles, que iban desde el Coyote hasta los seriales radiofónicos, desde las aventuras de Guillermo el Travieso hasta los cuentos de hadas (y concluía casi siempre Bruno protestando «eres una cursi», y replicando Sara «y tú eres un bruto»). Y había otras tardes en que se metían enseguida en la cabaña, con los bocadillos de jamón o las galletas con chocolate, y seguían en la radio los partidos de fútbol, los dos con el corazón pendiente de un hilo, los dos sofocados y perdido el aliento, y pretendía Bruno explicarle una y otra vez los rudimentos del juego, hacerle ver lo que estaba sucediendo allá lejos, sobre el campo, y muy a menudo Sara no le entendía, porque no había visto nunca un partido de verdad —jugaban poco al fútbol durante el recreo los chicos del mejor colegio de la ciudad—, o ni tan siquiera le escuchaba, porque no le importaban en absoluto los movimientos de los jugadores ni el recorrido que imprimían a la pelota ni las penalizaciones que imponía el árbitro, y le bastaba por el contrario ir siguiendo en las inflexiones de la voz del locutor los sucesivos avances y retrocesos del miedo o de la esperanza, que culminaban en un «gol gol gol» triunfal o en un «gol gol gol» desolado —inútil preguntar, tan evidente era cuál de los dos equipos había marcado finalmente gol—, y muchos años más tarde pensaría Sara con irónica melancolía que algunos de los momentos más intensos de su vida los había vivido a los nueve años, metida en una cabaña hecha de colchas y de alfombras viejas, escuchando a través de la radio la retransmisión de unos partidos que no entendía, y deseando no obstante con loca vehemencia, con todas sus fuerzas, que ganara ese equipo que parecía importarle a Bruno tanto y tanto —cerca quizá como nunca de lograr compartir algo de veras con otro ser humano, tomar como propios sus deseos y sus temores, rozando los umbrales de esta utopía irrenunciable, e inalcanzable, de vivir a dos.

Y otras tardes se metían en la cabaña con la hermana menor y la perra Frida y merienda para los cuatro, y se sentaban muy juntos, porque casi no había para tantos lugar, en la penumbra, y en voz baja —no se sabía si para dotarlas de mayor fascinación o para que no le oyeran las mujeres que laboraban en la estancia contigua—, les explicaba Bruno las fabulosas aventuras de las que era junto con sus compañeros de clase, en un colegio que no era ni por lo más remoto el mejor de la ciudad, sólo uno de tantos colegios de curas a los que asistía la gente vulgar, donde ni se sabía lo que era un laboratorio ni había apenas biblioteca ni se hacía gimnasia —sólo el fútbol en los recreos y en algunas mañanas de los domingos—, donde la palabra coeducación hubiera levantado caso de pronunciarse un cortejo fantasmagórico de báquicas orgías, de tumultuosos aquelarres, alumnos masturbándose a dos debajo del pupitre, coitos múltiples dentro de los armarios, citas perversas en los lavabos —«¡pero si en mi colegio no pasa nada!», protestaba Sara, y tía Irene, «¡tú, que eres una boba y no te enteras!»—, y la palabra luteranos o protestantes producía pavor, una curiosa mezcla de pavor y compasión, porque no había para los protestantes —como para casi todos los africanos y prácticamente todos los asiáticos, y la inmensa mayoría de las poblaciones del mundo entero— redención posible, ningún camino de salvación fuera de la Iglesia, y deberían por lo tanto arder eternamente en los infiernos, junto a los niños que habían tenido un mal pensamiento —no había en el sexto mandamiento pecados leves, había dicho alguien, quizá Santo Tomás: toda falta era necesariamente mortal— o habían dejado de ir a misa un único domingo o habían visto películas como *El tercer hombre* o habían bebido un sorbo de agua antes de comulgar, un colegio por tanto en el que enseñaban y aprendían sólo varones, se suponía que todos ellos católicos y todos igualmente castos y virtuosos, y donde en lugar de canciones de guerra y muerte y espectaculares exhibiciones de gimnasia y juegos violentos en el patio, había largas sotanas sucias, horas y más horas de rezos en la capilla, ejercicios espirituales y primeros viernes y abstinencias e indulgencias y confesiones generales y por todas partes los fantasmas de la impureza y del pecado, en ese mundo peculiar donde dios y el diablo luchaban a brazo partido por cada una de las almas, y había en las paredes de las dependencias y las aulas, además del crucifijo en el centro, no un tipo de ojos ratoniles y bigote a lo tío Ignacio, sino el retrato de un hombre bajito de cara redonda vestido de militar con una banda cruzada sobre el pecho, y el retrato de otro hombre más joven y mucho más guapo, con la camisa entreabierta y la mirada profunda —la mirada de alguien, pensaba Sara, que iba muy pronto a morir, como así había sido efectivamente durante el curso de la guerra. Explicaba Bruno pues las fabulosas aventuras de las que era, junto con sus compañeros de curso, protagonista, porque a pesar de todo y contra todo se divertían los chicos en aquel colegio, y hacían en clase mil barrabasadas, y jugaban al fútbol durante los recreos, y a la salida del colegio iba él, Bruno, algunas tardes, con los dos amigos más amigos, a esperar a las niñas que salían a esta hora del vecino colegio de monjas, y los tres tenían ahora novia, porque las habían seguido por la calle sin resultado tardes y más tardes, hablándoles sin que ellas nunca respondieran, entregándoles cartas que ellas allí mismo rompían; regalos que invariablemente rechazaban, pero empezó luego a escapárseles la risa y les brillaban los ojos y se cuchicheaban en secreto unas a otras al oído, y un buen día, quizá las tres previamente de acuerdo, se animaron a contestar y a leer las cartas y a guardar los pequeños regalos, y eran novios ahora —por más que los mayores no debieran saberlo, porque se enfadarían muchísimo sus padres y las regañarían las monjas y a lo peor hasta las expulsaban del colegio—, y eran unas chicas mucho mayores que Sara, por lo menos dos años, y eran hijas de María y trabajaban en un ropero y confeccionaban canastillas para los bebés y asistían a un colegio decente y normal, donde les enseñarían todo aquello que una buena esposa y una buena madre debía saber, y eran altas y espigadas y rubias, y llevaban ya medias y hasta sujetador (y Sara desesperada, «¿pero eso tú cómo lo sabes?», muriéndose de ganas de atizarle a él o a ellas una buena patada en el culo, de mandarlos de un puntapié a la mismísima luna, y Bruno suficiente, «estas cosas se notan»), y eran, seguía describiendo tras la boba interrupción de su prima, esa mocosa que no entendía nada, unas muchachas de ojos verdes, ojos azules, ojos grises, siempre en cualquier caso de ojos claros —¿cómo podría una andar por el mundo con unos ojos simplemente castaños?, se preguntaba Sara—, muchachas de sueltas melenas hasta la cintura, de apretadas trenzas lustrosas del color del oro, de tupidas colas de caballo del color del trigo —también ellas pues invariablemente rubias, pensó Sara rencorosa y enconada—, y el día que Bruno volvió de la calle loco de entusiasmo, como sólo le había visto en las tardes de los más sonados triunfos de su equipo contra el peor de los adversarios, tan emocionado que apenas si lo podía contar, hasta que acertó a explicarle por fin en tono triunfal —muy parecido al que utilizaba el locutor para proclamar «gol gol gol»— que aquella misma tarde, en el quicio de un portal, le había dado él a su chica el primer beso, sintió Sara tanta furia que no alcanzó a contenerse más y rompió a gritar, al diablo si la oían o no la tía y las criadas en la habitación contigua, «¡son iguales a las de tío Ignacio!», y Bruno con sorpresa, «pero ¿qué me quieres decir?», y Sara fuera de sí, «las mismas chicas de siempre, altas, rubias, guapísimas, las mismas que le gustan a tío Ignacio», sabiendo que cualquier comparación entre ellos dos había de serle a Bruno forzosamente odiosa, porque si había alguien en el mundo a quien Bruno no se quería en absoluto parecer era a su tío Ignacio, y sí debió de dolerle, o le hizo sentirse en cualquier caso muy incómodo, tal vez culpable, porque se le puso la mirada dura y se le acabó de golpe la alegría y le habló con una voz tensa y opaca que no había empleado hasta entonces contra ella todavía jamás, despacio como si quisiera medir exactamente el peso y el alcance de cada una de las palabras, asegurarse de que la estaba hiriendo en un punto vulnerable, «claro, Sara, a los hombres nos gustan las chicas guapas», sarcástico, feroz, «¿no lo sabías?, ¿acaso te parece mal?», y Sara derrotada, perdida, anonadada, sintiéndose tan y tan ridícula, balbuciendo que no, diciéndose a sí misma que no, que no había en aquello nada malo y que debía de ser lo natural —por más que oírselo a Bruno le hubiera puesto el mundo repentinamente patas arriba, todo al revés—, pero ¿qué sucedía entonces con las crías de nueve años que no usaban medias ni sujetador, que no eran hijas de María, que no tenían tetas, que no eran altas en absoluto, que no serían nunca nunca guapas, y a las que se les ponía el cabello de día en día más oscuro, mocosas de ojos castaños que se sentían de pronto rechazadas a miles de kilómetros de distancia, catapultadas al otro extremo del universo —era él pues en definitiva quien la había mandado de un puntapié a la luna—, exiliadas del banquete, expulsadas del juego, condenadas y predestinadas al más absoluto desamor?

Durante toda la noche estuvo Sara deseando que al otro mediodía fuera a buscarlos al colegio el chófer de tío Ignacio en el coche deportivo, y que Gabi se le acercara y le propusiera que los acompañara, y decir ella entonces que sí con su mejor sonrisa, y subir al coche y sentarse muy digna junto a su otro primo, sin echar ni siquiera una ojeada a la figura de Bruno, tan pequeña, tan insignificante, perdida allí entre el kiosco de los tebeos y el carrito de las manzanas —que habían resultado ser en definitiva una porquería—, y más tarde, cuando llegara Bruno solo a la casa, descubriría que no quedaba rastro de la cabaña, ni el menor rastro ni la posibilidad siquiera de esta vez reconstruirla, porque había tirado Sara los palos y las escobas a la basura, los retazos de alfombra, y había dividido las colchas en pequeños pedazos rectangulares que servirían como trapos para el polvo. Y cuando llegó al colegio y Gabi la escoltó como todas las mañanas hasta su clase, ella le preguntó, «¿sabes si vendrán hoy a buscarte?», y Gabi contestó que no, que no sabía, y se le ocurrió a Sara por un momento que tenía un aire raro, y a partir de ahí se fue dando paulatinamente cuenta de que todo era muy raro aquella mañana, porque se dieron las asignaturas como siempre, se siguieron puntualmente los horarios, pero en las clases parecían los profesores distraídos, y no riñeron a nadie ni pegaron a nadie ni le tiraron a nadie de las orejas, y parecía no importarles mucho que alguien no supiera la lección o se hubiera dejado los deberes en casa, y en el patio no jugaban apenas los chicos a los juegos violentos de siempre, sino que se reunían en corrillos y hablaban casi en cuchicheos, y entonces averiguó Sara, y era la última en saberlo en el colegio y acaso en toda la ciudad, que la guerra había terminado, que aquella guerra que parecía imposible perder se había real y efectivamente perdido, y no lo podía ni creer de tan inesperado, y no consiguió imaginar tampoco lo que aquello significaba, qué iba a pasar con el mundo y qué iba a pasar con ellos, tan asombrada que no sintió siquiera miedo ni pesadumbre, y únicamente al volver a clase después del segundo recreo, se dio cuenta de que había la foto de Adolf desaparecido, de todas las aulas, comprobó después, de todos los pasillos, de las salitas para el profesorado, del salón de actos, de aquellos laboratorios fabulosos como no los tenía ningún otro colegio en la ciudad, de la completísima biblioteca, de los recintos donde hacían en los días de lluvia la gimnasia, en una sola noche mágica habían escamoteado todos los retratos de aquel tipo de ojos de ratón y que llevaba un bigotito como el de tío Ignacio, y había en su lugar una mancha precisa y delatora en todas las paredes, y al entrar alguien en un lugar cualquiera iba a decir «Heil», iba a iniciar el saludo brazo en alto, y quedaba cortado a la mitad, desconcertado —¿cómo no se habría dado cuenta al entrar por la mañana en clase?— ante la pared ahora vacía, donde sólo quedaba esa marca inconfundible, porque no había sido posible, pensó Sara, pintar el edificio entero en una sola noche. Y aquellos retratos que en el curso de unas horas se habían esfumado —¿qué debían haber hecho con ellos?— y la imagen de Bruno besándose en el quicio de un portal con una novia rubia de ojos claros se confundieron para Sara en una misma catástrofe universal.

Al salir aquel mediodía del colegio, había más gente que de costumbre esperando a los chicos, porque no querían los padres que volvieran hoy solos a casa o temían pudiera producirse algún tumulto, algún incidente violento a la salida, pero no ocurrió absolutamente nada, y allí estaba el chófer de uniforme abriéndole ya a Sara la portezuela y estaba ella subiendo al coche, pero cuando se sentó y se dio vuelta vio que Gabi no la había seguido, Gabi se había dirigido rectamente, sin vacilar, hacia donde estaba Bruno, sin que Bruno le hubiera dicho ni una sola palabra, sin que hubiera mediado el menor gesto, y le estaba increpando en una voz que se le quebraba de tan aguda y encolerizada, una voz de falsete que alcanzaba a oír Sara desde el interior del coche, y le estaba cubriendo de injurias y amenazas, jurando que no iban a quedar las cosas así, que no se regocijaran antes de tiempo, que lo ocurrido era como mucho el final de una batalla y estaba todavía la guerra por ganar o por perder, y en cualquier caso aquí, en España, sí habían ganado ellos la guerra, y no iba a cambiar por tanto nada de nada, que no se figurara que iba a poder volver triunfante su hermano desde Francia ni que iban a empezar a gobernar ahora los amigos de su padre, esos hijos de la gran puta con los que habría que acabar como si se tratara de inmundas ratas de cloaca —las mismas palabras, pensó confusamente Sara, que hubiera podido decir tío Ignacio, las mismas palabras que llevaba quizás horas y horas repitiendo, en su casa o en el club o en una taberna, entre brindis con cerveza y voceados «Deutschland, Deutschland über alles»—, y en un momento dado Gabi agarró a Bruno por las solapas, lo aferró por los hombros y empezó a zarandearlo, y le propinó entonces Bruno una tremenda inesperada bofetada que lo lanzó a tres metros contra la pared, y a los pocos segundos estaban los dos enzarzados en un cuerpo a cuerpo salvaje, y los restantes chicos hicieron corro y miraron, como hacían siempre en el curso de los recreos cuando surgía una pelea, y cruzaron algunos profesores por su lado sin prestarles la menor atención —ni siquiera el instructor de gimnasia se animó hoy a intervenir ni a separarlos—, y el chófer no se dio tampoco ninguna prisa, y cuando se acercó por fin y agarró a Gabi y se lo llevó consigo, estaban los dos chicos cubiertos de polvo y manchados de sangre, y Sara se había bajado del coche y se había aproximado también y estaba ahora frente a su primo Bruno —«yo me quedo con él», le había dicho al chófer categórica, y el chófer no había hecho comentarios—, y le miraba de hito en hito todavía enojada —no se sabía si por la novia rubia o por haber peleado de este modo—, y Bruno la miraba también y protestó, «¿qué querías que hiciera, di, qué querías que hiciera?, ¿te hubiera gustado más que me dejara pegar sin defenderme?», y se dijo Sara que no era cierto que se hubiera limitado él a defenderse, pero que daba en definitiva igual: esto, como tantas otras cosas incomprensibles, tantas otras cosas inadmisibles, formaba parte del mundo en que mal que les pesara les había tocado vivir. Se limitó pues a ayudarle para que se levantara, a sacudirle el traje, se limitó a alargarle un pañuelo como los de él medio sucio para que se limpiara la sangre, y a advertirle que deberían darse prisa en regresar a casa, porque habría que buscar los materiales adecuados para construir enseguida en el cuarto de juegos una nueva cabaña.

En la ciudad sin mar

A Sara le gustaba esta ciudad con su ritmo más lento, más pausado, las avenidas arboladas del parque que conducían al estanque o a la rosaleda —durante todo el curso había estado esperando la llegada de la primavera que le permitiría verla por fin en flor—, las callejas estrechas de los barrios viejos, a veces empinadas, con su rico olor a calamares fritos, a gambas al ajillo, a vino tinto y peleón derramado generosamente sobre el serrín del suelo de las tascas, le gustaba sobre todo la luz de esta ciudad, los cielos limpios, claros, transparentes, recién barridos por el aire que descendía helado de la sierra, cruzados por nubes malvas, cárdenas en el anochecer, que se deshilachaban de un extremo a otro del horizonte —al salir algunas tardes de la Facultad, sobre todo aquellos días en que había antes llovido, se admiraba todavía cada vez ante el espectáculo de aquella luz, de aquel cielo distintos, y regresaba entonces sola caminando hasta la residencia, los ojos a trechos entrecerrados para mejor gustar del viento frío que la golpeaba en pleno rostro y le alborotaba el pelo, del aroma de los árboles y de la hierba y de la tierra mojada. Le gustaba también perderse por las salas del museo en las mañanas de los domingos, y de nuevo prefería hacerlo en soledad, y se debía acaso en parte a que tenía Sara casi dieciocho años y no había existido apenas en su vida de niña acomodada espacio y margen para la soledad, soledad que había tenido que irse ganando trabajosamente paso a paso, porque andaba siempre rodeada de sus hermanos mayores y de los primos y de los amigos, o permanecía encerrada en el colegio, o la acompañaban —cuando no lo hacían directamente los padres— el chófer o la mademoiselle a las clases de danza, a las pistas de tenis, al cine o de compras por la ciudad, y había sido una esforzada conquista lograr de niña que le permitieran llegarse sin nadie hasta la granja de la esquina o al kiosco donde vendían los tebeos y los cromos —la madre la vigilaba entonces, eso sí, más o menos ansiosa, desde una ventana—, había sido un triunfo alcanzar a quedarse unos minutos sola en casa, cruzar sin andar de la mano de nadie la calzada, y conseguir más adelante, ya bien mediada la adolescencia, que le adjudicaran una habitación para ella sola, porque no quería desde hacía ya mucho dormir con su hermana y necesitaba una mínima zona de intimidad, y todavía ahora, cuando se encerraba en el dormitorio, no lo entendía la madre —«has salido a la familia de papá», protestaba, «también tus tías se metían durante la guerra cada una en su cuarto para leer o hacer labores, en lugar de estar todos juntos en la sala»—, pero se debía también en parte ese hondo deseo de andar sin compañía a que necesitaba estar a solas para poder entregarse sin interrupciones ni estorbos al monólogo interminable que venía sosteniendo consigo misma —o con interlocutores fugaces o imaginarios— desde siempre, y que sólo ahora, después de conocerle, había encontrado por fin en Eduardo un destinatario único y total, y se habían hecho a partir de ahí de día en día sus soliloquios más densos y más apasionados: necesitaba Sara en definitiva estar a solas para pensarle intensamente, para invocar su nombre como un conjuro que la inundaba de ternuras súbitas y arrebatadas y que la protegía —creía ella— de todo mal, para sentir y constatar minuto tras minuto hasta qué punto inverosímil le amaba, y reaccionaba impaciente y enojada cuando alguien, sin saberlo, irrumpía desde el exterior y desbarataba ese ensimismamiento enamorado.

Fuera porque quería vivir sin interferencias ni perturbaciones ni pausas la recién descubierta maravilla del amor, o porque arrastraba tras de sí un farragoso pasado de niña y adolescente bien nacida, en exceso protegida y a todas horas acompañada, que había envidiado durante años la autonomía de los chicos que jugaban en los paseos y en la plaza, la bulliciosa prepotencia de la panda de jóvenes que se largaban de excursión en bicicleta, que llevaban a su pareja encaramada en el asiento trasero de la moto, que invadían tumultuosos bares y discotecas, lo cierto era que ahora Sara, desde que comenzó en octubre el primer curso de universidad en una ciudad donde era extranjera y donde no conocía apenas a nadie, se había embriagado a grandes sorbos de independencia y soledad, y no se cansaba de andar sin compañía y a la deriva por las calles, de meterse sola en un cine o en el teatro, de sentarse sin más en un banco público o en la glorieta del parque o en la mesa de un café, sin tener que consultar antes ni que notificar después, libre para hacer lo que quisiera —y la libertad le había sido regateada también lo suficiente para que no sospechara todavía que podía llegar a convertirse en una carga— en el momento mismo en que se le antojara. Y le gustaba mucho, en las mañanas de los domingos, deambular por las salas del museo —uno de los señuelos que la habían animado a aceptar sin excesivas protestas este exilio en la capital del reino, convicta y confesa de unos amores que los padres no aprobaban y que esperaban se disiparan en la distancia, aventados acaso como el humo o las nubes por los helados vientos de la sierra—, y por más que se hubiera propuesto en un principio recorrerlo concienzuda de cabo a rabo —así podría enseñárselo luego un día bien a Eduardo y disfrutarlo a dos—, ahora que disponía de tiempo y ocasión, lo cierto era que recomenzaba todos los domingos en el mismo punto y que no había ido apenas más allá, y si se había aventurado algunas veces en rápidas correrías esforzadas —no podía terminar el curso, se decía en su faceta de niñita aplicada, sin haber visto los velázques o los goyas— por territorios menos familiares, por aquellas salas invadidas por grupos de turistas y cursos escolares con un maestro sapientísimo o un guía gesticulante a la cabeza entre los que ella naufragaba, era sólo para retroceder presurosa a sus seguros feudos, y quedar embobada una vez más ante la Virgen de profundas arrugas y facciones enrojecidas por el llanto —extraño cómo podía desfigurar un rostro humano el sufrimiento—, que se abandonaba al borde del desmayo en brazos de un san Juan de cabello rizoso y colorado, figuras que reaparecían infalibles, siempre repetidas e iguales, al pie de la cruz en las composiciones de Van der Weyden, y que había reconocido con gozosa sorpresa en los museos de Flandes, como si reencontrara amigos entrañables en una tierra extraña —quizás uno tan sólo entraba en los museos, se dijo, para saludar y reconocer a viejos amigos entrañables—; o ante el autorretrato de ese Durero tan joven y tan hermoso —se parecía un poco a Eduardo, pero era el suyo un encanto más blando, un poco femenina su belleza, y cómo no le habría dado vergüenza reproducir en forma tan halagadora su propia imagen—, que parecía por otra parte capaz de comprender sus más hondas nostalgias (nostalgia del mar lejano en esta ciudad sin mar de su destierro, porque estaba Sara bien allí y había llegado incluso a sentirse a gusto, sobre todo ahora que veía ya muy próximo el final del curso, pero se le entraba a trechos de repente por el alma una ansiedad extraña, cuando advertía que, tomara por la calle que tomara y por mucho que la siguiera hasta el final, no iba a llegar por ningún camino al puerto o a la playa, y era una angustiosa sensación de asfixia saberse ella, acuática y marina, aprisionada ahora tierra adentro, reducida su sed a un riachuelo seco y a un breve estanque sucio y domesticado), capaz de compartir sus más calladas melancolías —tristezas de amor ausente, porque quedaba Eduardo, ay, tan dolorosamente lejos como el mar—; o ante las elegantes damas mágicas de gestos envolventes, de alto tocado y larga cola, de fastuosos vestidos, que rodeaban al santo en su agonía junto a la laguna (¿era la laguna Estigia?); o ante las imágenes de aquella leyenda toscana que había sabido un día pero que no lograba ahora reconstruir ni entera recordar, pero que la fascinaba lo mismo —acaso más— y la impulsaba a fantasear siempre nuevas variantes en torno a la mujer de rubia cabellera destrenzada y de cuerpo desnudo que corría despavorida por la campiña florentina, perseguida y acosada por una jauría de muy fieros mastines, que habían de alcanzarla siempre al final en un claro entre los árboles del bosque y darle muerte y devorarle todavía palpitantes las entrañas.

Sara había pasado el curso —cuando no estaba en las clases o estudiando en la biblioteca— recorriendo a la ventura las calles —que resultaban ser siempre unas mismas calles y no la llevaron nunca hasta la mar—, escribiendo en las mesas más apartadas, en los rincones más recónditos y acolchados de los cafés, unas cartas y unos poemas de amor que se confundían —le había escrito a Eduardo todos los días una carta y algunos días dos, y eran las cartas una especial modalidad de poemas en prosa y eran los versos unos más rítmicos y condensados mensajes de amor, sólo que éstos no se mandaban y los iba amontonando entre otros papeles en un cajón—, vagando abstraída por las salas —siempre las mismas— del museo, yendo, deliberadamente sin compañía, al teatro, al cine, a algún concierto, lo cual no había tenido ocasión de hacer hasta entonces jamás, saboreando en definitiva ese margen repentino de autonomía y libertad, saboreando incluso la nostalgia, recreándose en la imagen exquisita de una heroína romántica condenada al destierro, porque había cierta voluptuosidad, cierto artificio, en ese echar de menos a Eduardo y añorar la mar, en esa decisión de deslizarse etérea y flotante entre la realidad de cuanto la rodeaba, sin establecer lazos profundos con ninguna de las personas que iba conociendo (ni siquiera había iniciado una verdadera amistad con las dos hermanas malagueñas que compartían en la residencia su misma habitación, dos muchachas de oscuro cabello y clara voz que se pasaban la jornada entera en la academia y que, al regresar, parloteaban incesantes y sin esperar respuesta sobre los incidentes del día, los chicos que a la salida de las clases habían querido acompañarlas, los novios también, como el de Sara, ausentes —aunque le parecía a ella que había escasos puntos de contacto y ninguna semejanza entre los mozos andaluces que inamovibles las esperaban, y que se casarían puntuales con ellas en cuanto concluyeran los estudios y consiguieran empleo y encontraran un piso, y hubieran terminado las hermanas por su parte el ajuar, para formar un hogar y tener todos los hijos que el Cielo les mandara, y ese hombre de Sara, diez años mayor que ella, que parecía haber recorrido todos los países, surcado todos los océanos, librado todas las batallas, amado a toda suerte de mujeres, y al lado del cual resultaba imprevisible, y por ello doblemente fascinante, cualquier futuro—, y discutían de películas, de trapos, de modas y peinados —se llevaba aquella primavera el cabello crepado, unos tacones altísimos y finos con alma de metal, unos relojes diminutos en los que era difícil discernir la hora, unas bocas pintadas con un rojo intenso y muy brillante, cosas todas que dejaban a Sara sin remedio fuera de las corrientes de la moda—, hasta caer rendidas en la cama, en un sueño profundo, como de niñas grandes, el pelo lleno de papillotes), porque se sentía forastera y fugitiva, de paso, discurriendo por un paréntesis hechizado que iba a cerrarse muy pronto a sus espaldas y que quedaba fuera por tanto de su normal vivir, y tenía Sara la cabeza, los afectos y las obsesiones fijos en otra parte, y no quería echar raíces en una ciudad que le gustaba, pero que no dejaba por ello de serle extraña y que iba a abandonar sin probable retorno en cuanto terminara los exámenes y llegara junto con ellos el verano —para aquel entonces habría visitado ya la rosaleda en flor y podría reconstruir con los ojos cerrados las pinturas de Goya y de Velázquez.

Lo cierto era —pensó mucho después, cuando todo quedaba atrás y trató de establecer un esquema ya inútil de lo acontecido— que antes de llegar la primavera ella no se había fijado apenas en Roxana, y lo primero que acertaba a recordar de lo que debieron de ser sus contactos iniciales —que Roxana recordaba, ella sí, en sus mínimos detalles, y que le refirió una y otra vez ante sus demandas, sin que tampoco de ese modo lograra Sara recuperarlos— era sólo una voz —y ni siquiera eso: simplemente la ausencia de una voz—, porque habían organizado en la residencia durante el mes de marzo una serie de lecturas poéticas, y en uno de los ensayos advirtió Sara que faltaba una voz, y no era únicamente la voz más hermosa del grupo, sino también, pensó, una de las voces más hermosas que ella, tan aficionada al teatro y a la declamación, había escuchado hasta entonces y que escucharía seguramente después en el curso de su vida, una voz grave y llena, sin que se pareciera en absoluto a una voz de varón, una voz perfectamente modulada, que se estremecía íntima en la confidencia y el susurro y se elevaba luego en vibrantes tonos apasionados hasta el punto más alto de la tragedia, y sólo entonces, al no escucharla entre las otras, apreció Sara en su justa medida la calidad espléndida de esa voz ausente, y preguntó a las compañeras, que se rieron de ella y la llamaron despistada entre las despistadas, soberana de todos los despistes, ¿por dónde andaba, por las nubes?, ¿cómo había podido haber rebasado dos terceras partes del curso sin conocer a las otras muchachas?, porque Roxana había estado allí desde septiembre, era de hecho una de las chicas más antiguas en la residencia, y no era precisamente una de esas personas que podían pasar inadvertidas, y entonces supo Sara que la chica de la bonita voz se llamaba Roxana —y no era tampoco un nombre vulgar propicio a ser ignorado—, y que estaba terminando el doctorado en medicina y procedía de una familia del norte y había tenido que regresar unos días a su casa porque se casaba un hermano mayor que ella, y, dado que no le recordaba una figura ni un rostro, tuvo entonces Sara que inventarlos, y cuando, al otro lunes, regresó Roxana de Santander, quedó ella atónita, porque no se parecía ni en lo más remoto la imagen que había ella fantaseado con la muchacha real que tenía ahora ante sí, una muchacha alta y flaca, demasiado alta y demasiado flaca quizás, de porte altivo y edad indefinida —averiguaría luego que acababa de cumplir los veinticinco años—, que le sonreía irónica y displicente desde las profundidades —excesivas también— de sus ojos claros —demasiado azules y demasiado grandes en su rostro de porcelana—, y que se dirigió a ella con una voz hermosísima, eso sí, pero en un tono sin posible explicación agresivo, con un deje injustificadamente sarcástico y mordaz, que dejó a Sara sin habla y frustró a medio camino su intento de explicarle lo mucho que le gustaba su voz, su modo tan personal de leer los poemas, de leer sobre todo la parte de Juana en el oratorio de Claudel, su intento de averiguar si le gustaban tanto el teatro —a punto estuvo de proponerle que fueran juntas alguna vez, abdicando así de su escarpada y difícil soledad— y la literatura como a ella misma le gustaban. Y la había hecho sentirse inopinadamente la otra chica tan afectada, tan melindrosa, tan ridícula, retrotraída en un instante a las vergüenzas y los apuros que había experimentado de niña, cuando se burlaban despiadados los chicos de sus sensiblerías o de su timidez, y le hacían notar sin miramientos que aquello que acababa de decir o de hacer rozaba las cimas de lo grotesco, y la llamaban los chicos fifilonga y le escondían la cartera o le tiraban de las trenzas rubias y apretadas, y ahora, con sus casi dieciocho años a cuestas, se había vuelto a sentir igual de incómoda y absurda y fuera de lugar ante la malevolencia y la incomprensión y el menosprecio de Roxana.

«Yo no te despreciaba en absoluto», protestaría Roxana pocas semanas después, «eras tú la que no comprendías ni comprendes nada, ¿cómo no te diste cuenta enseguida de lo mucho que te admiraba y envidiaba, de hasta qué punto me tenías celosa y fascinada?», y Sara desconcertada, «¿pero por qué?», y Roxana, ahora en un susurro, con esa voz opaca y como oscurecida que utilizaba únicamente cuando se dirigía a ella, «por todo, por todo lo que eres y lo que tienes, y que yo no he sido ni he tenido jamás, por tu ternura, tu fragilidad, por tu misma torpeza, por esa facilidad tan tuya para exteriorizar las emociones y manifestar los sentimientos, por mucho que hables de tu timidez, esa capacidad para tornarte débil y pequeña, para lograr que se desee tanto protegerte y se te tenga forzosamente que amar, que rija siempre para ti un código especial, ¿o no has advertido acaso que se te da también un trato exclusivo y preferente en esta casa?». Y tal vez fuera cierto que había imperado para Sara en la residencia y ya desde principios de curso una tolerancia particular, y no se había dado ella plena cuenta a fuer de tan mimada y consentida, niña de casa rica, la menor entre cuatro hermanos, habituada a que anduviera todo el día alguien tras ella recogiendo las cosas que dejaba tiradas, poniéndolas en orden, cuidando de su ropa, haciéndole la cama o preparándole el baño, y era cierto que aquí, en la residencia de estudiantes, era ella la única que tenía el armario perpetuamente en desorden y la habitación patas arriba —cuando no la arreglaban resignadas las hermanas malagueñas, al igual que le hacían algunas veces un dobladillo o le cosían unos botones o le planchaban un vestido—, la única que regresaba a veces por la noche con el portal ya cerrado, que se pasaba íntegras en la cama holgazaneando algunas mañanas de domingo, y que utilizaba sin medida, pese a las protestas vanas de las otras chicas, el único teléfono del que disponían, a cualquier hora del día y hasta en mitad de la noche, necesitada como estaba, se disculpaba ella, de comunicarse con Eduardo cuando la dominaba, como un mal traicionero, la nostalgia, y creía entonces que podía morir si no lograba tocar su piel o escuchar por lo menos el tono de su voz, y sí era verdad que sucedían todas estas cosas, y que los demás las toleraban sin que se supiera muy bien el porqué, pero también lo era que a Sara, cuando reparaba en ellas, le provocaban una enorme vergüenza, le daban muchísimo coraje y se prometía que no se iban a volver a repetir ya jamás. «¿No te has dado cuenta tampoco», seguía Roxana risueña, con una voz deshecha y rota por tanta ternura acumulada, «de que capaz eres tú, de un modo harto especial, eso sí, muy callado y hasta tímido y reservado, de coquetear con tu mismísima sombra?» —tan innato en ella el afán de agradar, el empeño en seducir, o tal vez, rectificaba Sara para sí, la necesidad imperiosa de saberse aceptada por entero, de sentirse querida, porque en ese punto se equivocaba sin remedio Roxana, como casi todos, y esa historia de su infancia feliz, de su niñez dorada que se habría prolongado hasta hoy, era como muchas otras tan sólo eso, una leyenda, porque nunca se había considerado ella de verdad amada ni se había sentido en lo más hondo acompañada jamás, antes de conocer a Eduardo, que había descendido para encontrarla hasta lo más oscuro de sus pozos de sombra, donde tejían las arañas sutiles telas interminables y la miraban los sapos con sus ojos redondos y saltones desde un cuerpo viscoso—, «¿no te has dado cuenta siquiera», concluía Roxana en un sollozo ahogado, mientras escondía la cabeza en el hueco del hombro de Sara, «no te has dado cuenta siquiera de lo mucho y lo desesperadamente que desde hace ya tanto yo te amaba?».

Pero esto se lo había confesado mucho tiempo después, mediado el mes de mayo, cuando un cataclismo había destruido las bases de su mundo y flotaba atónita Sara en un universo recién creado, una tierra de nadie todavía en la que no sabía ella con certeza cuál era el lugar que le correspondería ocupar, porque antes, a partir del día en que había descubierto su existencia y había querido felicitarla por lo bien que leía y por lo bonita que tenía la voz, y había frustrado la otra cualquier intento de alabanza, había hecho naufragar cualquier intento de acercamiento, con un gesto adusto y una mirada sarcástica, como si se pudiera sospechar que iba Sara por el mundo halagando sin más y diciendo a la gente lo que no sentía, desde aquel día pues y hasta muchísimo más adelante, no se había dado Sara plena cuenta de nada. Oía algunas veces los pasos de Roxana en el pasillo, unos pasos enérgicos y largos, aunque como afelpados, pasos felinos que era imposible confundir con los de ninguna otra de las muchachas, pero nunca se habían detenido estos pasos delante de su puerta —¿lo habría estado esperando ella sin saberlo?— ni se les había metido Roxana en la habitación como lo hacían a menudo todas las demás, puesto que eran los dormitorios lugares de tertulias y reuniones improvisadas. Roxana era casi siempre una de las últimas en llegar al comedor, cuando ya estaba Sara entre sus compañeras sentada a la mesa, y avanzaba erguida y segura entre ellas, con un pantalón ceñido que hacía resaltar todavía más la longitud excesiva de las piernas y un cinturón muy ancho que ceñía la cintura brevísima, y un suéter de cuello alto azul oscuro, sin ni una sombra de maquillaje, sorteando obstáculos sin desviar para nada la mirada, aunque luego, a lo largo de la comida o de la cena, admitiría Sara mucho después, había sentido pesar a menudo sobre sí la mirada estática y azul de aquellos ojos desmesurados, unos ojos casi transparentes de los que era imposible, sin embargo, alcanzar a descubrir las profundidades lacustres o marinas. Y en aquellos días Roxana le había alargado algunas veces las cartas que Sara recibía —no puntualmente todos los días, puesto que no escribía Eduardo como ella a diario, pero sí muy a menudo—, y se las tendía con un gesto levemente provocador y una sonrisa de nuevo sarcástica, y ganas había sentido Sara en aquellas ocasiones de romperle una silla en la cabeza a ver si le quebraba así de paso la odiosa mirada de suficiencia, como ganas sentía asimismo de emprenderla con la otra a bofetadas cada vez que la sorprendía riéndose con las compañeras de sus gestos o de sus palabras (juraría más adelante Roxana que no se había burlado de ella ni había comentado nada con las otras chicas jamás), o cada vez que en el campo de deportes encestaba Roxana la pelota con aire provocativo —apenas necesitaba empinarse sobre las puntas de los pies para meter fácilmente el balón con una mano— y se quedaba luego observándola como si fuera Sara una subnormal o una enana, y empezaba ella sin remedio a dar trompicones y a perder la pelota, y esto la ponía, claro, doblemente furiosa.

«¿De verdad no habías comprendido que era timidez mi supuesta agresividad, amor mi fingido desapego, que yo me movía en definitiva impulsada por el miedo a volver a enamorarme una vez más y volver a poner mi vida y mi fortuna en las manos de otro y volver luego tan torpemente a sufrir?», le preguntaría Roxana a comienzos de junio, cuando casi todas las chicas habían terminado ya las clases y habían abandonado la residencia y habían regresado a sus casas, y vivían las dos esa historia ambigua y apasionada en el caserón vacío, tal vez el mismo día en que habían visitado juntas la rosaleda en flor y se había adentrado Roxana con sus pasos largos y felinos por el parterre, en las mismas narices de los guardas, que miraban casualmente hacia otro lado, y había robado para ella la más hermosa y más fragante de todas las rosas rojas. Y Sara no sabía con certeza lo que hubiera debido responder, porque era verosímil que en cierto modo sí se hubiera dado cuenta ella de lo que ocurría en el interior de

Roxana, aunque no hubiera demorado en ello —de puro distraída y absorta en otras cuestiones— conscientemente su atención, tal vez había detectado en cierto modo la presencia de una mirada azul que la seguía sin tregua ni descanso, la mirada azul de aquella muchacha que había sido primero una voz, o la ausencia de una voz, y luego la inmensidad de unos ojos transparentes que no tenían fondo, y luego, por fin, una ternura abrupta y escarpada y difícil hasta las lágrimas, un anhelo insaciable y siempre renovado, un cuerpo fino y largo y liso, como de porcelana o de cristal, una carne inesperadamente sensible y sabia de todas las caricias. Tal vez había adivinado Sara algo de esto y no había querido simplemente formulárselo a sí misma con palabras, del mismo modo en que siempre había intuido tal vez que se ocultaba bajo la desvergüenza agresiva e incómoda de los compañeros de la escuela, cuando le escondían las libretas o le ensuciaban el vestido o le tiraban de las trenzas, cuando se burlaban de sus melindres y de sus miedos, mientras dejaban por el contrario en paz a las otras chicas, un secreto interés que la hacía para ellos diferente. Y no hubiera podido jurar Sara años después hasta qué punto la había sorprendido de verdad —¿o lo estaba aguardando quizás en algún oscuro recoveco de sí misma?— que Roxana se metiera en su habitación aquella tarde, la tarde en que había tenido con Eduardo por teléfono —y era la primera vez que sucedía, porque nunca desde que se conocieron había existido entre ellos la menor diferencia, ni la sombra siquiera de un enfado— el terrible altercado, la pelotera descomunal. Porque no podía Sara entender, y «claro que podrías entender, lo que sucede es que te niegas casi siempre a comprender aquellas cosas que no te gusta verte obligada a aceptar», había protestado Eduardo, y quizá llevara ahí su parte de razón, pero ¿cómo iba a poder aceptar ni entender Sara la apasionada, Sara la romántica, Sara enamorada, que cuando estaban a punto de concluir por fin los nueve meses interminables de su destierro y de la separación, durante los cuales se habían visto tan sólo un par de veces por Navidad, meses que Sara había consumido enteros en añorarle y en pensarle —mimando la nostalgia como otra forma de su amor—, y en dialogar con un Eduardo ausente desde su propia y asumida soledad, en escribirle aquellas cartas que se confundían con los poemas, en inventar lo que iban a hacer juntos los dos cuando acudiera él a buscarla y llevarla consigo hasta la mar, todo lo que iba ella a explicarle y a mostrarle, nueve meses en el curso de los cuales había llevado cuenta puntual, no ya de los días transcurridos y por transcurrir, sino hasta de las horas y minutos, en una dolorosa y esperanzada cuenta atrás parecida a la que debía de llevarse en las cárceles, reducido su existir a ese anhelo ardiente del instante en que habían por fin de reencontrarse, de modo que había calculado y distribuido sus fuerzas y le quedaban justo las precisas para arribar sin asfixiarse de congoja y tristeza hasta el término del plazo por ellos mismos en septiembre establecido, cómo podía aceptar así sin más Sara ni nadie —por lo menos, no ninguna mujer— que justamente ahora, cuando faltaba ya tan poco, telefoneara Eduardo para comunicar que había surgido en el despacho un trabajo imprevisto, una oportunidad que no podían —lo dijo así: en plural— dejar escapar?, y «no existe nada en el mundo que pudiera impedirme a mí ir a tu encuentro, nada que yo antepusiera a nuestro amor», había declamado ella melodramática, más impuesta que nunca en el papel de heroína romántica, lo cual no quitaba que supieran los dos que estaba diciendo estrictamente la verdad, y había insistido Eduardo en que iban a ser sólo unos días y tendrían luego el verano entero por delante, y entonces, únicamente para chantajearle y provocarle, sólo en definitiva por jugar, porque ni un solo instante se le había pasado la mera posibilidad por la cabeza, cierta de este amor como no lo había estado jamás de realidad alguna, había dicho Sara, «lo que ocurre es que tú no me quieres», y en lugar de deshacerse Eduardo en nuevas protestas de cariño, ante las cuales hubiera aceptado ella más o menos resignada el forzoso aplazamiento de su encuentro, había admitido él, y había creído Sara al oírlo morir, como si le quitaran la tierra de debajo de los pies, como si la catapultaran brutalmente desde el interior cálido y acolchado de una nave espacial a los vacíos siderales, donde flotaría desvalida sin peso ni gravedad hasta por fin desintegrarse, había reconocido Eduardo que estaba atravesando una crisis muy difícil en la que no sabía ni él mismo qué pensar ni a qué atenerse ni qué era en realidad lo que esperaba de la vida, y necesitaba por lo tanto unos días de reflexión y de soledad, un alto en el camino, para volver a disponer todas las cosas —Sara incluida— en su justo lugar, y había sido efectivamente lo del trabajo en el despacho sólo un pretexto para así no alarmarla ni enfadarla, y entonces, odiándose por decirlo, despreciándose ya desde antes de decirlo, pero sin poderse en modo alguno contener, había estallado Sara, «¿necesitas estar a solas contigo mismo o con otra mujer?», y Eduardo «ya te he explicado que quiero estar solo, pero puedes imaginar lo que prefieras», y ahí sí había perdido Sara sin remedio el control y la compostura y le parecía que hasta la dignidad, y le había suplicado en todos los tonos, había utilizado ya sin rubor todos los chantajes, cada vez más desesperada y enloquecida al comprobar que iba ella perdiendo pie y a él no le movía en absoluto de lugar, hasta prorrumpir en el desafío, «si no vienes ahora, será mejor que no vengas ya jamás», y en cuanto lo dijo, o acaso también antes, se dio cuenta cabal de que había cometido una estupidez, porque no era hombre Eduardo —para bien o para mal— capaz de ceder ante ese género de presiones o amenazas, y era ella por su parte demasiado orgullosa para después rectificar, y le había hablado él entonces en un tono duro y distante que no le conocía —sorprendente las muchas cosas que ignoraba de él, después de creer que se habían tan hondamente comprendido, fundidas en cierto modo sus individualidades en una realidad distinta y superior—, en una ridícula pretensión de ecuanimidad, y le había colgado Sara sin despedirse el teléfono, porque estaba absolutamente indignada y furiosa, pero también porque había empezado a llorar y no quería que oyera Eduardo los sollozos.

Había corrido luego a su habitación —que no compartía ya con nadie, pues habían regresado al hogar y se habían restablecido en sus viejos amores las dos muchachas malagueñas—, y se había tumbado de bruces en la cama y había llorado ahora sí a mares y a gritos, sin querer escuchar para nada las frases de consuelo de las otras compañeras, que lo habían oído todo o casi todo y se empeñaban en que iba la situación de un modo u otro a recomponerse, tenían siempre un final feliz estas tontas peleas entre enamorados, cuando Sara sabía muy bien que era para ellos y ahora distinto, porque no iba Eduardo a olvidar ni a perdonar fácilmente lo que los dos se habían dicho, ni iba ella por su parte a pedirle disculpas, y seguiría Eduardo en su ciudad marina, solo o acompañado, y se largaría luego tal vez, solo o acompañado, a algún lugar para ella desconocido, acaso incluso a la misma Granada a donde habían proyectado tantas veces ir los dos, y estarían allí, Eduardo y la otra chica, recorriendo con las manos enlazadas los jardines del Generalife, comiendo pimientos fritos y ese vinillo blanco un poco áspero que le gustaba a Sara tanto en las tabernas del Albaicín, amándose a orillas del Darro o del Genil («¿pero te ha confesado que va a ir allí con otra chica?, ¿está de veras interesado Eduardo en otra mujer?», preguntaban atónitas y sin terminar de comprender las compañeras, y seguía negándose Sara a escuchar sus palabras y atender a sus razones, porque Eduardo no le había confesado nunca nada, claro está, hay cosas que no es preciso decir), amándose los dos en una ciudad que parecía inventada para el amor y que era tan hermosa, mientras la propia Sara agonizaría aquí de añoranzas y celos y despecho y tristeza, sin que quedara siquiera el último recurso de ponerse en contacto con él —para insultarle con más fuerza o para disculparse, daba igual—, puesto que ni las señas sabría, exiliada —ahora sí de verdad— y atrapada sin remedio en el estío asfixiante de esta ciudad de cielos altos y de horizontes luminosos, por ninguna de cuyas calles se alcanzaba la mar, y por la que no cruzaba tampoco un río de nombre sonoro por el que fluyeran abundantes y limpias las aguas, y en cuyos aires abrasados se habrían marchitado para entonces sin remedio las flores todas de la rosaleda.

Aquella tarde pues, porque no la había visto durante la hora del almuerzo en el comedor o porque le habrían explicado las compañeras lo sucedido y en qué estado deplorable se encontraba, se había deslizado Roxana, silenciosa y furtiva como un gato muy flaco y zanquilargo, dentro de su habitación, y se preguntaría Sara muchas veces años después si había sido genuino su propio asombro, si la había sorprendido de veras que aquella muchacha arisca y distante, más agresiva y sarcástica con ella que para con ninguna de las demás —y con ninguna de las otras chicas se había mostrado tampoco especialmente amable o cariñosa, y no se le conocían en la residencia confidentes o íntimas amigas, aunque coincidían todas en que era, a su estilo adusto, una excelente compañera, generosa y leal—, que no le había manifestado jamás la menor muestra de afecto, se le metiera así sin más en la habitación, cuando no lo había hecho hasta entonces nunca, o si lo habría estado por el contrario, aun sin saberlo, en secreto esperando. Había entrado Roxana en el dormitorio, se había sentado junto a ella en el borde de la cama, y había permanecido allí en silencio por un tiempo tan largo que se preguntó Sara en algún momento si seguiría a su lado o si habría abandonado con su andar sigiloso y afelpado la habitación, y no podía comprobarlo teniendo como tenía el rostro sepultado en las almohadas, y había empezado luego a recitarle Roxana con su voz tan hermosa y ahora queda unas frases banales, más o menos iguales a las que habían estado diciendo antes las otras chicas: que todo termina en esta vida, hasta el dolor, que el tiempo lo resuelve —y era mentira— casi todo, que dentro de unos días, y seguramente muchos menos de los que imaginaba, volvería ella a pasar buenos ratos, a divertirse, a poder sonreír, a interesarse de nuevo por las cosas, incluso por los hombres, por más que no existiera sobre la tierra varón capaz de merecer el llanto de una mujer, y era evidente que le estaba hablando en broma, aunque no se sabía muy bien contra quién dirigía su sarcasmo, si hablaba para Sara o para sí misma o para nadie, o acaso era que no conocía o no se permitía otra forma que ésta para manifestar su afecto, porque cuando Sara separó por fin el rostro de las almohadas y se dio vuelta para observarla a través de las lágrimas, Roxana se encogió de hombros y dejó escapar una risita breve, como avergonzada, pero había no obstante en sus ojos azules y enormes —aunque tal vez tuvieran sí un fondo en donde capturar el alma— una mirada tan cariñosa y preocupada, una mirada entristecida, y cuando Sara le echó de improviso los brazos al cuello y redobló su llanto, y dejó que la otra la acunara y la meciera como si fuera una niñita, advirtió que el cuerpo de Roxana temblaba, y tenía que respirar despacio y hondo como si hubiera quedado sin aliento y sin palabras, y se le quebraba luego a cada instante la voz cuando comenzó a susurrarle de nuevo frases tontas, palabras sin sentido, pero ahora sabía Sara con total certeza que no importaba nada lo que la otra dijera, que no había que atender para nada al significado de las palabras, sino a la caricia rítmica y acompasada y consoladora y amorosa de la voz, como si le estuviera canturreando una madre especial que nunca tuvo y añoró desde siempre una nana imposible y absurda para que se durmiera, y dejó mansa que Roxana le humedeciera el rostro con la toalla, que le sonara las narices, que le hiciera beber a sorbitos una infusión de menta y de poleo, dejó que se quedara Roxana sentada allí a su lado, en el borde de la cama, teniéndole una mano firmemente sujeta o acariciándole el cabello, hasta quedar ella por fin, como una niña chica, dormida y aquietada.

Aquella noche y a la siguiente y a la otra tuvo Sara la sensación de que la habían estado espiando mientras dormía, la convicción de que alguien había abierto con cuidado la puerta y se había deslizado hasta su cama y se había quedado allí de pie observándola, observándola tiempo y tiempo en mitad de la noche, sin decir palabra, sin moverse apenas, sin animarse a tocarla, tratando de reprimir inútilmente la respiración agitada, y Sara había creído adivinar en la penumbra, dibujada por el halo de luz que penetraba por la puerta entreabierta y la envolvía, la silueta de Roxana —¿quién podía ser si no?—, pero no había abierto por completo los ojos ni se había movido lo más mínimo ni le había dicho tampoco nada, y hasta se había vuelto a quedar dormida antes de que la chica se marchara, de modo que al despertar a la mañana siguiente no hubiera podido jurar si Roxana se le había metido de veras en el cuarto y la había estado mirando en silencio durante parte de la noche o si se trataba tan sólo de uno de sus sueños. Y durante el día, mientras andaba de un lado a otro con los ojos y la nariz todavía enrojecidos, y se le acercaban las pocas compañeras que quedaban en la residencia y trataban sin éxito de consolarla y de levantarle el ánimo, todas a su alrededor y pendientes de ella, sentía pesar sobre sí —aunque estuviera lejos o la tuviera a sus espaldas— aquella mirada azul y transparente de la que sabía ahora sin lugar a dudas iba a alcanzar las últimas profundidades, buceando sigilosa en las aguas tibias hasta arribar a los fondos marinos, y dejar allí que se le deslizara entre los dedos la arena fina, que la rozaran a su paso las ondulantes y viscosas algas. No se acercó a ella ni una sola vez, y era quizás la única que no le dirigía una sola palabra de conmiseración o de consuelo, pero había en la boca de Roxana, mientras la miraba, una sonrisa nueva, quién sabe si recién aprendida o acaso reencontrada, sonreía Roxana para sí y a solas cuando creía que nadie la observaba. Y fue entonces Sara la que buscó obstinada su mirada una y otra vez, hasta que consiguió atrapar con sus ojos los de la muchacha, y sonrió ella también con una sonrisa secreta y cómplice, y estalló ahora Roxana en una risita muda al sentirse espiada y descubierta, y rió Sara con su misma risa, rieron y rieron las dos mirándose a los ojos, en el comedor lleno de gente, y era como si las otras chicas y las criadas y la directora hubieran desaparecido, como si no restara otra realidad en el mundo que ellas dos, mirándose y sonriéndose desde extremos opuestos de un universo vacío, acertando a tender de una a la otra un puente mágico y luminoso cuajado todo de flores blancas.

Eran tibios y suaves los labios de Roxana, cuando se encontraron las dos como si se hubieran dado cita, aunque era lo cierto que no había mediado entre ellas una sola palabra, en la habitación, y estuvieron mucho rato inmóviles, estrechamente abrazadas ante la ventana, oprimiendo con tal ansia Roxana contra la suya su boca que parecía no fuera a poder ya nunca desprenderse de ella, y cuando dejó al fin, sólo por unos segundos, de besarla, le dijo en una voz también nueva, una voz de la que habían caído por fin todos los velos y que se erguía entre las dos, magnífica y patética como una adolescente por primera vez contra su voluntad desnuda, de modo que resultaba mucho más conmovedora —desde un comienzo, se dijo Sara, se había sentido ella atraída más que por una persona por una voz— que los mismos besos, que la intensidad con que Roxana se apretaba temblando contra ella, mucho más conmovedora que el significado mismo de las palabras que le había costado tanto decir y que ahora a borbotones le escapaban, «te quiero tanto, Sara, ¡dios, tú no puedes ni imaginar lo mucho que te quiero!», y luego «te quiero, sabes, desde el día que te conocí, desde la tarde en que llegaste jadeante y torpona bajo el peso de las maletas, porque no habías encontrado taxi y te habías venido andando desde la estación, ¿recuerdas?» (y Sara recordaba, sí, aquella primera tarde de su destierro, todavía amoratados los labios por los besos de Eduardo en la despedida, recordaba la estación sin un solo taxi, el cielo gris que amenazaba lluvia, lo infeliz y desamparada que se había sentido al tener que cargar con el equipaje, pero en ninguno de estos recuerdos aparecía para nada Roxana), y a continuación, sin dejar de besarla, «¿qué es lo que tú sientes, di?, ¿me quieres tú también un poco?», y Sara indecisa, cohibida, asintiendo al fin con un ademán ambiguo, tal vez remotamente asustada, desbordada en cualquier caso por la vehemencia de una pasión que había adivinado tal vez desde hacía mucho discurrir subterránea, mas que surgía ahora repentina a la luz con tal violencia que la arrastraba y la dejaba inerme, suspendidas la voluntad y la palabra, mientras se dejaba oprimir y abrazar y besar, sin responder a las caricias, pero sin tampoco rechazarlas, y Roxana le pasaba cuidadosa las yemas de los dedos por los hombros desnudos, por el cabello rubio y lacio, le cogía la cara entre las manos, la miraba a lo hondo de los ojos —y en lo más profundo de los ojos de Roxana, descubrió Sara con certidumbre total que no habitaban arenas finas ni viscosas algas, sólo su propia imagen multiplicada y repetida hasta el infinito—, sin dejar todavía de temblar y sin fatigarse de repetir cuánto y cuánto la amaba.

Y sin embargo, ya en aquellos primeros momentos de la revelación (admitiría Sara para sí muchos años después, al recordar algunas veces lo que había acaecido en aquella lejana primavera e intentar establecer —sin excesiva angustia— un reparto de culpas, si culpas hubo, y responsabilidades: más culpable ella cuanto más sabedora se reconociera de lo que estaba ya ocurriendo o de lo que iba luego a suceder), mientras permanecieron enlazadas e inmóviles ante la ventana tras la cual caía la tarde, y se tumbaron luego vestidas sobre la cama en la penumbra, y fue avanzando la anochecida empujada por las caricias no aprendidas, las confidencias primeras, los iniciales besos —para entonces sí había dejado Roxana de temblar—, en aquellas horas hechizadas que siguieron al instante en que la otra había dicho «te quiero tanto», dando así cuerpo con sus palabras a algo que se había iniciado hacía mucho y que procedía sin duda de muy lejos, pero que cobraba entera realidad al ser por fin nombrado, en aquellas primeras horas, y por más que siguieran después como siguieron unos días muy tiernos, muy intensos —para Roxana al menos muy intensos—, en que anduvieron juguetonas y sonámbulas por el edificio semivacío, buscándose impacientes en todos los rincones, en los quicios de las puertas, perdiéndose una a otra de habitación en habitación por el júbilo de volver luego a reencontrarse, adivinándose y presintiéndose en la distancia, hablando ante los otros en una jerga especial que sólo ellas entendían y que hacía estallaran de pronto en incontenibles carcajadas, días en que fueron juntas a la rosaleda, magnífica en la plenitud de su floración, saturada de perfumes y colores —aunque no era así exactamente, se confesó a sí misma Sara con una punzada súbita de dolor que le dejó en la boca un sabor amargo, la visita a dos que había ella a lo largo de todo el curso fantaseado— y a muy pocos sitios más, porque no podía Roxana al parecer dejar de acariciarla, víctima de una dolencia pavorosa que encontraba únicamente alivio al sufrimiento por medio del contacto de su piel contra otra piel, y la llevaba por la calle estrechamente enlazada por la cintura o por los hombros, le sostenía en el cine o en el teatro una mano entre las suyas, buscaba con sus piernas las de Sara bajo las mesas de los bares o del comedor, y la tenía luego la noche entera entre sus brazos mirándola dormir («pero y tú, ¿cuándo duermes tú?», le preguntaba Sara entre bostezos, y Roxana, con una voz ansiosa y triste, «tiempo tendré para dormir después», y no se animaba Sara a precisar cuándo sería este después, porque sabía sobradamente que se estaba refiriendo Roxana a después de su marcha de la residencia y de la ciudad, y no era capaz de mentirle «no te atormentes más con esto, Roxana, yo no me iré ya nunca»), y temía Roxana —que no Sara, a quien estas cuestiones le habían dado y le seguían dando lo mismo, y ni las hubiera detectado siquiera caso de no señalárselas su amiga— las miradas suspicaces de los transeúntes que se cruzaban con ellas por la calle, las sonrisas irónicas de los camareros en los cafés o de aquellos taxistas que las sorprendían en mitad de un beso, y la irritaba todavía más la complacencia divertida y a menudo cómplice con que las observaban, y hasta celosa se sentía de los desconocidos que miraban a Sara rectamente a los pechos o a las piernas, más estimulados que retraídos parecía por la presencia de Roxana y lo que había en su actitud de tan evidente, y por eso, porque no podía dejar de mantener algún punto de su piel en contacto con la otra piel que amaba y porque la enfurecían sin límite las miradas burlonas y las sonrisas suficientes y se sentía celosa de que los hombres en la calle la miraran, y había comenzado de veras el calor, el calor polvoriento de estas tierras altas de cielos claros, un calor extranjero que asfixiaba a Sara y le dejaba la garganta rasposa, secas y acartonadas las palmas de las manos, y estaban en la residencia las ventanas y los balcones abiertos de par en par y las persianas echadas, y tenía el interior del caserón la penumbra verdeante y callada de un umbráculo, y se deslizaban las dos muchachas perezosas entre las sombras y se hablaban en murmullos.

Sara no dijo ni una sola vez —puntualizaría inútilmente años después en su descargo, en ese juicio contra nadie que no podía tener fin— «yo también te quiero», no prometió jamás «voy a quedarme aquí contigo para siempre», no aseguró siquiera que tendría forzosamente algún día que volver ni rebatió con excesiva energía las sospechas de una Roxana suspicaz y angustiada que la fantaseaba enamorada todavía de Eduardo, pero era lo cierto que permaneció allí, en la ciudad sin mar, incluso después de que terminaran los exámenes y cuando comenzó la familia desde el pueblo veraniego a atosigarla, porque no podían entender que no acudiera a reunirse con ellos ni qué era lo que ahora la retenía, y tampoco hubiera podido la propia Sara explicarlo ni explicárselo siquiera a sí misma, y no lograría entenderlo por entero en el futuro jamás, y acaso seguía allí porque en la penumbra espejeante del caserón ahora deshabitado, en la quietud más honda de aquellos ojos lacustres o marinos, había acertado a construir Roxana para ella un refugio cálido, una segura madriguera en la que agazaparse y lamerse tranquila las heridas, y era en cualquier modo terrible haber perdido a Eduardo, pero se le hacía a Sara menos duro llorar su desamor en los brazos de alguien que de forma tan tierna la consolaba —por más que aumentara de día en día la animosidad que contra Eduardo sin conocerle sentía Roxana, hasta que llegó el momento en que no podía aventurar Sara la menor alusión a él sin que se le pusieran a su amiga duro el gesto y desolada la mirada—, o acaso siguiera allí porque se había sentido tan abatida, tan postrada, en aquella primera primavera del amor perdido, que no había tenido sencillamente fuerzas para arrancar de la ciudad, y había quedado así atrapada en el cepo de su propia inercia, de su desgana a enfrentarse con lo que había sucedido, pereza a reconstruir un mundo que le parecía todavía sin él imposible, o tal vez porque sí había en Roxana —en sus ojos azules e inmensos donde se veía sin tregua reflejada, en su voz quebrada y rota de ternura, oscura de deseo, en el infinito cuidado y el mimo y la sabiduría no aprendida de las caricias que día a día inventaba para ella, en su cuerpo largo y flaco y liso, en su piel suavísima y muy pálida—, o más todavía que en la propia Roxana en el amor vehemente que Roxana experimentaba hacia ella —que le parecía en algunos momentos monstruoso a fuer de desmesurado y la seguía desbordando ahora como la había desbordado en los primeros momentos— algo que la fascinaba y compensaba y atraía, o quizás estuviera además también en juego para Sara su irreductible curiosidad, ese afán desmedido —que no la abandonaría ya nunca, ni siquiera al envejecer— por entenderlo todo, abarcarlo todo, consumirlo todo, gozarlo o padecerlo todo antes de inevitablemente morir, que le hubiera hecho sumamente difícil resistirse al reclamo de una aventura misteriosa y apasionada que prometía introducirla en un mundo secreto y acotado y equívoco, porque era lo cierto —admitiría años más tarde, sin ser capaz de pergeñar una convincente justificación para sí misma— que ya desde el primer momento, desde el instante preciso en que había la otra confesado «te quiero tanto, Sara, ¡dios, no puedes tú ni imaginar lo mucho que te quiero!», y habían permanecido abrazadas por una eternidad ante la ventana tras la que caía la tarde y se habían acostado luego juntas en la oscuridad, desde entonces pues y a lo largo de todos los días que siguieron hasta el de su partida, había sabido Sara con certidumbre total, en una de esas revelaciones súbitas y lúcidas e irreversibles, que no iba ella a enamorarse de Roxana jamás, que nunca alcanzaría a conseguir amarla y que iba por lo tanto a abandonarla de modo inevitable en algún punto de aquel mismo verano, y había algo sucio —le parecía— en dejarse querer así por alguien a quien no se podía corresponder, había algo muy feo en aceptar a cambio de apenas nada tanto genuino amor.

Esto lo supo Sara desde un comienzo, por más que tratara luego en algunos momentos de silenciarlo y engañarse, y tuvo por fuerza que haberlo sabido también, aunque sólo fuera en una mínima parte, Roxana, si no desde los primeros días, sí poco después, de modo que habría pasado casi sin transición de la incredulidad y el asombro por haber conseguido algo que deseaba tanto y había descartado como inalcanzable al miedo pavoroso y creciente de perderlo, y no habría existido apenas pues, entre estos dos sentimientos tumultuosos y encontrados, un paréntesis calmo de dicha segura y reposada, o, caso de sí existir, tuvo que haber sido muy breve, porque recordaría Sara más adelante, con una nitidez y unos remordimientos que mientras sucedían los hechos nunca tuvo, la delgadez creciente y alarmante de Roxana, su inapetencia total, las manos temblorosas, la mirada paulatinamente más desolada en los ojos hundidos —aguas turbias en las que no se distinguía ya, al acercarse el final, la imagen de Sara ni de nadie—, mirada de perro perdido que no encuentra el camino de retorno, de perro maltratado que sufre y que no entiende, mirada que no conseguiría Sara borrar de su memoria jamás, como no iba a olvidar tampoco los llantos de Roxana en aquellas noches de junio, cuando despertaba Sara y la oía gemir en la oscuridad, ahogados los sollozos contra la almohada, y la compasión o la mala conciencia se disfrazaban entonces de afecto y de ternura, y la atraía suavemente hacia sí, y se resistía Roxana unos instantes, tratando inútilmente de poner fin al llanto, los puños y los labios apretados, y se refugiaba luego en el hueco tibio que mediaba entre el hombro de Sara y su garganta, sepultando ahora el rostro en el cabello liso y largo y levemente perfumado, y balbuceaba con voz entrecortada, una voz rasposa y enronquecida que no parecía ya su voz, como si le supusiera un gran esfuerzo articular cada palabra, y trabajo le hubiera costado a Sara descifrarlas de no haber sido siempre tan semejantes a sí mismas, «te irás de aquí, sé que te irás con Eduardo y no volveré yo a verte nunca más», y luego desesperada, «pero por favor, Sara, no desaparezcas sin una explicación, prométeme que lo hablaremos antes, prométeme que no te irás sin despedirte», y de nuevo sollozando a mares, «todas las noches a las doce yo miraré esta estrella, ¿querrás mirarla tú también y será un poco como si estuviéramos todavía juntas?», y Sara prometía todo, Sara muerta de sueño, sintiendo cómo se le abría contra su voluntad la boca en los bostezos y se le cerraban los párpados, avergonzada de sí misma por ser incapaz de mantenerse en vela mientras alguien sufría junto a ella y por su causa tanto, Sara prometía todo, le acariciaba las mejillas mojadas, le besaba los ojos enrojecidos e hinchados, la mecía muy suave como la había acunado Roxana a ella tan poco tiempo atrás, y prometía todo, que había terminado sin arreglo posible con Eduardo, que no había sabido luego nada de él —y era esto verdad—, que aun en el caso de que tuviera que irse de la ciudad había forzosamente más adelante de volver, que su amistad o su amor —titubeaba Sara siempre antes de decidirse a adjudicar un nombre a ese lazo que se había establecido entre las dos— era ya hasta la muerte, que pensaría en ella, que le escribiría, que le hablaría por teléfono, que miraría a medianoche aquella estrella que veían juntas desde la ventana abierta o todas las estrellas del firmamento, y cómo podía ni ocurrírsele que iba ella a largarse sin despedirse o que pudiera en modo alguno olvidarla.

Había estado Roxana sin embargo —descubriría Sara mucho después— más cerca que ella misma de la verdad —tal vez porque la hacían las suspicacias y temores clarividente, o porque aciertan con mayor frecuencia los tristes y desconsolados, o porque sabía más acerca de la vida y sus traiciones y de cómo es siempre cualquier dicha efímera—, porque al igual como la había pillado de sorpresa en cierto modo el súbito estallido del amor de Roxana, así la dejó también atónita por lo inesperado el retorno de Eduardo (aunque todo en el ser de Sara propiciaba este retorno y lo esperaba), su voz apremiante en el teléfono —y la estaba llamando ya desde allí mismo, desde el bar de la esquina—, la urgencia —un poco extraña después de tanto espacio de silencio— con que la reclamaba, la vehemencia con que la estrechó luego entre sus brazos, en mitad de la calle, como si acabara de rescatarla o de escapar él milagrosamente ileso de una catástrofe. Y la metió en el coche, y ni siquiera entonces, mientras conducía, dejó de tenerla sujeta por los hombros, de posar una mano firme en sus rodillas —no temblaban jamás esas manos de Eduardo—, de atraerla hacia sí y besarla en la boca, y después, ya en la habitación de su hotel, la abrazó con tal fuerza que perdió Sara el aliento y creyó que no iba a poder desasirse ya más y que iba a morir de asfixia entre sus brazos, y le repetía entre tanto Eduardo una y otra vez cuánto la amaba y cómo había descubierto, ahora sí de forma definitiva y sin posible rectificación ni error, que no había lugar para ninguna otra mujer en su vida y que iba a ser ya ella para siempre (y lo decía, se le ocurrió a Sara, como si el hecho de amarla fuera el comienzo de una claudicación y entrañara una derrota, lo decía en un modo que casi parecía que lamentara amarla), y no podía transcurrir ni un día más, fuera cual fuera el parecer de sus padres, sin que estuvieran juntos ellos dos, y luego «¿pero tú?, ¿me has echado de menos, has estado todo el tiempo pensando en mí, me quieres todavía tanto como me querías antes?». Y Sara le explicó que había terminado el curso y los exámenes —incomprensiblemente sin ningún suspenso—, y que sí le había echado mucho de menos, sí había pensado en él todo el tiempo, sí le seguía amando tanto o más que antes, y a continuación —lejos todavía en su vida la etapa en la que descubriría, o creería descubrir, que hay que ocultarlo todo, negar hasta el final, contra toda evidencia, y más lejana todavía aquella otra etapa de su definitiva madurez en que aceptaría desolada la imposibilidad de vivir a dos sin en algún modo traicionar al otro o una misma traicionarse— empezó a hablar de Roxana, y estalló casi de inmediato la furia de Eduardo, tan imprevista y sobre todo tan desmesurada, y se manifestó Sara atónita, y entonces él «¿qué esperabas pues?, ¿creías que iba a felicitarte, que iba a dar saltos de alegría porque tú te habías liado con una tortillera?», y Sara, no, claro que no, ella no había esperado nada de eso, pero no había supuesto tampoco lo que iba a desencadenar con sus palabras (y se preguntó ahora en silencio a sí misma si no sería efectivamente una idiota o habría perdido en algún punto el contacto con los otros y el sentido de la realidad, porque no podía ser que la pillaran siempre desprevenida y pareciera incapaz de entender nada ni de prever nada de lo que estaba acaeciendo o iba a acaecer al lado de ella y por su causa), y le parecía la ira de él un abuso, una forma más de prepotencia, inadmisible después de su abandono, y no quiso ceder ante sus insultos ni sus amenazas, ni siquiera claudicar ante su «si vuelves a ver una sola vez más a esa tipa, te juro que ahora sí me pierdes para siempre», le explicó Sara paciente una y otra vez —sin conseguir otro resultado que enojarle todavía más— que no eran las cosas como él imaginaba, que nadie la había forzado a nada y no había seducido nadie a nadie, que Roxana la amaba, que la había querido mucho y bien, que le había dado muchísimo más de cuanto podría ella en el curso todo de su vida devolverle, y no merecía en modo alguno que la abandonara ella ahora de este modo, sin una explicación ni una palabra de adiós, cuando era esto además lo único que le había la otra pedido y que había prometido ella formalmente respetar, intentó hacerle entender Sara lo muy sola y lo mal que se había sentido ella en la ciudad sin mar de su destierro después de que discutieran por teléfono y él no la llamara más y creyera ella su amor perdido para siempre, la magnitud de su desconsuelo, la certeza de que era aquello irreparable, y cómo la había Roxana ayudado y comprendido y consolado entonces, y sostuvo bien Sara la furia de Eduardo, sus insultos, sus amenazas contra las dos, su brutalidad —porque no llegó a golpearla, pero sí la zarandeó por los hombros y la retuvo a la fuerza y la arrojó luego violentamente contra la cama—, sostuvo todo esto sin ceder, sin claudicar, hasta que se alejó él unos pasos y se apoyó contra la pared y rompió tan súbitamente a llorar, y lloraba mal, en sollozos entrecortados que emanaban de él a borbotones, que le sacudían el cuerpo entero, las manos tercas ocultando el rostro, y pensó Sara que era posible que el llanto de los hombres fuera siempre así, y ella no había visto llorar hasta entonces todavía a ninguno, y no había podido ni imaginar que fuera un espectáculo tan terrible, que le fuera a causar a ella una vergüenza y una congoja tan intolerables, porque quedaban de pronto vacías de significado y de fuerza las lágrimas de Roxana en mitad de la noche —por más que fueran también contenidas y a contrapelo—, las muchas lágrimas que había derramado ella también aquella primavera, vacías y estúpidas y vanas las lágrimas todas de las mujeres, mientras el llanto de un hombre que lloraba por ella derrumbado contra la pared capaz le parecía de conmover el universo, y sabía Sara en algún punto de sí misma que no era esto razonable ni equitativo ni justo, pero no se trataba para nada de razonar o establecer justicia, era simplemente que ella, por lo que fuera, no soportaba verle llorar así, y se acercó a Eduardo derrotada y luchó por apartar las manos de su rostro y verle cara a cara y poderle alcanzar por fin la esquiva boca, y cuando él cedió y respondió a sus caricias con una vehemencia ahora salvaje y le suplicó luego, en un brusco cambio del tono de la voz, «dime que te vendrás conmigo, dime que tú ya nunca, ni una sola vez, vas a volver a ver a esa mujer», dijo Sara que sí, y no se sintió siquiera en exceso despreciable, porque eran las cosas de este modo y no podían ni ella ni nadie parecía modificarlas, y permitió que fuera Eduardo a preparar y recoger en su nombre el equipaje, que se despidiera por ella de las compañeras —no le preguntaría luego nunca si había visto o no a Roxana, y no se lo especificó él tampoco jamás—, dejó que la metiera junto con las maletas en el coche y se la llevara lejos de allí, a donde él quisiera, suya se imaginaba para siempre, y mientras avanzaba veloz el coche no sabía Sara hacia dónde pero era sin duda camino de la mar, mientras se acariciaban y besaban y buscaban incansables —acrecentado el deseo, terminaría ella por reconocer, por saberse ambos cómplices en la traición y por igual canallas, necesitados de magnificar y exaltar un amor que podía, sólo él, justificar lo injustificable— y planeaban un dichoso futuro para dos y por dos hasta la muerte compartido, no pensó apenas Sara ya en Roxana, y no se acordó tampoco la primera medianoche ni ninguna de las noches que siguieron de mirar aquella estrella encendida allí en lo alto del cielo, más luminosa y fría que ninguna, no la llamó una sola vez por teléfono y no escribió una sola carta, ni siquiera cuando supo por otras compañeras que Roxana estaba muy mal, que se había quedado ya al día siguiente de su marcha metida en cama, de cara a la pared, y no había modo de averiguar qué le ocurría o por qué lloraba, y no quería ni comer y no sabían ya qué hacer con ella, y acaso Sara —sugerían—, que había sido más amiga suya que ninguna, pudiera en algún modo todavía ayudarla, pero tampoco entonces se animó Sara a dar siquiera un paso, y hubiera podido creerse, atendiendo a todo esto, que el amor que había sentido Roxana y había Sara hasta cierto punto compartido y lo que habían vivido juntas en el inicio de aquel verano y el daño final e irreparable que le había Sara a traición ocasionado, habían caído en el más hondo y sordo de los olvidos, pero debían de subsistir no obstante en algún intrincado rincón de la memoria, porque muchos años después, cuando empezaba Sara a envejecer y a aprender la soledad y era Eduardo únicamente un nombre más en una larga lista de muchos nombres, recuperó ella un día la imagen de Roxana, de sus ojos lacustres y azulísimos en los que había asesinado Sara su propio reflejo hasta el infinito en un juego de espejos multiplicado, de su voz hermosísima y profunda, que había Sara en el dolor quebrado, de aquel amor tan triste y desolado con que la había amado y al que había entonces Sara tan mal correspondido, y todo esto iba a seguir ya con ella hasta el final, porque supo ahora Sara sin lugar a dudas que tendría que seguir hacia adelante arrastrando consigo ese pesado fardo de recuerdos, puesto que no iba a poder ya nunca de nuevo perdonárselo y no iba a querer tampoco en modo alguno volverlos a olvidar.

Exiliados

Delante de los jardincillos de las torres veraniegas que se alineaban en el paseo, corría la cinta gris de la carretera, por la que transitaban los coches camino de otros pueblos en la costa más lejanos o de regreso desde éstos a la ciudad, y detrás, en un montículo formado por piedras negras, las vías del ferrocarril, de modo que, aunado al rumor siempre recomenzado de la mar, oía Sara algunas noches el traqueteo de los trenes, el jadeo con que aminoraban la marcha y se detenían en la estación, el ritmo lento con que reemprendían el viaje, el largo silbido que lanzaba la locomotora al adentrarse en la curva a la salida del pueblo, y «es el tren de las once, el expreso de medianoche, el correo de las cinco o el de las seis», se decía las noches en que no había conseguido conciliar el sueño o en que algo, tal vez el mismo tren, acababa justo de despertarla, y la acometía entonces una congoja desconocida que no podía explicarse ni explicar, porque poco tenía que ver con las desdichas y contrariedades que había experimentado en el pasado a lo largo de la infancia, desdichas con las que se podía acudir a los padres, o a mademoiselle, o a la abuela, y que se disolvían la mayoría de las veces como el humo sólo con empezar a hablarlas, y para las que había en cualquier caso seguro remedio o eficaz consuelo, sino que era esa congoja que experimentaba acaso ahora por primera vez, en aquel verano en que había cumplido los diez años —y era importante, aseguraban los mayores, pasar a los años de dos cifras, era el primer paso para hacerse mujer, y tenía la propia Sara la esperanza o la aprensión de que debían producirse por fuerza cambios profundos y espectaculares—, un sentimiento ambiguo y teñido de nostalgia, nostalgia de realidades soñadas y nunca todavía poseídas o de otras realidades que estaba a punto de perder, nostalgia de aquellas noches en que empezaron a rondarla amenazadores —más peligrosos quizá por menos conocidos— los que serían ya luego para siempre sus fantasmas: la soledad, la muerte, el desamor, porque era la muerte más palpable y más terrible, incluso parecía más cercana, en aquellos insomnios y bruscos despertares del final de la infancia de lo que iba a serlo luego en los años de juventud y madurez, y sólo más adelante, al rebasar los cuarenta e iniciar el declive sin posible retorno o marcha atrás, iba a volver a estar la muerte, y entonces ya de forma irreversible, tan presente, telón de fondo monótono y reiterado y cansador ante el cual discurrían, tomaban peso y hondura, se leían en fin las peripecias todas de la vida.

En aquellas noches angustiadas del verano en que había cumplido los diez años se preguntaba Sara insomne si sentirían también los otros chicos, que nunca hablaban de esto, temores equivalentes o parecidos, o si eran sus miedos una de las tantas cosas que la hacían a ella diferente, y se repetía sin excesiva eficacia las palabras que había escuchado a los mayores y calculaba «no tienes por qué preocuparte, has vivido sólo una quinta, una sexta parte de lo que te corresponde: terminas justo de empezar», pero no le servía para mucho, como tampoco ayudaban demasiado las palabras de los libros piadosos y los curas, porque no radicaba ya entonces el conflicto en cuánto o en cuán poco le faltara, sino en la certidumbre de que un día —aconteciera mañana o al cabo de cien años— iba a ser el final, y de que tendría ella que vivirlo, o que morirlo, enfrentada sin más a esa realidad pavorosa e inexplicable para la que no conocía consuelo, y era por otra parte imposible concebir lo que podía significar el paraíso y la otra vida o la eternidad, y quizá fuera justamente esa presencia, tan pesada, tan dura, de la muerte lo que tornaba todavía más intensas y apremiantes las necesidades de amor y compañía —siempre supo que el único antídoto posible contra la muerte debía de ser forzosamente el amor—, y algunas veces se confesaba Sara desolada en mitad de la noche que nunca iba a quererla a ella nadie de verdad, tan mísera era, aquel verano en que se amontonaba todo para hundirla, la imagen que de sí misma tenía, tan profunda la incomodidad que le producía su cuerpo, su cara, cuando la sorprendían desagradablemente en los espejos, y que le llevaba ahora unos instantes reconocer, porque no era así como se había visto hasta hacía poco más de unas semanas ni era así como se fantaseaba, con esas piernas tan flacas y larguísimas, esas gafas espesas —y también eran las gafas una molesta innovación de aquel verano— ante sus ojos de miope, ese pelo color panocha y encrespado, esas horribles pecas que habían invadido con el sol toda la superficie de su piel, que no alcanzaba por otra parte a ponerse morena por mucho que la untara con cremas y aceites bronceadores —no ayudaba tampoco aquí que insistieran los adultos que la rodeaban en el atractivo de las pelirrojas y en lo graciosas que le quedaban tantas pecas, porque sabía que no era verdad—, y era la soledad que la asaltaba a veces en la noche —y con la que no se animaba ya a acudir a los padres o a la abuela, puesto que no hubiera sabido cómo explicarla y le parecía por otra parte oscuramente vergonzosa— una soledad que se confundía con el temor de no conseguir luego en el curso de la vida ser nunca comprendida ni querida jamás, y que venía reforzada por la incómoda sospecha de ser única y distinta sobre la superficie toda de la tierra, única en su rareza y en su extranjeridad, y siempre luego, al término de todo amor —porque ahí sí se había equivocado Sara y habían resultado injustificados sus temores de niña, puesto que había a su alrededor, por más que en aquel verano de sus diez años no los hubiera todavía detectado, monstruos de parecida forma y de su misma exacta piel, desterrados como ella de no se sabía qué mundo desconocido cuya nostalgia no conjurarían jamás, miembros como ella de una raza inverosímil de la que no decidiría nunca si debía envanecerse o avergonzarse, ocupada alternativamente en realzar sus estigmas o en ocultarlos, gentes de cuya mano habría de llegar una y otra vez hasta Sara el amor, o el fantasma del amor, relegando eso sí todas las veces hasta los confines últimos de la mente los fantasmas aunados y juntamente derrotados (provisoriamente derrotados también) de la muerte y de la soledad—, al término pues de todo amor, se vería Sara remitida de nuevo a esa congoja paradigmática e inicial, a esa soledad descubierta y acunada algunas noches de aquel lejano estío por el rumor aunado del mar y de los trenes, de la que tomaría luego forma toda ulterior posible soledad.

Detrás de la cinta gris de la carretera y del montículo oscuro de las vías de ferrocarril comenzaba la playa, que descendía desde allí en pendiente hasta la mar, y estaban primero las casetas pequeñas, cuadradas, de madera, a franjas verticales azules y blancas, que tenían cada una su propietario y se cerraban con llave, y donde se desnudaban y vestían las familias para el baño, envueltos en una penumbra —no había ventanas ni ninguna luz, sólo la tenue claridad que se filtraba por entre las rendijas— húmeda y levemente maloliente —a madera enmohecida, a óxido, a orines—, y le daba a Sara un poco de asco cambiarse allí de ropa junto con los demás, la inevitable proximidad de los cuerpos desnudos —había algo repugnante, le parecía, y se sentía culpable sólo de pensarlo, ya que se trataba de sus padres, en los cuerpos de los adultos, y no podía ver sin un estremecimiento de desagrado que el padre agarrara a la madre por la cintura, le palmeara jugando las nalgas, la besara en el cuello o en la boca o en la punta de la nariz—, las prendas de ropa interior que se quitaban y colgaban de unos clavos en la pared (y olía la de ellos también de un modo diferente a como olía la suya), y sentía casi siempre la aprensión de que alguien o algo pudiera ascender a través del suelo de maderos entrecruzados, debajo de los cuales se vislumbraba la arena sucia y mojada —de ahí procedía sin duda el mal olor—, algún ser vivo y resbaladizo y viscoso que le treparía horrible por las piernas y por el vientre desnudos. De modo que prefería Sara siempre que se lo permitían ponerse el bañador en casa y cruzar luego en albornoz la carretera y las vías del ferrocarril y la hilera de casetas y el espacio libre que quedaba ante ellas, donde jugaban los chicos a la pelota, o saltaban por encima de una cuerda o hacían la vertical, hasta los toldos —también en fila dentro de esta serie de repetidas líneas paralelas perfectamente ordenadas: torres, jardines, carretera, ferrocarril...—, una techumbre de cañizo sobre cuatro postes de madera, bajo los que se guarecían del sol las familias de siempre, las mismas que veía Sara en los jardines de las casas del paseo, y tricotaban las mujeres sentadas en butacas de mimbre o en tumbonas de lona, vestidas unas, y otras en bañador, porque nadie se bañaba en aquel entonces ni tomaba el sol más allá de una edad imprecisa en que decidían comenzaba la vejez, y los sábados y los domingos estaban también los maridos, leyendo un semanario cultural o el periódico o una revista de humor y discutiendo de fútbol, de las obras que se estaban haciendo en el casino, del último chisme de aquel verano (que les habían transmitido junto al beso de bienvenida las esposas) o de lo mal que andaba ya entonces el mundo, interviniendo a veces los más jóvenes o deportistas en los juegos que desarrollaban los muchachos a sus espaldas —se desviaba a menudo el balón hasta los toldos y protestaban airadas las señoras—, vestidos los más viejos con trajes de hilo blanco, y provistos de sombrero y de bastón. Leían los hombres y hacían las mujeres labores de media o de ganchillo, aunque en los fines de semana, cuando estaban ellos allí, iban ellas mejor acicaladas y habían estado en la peluquería la tarde anterior y estrenaban acaso bañador, y tenían entonces las conversaciones, que languidecían en los días de a diario, una viveza especial —le gustaba mucho a Sara escucharles, más que jugar con los otros chicos de la panda, y la sorprendía la seguridad y el aplomo con que peroraban sobre todo lo humano y lo divino, imbuidos de suficiencia y desbordando por los poros sentido común—, y el bañista, que era hijo del bañista anterior y cuyo hijo le habría de suceder a su vez a él más adelante, les traía las butacas y las tumbonas, les proporcionaba el periódico o un refresco, les vigilaba y cuidaba la caseta, les sacaba de la mar a voces destempladas —o agarrados por el cogote— a los niños que se bañaban, como la propia Sara, que seguía en el agua y fingía no oír las llamadas de la madre cuando tenía ya las manos azuladas y las yemas de los dedos surcadas por arrugas diminutas, demasiado tiempo o que se arriesgaban demasiado lejos.

Delante de los toldos se hacía más abrupta la pendiente que bajaba hasta la orilla, y era ésta una tierra de nadie, reservada a los veraneantes de años más recientes, que se traían a cuestas la sombrilla o la daban a guardar al bañista y la abrían e instalaban todos los días en el mismo lugar, mientras aguardaban pacientes a que quedara alguno de los toldos libre y disponible, y se respetaban entre tanto los unos a los otros en aquel purgatorio de la espera el derecho a los pedazos de playa por simple repetida ocupación adquiridos, y siempre había alguien que se acercaba al turista de paso y le advertía que no podía colocar su sombrilla donde lo estaba haciendo, puesto que allí tenían la suya los señores de tal o de cual, y era que había en esa zona en pendiente que llevaba hasta la espuma de la mar —en la misma orilla levantaban los niños sus castillos de arena, jugaban con el cubo y con la pala y los moldes de hojalata y llevaban atadas a la cintura unas calabazas color naranja, inversamente proporcionales los tamaños a la edad, de modo que se movían los más chicos entre unas calabazas enormes, y, al alargarse verano tras verano la estatura, se hacían las calabazas progresivamente más y más diminutas, simbólicas casi, y hasta en eso regía un orden preciso e inalterable—, había en esta zona pues gente advenediza, a la que no conocía nadie, y que aparecía allí un buen día, casi siempre en festivo o en domingo, sin que existiera modo de evitarlo, porque las playas y las costas, le habían explicado a Sara, eran propiedad común de todos, no eran de nadie, y por más que uno adquiriera las tierras a una playa colindantes y que le daban acceso, ni aun así podría tener la certeza absoluta de que no iba a verla por mar —en bote o simplemente a nado— invadida, puesto que no existía tampoco sobre el mar derecho de propiedad, y eran las aguas marinas de todos o de nadie, y no podían parcelarse ni comprarse, y lo que hacían los padres y los amigos de los padres, cuando se sentían más remilgados y exquisitos, era mandar a los niños con las mademoiselles y las criadas, y bajar ellos los domingos a la playa muy tarde o muy temprano, antes de que la hubieran invadido o cuando la habían abandonado ya los desconocidos.

Acababa de comenzar agosto cuando aparecieron debajo de uno de los toldos, desocupado hasta entonces, la mujer y el niño, y nadie recordaba haberlos visto jamás, ni había ocurrido en años entuerto parecido, porque amanecieron los dos bajo el toldo un buen día de repente, los encontraron instalados allí cuando bajaron a la playa, y la mujer explicó con acento extranjero —y no era el acento francés de las mademoiselles— que les había asignado aquel lugar el bañista, y no sabía ella nada de prioridades ni de turnos de espera, y hablaba con una voz distante y perezosa, como si respondiera con desgana a tan inútiles preguntas, y se limitó el bañista a encogerse de hombros y a farfullar como excusa cuatro vaguedades sobre si tenían aquel toldo desde hacía mucho por carta solicitado, y sabía que no iban a creerle pero no parecía importarle en esta ocasión, a él habitualmente tan obsequioso, demasiado, y les dijo el nombre del nuevo propietario, que había alquilado también una de las casas más bonitas del paseo, y a éste sí le conocían todos, a él y a sus padres y a los padres de sus padres, rotundo e incuestionable el apellido, sólo que era precisamente él la oveja negra de la familia, el gran prevaricador, y había desaparecido a veces, ya desde la juventud, durante meses y durante años de la tribu, sin que se tuvieran noticias ciertas acerca de dónde había estado o de aquello que podía haber hecho, porque no las tenían tampoco sus padres o caso de tenerlas no sentían deseos de transmitirlas, y se habían las peripecias de su vida —en esa sociedad timorata e hipócrita donde no sucedía nunca bien a las claras nada— mitificado y desorbitado, y con él llegaba invariable a todas partes el escándalo, y él mismo contaba sonriendo, también como si les estuviera transmitiendo una leyenda o un cuento para niños —y era por otra parte un narrador extraordinario—, unas aventuras que no se podía determinar hasta dónde eran ciertas y en qué punto comenzaban a ser fantaseadas, pero que tomaban sin duda su encanto de lo misterioso y lo prohibido, y se ajustaban con certeza, más que a la realidad, al secreto deseo de aquello que anhelaban los oyentes escuchar, y se decía que había dilapidado en el juego y en francachelas y en mujeres —por más que nunca, aseguraba él y debía de ser verdad, hubiera pagado dinero por una mujer— las herencias sucesivas de sus abuelos y de sus padres, y no quería ni oír hablar su único hermano de sus andanzas y sus dificultades ni de la posibilidad de darle un puesto en la industria familiar, y había rehecho sin embargo siempre, de un modo u otro (mientras vivió la madre, tal vez con su secreto apoyo y complicidad, primera la madre en esa larga lista de mujeres que parecían perdonárselo todo y no poder negarle nada) su fortuna. Y era lo cierto que, si no tuvo en algunos esporádicos momentos dónde caerse muerto, había derrochado en la mayoría del tiempo el dinero a manos llenas, con una prodigalidad y una alegría insólitas entre la gente de su ciudad, pequeños traficantes sólo dos o tres generaciones atrás enriquecidos y que no habían de alcanzar a superar jamás el profundo respeto que les inspiraba el dinero, de modo que les parecía el manejo que de él hacía algo peor que una profanación —cuando alguien pretendió haberla descubierto y les comunicó la cifra, no se animaron a creer, ni aun conociéndole y teniéndole por loco, la cantidad que por el toldo le había dado al bañista—, una prodigalidad que era en sí misma el peor de los delitos, el más culpable de los sacrilegios, y que los tenía a un tiempo envidiosos y atónitos y escandalizados, porque andaba siempre invitando a amigos y a enemigos, comprándose coches o embarcaciones con los que no sabía luego qué hacer y que malvendía a cualquier precio, cerrando los locales al amanecer para que siguieran actuando los artistas y los músicos únicamente para él y los sentados a su mesa, haciendo regalos extravagantes (y era todo esto tan vulgar, de tan mal gusto, comentaba frunciendo la nariz la madre de Sara), o alquilando para cualquier pelandusca a la que acababa de conocer y con la que luego a lo mejor ni se acostaba las mejores habitaciones del hotel, y se decía que había llevado a cabo peligrosas travesías por los Mares del Sur, que había recorrido infinitos poblados africanos a la busca y captura de músicos nativos con que formar la orquesta para una bailarina negra de la que se acababa de enamorar, que había criado caballos de carreras en una finca de las montañas, y hasta que había participado en las luchas intestinas de un país lejano y había colaborado en una revolución no se sabía muy bien dónde y había ocupado durante meses un cargo en el gobierno, y parecía que por todas partes le habían buscado y amado las mujeres —aunque aseguraban las señoras de los toldos y el ganchillo que no le veían ellas nada de tan atractivo o de tan particular, y sólo la abuela de Sara, porque se animaba casi siempre a decir lo que sentía o porque la ponía la edad a salvo de toda sospecha, se había echado a reír, había dejado unos segundos la labor sobre la falda y había asegurado que ella sí se lo veía, y que, fueran cuales fueran sus defectos, había pocos hombres tan hombres de verdad, capaces con una simple mirada de lograr que una se sintiera hembra (porque les dijo hembra y no mujer, y la mera elección de la palabra era ya en sí una provocación) hasta las raíces, y se habían escandalizado, claro, o habían fingido escandalizarse las demás, y había quedado Sara, que lo había visto otros veranos pero apenas lo recordaba, oscurecido además el recuerdo de su aspecto real por la magnitud de la leyenda, atónita y fascinada—, y en todas partes había encontrado asimismo amigos, porque también a los hombres les caía simpático, y a veces les había hecho a las unas y a los otros jugadas abominables, y se los había ganado a veces a pulso como enemigos, pero le bastaba luego una carta o una invitación a cenar o presentarse simplemente en su casa cargado de regalos inverosímiles para aplacarlos y hasta ganárselos de nuevo, y es que de hecho era —reconocían los observadores menos apasionados— un sinvergüenza absolutamente encantador, y en el fondo, aunque irresponsable, todo un caballero, y por más que se le supusieran hijos en los cuatro puntos cardinales, fruto de los más exóticos mestizajes, sólo parecía tener un hijo legítimo, y era precisamente aquel muchacho que amaneció una mañana bajo el toldo de la playa, al lado de una mujer extranjera y desconocida, que no era desde luego su mujer, porque a aquella que fue durante unas semanas por lo menos su legítima esposa sí la habían visto todos —y no sólo en la realidad, sino fotografiada en revistas y en la cubierta de algún disco—, y sí la habían oído todos, incluida Sara, en el fonógrafo o en la radio, anteriores las fotografías y las canciones al momento en que el gran prevaricador, el gran transgresor, la había conocido y la había forzado de inmediato a abandonar su profesión —en la que acababa recién de comenzar pero en la que acaso despuntaba—, y se había casado con ella (era difícil determinar por qué, después de tantos avatares y tantos amores exóticos y tantos flirteos con muchachas de las mejores familias, que soñaban todas en hacerle sentar la cabeza, había ido a casarse finalmente con una cantante que no tenía apenas nombre todavía, quizás, aventuraban algunos, por tratarse de una de las tantas historias oscuras e inverosímiles que florecieron durante el curso de la guerra y que terminaron en bodas inexplicables y desiguales, o tal vez, sugerían otros, por más que casi nadie diera crédito a esa segunda hipótesis, porque no hubo, pese a su origen y a su profesión, otro medio ninguno para conseguir a la muchacha, y era ésta muy joven e inconmensurablemente hermosa), y la había puesto a vivir como una auténtica señora y había estado con ella el tiempo suficiente como para hacerle un hijo, aunque el tiempo no alcanzara para verlo nacer, ya que, para cuando el niño nació, se habían ellos separado, tras unas peloteras que calificaban quienes les trataron en aquella época de descomunales, y estaba la chica viviendo de nuevo con su madre y andaba él en un barco rumbo a cualquier puerto distante y para todos, pero muy especialmente para las dos mujeres, desconocido.

Había sido la abuela la que se había aproximado finalmente al toldo y había saludado a la extranjera —que resultó ser húngara o polaca, indiscutiblemente exótica— y le había dado al chiquillo un beso en la mejilla y había preguntado por los padres (estaba la madre, explicó la mujer, muy gravemente enferma y habían tenido que internarla en una clínica, y por esto la había empleado a ella el padre para que se llevara al niño de la ciudad y cuidara de él en la playa, a donde acudiría a visitarlos algunos fines de semana), y había cogido luego al chico de la mano para conducirlo hasta donde estaba Sara y presentárselo y pedirle que lo llevara ella a jugar y lo presentara a su vez a los otros muchachos de su misma edad que veraneaban en el pueblo, a todos sus amigos, y el niño quedó en pie delante de Sara, todo el peso del cuerpo —que no era mucho— apoyado en un lado, mientras jugueteaba el otro pie en la arena —hundía los dedos en la arena fina y tibia, los levantaba cubiertos de montoncitos y la dejaba caer entonces despacio otra vez al suelo en chorrillos dorados—, el cabello oscuro y brillante llegándole casi hasta los hombros, los ojos entrecerrados por el exceso de la luz a aquellas horas en la playa —pero aún así se distinguía que eran unos ojos verdes y muy grandes los que asomaban por las rendijas que dejaban entreabiertas las pestañas curvas e interminables—, la piel blanquísima —mucho más blanca todavía que la de Sara, mucho más blanca que la de los otros chicos cuando llegaron al pueblo a mediados de junio, pero todavía más insólita ahora su palidez cuando estaban ya todos bronceados, decía la abuela, como gitanos—, la boca casi inmóvil en una sonrisa lenta que no terminaba de florecer propiamente en sonrisa, flaco el cuerpo y muy fino. Y pensó Sara entonces que no había visto nunca en la realidad a un muchacho tan guapo, aunque le recordaba los dibujos que ilustraban en los libros ingleses algunos cuentos de hadas, porque eso parecía, el príncipe encantador arrancado de las páginas de algún libro fantástico, o —como lo llamarían enseguida en leve tono de burla los otros chicos— un «Pequeño Lord», y había en su aspecto, ya aquella mañana en que fue a buscarlo la abuela en la playa, algo para Sara inquietante y que la puso incómoda, la hizo sentirse incómoda y mal —un malestar parecido al que le producían los gatos perdidos y los perros abandonados que la seguían invariables hasta la casa y a los que daba de comer a hurtadillas y de los que no sabía luego cómo deshacerse—, algo que le hizo desear que hubiera contenido la abuela por una vez sus impulsos generosos, porque no le gustaba ni pizca tener que ser precisamente ella la que presentara y avalara delante de los miembros de la panda a aquel chico tan raro —bastante esfuerzo le suponía ya ocultar y disfrazar aquel verano sus propias rarezas, que se traslucían de día en día más y más a través de resquicios inesperados—, y más tarde, en el curso del almuerzo, cuando comentaron en la mesa lo que había sucedido en la playa por la mañana. Y cuando aventuró Sara dubitativa que no había visto en toda su vida un muchacho tan guapo, excepto quizás en los libros o en algunas películas, no le sorprendió que torciera la madre el gesto y subrayara que era incluso «demasiado guapo», y «demasiado guapo para ser varón», había puntualizado el padre, porque ese género de belleza suprema y delicada y exquisita debía reservarse a las mujeres, y entonces intervino la abuela, que había tomado sin duda al chico bajo su protección, y aseguró que lo que ocurría era que el muchacho se parecía muchísimo a su madre —los mismos ojos verdes y grandes, la misma piel blanquísima, el mismo cabello como de seda negra, el mismo porte distinguido, el mismo cuerpo frágil, la misma, seguramente, escasa fortaleza y mala salud—, y que era además ella la que había acentuado el parecido comprándole aquellas ropas tan raras y como antiguas, eligiendo para él un corte de pelo de niña e inculcándole aquellos modales extraños y distanciados, y eran justo estos comentarios los que había esperado Sara de ellos tres cuando provocó adrede la discusión, sólo que aquí añadió la abuela algo imprevisto, que tomó sin duda la madre como una agresión y que dejó a Sara perpleja y confundida, aseguró la abuela que siempre suscitaba la auténtica belleza, la belleza genuina, la Belleza con mayúscula, al igual que la real inteligencia, tan raras siempre las dos y tan escasas, la irritación y los ataques de los demás, de modo que lo tenían difícil y les costaba siempre mucho a los inteligentes y a los guapos hacerse de un modo u otro perdonar. Y le hubiera gustado mucho a Sara que siguieran hablando de estos temas que la preocupaban y poder tal vez averiguar por qué decía la abuela que la belleza, que le parecía el bien supremo, y más que nunca este verano en que se encontraba a sí misma tan y tan fea, pudiera constituir de hecho una dificultad, pero había puesto la madre mala cara y no tenía el padre ganas ese mediodía de polémicas y comenzó a hablar muy aprisa de otros temas y no se atrevió Sara a insistir más ni a preguntar.

A los otros chicos de la panda no les había caído simpático el Pequeño Lord —ya todos, incluida Sara, le llamaban así, y a él no parecía importarle, indiferente al modo en que lo llamaran, como por otra parte ante casi todo—, pero no se metieron en exceso con él ni le hicieron objeto de sus peores burlas, tal como había temido Sara, y era quizá porque les habían advertido los mayores que estaba la madre del niño agonizando, y era inútil que esperara a todas horas una llamada, inútil que saliera una tarde y otra al encuentro del cartero, porque no estaba ya la pobre en condiciones de escribir ni de telefonear, y acaso les había la magnitud de la desdicha conmovido, aunque era más probable que no se metieran apenas con él, transcurridos los cuatro o cinco primeros días, porque no encontraban placer ni había posible diversión en agredir a alguien tan distante y tan ajeno, con tan menguada capacidad de respuesta y reacción, y no tuvo Sara pues con el grupo los problemas que había temerosa fantaseado, y ni se vio en la necesidad de defender al recién llegado ni reparó por lo visto nadie en una similitud de marginaciones y rarezas que sólo a ella —y también al muchacho: de esto estaba segura— se le habían revelado como evidentes, y el Pequeño Lord salía poco de la casa que compartía con la extranjera —demasiado grande para dos, con tantas y tantas habitaciones—, acaso porque pasaba horas y horas, suponía Sara, de guardia al lado del teléfono, y no participaba casi nunca en los juegos de los otros chicos ni hablaba apenas con nadie, ni siquiera con la propia Sara, pero la seguía eso sí tenaz con la mirada cuando estaba ella presente (la mirada una vez más de los perros abandonados por sus dueños en la carretera, una mirada que la ponía enferma, el corazón oprimido, las náuseas ascendiéndole por la garganta junto con los deseos de gritar que se largaran ya si no querían que les tirara un palo o una piedra, gritar que no era ella responsable, que no era su culpa, que no tenía por qué hacerse cargo de nada), y rehuía la mirada por miedo a que otros también la descubrieran y acaso correctamente la interpretaran y leyeran ahí una secreta complicidad, y entonces esbozaba el Pequeño Lord el mismo proyecto de sonrisa del primer día en la playa, cuando los presentó la abuela, un proyecto de sonrisa que no alcanzaba nunca a convertirse en una sonrisa de verdad, y era también, como la mirada, un gesto cómplice, un signo de mutuo entendimiento, y nunca le dirigía la palabra en presencia de otros, pero al anochecer, justo antes de la cena, adquirió la costumbre de acudir a su casa y sentarse junto a Sara en el banco de piedra del jardín —solos ahora los dos, puesto que no tenía Sara hermanos, y a los otros chicos no les permitían sus padres salir a estas horas de las casas—, desde donde veían cruzar los coches, y de vez en cuando, espaciados y regulares, los trenes, y más allá, hasta los últimos límites del horizonte, se adivinaba la masa gris y ronroneante de la mar.

Allí, al anochecer, entre el cantar de las cigarras, sin mirarla apenas y en una voz muy baja que no parecía aguardar respuesta, empezó a contarle cosas de su madre —y era como si reanudara un monólogo antiguo, que en algún otro tiempo más remoto hubiera Sara antes compartido—, de lo unidos y solos y felices que vivían los dos, el uno para el otro, sin necesidad de nadie más —el padre, explicó con desgana cuando Sara interrumpió su silencio y le preguntó, fascinada como estaba por la figura legendaria de aquel tipo transgresor y desconocido, el padre iba algunos sábados a buscarlo al colegio al mediodía, y lo llevaba con prisas a una gran tienda de juguetes, el tiempo justo para comprar todos los que cabían en el coche antes de que cerraran con retraso y aun así disculpándose las dependientas, cosas que él no quería ni necesitaba y que ni tan siquiera le gustaban, y no había transcurrido todavía media hora cuando lo depositaba ya en casa para el almuerzo, el padre llenaba el coche de regalos inútiles. El padre lo compraba todo y pagaba una tras otra montones de facturas y discutía algunas veces por teléfono con la abuela, casi siempre cuestiones de dinero, y se decían cosas atroces, y entonces la madre, que les tenía miedo a los dos, se encerraba con él en el dormitorio y se echaba a llorar—, y se habían prometido vivir toda la vida así, juntos y el uno para el otro, sólo que cuando él creciera —también la madre lo llamaba algunas veces, era una de sus bromas cariñosas, mi Pequeño Lord, y por eso no le había ofendido que se lo llamaran en el pueblo los otros chicos, porque era como si su madre les hubiera dictado mágicamente desde tan lejos las palabras para que se sintiera con ellas acompañado—, cuando él fuera mayor no tendría que pagarles ya el padre nada de nada y se habría ido seguramente también para aquel entonces la abuela (le llevó a Sara cierto tiempo comprender que el niño decía irse por morir, y constatar que no había nombrado ante ella ni una vez la muerte, no había hablado tan siquiera de enfermedad, porque no estaba su madre enferma, había explicado, sino que una tarde, mientras estaba durmiendo en un jardín, se le había metido por la boca una mariposita de oro, y él veía ahora revolotear al insecto dentro de ella como si fuera el cuerpo de cristal, y era eso y no otra cosa lo que daba a la madre cierto aspecto extraño, y todo terminaría en cuanto levantara la mariposa vuelo hacia otra parte). Y luego una noche, de improviso, estaban ya llamándolos para la cena, y pilló a Sara distraída, de modo que no hubiera podido establecer de dónde partía lo que él dijo ni lo que habían estado hablando segundos antes, «tú no eres tampoco como ellos», y Sara, con un sobresalto, de inmediato a la defensiva, «¿como quién no soy yo?», y el niño, «ya sabes, como los otros», y luego en una voz muy baja, en un susurro, de modo que se lo hizo Sara repetir por miedo a no haber oído bien, «tú también, como yo, perteneces al pueblo», y la miró descontento e incrédulo cuando lo acribilló Sara a preguntas, como si fuera forzoso que ella ya supiera y estuviera preguntando ahora por fastidiar, y repetía Sara

«¿de qué pueblo me hablas?, ¿y tú cómo lo sabes, a ti quién te ha contado?», y era su madre la que se lo había explicado, aunque no había en realidad nada que explicar, porque todos ellos, los del pueblo, los exiliados del reino («¿te refieres al reino de los cielos?», le preguntó ahora Sara, y la miró él atónito ante tamaño despropósito), llevaban impresa en el alma la huella de la estrella de la que procedían, y se sentían extranjeros entre los habitantes de la tierra, y sentían que les era la misma tierra hostil y extraña, y todos ellos, desde los tiempos más remotos, se habían sabido fuera de lugar y ajenos y distintos, y se habían reconocido entre sí, porque era este reconocimiento recíproco e instantáneo de las gentes del pueblo («tú lo sentiste el primer día, cuando la abuela nos presentó en la playa, sabes perfectamente de qué te estoy hablando», y aunque todo aquello, caso de que lo estuviera diciendo en serio, le parecía a Sara un cuento para niños o una locura, semejante a la de los cuerpos de cristal habitados por mariposas de oro, sí sabía en cierto modo de lo que le estaba hablando, y también ella había fantaseado alguna vez, y era la coincidencia extraña, en noches insomnes de aquel mismo verano, sobre seres distintos y nostalgias de paraísos perdidos, aunque no se mezclaran y confundieran en ella íntimamente, como parecían estarlo en el chico, las fantasías y la estricta realidad) uno de los poderes que les había permitido agruparse y darse unos a otros aliento, apoyo y, pese a su mayor fragilidad, sobrevivir, ya que formaban una línea no interrumpida que corría paralela a la historia de los humanos desde la más remota antigüedad, y ya en Roma y en Grecia y en Egipto y hasta quizás en las cavernas había existido gente como ellos dos, como la madre, gente de su misma piel, con los que hubieran podido hermanarse y a los que reconocían a través de la barrera del tiempo como amigos, y hablaba el Pequeño Lord, decidió Sara, con un convencimiento total, sin asomo de juego ni de burla, como si no pudiera creer él a su vez que pusiera ella en duda lo que le estaba diciendo o que no lo hubiera sabido realmente desde siempre, y tuvo que levantarse Sara de repente, y mentir una urgencia por acudir a la llamada de la madre que de hecho no sentía, y escapar a la casa, a la luz, a los suyos —porque éstos y no otros eran los que aceptaba y quería como suyos—, para hurtarse a aquel delirio fascinante y acaso contagioso, tan hondamente sugestivo, que amenazaba con devorarla, acaso porque reflejaba de algún modo sus propios peligrosos y nunca enteramente confesados delirios.

No fue el padre a verlos aquel fin de semana, ni tampoco al otro, y se murmuraba ya en la playa, bajo los toldos, el poco amor que le tenía sin duda al hijo, y lo miraban con lástima las señoras y sacudían los maridos reprobadores y pesarosos la cabeza, y a Sara le parecía que no tenía el chico las menores ganas de volver a ver a su padre, un padre que no coincidía para nada en sus descripciones con el tipo aventurero y transgresor que había ella sobre el relato de los otros fantaseado, pero cuando se lo preguntó, en una de las conversaciones crepusculares, dijo el Pequeño Lord «claro que quiero que venga, es el único medio para averiguar algo de mi madre, ya que ella no me escribe ni me llama, y se niega la señorita a responder a mis preguntas», y el padre apareció en el pueblo en la mañana del tercer sábado de agosto, en un coche nuevo y rutilante, de un modelo para todos desconocido, porque ni en el cine habían visto nada igual, y que arremolinó a todos los chicos del pueblo, nativos y veraneantes, a su alrededor, de modo que fue, ya la llegada, estrepitosa y espectacular y triunfal, y dentro del coche venían unos juguetes inimaginables, que dejaron a los chicos sin habla, mientras le preguntaba el padre al Pequeño Lord si le gustaban, y asentía él con un gesto vago, con un imperceptible encogimiento de hombros, y había para Sara —porque le había explicado al padre la extranjera que era ella la mejor amiga de su hijo, la única persona con la que parecía de veras sentirse a gusto y con la que tal vez se comunicaba— un neceser de piel de cerdo, beige clarito, lleno de frascos y de potes de cristal tallado con tapones de plata y un peine y un cepillo también de plata y de carey, y no era ya un regalo de niña, como todos los que le habían hecho hasta entonces, sino un espléndido regalo de mujer, y le dejó Sara emocionada que la sentara el hombre en sus rodillas y le contara fabulosas historias de bellísimas princesas pecosas y pelirrojas que, tras increíbles avatares, alcanzaban la fortuna y el amor junto a gallardos aventureros, y él no era en realidad un hombre guapo (llevaban ahí razón las señoras que bajo los toldos se hacían las desganadas y las melindrosas, como tenían asimismo razón al calificarlo de un poquito vulgar), pero no podía dejar Sara de estar pendiente de sus labios, atrapada en la magia de sus gestos y de sus palabras, ni podía dejar de reír cuando él reía, con entusiasmo contagioso, sus propios chistes, y parecía más seguro que nadie, mejor asentado que hombre alguno sobre la tierra —paradójico, se le ocurrió a Sara, que hubiera conseguido el amor de la pálida desterrada melancólica de una remota estrella—, y desbordaba a chorros vitalidad y alegría, de modo que las otras personas adultas, los padres y los amigos de los padres, todos, salvo quizá la abuela, parecían vivir en comparación a medio gas o avanzar medio dormidos por la vida. Y metieron dentro de la casa los regalos, y entonces el padre les repartió dinero a los chicos, y era una cantidad que sus propios padres no les habían dado posiblemente jamás, y se reía él jactancioso y contento ante su asombro, y aseguraban ellos que no existía otro padre mejor sobre toda la superficie de la tierra, no sabía el Pequeño Lord la suerte que tenía, y se largaron luego a la feria, para gastarse el dinero en el tiro al blanco y en los autos de choque y en las montañas rusas y en las casetas donde se anunciaban prodigiosas atracciones y espantables monstruos, y quedaron solos en la casa ellos cuatro, y entonces preguntó el padre qué hacían en los jarrones aquellas flores medio marchitas, y no se animó la señorita a contarle que las recogía así, cuando las tiraban otros, su hijo, ni se animó el chico a protestar, y a explicarle —tan imposible era que le creyera o que siquiera le escuchara— que sufrían las flores, aún después de cortadas, por más que muchos no se dieran cuenta ni se compadecieran de ellas, y la propia Sara había estado en los últimos días al borde de dar crédito a ésta como a otras tantas invenciones y patrañas, pero ahora, cuando agarró el hombre de un manotazo las campanillas azules y las margaritas blancas, y las sostuvo en alto mientras preguntaba por segunda vez qué hacía allí aquella porquería, y aseguró luego suspicaz —aunque nadie había abierto la boca ni le había contado— que no podían seguir las cosas como estaban y que justo para esto, para enderezarlas, estaba él ahora allí, para enseñar a su hijo a ser un hombre y a jugar con los otros chicos y a tener amigos —no podía seguir teniendo a Sara como única amiga—, para acabar de modo radical con tanta ridiculez y tanta tontería, respiró Sara con alivio, porque aquella porquería no era en efecto nada más que un puñado de flores polvorientas y marchitas, que no había por qué conservar y que no podían por descontado de ningún modo sufrir, y sólo le hubiera faltado a ella, se dijo, que se pasaba media vida sufriendo por los niños que mendigaban o pasaban frío en las esquinas de la ciudad y por las catástrofes que acontecían en el otro extremo del universo y que salían en los periódicos, y por los perros a los que abandonaban en la carretera y por las gatas a las que les asesinaban las crías, y hasta por los pájaros que intentaban volar antes de tiempo y se caían torpes de los nidos, sólo le hubiera faltado a ella, ya de por sí morbosamente sensible y tan mal equipada para el común vivir, que apareciera una buena mañana un niño medio loco debajo de los toldos de la playa y pretendiera ampliar todavía más los límites ya excesivos de la ansiedad por otros y el compartido sufrimiento.

En las horas siguientes anduvo el pueblo revuelto, alterados el orden y el aburrimiento y la rutina por la presencia del forastero, que se llevó por la noche, tras conseguir no se entendía cómo el permiso de los padres, a todos los chicos al circo, y les compró golosinas y helados y globos de colores y trompetas de hojalata, y los animó a bajar a la pista para que montaran en los poneys y jugaran con los payasos, y estaba Sara tan excitada cuando se metió en cama, que creyó no podría, como ocurría otras noches, dormir, y se durmió no obstante en cuanto tocó con la cabeza la almohada, dejando a medias y en el aire un tonto pensamiento sobre si se estaría portando o no un poco mal con su amigo, y a la otra mañana se dijo que nadie tenía la culpa de que fuera su padre tan generoso y tan simpático, bobo era él si no lo sabía apreciar y aprovechar, aunque se propuso de todos modos buscarle en cuanto bajara a la playa para tener una explicación y discutirlo, y sin embargo se le fue el tiempo comentando lo sucedido con los otros chicos de la panda y escuchando los chismes de los adultos bajo los toldos, mirando luego cómo jugaba el forastero a la pelota y saltaba sobre la cuerda y hacía la vertical mucho mejor que cualquiera de los jóvenes, y no volvió a pensar en el Pequeño Lord hasta que lo vio de pronto allí, subiendo muy despacio los peldaños que llevaban al trampolín, y nunca antes le había visto tirarse, pero era todavía más extraño que no se detuviera en el primer rellano ni en el segundo, sino que ascendiera hasta el final, hasta la pasarela siempre desocupada de los supercampeones, y se había hecho en la playa un silencio expectante, un silencio canalla —era seguramente la densidad inesperada y casi intolerable del silencio lo que había alertado a Sara, lo que la había prevenido de que estaba algo anómalo sucediendo o a punto de suceder—, y descubrió ahora consternada que al pie del trampolín estaba el forastero, el gesto decidido, la voz dura y marcial, animando a su hijo a subir arriba, más arriba, hasta la cima, repitiéndole entonces que saltara sin miedo, que no iba a hacerse el menor daño si saltaba sin miedo, que les demostrara a todos lo que era capaz de hacer, que les demostrara a todos que era capaz de ir más allá de lo que iba ninguno, para algo y por algo era su hijo, y sólo ahora al ver al chico encogido allí arriba como un mono, temblando en el extremo del madero que se balanceaba —y parecía más enfermizo, más frágil, más pálido que nunca—, se dio cuenta Sara de que llevaba un bañador distinto y de que le habían cortado el pelo, y era como si todo el desamparo, toda la injusticia, toda la brutalidad del mundo se concentraran en aquellos mechones hirsutos y desiguales, mal cortados en la barbería del pueblo, con prisas sin duda, aquella misma mañana, y se dijo Sara que era preciso evitar lo que iba a suceder, interrumpir aquella barbaridad —¿cómo y por qué no había intervenido todavía nadie?—, y miró a su alrededor en busca de la abuela, pero o no había bajado hoy a la playa o no fue Sara capaz de descubrirla, y todos los demás, niños y adultos, asistían al espectáculo en silencio, y era un espectáculo que acaso no aprobaban pero que en modo alguno les concernía, y hubiera querido Sara poder gritar, decirle al forastero que ya bastaba, que no había nada que demostrar ni había nadie a quien demostrarlo, que a todos les daba lo mismo que fuera o no su hijo, que ninguno de los muchachos de la panda, ni los mayores, se habían animado jamás a lanzarse desde tan arriba, que dejara al Pequeño Lord volver a bajar despacio y con mucho cuidado la escalera, pero sintió entonces el viento intenso golpeándole el rostro, el miedo que le ascendía por las piernas como una babosa y le atenazaba el vientre, el vértigo terrible en aquel madero que cada vez se balanceaba más y más, la soledad espantosa de allí arriba, mientras miraban los otros desde abajo sin en modo alguno intervenir, y era imposible para los dos volver atrás y desandar uno tras otro los peldaños y no quedaba otro recurso que saltar y romperse el alma, y contuvo el aliento y cerró los ojos y se lanzó de cabeza al vacío, pero pudo más el miedo, que modificó en el último instante el ímpetu y la dirección del salto, y no cayó de cabeza en el agua, ni de pies, sino que se golpeó de lleno contra el mar, y fue un dolor como si le hubieran desgarrado el cuerpo en dos, sólo que acaso tampoco eso ya importaba, y tardó unos instantes en poder nadar, y chapoteó entonces torpe y llorando hacia la orilla, mucho más miserable y humillado que el más triste de todos los perros abandonados del mundo, mientras el forastero se encaramaba veloz y encendido de furia —acaso también él a su modo insoportablemente humillado— hasta la tercera palanca del trampolín, y se lanzaba sin ni una vacilación al vacío, y describía el cuerpo una, dos, tres increíbles volteretas en el aire, ante el pasmo de todos, antes de penetrar limpiamente de cabeza, campeón de campeones, en la mar.

Sara estuvo llorando toda la tarde encerrada en su cuarto, lloraba y lloraba y era como si no fuera ya nunca a poder parar, y subió primero la madre a averiguar qué le pasaba, y le aseguró que lo ocurrido en la playa no tenía mayor importancia, que no se había hecho el niño apenas daño, que estaba bien, y había actuado el padre impremeditadamente pero sin maldad y estaba ya de todos modos camino de vuelta hacia la ciudad, y asentía Sara, y seguía sin embargo llorando, y «no es por eso», pudo farfullar por fin entre sollozos, y la madre «¿por qué estás llorando pues?», y Sara, encogiéndose de hombros, «por nada, por todo, no lo sé», hasta que la dejó la madre por inútil, y subió luego la abuela, y repitió las mismas frases tranquilizadoras, que estaba el niño bien, que su padre se había marchado aquel mismo día del pueblo y no iba seguramente a volver en lo que quedaba de verano, y le aseguró después que el Pequeño Lord acudiría como todos los días al jardín para conversar un rato con ella antes de la cena, y entonces se arreglaría todo entre ellos dos también, y «no vendrá, sé que hoy no vendrá», sollozó Sara desesperada, pero al atardecer se levantó de la cama y se sonó las narices y estuvo mucho rato ante el lavabo echándose agua fría en el rostro —estaba más horrible que nunca, pensó, con las facciones hinchadas y la nariz roja y el pelo revuelto y esos ojillos chicos como de ratón— y bajó a sentarse al banco de piedra que daba hacia la carretera y la playa y el mar, y llegó el Pequeño Lord antes incluso que otras tardes, y se sentó a su lado sin decir palabra, y le pasó Sara la mano, las puntas de los dedos, por el cabello mal cortado, y tuvo que hacer un esfuerzo terrible para no romper de nuevo ahora a llorar, y trató luego de explicarle que no había podido ayudarlo aquella mañana en la playa porque de repente ella fue él, y era así como había finalmente comprendido, y sí sabía ahora, y para siempre, cuál era esa cualidad extraña que distinguía a los miembros del pueblo y los hacía distintos, esa posibilidad de sentir en uno el dolor y la ansiedad y la humillación de los hombres todos, y hasta de los animales y las flores, y era un descubrimiento aterrador, y tenía Sara todo el miedo del mundo, pero no podía dejar de sentirse por otra parte casi trastornada de júbilo, todo esto le dijo, y quedó muda luego porque ni segura estaba de que el Pequeño Lord hubiera comprendido o la hubiera estado siquiera escuchando, tan quieto estaba y tan callado, y sólo unos minutos después rompió el niño el silencio con una vocecita queda y fría, mucho peor que todos los sollozos y los gritos, «mi madre va a morir», y Sara desconcertada, «¿pero qué dices?, ¿cómo lo sabes?, ¿qué demonios me estás diciendo?», y él, con la misma vocecita átona, «si mi madre no se estuviera muriendo o hubiera muerto ya, no se hubiera atrevido él jamás a hacerme una cosa así», y tuvo Sara que explicarle —y ni ella misma sabía si lo creía o no mientras una y otra vez tenaz se lo repetía, mientras empeñaba en ello su palabra— que, aún en el peor de los casos, no podía la madre morir, podía únicamente marcharse, puesto que no morían sino que se marchaban los miembros del pueblo o de la tribu, partiría simplemente la madre antes que ellos hacia la remota estrella resplandeciente de la que todos procedían, y cuya nostalgia llevaban todos en el corazón como la única forma de muerte a ellos reservada, exiliados por un tiempo en esa tierra ajena que no podría para siempre retenerlos, puesto que eran los dos, y era la madre, hijos del pueblo de la luz, y eso era así, afirmó Sara, y lo repitió tantas veces que tuvo por fuerza el chico que creerla, esto tenía que ser así, porque de otro modo sería todo demasiado terrible y no entendería ella nada de nada y constituiría el mundo que la rodeaba y la vida de los hombres una pesadilla demasiado espantosa, una burla en exceso brutal, una estafa demasiado canalla, para poder atribuírsela al azar o a la más perversa y veleidosa fantasía del peor de los dioses.

He besado tu boca, Yokanaan

Le palpitaba el corazón alborozado y sintió que, sin poderlo evitar, se estaba sonrojando hasta el pelo, un fastidio estas espesas oleadas de rubor que teñían de carmín por menos de nada su cara palidísima, le ardían las mejillas, y no sirvió en esta ocasión que oprimiera concienzuda contra ellas las palmas de las manos, y las tenía heladas, porque no se acostumbraba Sara a permanecer en las clases con los guantes puestos, ni siquiera en estos días que hubieran debido ser los primeros de la primavera y estaban resultando peores que los más crudos del invierno, increíblemente desmañada Sara con los guantes —y hasta sin ellos, otro fastidio para Sara su torpeza, como lo era asimismo su inoportuno rubor—, que no le gustaba llevar ni siquiera por la calle, y menos en las aulas del instituto, donde le hubiera parecido casi una claudicación y en cualquier caso una imperdonable flaqueza, por más que se filtrara el aire a bocanadas por los balcones mal ajustados, por las ventanas desvencijadas, y lo penetrara todo la humedad acumulada en el patio, donde crecía la hiedra y se cubrían de moho los muros viejísimos y verdeaba el agua de la fuente de la que habían desaparecido hacía mucho los últimos pececillos de oro. Demasiado grande y destartalado el caserón, demasiado antiguo, para poder caldearlo adecuadamente, de modo que se helaban alumnos y profesores en la biblioteca, con un frío inmisericorde que se adueñaba primero de las puntas de los pies hasta adormecerlas en un cosquilleo incómodo y que iba trepando luego incoercible por las piernas, y empezaban las chicas la clase de danza —los chicos tenían esgrima a esa misma hora— tiritando en las finas mallas negras ajustadas al cuerpo como una segunda piel, sin que aliviara demasiado la rudimentaria estufa de alcohol que era todo cuanto habían conseguido en secretaría —imposible volver a encender la calefacción en estas fechas del año que no cubría ya el presupuesto—, que prendían en un rincón de la amplia sala rodeada de espejos y de barras adosadas a la pared, y junto a la cual se apiñaban frotándose los brazos desnudos, echándose el aliento en las palmas de las manos, contándose las unas a las otras lo que habían hecho en el fin de semana, antes de comenzar la clase de danza o en el descanso entre los ejercicios.

También en las aulas hacía muchísimo frío, y se quedaban algunos de los compañeros con los abrigos puestos, en gesto de burla o de protesta, los cuellos subidos y las bufandas cubriéndoles las orejas y la boca, sin animarse a prescindir de los guantes de lana, siempre a vueltas con los sabañones, que le resultaban a Sara un poco extraños, cosas de otro mundo distinto, porque nadie en su casa —ni siquiera las personas de servicio— los había tenido jamás, cosas relegadas a los pueblos montañosos que fantaseaba dormidos bajo la luna entre los aullidos de los lobos blancos, a las muchachas que acudían con la cesta de la ropa sucia para lavarla entre los carámbanos del río, porque nunca nunca, por duro que fuera el frío y aunque tocara sin remilgos el agua helada, podrían salirle a ella —pensaba con un confuso amago ambivalente de vanidad y de vergüenza— esas rojeces tumefactas, agrietadas, supurantes, que descubría aquí de cerca, como preocupación cotidiana, por primera vez, en el viejo caserón del instituto donde tras meses de porfiar le habían permitido sus padres matricularse (quizá porque se cansaron de oírla, o porque les convenció la intervención a su favor de doña Eulalia, que había estado dándole clases particulares de declamación y afirmó ahora que nada de escandaloso ni de especial ocurría en el Instituto del Teatro, nada en cualquier caso que pudiera dañar a una jovencita juiciosa y bien formada, aunque luego, ya a solas ellas dos, había comentado, «claro que tú no llegarás a ser actriz», y Sara, «¿por qué?, ¿cree usted que no sirvo?», y doña Eulalia, «sabes que sí, eres una de mis mejores alumnas, pero es muy dura la profesión, y a ti te ha sido todo demasiado fácil, demasiado fácil también para las chicas como tú el echarse en cualquier momento atrás: el primer día que se disuelva una compañía y te dejen colgada en una ciudad de provincias o que otra más lista y descarada te robe un papel, telefonearás pidiendo ayuda a tus papás y te volverás a tu casa»), y donde era la única que compaginaba estos estudios con los de la universidad, lo cual la hacía sentirse, o temer que los otros la sintieran, distinta y como aparte, con su vocecita un poco ronca y su tonillo especial, las ropas más deportivas y mejor cortadas —más de niña, aunque acababa de cumplir los diecisiete años—, el rostro sin sombra de maquillaje, una piel pálida y mate que enrojecía eso sí por menos de nada, y esas manos hermosas contra las que no prevalecía el frío. «Tienes unas manos preciosas», había comentado en los primeros días de curso una de las compañeras, y Ernesto le había cogido una mano y la había levantado en alto, y la había pregonado sarcásticamente a gritos como si se tratara de una mercancía, «aquí tienen, señoras y señores, esta mano selectísima, esta mano única, junto con su pareja claro está, que no entendemos por qué su feliz poseedora ha escondido en el bolsillo: han sido precisas generaciones de mujeres ociosas, de mujeres que no han dado golpe en su puta vida, para obtener unas manos como éstas», y Sara, que apenas lo conocía pero que lo encontraba, como todas las otras chicas del curso y como algunos varones, muy atractivo, lo había detestado de golpe con un odio feroz y total, porque en unos instantes había ensanchado él la zanja que la separaba de los demás, porque pensaba seguramente con doña Eulalia que no iba en serio ni por lo más remoto su vocación de actriz o que iba a echarse a llorar en cualquier momento llamando a su mamá, y porque era la mano del muchacho fuerte y dura, y mantenía la suya tenazmente apresada pese a todos sus esfuerzos por desasirse, hasta que se sonrojó Sara esta vez de pura ira y se le saltaron en efecto estúpidamente las lágrimas, aunque no iba a echarse a llorar llamando a su mamá ni llamando a nadie —pensó—, iba sólo a lanzarse con uñas y con dientes contra la garganta de aquel idiota o a arrancarle los ojos si no la soltaba de una puñetera vez, pero sí la soltó riendo —más que por verla tan enfurecida, porque intercedieron otros chicos en su favor—, y le hizo todavía una burlona reverencia como despedida. Pero dos o tres días más tarde la alcanzó por la calle a la salida del instituto y empezó a caminar a su lado, y le dijo «hola» de repente, cuando llevaban ya un buen trecho andando juntos en silencio y sin mirarse, y entonces Sara se detuvo y le miró atónita, y le explicó Ernesto que en él era este «hola» una expresión cariñosa, y que lo del otro día había sido una broma y no tuvo ella motivo para enfadarse, o acaso no se había dado cuenta todavía de que le gustaba mucho pese a esos repugnantes aires de señorita remilgada y consentida que se daba, y le propuso que tomaran juntos una copa, y a los pocos instantes, sin que la propia Sara supiera bien por qué había accedido ni cómo se le había pasado tan aprisa el enfado, estaban sentados los dos en el rincón de un bar lleno de espejos y pinturas por todas partes, con el suelo cubierto a estas horas de papeles y colillas, hombres que fumaban y bebían ensimismados, unas mujeres que hubieran puesto todos los pelos de punta a sus papás —seguro que mamá no había pisado nunca un antro parecido— y un camarero que la miró con sorna cuando pidió, con una voz que pese a sus esfuerzos no acababa de salirle natural, un café con leche.

Y ahora, unos meses después, en cuanto el profesor hubo explicado que iban a representar como fin de curso en el teatro del instituto *Salomé* y hubo repartido entre los alumnos de la clase copias mecanografiadas de la obra, había empezado el corazón de Sara a desbocarse loco, y se dijo que moriría, sencillamente moriría si no le asignaban a ella ese papel («¿cómo no iban a elegirte a ti para interpretar a esta princesa altanera y mal educada?», se reiría Ernesto luego, cuando celebraron el doble triunfo —a él lo habían elegido como ayudante de dirección— en el rincón del bar donde eran ya habituales y donde Sara pedía resignada un cubalibre que no conseguía nunca terminar de beber, pero aquel día, en la clase, Ernesto estaba sentado lejos y miraba obstinado hacia otra parte, con lo que Sara había buscado en vano su mirada), que empezó a leer otra chica cualquiera, una rubia grandota que no tenía ningún talento especial y no encajaba ni con calzador en el papel de la princesa de Judea, hasta que la detuvo don Antonio con un gesto y dijo, en un tono que rozaba las más altas cimas de la indiferencia, «por favor, quieres seguir leyendo tú, Sara», y había en sus ojos una chispa divertida, como si compartieran —¿los tres?— un chiste que a ella no se había molestado nadie en explicarle, todos tratándola como si fuera una chiquilla estúpida (aunque Ernesto sí la miró ahora —seguro que habían estado compincheándose con don Antonio— y levantó en alto dos dedos cruzados en señal de suerte), y Sara sintió que le ardía literalmente el rostro y temió por unos instantes, sólo unos instantes, que no iba a poder distinguir lo escrito en el papel, que habría olvidado de golpe el alfabeto, que no le iba a brotar la voz, e iba a quedarse como una tonta allí, muda, paralizada, enceguecida, pero respiró hondo y comenzó a leer, con esa vocecilla suya ronca y levemente quebrada, de la que no había conseguido desterrar por entero el tonillo de niña bien, una vocecilla en principio insignificante, pero que fue luego elevándose, ganando seguridad, llenando el aire en lentas oleadas paulatinamente más cálidas y sensuales, una voz que acallaba sin esfuerzo los cuchicheos, las toses y murmullos de los compañeros, ahora mudos, y que a ella la embriagaba, la estremecía con un goce extraño, acaso el más narcisista de los placeres —pensó—, para una muchacha que no soportaba el sabor del alcohol, se resistía a que la besaran y se atragantaba con el humo de los cigarrillos.

Mientras duró el frío se habían seguido refugiando en el café —siempre que podían, en aquel rincón que Sara llamaba ya «su rincón», en aquella mesa de la primera noche que era ya «su» mesa—, no sólo al terminar las clases, sino antes de entrar en el instituto y hasta por las mañanas, sobre todo a partir del día en que la madre de Sara la reprendió y la amenazó con no dejar que se matriculara el curso siguiente, con no permitir siquiera que terminara éste, si seguía volviendo a casa a las tantas, con el portal de la calle cerrado, y para colmo saliendo con unas gentes que ella no conocía y que prefería no imaginar, y Ernesto había protestado, «no pretenderás que le demos el té a tu señora mamá», y sin embargo había terminado por aceptar que no era conveniente para ellos dos suscitar ahora un incidente, tan próximo el fin de curso, tan cerca de la representación, y se había resignado a que se vieran a otras horas, que eran muchas, porque Ernesto no trabajaba y Sara no estudiaba apenas. Pero entonces llegó por fin la primavera («... nadie sabe cómo ha sido», canturreó Sara feliz, porque cualquier cosa le parecía ahora motivo de risa y de jolgorio, y Ernesto: «yo sí lo sé: la has traído tú»), se puso el aire limpio y fino, daba gusto respirar, y había al extremo de unas calles el perfil nítido y azulenco del Tibidabo y al extremo de otras se vislumbraba o se sabía el mar, hermosa en estos brevísimos días de la primavera esta ciudad que Sara la descreída, Sara la desclasada, Sara la descastada —de esto la venía acusando desde muy niña medio en serio medio en broma la madre—,

Sara la apátrida, amaba tanto —acaso sus únicas raíces—, antes de que la penetrara en bocanadas abrasadas y malolientes el verano y la pusiera sólo en unas horas increíblemente sucia, sórdida, soez —«pero este año», pensó Sara y se sorprendió de pensarlo porque nunca lo habían hablado, «nosotros ya no estaremos aquí».

Con los primeros días de la tardía primavera, Ernesto y Sara abandonaron su refugio en el café y emprendieron largos paseos sin rumbo, un interminable deambular hacia ninguna parte, casi siempre por la parte baja de la ciudad, donde era menos probable encontrar gente conocida, el brazo de él rodeándole los hombros, ciñéndole la cintura, acercándola hacia sí cada vez que se detenía y la detenía para besarla en plena boca, ante el escándalo de los transeúntes, porque no se estilaban esos usos en la España de los años cincuenta. Y una de aquellas tardes —no en el protegido rincón de un café, no en los bancos escondidos que habían buscado y descubierto y hecho suyos en los parques, sino en mitad de la calle, parados frente a frente entre la gente que cruzaba apresurada, igual que aquella otra noche que le parecía a Sara lejanísima en que le había dicho abruptamente «hola» y lo había mirado ella atónita—, Ernesto había farfullado aprisa y como a su pesar «te quiero», y luego en innecesaria aclaración, y parecía que le arrancaran las palabras de la boca, «lo que quiero decir es que me he enamorado como un idiota de ti», y Sara feliz pero sin terminar de entender, «lo dices como si se tratara de una catástrofe...», y Ernesto sombrío, «yo nunca hubiera debido enamorarme de una chica como tú», y Sara riendo, riendo aunque con cierto miedo, «¿por qué?, ¿cómo soy?, yo no soy todas estas ridiculeces que tú te inventas, con este padre riquísimo y despótico, esa casa de película americana, esos malvados amigos a todas horas en esmoquin, esa siniestra hilera de mujeres pálidas que me acechan desde la tumba y, en cualquier caso, el que tú me quieras no tiene nada que ver con todo esto», y ahora adopta Ernesto un gesto sarcástico, un tono hostil, y no se sabe si la hostilidad va contra ella o contra sí mismo o contra todos, «yo en tu lugar no estaría tan segura», y queda Sara desconcertada, perdiendo pie, mirándole fijo a los ojos para descubrir qué es lo que debe entender, o qué es lo que ella acaba de hacer mal, pero Ernesto se encoge enseguida de hombros, sacude la cabeza, le sonríe, la ciñe por la cintura y comienza a besarla en el cuello, en la oreja, en las sienes, en el pelo, «¿y tú, tontísima, puede saberse por qué me quieres tú a mí?», y a Sara le hubiera gustado vencer por una vez su timidez y animarse a decirle la verdad, «te quiero porque eres distinto a todos los chicos que he conocido hasta ahora, te quiero porque no soporto ya más —¡si supieras lo vieja que me siento a mis diecisiete años!— el mundo que me rodea y que pienso ayudarte a dinamitar, te quiero porque vas a llevarme muy lejos», en lugar de permitir que él la sofoque y la aturda a besos, hasta que perdido el aliento le sujeta ella entre sus manos la cabeza y lo mantiene así alejado, «me he enamorado de tu boca, es tu boca la causa de mi amor, tu boca es como una cinta escarlata sobre una torre de marfil, como una granada cortada por un cuchillo de marfil, tu boca es como una rama de coral que han hallado unos pescadores en el crepúsculo marino y que reservan para los reyes...», y era cierto que tenía Ernesto una boca llena y sensual («tan bonita como la de una mujer», le decía a veces Sara para hacerle rabiar), y unos ojos verdes y luminosos, que se encendían repentinos de entusiasmo o de alegría y se entenebrecían a ráfagas de malevolencia y hostilidad, y un cabello oscuro y finísimo, alborotado, una curiosa mezcla de beatle y de héroe romántico, el chico más guapo de todo el instituto, aunque pensaba Sara que no lo quería por eso, del mismo modo en que no podía quererla él a ella porque fuera o dejara de ser una niña bien, con un abuelo banquero (muerto por otra parte hacía tantos años, hacía tanto también quebrada y hundida la banca) y un piso frío y oscuro en el Ensanche.

El aire era templado fuera, en el mundo exterior de las calles a uno y otro lado de las Ramblas, de los parques que circundaban la ciudad, pero la primavera no había llegado todavía hasta el interior del teatro del instituto, donde ensayaban ahora todas las tardes y hasta las mañanas de los domingos. A Sara le gustaba su levísimo frío, la penumbra de la sala vacía, el sutil olor a polvo del escenario —idéntico al de todos los escenarios del mundo, pensaba. Le gustaba estar allí de pie, entre los otros actores, muy erguida, y dejar que las frases de Wilde le nacieran redondas y densas en la garganta, le llenaran la boca, manaran de ella como un manantial soterrado que encerraba en sí mismo el secreto de todas las turbulencias.

«No va a oírte nadie con esta vocecita, Sara», había protestado Ernesto, que no paraba de dar órdenes y moverse excitado de un lado a otro, más nervioso a medida que se acercaba el día de la representación, y ella había quedado un momento indecisa, dispuesta a recomenzar la escena elevando el tono de la voz, pero entonces había intervenido don Antonio —que asistía a los ensayos desde la última fila de platea, tan callado y tan quieto, dejando que se desenvolvieran por sí solos, que los alumnos no sabían la mayor parte del tiempo si estaba o no estaba allí, y debía entornar Ernesto los ojos intentando descubrirlo en la oscuridad cada vez que había algo que preguntar o que consultar—, «no te preocupes por Sara, todos la oirán perfectamente», y luego, como quien no quiere la cosa, como si hablara para sí mismo, aunque jamás había hecho un elogio parecido de Sara ni de ningún otro de los alumnos, «hay voces que, por bajas y roncas que se emitan, el espectador no puede dejar de oír», y se sintió Sara muy halagada y sin embargo en cierto aspecto también secretamente alarmada, un poco incómoda, y no sólo porque don Antonio hubiera rectificado lo que estaba haciendo Ernesto en el escenario y fuera además algo concerniente a ella, sino porque dos tardes atrás la había llamado para que se sentara a su lado mientras ensayaban los otros una escena en la que no participaba, y le había ofrecido un cigarrillo, y allí en la oscuridad, únicamente visibles las puntas rojas de los cigarrillos, había comentado en broma lo celosas y enojadas que debían de estar las otras chicas, ya que además de interpretar el papel de Salomé, estando como estaba en primer curso, se había llevado a la cama al chico más guapo del instituto, y Sara confusa, «pero no se trata de esto...», y don Antonio, como si la negativa de ella pudiera referirse sólo a la segunda parte de la observación, «¿no, no te parece el más guapo?, ¿qué te parece pues?», y ella, sintiéndose morir de vergüenza y de ridículo en el mismo instante en el que lo decía, «es maravilloso», y ahí había soltado don Antonio una carcajada tan estruendosa que hubo, en las voces de los chicos que recitaban en escena, una momentánea vacilación, «vaya, conque existen pues en definitiva hombres maravillosos..., ¿y crees tú que yo, tal como soy, bajito y gordo y cada día más calvo, podría resultar maravilloso para alguien si me esforzara un poquito?, ¿verdad que no?», y luego, cambiando el tono de la burla a otro más grave, en el que perduraba no obstante un último residuo de ironía, «tú no eres maravillosa, Sara, no eres ni siquiera una chica guapa, pero me gustas, me gustas mucho», y tampoco entonces había sabido Sara si debía sentirse mortificada o halagada, porque nunca, en sus diecisiete años, se había animado nadie a decirle que no la encontraba bonita, incapaces sus antiguos amigos de decir nada parecido, incapaces de rebasar el marco de los piropos más desgastados por el uso y los elogios más convencionales, y era esto sin embargo lo que confería al «me gustas, me gustas mucho» una intensidad especial, un grado más alto de credibilidad, y formaba todo parte de un complejo código que regía en este mundo nuevo que todavía no conocía pero que estaba dispuesta a aceptar, aunque esta declaración tan inesperada —todo la pillaba últimamente de sorpresa, se dijo, como a una niñita tonta— de don Antonio hizo que se sintiera por otros motivos molesta y contrariada, defraudada en la idea que había venido alimentando desde hacía unos días de sincerarse con él, de contárselo todo y consultarle, puesto que era difícil encontrar en esta historia adecuado confidente, y existía entre los dos hombres, de esto estaba segura, cierta curiosa complicidad, y había tantas cosas en Ernesto que ella, que hubiera querido saberlo todo de él, que necesitaba saber todo lo posible para mejor ayudarle y estar cerca, para mejor amarlo, no lograba entender ni descifrar, datos que no había conseguido siquiera averiguar, que era una pena no haber podido aprovechar para estos fines este inesperado paréntesis de intimidad en la última fila de la platea oscura, momento de intimidad que, dado el giro que había dado don Antonio a la conversación, no se atrevería ella en adelante a propiciar ni a repetir.

La tarde en que don Antonio había dicho «te has llevado a la cama al chico más guapo del instituto» —y al margen de que Sara era, y seguiría siendo a lo largo de toda su vida, demasiado tímida o demasiado orgullosa para llevarse a la cama a nadie—, no eran todavía amantes. Habían estado paseando enlazados, y se habían besado largamente en las mesas más escondidas de los cafés, en los quicios de los portales, a veces en mitad de la calle, en la breve guarida que les ofrecía el taxi en que algunas noches —aquellas en que se había hecho tarde y amenazaba la regañina familiar— la acompañaba Ernesto hasta su casa. Y un atardecer, antes de que llegara la primavera, Ernesto, en uno de estos bruscos cambios de humor que Sara no terminaba de comprender y que la desconcertaban, se había mostrado especialmente tierno y efusivo, y por primera vez él, que no paraba de discursear sobre temas teóricos y abstractos, le había hablado de sí mismo, de una madre muerta hacía tantos años que ni la recordaba, apenas el dulce olor, la tibieza de sus pechos, cuando se inclinaba sobre él para darle un beso en la cama, habló de una madrastra joven y vulgar, mal avenida con su padre hundido en el fracaso, una madrastra que había intentado ligar con él y luego sucesivamente con todos los amigos que se animó a invitar a la casa en el curso de la adolescencia, habló de distintos y pronto abandonados intentos de trabajo, de unos años de militancia en el partido (el comunista, claro) que terminaron en el desencanto, de múltiples mujeres, tan extrañas para Sara o tan mal descritas por él que no las pudo ella, tan fantasiosa, imaginar, y le contó también cosas tontas de la infancia, como un poco avergonzado de sí mismo, y tan avergonzada Sara ante esta brusca impúdica eclosión de intimidad, que no se atrevía ni a mirarle, ni a respirar siquiera para que no interrumpiera él la narración y se truncara a medias el prodigio. Sólo cuando terminó y la miró a los ojos se dio cuenta Ernesto de que tenía el rostro cubierto de lágrimas, debía de llevar llorando en silencio quién sabía el tiempo, y entonces, «¿pero qué te pasa, tontísima?, ¿por qué lloras? ¡si todo esto sucedió hace más de mil años...!», y no paraba Sara de llorar, porque no había perdido todavía esa tenacidad de la infancia en el llanto que hacía que una vez había comenzado no pudiera ya terminar, y fue ella la que le besó ahora en la boca, y se pegó a él en uno de esos arrebatos de ternura que rozan casi la ferocidad, porque habían llegado a un punto a partir del cual no había más palabras, sólo el contacto cuerpo a cuerpo, y Ernesto la apoyó contra el tronco de uno de aquellos árboles tan grandes y tan viejos de la avenida, los lados del abrigo que llevaba puesto cubriéndole a ella los costados, y era como una garita diminuta —el tronco rugoso, el abrigo, el cuerpo del muchacho— erigida contra el frío, que era ahora, ya caída la noche, tremendo, y estaban precisamente por eso vacías las calles, y no podía apartar Sara la boca de su boca, y gimió cuando la mano de él se metió por debajo del jersey y alcanzó los pechos duros y tibios, y apretó más fuerte el vientre contra el que sentía, a través de la ropa, la presión de su sexo erguido, y entonces se hizo más agudo, como una quemazón, el dolor entre las ingles que había descubierto ya otras veces pero nunca con tal intensidad, y la mano de Ernesto —como si adivinara— le levantó las faldas, se deslizó dentro de la braga, y él murmuró «qué calentita y rica, qué mojadita estás». Se fueron amando así de árbol en árbol, en la noche vacía e invernal, en una especie de peregrinaje ritual, de extraño viacrucis, y al terminar estaban ante un portal en una esquina, y Ernesto le pidió con voz ahogada, le suplicó con voz ronca, con voz desesperada, «sube conmigo, podremos estar solos, sube conmigo», y Sara, «no, no puedo», y Ernesto, «no tengas miedo, iré con mucho cuidado, haremos sólo lo que tú quieras», y Sara denegando, «no, no es esto, aquí no», incapaz de superar —y le parecía una culpable disminución de amor— la sordidez del vestíbulo con esa horrible bombilla amarilla que colgaba mortecina y desnuda del techo, muerta de vergüenza ante la posibilidad de que se cruzaran con otra pareja en la escalera empinada, estrecha, sucia, humillada ya sólo de imaginar a la mujerona gorda que les daría arriba la llave y la miraría con sorna, y él «qué tonterías se te ocurren, Sara, no te va a mirar de ninguna manera, no se va ni a fijar en ti».

Pero no subieron aquella noche, ni otras parecidas, y cuando llegaron por fin los primeros días de calor, encontraron un banco en el parque de la colina junto al mar, un banco curiosamente aislado y solitario, que tenía detrás una tupida pared de setos que lo separaba de la plazoleta y de la carretera, y delante, por debajo de ellos, tendida la ciudad. Y pasaban horas allí hablando y acariciándose. Y en una de aquellas tardes, mientras el sol se ponía en una apoteosis de naranjas y morados, Sara le dijo «no importa nada que yo haya nacido en otro ambiente, no tengo que ver nada con ellos, no me han gustado nunca, soy como tú», y Ernesto, que había enloquecido besándola, recobró de golpe su aire adusto y distante —no entendía Sara esta capacidad tan masculina para deslindar, para dejar limpiamente a un lado de repente la esfera del amor y hablar no se sabía desde dónde—, «esto no es verdad», y Sara imprudente, «¡pero si a mí no me importa en absoluto que tú no tengas dinero, no me importa nada que seas de una familia humilde!», y en cuanto lo dijo advirtió que se había equivocado, que había dado un paso en falso, antes de que él se revolviera feroz, «¡pero a mí sí me importa!, ¡a ti no te importa, pero a mí sí!», y Sara a la desesperada, «dejaré todo lo que haya que dejar, renunciaré a todo, viviremos como tú quieras», y Ernesto implacable, «no podrás, no servirá, por mucho que hagas, nunca podrás borrar tu infancia segura, ¿me entiendes, Sara?, nada podrá compensar tu infancia sin miedos, miedo a no tener qué comer al día siguiente, miedo a que se lleven a tu padre y lo encarcelen en mitad de la noche, nunca podrás terminar de pagar por esto», y le estaba hablando con una ira y un rencor que la asustaba y que la dejó ahora sin palabras, al término de todos los recursos, porque si su culpa no radicaba en algo que ella hubiera hecho, en algo que hubiera elegido ser, sino en haber nacido y en ser aquello que otros determinaban que era, no quedaba más que asumirlo como un fallo inapelable, y no iba ella a seguir justificándose ante Ernesto, demasiado orgullosa también para esto, como era asimismo demasiado orgullosa —o demasiado tímida: siempre confundidos o sumados orgullo y timidez— para intentar explicarle que eran múltiples los miedos posibles en la infancia, muy extrañas y diversas las modalidades de ansiedad y desamparo, y que esta infancia feliz de princesa mimada que él fantaseaba y levantaba contra ella no había existido ni por lo más remoto jamás. Exiliada para siempre en una tierra de nadie, pensó ahora con un estremecimiento, abandonadas sin posible vuelta atrás las tiendas de los suyos, para adentrarse tras un desconocido —este extranjero que aseguraba que la amaba, pero que no quería o no podía absolverla, que no creía de hecho en ella, que no acertaba tal vez a reconciliarse siquiera con la realidad ineludible e imperiosa de amarla, porque le parecía a Sara en algunos momentos que Ernesto la amaba como una fatalidad— en el desierto, a lo largo de un peregrinar insensato hacia una tierra de la gran promesa a la cual —podía estar en lo cierto su guía, hombre de poca fe— no había de arribar jamás, y en la que, si por un venturoso azar o por la vehemencia de su propósito consiguiera alcanzarla, no iban a darle entrada y cobijo ni a reconocerla como una de los suyos. Y cuando pudo por fin hablar y le dijo «te quiero», no estaba salvando de un modo fácil las diferencias, no estaba poniendo siquiera término a una discusión que la dañaba, cuando dijo «te quiero y quiero estar contigo», estaba quemando tras de sí todas las naves —quizás era esto lo que encendía de púrpura las últimas luces de la tarde—, cuando le dijo «hasta donde tú me lleves, yo te seguiré», estaba enterrando bajo montañas de arena las moradas de los suyos, borrando las pistas y las huellas, esparciendo sobre las olas de la mar los despojos de su hermano.

Aquella misma noche dejó que él la llevara, no a la sórdida escalera empinada de la bombilla amarillenta y desnuda que aguardaba al final del viacrucis del amor, sino a una casa gris y anodina en la zona alta de la ciudad, a la que llegaron en un taxi, aunque le daba a Sara ya lo mismo a estas alturas que fuera en un lugar o en otro, y le parecían pueriles y como vividos por una extraña sus temores a cruzarse con otra pareja en la escalera, a que la mirara con sorna la mujer de recepción —resultó ser un hombre, y no la miró con sorna sino con desconfianza, manifiestamente incrédulo ante la edad que le había atribuido Ernesto, aunque concluyó por encogerse de hombros y dejarles pasar, como si se desentendiera de los líos que pudiera traer consigo haberle alquilado la habitación a una menor—, «matas al tigre y luego te asustas del pellejo», la había regañado algunas veces Ernesto por sus miedos, y ahora pensó Sara que ella no se asustaba del pellejo ni de nada, no había matado siquiera al tigre, lo había agarrado simplemente por las orejas pequeñas y peludas y había montado sobre él y cabalgaba ahora a pelo sobre el tigre a través de un universo en llamas, y lo único que la preocupó mientras subieron en el ascensor, mientras consiguieron la llave y siguieron al hombre por el pasillo oscuro, era la aprensión de que no iba a poder, porque una cosa era estar charlando con Ernesto un rato largo en la penumbra de un café, estar acariciándose en el parque, entre el aroma de los árboles en flor, a sus pies extendida la ciudad, y dejar que surgiera —siempre sorpresivo y como por azar— el deseo, y otra muy distinta era alquilar una habitación y meterse en ella y cerrar detrás de sí la puerta, y encontrarse de golpe obligados a hacer el amor, pues ¿para qué otro objetivo habían llegado hasta aquí?, y le parecía a Sara imposible, mientras subía el ascensor y mientras recorrían el pasillo, hacer el amor así, de este modo prefijado y mecánico, ni siquiera con un hombre al que quería tanto, «no voy a sentir nada», se dijo desconsolada, y se sentó en el borde de la cama y se quedó quieta allí, mientras Ernesto se sentaba a su lado y la enlazaba por la cintura y empezaba a besarla despacito, y sólo mucho después le quitó la blusa y el sujetador y se arrodilló ante ella y hundió la cabeza entre sus pechos, «dios, qué blanca eres, Sara, y qué bien hueles», con la voz ronca y emocionada, y fue esta emoción en la voz lo primero —no las caricias— que rompió la frialdad de Sara y su timidez, y agarró en un arranque de súbita ternura la cabeza de Ernesto y la oprimió más fuerte contra sí y luego la hizo subir hasta encontrar sus labios, y se deslizó hasta el suelo y quedaron los dos enlazados de rodillas, inmóviles y temblando, y todo fue después tan fácil, y al terminar, perezosa y lánguida Sara como un gato grande, se dijo que nunca nunca se había sentido tan feliz, y escudriñó por todos los rincones de sí misma en busca de un rastro de culpa, una remota sombra de pesar, de la más vaga aprensión de que algo estaba perdido, y no había culpa ni pesar ni aprensiones ni miedos por ninguna parte, «debería estar asustada, debería sentir remordimientos», susurró bajito con una risita, «¡les ha llevado tantos años y les ha costado tanto esfuerzo a todos educarme para que los sintiera!», y Ernesto gruñó satisfecho y la oprimió más fuerte contra sí con los ojos cerrados, imposible adivinar si estaba ya dormido o si todavía la escuchaba, «pero me siento tan cómoda, tan bien», intentando ella desperezarse sin liberarse del abrazo, y Sara calló entonces y se quedó quieta, para no despertarle, y advertía contra su costado el golpear ahora acompasado —otrora loco— del corazón de Ernesto, y el aliento tibio y rítmico de su respiración le hacía cosquillas en el cuello, muy cerca de la oreja, y estaba ella demasiado excitada, demasiado conmovida, demasiado contenta para intentar a su vez dormir, y por más que se quedó inmóvil y en silencio, velando el sueño de su pareja, cual si cuidara del reposo de un niño al que mantenía estrechamente enlazado —había tenido que dormirse Ernesto después del amor para abandonar por entero su aire arrogante y suficiente, su ademán sarcástico, ese gesto agresivo que la paralizaba y la hacía comportarse como una chiquilla idiota—, le hubiera gustado cubrirlo una vez más de besos y caricias —esas ganas de tocarle que parecían no tener fin—, decirle mil palabras tan dulces y tan tontas que no se había animado todavía a decirle nunca, echarse a reír como una loca o romper a cantar sin más.

Ahora la suerte estaba echada, ahora Sara había prendido por fin fuego a las naves, había arrasado e incendiado las tiendas de los suyos con todo cuanto contenían, había cabalgado sobre los lomos de un tigre a través de la selva en llamas, y había arribado al otro lado ilesa, sin el menor daño —una tontería matar primero al tigre y asustarse luego del pellejo—. Ahora —pensaba— había roto el último lazo, había traspuesto los límites de la transgresión, y más allá de este punto nada podría detenerla. Ahora Ernesto tenía que confiar por fuerza en ella, reconocer que se habían desmoronado las barreras, hundido las murallas de sus tribus, aceptarla como su compañera y llevarla consigo, y estarían entonces juntos siempre siempre siempre —la muerte que al final debía separarlos no le había parecido a Sara nunca tan inverosímil y en cualquier caso tan ajena y lejana—, despertaría todas las mañanas a su lado, sería lo primero que verían una vez y otra sus ojos al abrirse —la cabeza de él, su cabello espeso y fino, sus ojos claros, su boca tibia de mujer, sobre su misma almohada— y se dormiría noche tras noche oyéndole trajinar por la casa o por el baño, la boca de él sobre la suya en el último beso de buenas noches, su brazo rodeándola posesivo, protector. «¿Estás contento?», le preguntaba ahora a veces, más que por dudarlo por el placer de oírlo, y aunque eran seguramente demasiadas, Ernesto respondía invariablemente risueño y apenas impaciente, «claro que estoy contento, Sara, soy feliz, ¿y tú?». Y era la pregunta en él una tontería, porque Sara llevaba su propia alegría como una bandera desplegada al viento, se había envuelto desnuda de anteriores ropajes en el estandarte del amor y había engalanado balcones y ventanas con los gallardetes de la más alta alegría, el mundo viejo había ardido hasta sus cimientos, había sido arrasado hasta las raíces, y en el mundo que recién comenzaba quedaba únicamente lugar para ellos dos y para su amor y para su alegría, y caminaba ahora Sara por las calles —se estaba despidiendo morosamente y sin tristezas de la ciudad— de una manera distinta, con una conciencia recién adquirida de su cuerpo frutal en primavera, y le golpeaban duros los pezones —había eliminado el sujetador— contra la aspereza o suavidad de blusas y vestidos, le gustaba sentir el roce una contra otra de sus piernas, el vaivén de sus muslos al avanzar, y no la asustaban ya ni la ofendían las palabras de los hombres que se detenían a su paso —ellos también *sabían*—, y aunque escondía rápida la lengua que retozaba insumisa en la comisura de los labios, aunque intentaba recomponer un semblante grave, en lo más hondo de sus ojos reía inalterable la alegría. «Nunca has estado tan bonita, Sara», le había dicho con cierta inquina don Antonio, «nunca volverás a estarlo, ¡qué suerte tiene ese bandido!», y Sara, mirándole de frente, «¿seré una buena princesa Salomé?», y él, «serás una Salomé preciosa, aunque tal vez dabas mejor antes el carácter del personaje», y luego en broma, «¿pero es que te sigue importando lo más mínimo la representación?», y aunque sí le importaba, era sin embargo cierto que Sara había dejado también en parte atrás —como tantísimas otras cosas— la vehemencia de su deseo de ser actriz, su encendida ambición de ser la mejor, de triunfar sobre todas, y lo que la movía ahora a esforzarse en los ensayos era la ilusión de estar trabajando juntos, Ernesto y ella, en algo que sería obra de los dos, y también la certeza de que en el universo de su amante —acaso por el hecho de ser varón— eran muchas las realidades e intereses que habían sobrevivido al incendio universal y que se mantenían en pie: no todo en Ernesto se limitaba a ella, no todo en Ernesto pasaba a través de ella y se agotaba en su recíproco amor, y sobre todo ahora, cuando don Antonio le había sugerido la posibilidad de que lo cogieran el curso próximo como profesor en el instituto, el éxito de *Salomé* había adquirido una importancia capital, que lo tenía cada vez más nervioso y exigente, más irritado ante el menor fallo de los lectores, más obsesionado con los últimos detalles del vestuario y la música y el montaje.

Unos días antes de la representación fueron a elegir y a probarse los trajes de alquiler, y tuvo Ernesto en jaque y locos a dependientes y empleados haciéndoles revolver los últimos rincones del enorme almacén, subiendo por sí mismo hasta los estantes más altos para bajar de ellos unas cajas de pandora que a juzgar por las nubes de polvo que surgían de ellas no habían sido tocadas en años, ante la benévola complacencia de don Antonio, que permitió que se seleccionaran los ropajes más hermosos —ningún terciopelo le parecía a Ernesto lo bastante suave y satinado, ningún brocado lo bastante rico, ningún adamascado lo bastante rutilante, por mucho que supiera que más tarde, en escena, todo se vería mejor y más suntuoso—, y era evidente que estaban rebasando en mucho el menguado presupuesto y que iba a haber luego problemas con secretaría, pero estaban todos en el instituto entusiasmados con la representación y sería fácil arreglar el problema del dinero hablando directamente con el director. Y por fin estuvo todo probado y separado y apalabrado y prendido con alfileres para los retoques. Habían elegido para la princesa Salomé una túnica verde intenso, con muchísimos metros de tela y unos pliegues rígidos que la agobiaban, y un tocado complicado y aparatoso a base de perlas y esmeraldas, y un pesado collar que le cubría casi por entero el pecho («parecerá todavía más pálida y más frágil, más joven, bajo estas ropas», había sugerido Ernesto, y don Antonio había estado de acuerdo, «podrás acentuar si quieres la blancura de la tez y lo negro de los ojos con el maquillaje», pero Ernesto había denegado, «no, Sara y Yokanaan van a actuar casi sin maquillaje», y la miraban los dos apreciativos y circunspectos, con un aire de entendidos que resultaba un poco ridículo, como si se encontraran ante un cuadro o ante un objeto de mobiliario —le había reprochado luego Sara a Ernesto— la admiración por el cual compartían —tuvo que reconocer, aunque no se sabía si se había sentido en realidad envanecida por esa halagadora atención que le prestaban o irritada por el hecho de que tratándose de ella no la hubieran apenas consultado—, y encargaron finalmente a la modista, porque nada de lo que les enseñaron ya hecho les gustaba, unos velos también de un verde intenso, verde esmeralda, que debían sujetarse entre sí y en torno a su cintura, a sus tobillos, a sus hombros, por medio de unos broches dorados, para la escena de la danza, que era la única que todavía la preocupaba, aunque la habían ensayado mil veces y decían todos —incluido Ernesto— que salía muy bien, y es que no tenía Sara en sus movimientos, en su agilidad, en su equilibrio, en su gracia corporal, la confianza que sí tenía en cambio completa en su voz, y la asustaba un poco a ella —que se recordaba de niña tan torpe, tan patosa y desmañada, y que lo seguía en parte siendo, porque no había aprendido jamás, y nadie podía ni sospechar hasta qué punto la mortificaba, a saltar bien a la comba, a dar una voltereta sin torcerse, a hacer sin ayuda la vertical, y todavía hoy andaba a golpes con las esquinas de los muebles y con las alfombras, y necesitaba reunir toda su voluntad y su poder de concentración para recorrer sin tropiezos el pasillo de un cine con las luces encendidas, para intentar sortear con éxito las mesas de un café, sobre todo si había gente que la miraba—, la asustaba un poco pues tener que bailar allí, sobre el escenario, bajo la luz de los focos y a la vista de todos, aunque también era cierto que tal vez unos pocos la hubieran amedrentado más, hubieran supuesto mayor escollo para su timidez que el conjunto de un público que se tornaba hasta cierto punto impersonal y anónimo.

«¿Qué vas a llevar debajo de los velos?», le había preguntado Ernesto aquella misma tarde cuando estuvieron solos, en cuclillas él sobre la cama en la que habían hecho poco antes el amor, un cigarrillo encendido entre los dedos y dando inútiles vueltas en la otra mano a un cubalibre del que había desaparecido hacía mucho todo rastro de hielo y que debía de estar terriblemente caliente y dulzón en la bochornosa tarde de junio, y Sara, sin incorporarse, sin levantar siquiera perezosa la cabeza de la almohada, había gruñido mientras se encogía de hombros, y luego, sin mirar, había encontrado en el suelo, y había enarbolado en alto la breve braga de hilo, blanca, lisa y sin adornos, «esto, ¿te parece bien?», y Ernesto la había mirado desconcertado, «¡pero si dijiste que era imposible, que ibas a morirte de vergüenza...!», bromeando inquieto, «¡que tu padre nos iba a cerrar el instituto y te iba a meter a ti en un convento!», y Sara con los ojos cerrados, desperezándose, «¿cuándo dije yo esto?, debió de suceder en la noche de los tiempos, hace mil años... tú protestaste que era horrible la ropa interior, horribles estas mallas ceñidas al cuerpo que simulan el rosa de la carne, tú querías que yo bailara realmente desnuda debajo de los velos», y Ernesto dubitativo, «pueden bajar enseguida el volumen de las luces y las esclavas te envolverán en el manto, además terminas la danza de espaldas al público, pero incluso así, ¿de veras no te importa?», y Sara parodiándole, «no va una a matar al tigre y asustarse luego del pellejo, ¿sabías que he cabalgado sobre el tigre?», y Ernesto, «¿qué va a decir tu padre?», y Sara, riendo, desplazándose a rastras sobre la cama hasta colocarse entre sus piernas, la cabeza apoyada en uno de sus muslos, los dedos de una mano avanzando al modo de un ciempiés sobre la sábana, cual si estuviera jugando a atemorizar a un niño, trepando luego pierna arriba, veloz y cosquilleante, entre la jungla de su vello suave y tan tupido, en busca de su sexo, «que otros le den el té a mi papaíto, ¿qué nos importa lo que pueda decir o hacer mi padre una vez concluida la representación?», porque había sido este postrero temor, este último miedo a que no le permitieran participar en la función, echando así por tierra las ilusiones de todos —¿cómo improvisar una princesa Salomé a estas alturas?—, lo que la había mantenido cauta y conciliadora, inventando pretextos para las salidas, mintiendo excusas para justificar los retrasos, sacando mal que bien adelante el curso en la universidad —ni entendía cómo podía ir aprobando los exámenes finales teniendo hasta tal punto la cabeza en otra parte—, soportando con calma y casi sin protestas —también, la mayor parte del tiempo, sin escuchar— las regañinas familiares, había sido este último as o comodín que podían todavía sacarse de la manga y esgrimir contra ella, contra los dos, lo que la había retenido, porque sabía que después, ya ahora mismo, no iba a quedarles carta ninguna que jugar, y estarían ella y Ernesto muy lejos, y habrían dicho definitivamente adiós a todo eso.

Había cabalgado sobre el tigre y había traspuesto la selva en llamas, y al otro lado de la selva nada podía ya alcanzarlos, no quedaba ya en pie otra cosa que su amor, su amor llenando el mundo y desbordándolo, y por eso no puso siquiera mucha atención a las palabras de su padre, no se turbó lo más mínimo, cuando él la convocó después de la cena al despacho de las graves ocasiones, de las temidas riñas de la infancia —jamás la habían regañado delante del servicio o de sus hermanos—, para explicarle con voz baja y contenida —no se chillaba tampoco nunca ni por nada en aquella casa—, mientras la madre lloraba sentada en el sofá, que lo sabían todo y que no iban las cosas a seguir así, que ingresaría en el internado de verano en cuanto terminara los exámenes, y que tampoco al otro curso la querrían en la casa ni en la ciudad, estudiaría fuera y lejos, donde no pudiera hacer tantas locuras o donde si las hacía no las vivieran ellos tan de cerca ni hicieran sufrir así a su pobre madre, y donde sobre todo no podría ver más al tal Ernesto, valiente buena pieza había ido a elegir, porque no se trataba sólo de que conspirara con los rojos, sino que había, en la ficha policial realmente de todo —y Sara ni se molestó en preguntar cómo la habían podido conseguir, quién y por qué sucios chanchullos había consentido en mostrársela—, drogas, malas mujeres, homosexualidad, y ella como una tonta poniéndose en evidencia con él por los bares de los peores barrios de la ciudad (no lo sabían, pues, era gracioso, la habían vigilado, la habían tal vez hecho seguir, y sin embargo no sabían), y no regresaría a vivir con ellos en la casa hasta que hubiera sentado cabeza y hubiera rechazado esas locuras de querer ser actriz y de creer que eran los hijos de los ricos, los hijos de sus amigos, la gente de su misma clase, aquella en definitiva que le correspondía tratar, todos unos idiotas (no hubiera dicho idiotas exactamente: hubiera dicho algo peor), hasta que no estuviera dispuesta a llevar una vida normal y buscar como marido a un tipo decente que la hiciera feliz —«¿como vosotros?», estuvo a punto de preguntar, «antes cualquier cosa, antes la desdicha, que esa porquería que os he visto arrastrar durante años y que me queréis vender ahora de repente como la felicidad», pero tampoco lo dijo, y los escuchó en silencio hasta el final.

Las Ramblas eran aquella tarde de junio un enorme felino perezoso que ronroneaba y se desperezaba patas arriba bajo el cielo sin nubes, bajo el sol implacable que ponía quemante el asfalto de las calles, y enronquecía el canto agudo e incesante de los pájaros entre las copas de los árboles de un verde intenso moteado de oro, y avanzaban las mujeres como galeras empavesadas, con las piernas al aire, y unos vestidos de flores multicolores que les dejaban los brazos desnudos, inesperadamente libres y sueltos los cuerpos bajo las ropas livianas, que se pegaban a la piel y que mojaba el sudor en las axilas y debajo de los senos, entre taconeo brioso y tintinear de pulseras y collares, y los hombres se detenían a su paso y les lanzaban unas palabras turbias, roncas y espesas como regaliz o como melaza, y ellas sonreían a medias y levantaban briosas las cabezas y hacían ondear al viento las cabelleras sueltas, tupidas, oscuras, perfumadas, y las parejas bajaban estrechamente abrazadas Ramblas abajo, buscándose con mil manos ávidas, y los adolescentes rondaban ojerosos a las putas que paradas en las esquinas daban vueltas en el aire a los pequeños bolsos de charol, y algunos más osados se apostaban delante de las casas de citas —como aquella a la que un día no quiso subir Sara— y veían entrar a las parejas y les cronometraban el tiempo, y los niños correteaban por todas partes, haciendo tropezar a los viejos, chocando contra los tenderetes de los periódicos y las flores y piando más fuerte que los pájaros, y agonizaban de celo las palomas torcaces aprisionadas en las jaulas, y hubiera querido Sara comprarlas todas, abrir todas las jaulas, dejar escapar a todas las aves para que se reunieran y copularan en el cielo, esa tarde bochornosa de junio en que la ciudad entera había enloquecido —esa ciudad tan sórdida, tan vulgar, tan maravillosa, tan miserable, que quería acaso despedirla y a la que Sara echaría de menos siempre en cualquier otra ciudad del mundo, porque había empezado ya ahora, antes de la partida, la nostalgia— y se había lanzado a la calle bajo sus mil disfraces y descendía pagana y desmandada hacia la mar, entre el sol de plomo en un cielo de azul inalterable y el asfalto pegajoso y abrasado, porque eran las Ramblas una selva en flor, sucia, obscena, pestilente, salvaje, indescriptiblemente hermosa.

Sara había citado con urgencia a Ernesto cuando faltaba apenas media hora para empezar a vestirse y maquillarse para la representación, y quiso que fuera en el bar de la primera noche, de los primeros tiempos, y llegó ella antes y se sentó en la mesa de siempre, al fondo, aunque hacía ahora allí un calor espantoso y no cruzaba ni una brizna de aire —ese gusto tan suyo por lo reiterativo y lo ritual, más acuciante ahora que iba a cortar con todo y a dejarlo definitivamente atrás—, y cuando tuvo a Ernesto a su lado, empezó a contarle excitada la escena de los padres, y lo que su padre había dicho y decidido respecto a ella, y que ahora tenían forzosamente que marcharse juntos, lo más lejos posible y cuanto antes, enseguida ya, y Ernesto confundido, «¿pero cómo?», y sólo al exponerle, tranquila ya, en absoluto nerviosa, su plan, se dio plena cuenta Sara de que no podía haberlo improvisado todo desde la noche anterior, comprendió hasta qué punto lo tenía asumido y preparado, hasta qué grado lo había creído —o querido— desde el comienzo —ni siquiera desde la primera vez que se acostaron juntos, sino antes, más atrás, más atrás incluso que el día en que supo con certeza que le amaba y que no quedaba lugar ni en el mundo ni en ella para otra cosa que no fuera este amor, tal vez desde la tarde en que él la alcanzó por la calle y anduvo silencioso a su lado y le dijo luego «hola» de repente—, lo había creído desde el mismo comienzo inevitable.

Supo también con cuánta ansiedad había estado esperando este momento y con cuánta violencia lo había deseado, «quiero irme contigo, Ernesto, lo quiero de verdad», y él se había repuesto ya de la sorpresa y la miraba ahora inquieto, cariñoso pero inquieto, como podemos estarlo ante la inesperada salida de un chiquillo loco al que queremos sin embargo tanto, y esto fue lo que dijo, «estás loca, Sara, eres una chiquilla loca, ¿cómo voy a permitir yo que hagas una cosa así queriéndote lo mucho que te quiero?», porque, veamos, ¿cómo y de qué iban a vivir?, ¿cómo iba a habituarse Sara, tan mimada, y cómo iba a condenarla él a una vida de estrecheces y de incomodidades?, ¿y qué iba a pasar luego, cuando los encontraran?, era decididamente una locura, una chiquillada, y Sara levemente desconcertada, sin entender, empeñada todavía en convencerle de que todo sería fácil y posible, de que la vida podía ser para ellos dos, juntos y lejos, maravillosa, y ni siquiera cuando él protestó, y había ahora en su argumentación un leve tono irritado, «¿y yo?, ¿qué quieres que haga yo en Italia?, ¿cómo voy a perder la posibilidad de tener un puesto fijo en el instituto, ahora que estoy por fin a punto de conseguirlo?», ni siquiera entonces refrenó ella la carrera a que la tenía lanzada la inercia arrebatada de sus sueños, convencida como lo estaba de que podrían abrirse camino en cualquier parte, no tenía que ser precisamente Italia, podrían incluso aprender más, hacer un trabajo mejor, y qué importaban las dificultades, dado que no había además por otra parte alternativa alguna, ninguna otra posibilidad de salvar este amor si se quedaban, y este amor lo era todo para ella y para él, todo cuanto ambicionaban en el mundo, o es que no la quería ya, y Ernesto, claro que la quería, precisamente por quererla tanto no podía aceptar un sacrificio así, grave, disparatado, fuera de lugar, y por ende innecesario, y Sara ya asustada, temerosa de oír lo que iba a seguir, aunque no era capaz de imaginar lo que podría ser, temerosa, aprensiva y asustada, «¿innecesario?, ¿por qué me dices que es innecesario?», y entonces Ernesto opinó que la situación no era tan desesperada como ella la veía o la pintaba, que se había dejado impresionar demasiado, todo podía todavía arreglarse, ya hablaría él con su papá, y ahora Sara sintió que un obstáculo extraño había parado en seco su carrera, la había golpeado en plena cara, y el tigre se encogía bajo sus piernas, y le notó el pelaje lacio y entresudado y ascendió hasta ella un hedor a bestia acorralada o herida, porque el tigre se había detenido en su carrera, y no estaban tal vez en el lindero de nada, sino en lo más intrincado de la selva oscura, y sobre la cabeza de los dos —la del tigre y la de ella— gravitaban pesados y amenazadores sus sueños, porque alguien les había quebrado quizá salvajemente las alas, y eran pájaros ciegos, como nubes de algodón negro, que podían caer sobre ellos y asfixiarlos, y dijo todavía, con una voz que le salió fina y helada, «¿qué tienes que hablar tú con mi papá?» y luego, al borde de las lágrimas, «¿es que quieres pedir mi mano?», y ahora Ernesto comenzó a gritar, «¿por qué no, quieres decirme, por qué no?, ¿tan mal te parecería que quisiera casarme contigo, que quisiera que fueras mi mujer?, ¿acaso no entiendes que es la mejor prueba de lo mucho que te quiero?, ¿o eres tú la que opinas que no valgo lo bastante para ti?, ¿tan poca confianza me tienes que no me crees ni siquiera capaz de enfrentarme a tu padre, de convencerle?, ¡deja que lo intente, deja que hable yo con él!», y Sara denegando obstinada con labios apretados, sin atreverse a hablar por miedo a estallar en sollozos y no parar ya luego de llorar, allí, en el bar atestado de gente y cuando faltaban sólo unos minutos —todos debían de andar locos buscándolos— para que comenzara la representación, sin ganas ningunas de explicarle que su padre no lo recibiría tan siquiera, que no conseguiría llegar nunca hasta él, que lo iban a echar rodando escaleras abajo en cuanto asomara por la puerta, que guardaban bajo llave en la mesa del despacho una copia de su ficha policial en la que había de todo, para qué iba a decirle esto, para qué humillarle y dañarle inútilmente, cuando de hecho nada de esto importaba ya y si ella rompía a llorar al fin no sería a causa de unos amores desdichados, de un primer desengaño de amor, Sara lloraría únicamente por el tigre, tan hermoso, que había acudido a morir a las Ramblas aquella tarde bochornosa de junio en que estallaba la vida por todas partes, el tigre que agonizaba sin haber alcanzado la mar y ponía en pie con su último alarido la ciudad enajenada, aquel pobre tigre que pudo haberla llevado sobre sus lomos a través de la selva en llamas y que iba a morir ahora de un modo tan triste y miserable y feo sobre el asfalto caliente, bajo el sol de plomo, y lloraría Sara por esos pájaros oscuros, aves de mal agüero, que habían llevado hasta muy poco antes el nombre de sus fantasías y eran ahora pájaros de la muerte y del desencanto, prontos a abatirse sobre ellos y sepultarlos bajo sus plumas plomizas, atrapada Sara en la turbia maraña de sus sueños locos, de sus sueños muertos, mientras el tigre agonizaba y ella no podía ayudarle ya ni arrastrarlo siquiera hasta la mar.

Qué hermosa estuvo aquella noche la princesa Salomé... El joven sirio no la había visto nunca tan pálida... Parecía una paloma extraviada... Parecía un narciso agitado por el viento... Parecía una flor de plata... La princesa Salomé, que llenó con su voz la escena y la platea, aunque a ratos sólo susurrara, porque era una voz que nadie podía dejar de escuchar. La princesa Salomé, que bailó desnuda —y sin el menor tropiezo, sin asomo de vacilación— la danza de los siete velos. La princesa Salomé, que los tuvo a todos en pie, aplaudiendo enfervorizados, vaticinando que había nacido una estrella... Y sin embargo, tenía razón en definitiva doña Eulalia, Sara no se matriculó al curso siguiente en el instituto, Sara no volvió a pisar jamás un escenario, Sara no llegó nunca a ser actriz.

La Casa Oscura

Todas las casas en las que había discurrido su infancia —la casa donde vivió hasta los diez años con sus padres y su hermano, la de la abuela Concha, la del padrino— le parecían a Sara oscuras, por más que protestara, intrigada y divertida por sus rarezas, la madre, «¿cómo puede ocurrírsete que era oscuro un piso que se abría por delante sobre el paseo en tres balcones y se asomaba en la parte posterior a los patios a través de una galería acristalada?». Y reconocía Sara que sí había en el comedor y en el salón y en el dormitorio de los padres un amplio balcón de piedra, y algunas veces, en la primavera o a finales de junio, antes de que se ausentaran para el veraneo, se deslizaban de niños Víctor y ella en el balcón de la sala y se sentaban en el suelo sobre unos almohadones y veían transitar abajo las gentes y los coches entre el verde susurrante de los árboles, y otras veces, en noches de verbena, encendían allí las bengalas y las hacían girar en la oscuridad y trazaban con ellas sus nombres en estrellas de luz, que quedaban flotando unos instantes ante sus ojos, y su hermano arrojaba unos petardos —no podían hacer daño, ni aunque estallaran en la mano, sólo ruido, aseguraban todos los años en la tienda para tranquilizar a la mademoiselle de turno que les acompañaba, pero a los niños les quedaba secreta y deleitosa la duda— contra la capota de los coches o entre los pies de los señores en esmoquin y las señoras enjoyadas y con mantón, y entonces se retiraba Sara hacia atrás, conteniendo el aliento, hasta apoyar la espalda contra el muro de piedra, y, dado que estaban apagadas las luces en el interior, no podían verlos los otros desde abajo y no alcanzaban siquiera a determinar de qué piso procedía la agresión. De modo que tal vez sí, reconocía Sara reflexiva, podía decirse que era aquella zona delantera de la casa alegre y clara y hasta luminosa —pese a los visillos de tupido encaje y a las sedosas y pesadas cortinas de brocado o terciopelo—, como aseguraba la madre y corroboraban todos, pero había sido en cualquier caso feudo de los padres y de los amigos de los padres, una zona destinada a los adultos, por la que sólo se aventuraban Víctor y ella en las mañanas de los domingos o en algunas noches muy especiales —noches de fiesta, en que salían los padres dejándolos con las personas de servicio, y andaban las criadas revueltas y reinaba cierta anarquía proclive a las excepciones—, porque a los niños y a la mademoiselle les estaba reservada en aquel entonces la parte de atrás, al final de un larguísimo pasillo que parecía conducir desde un reino a otro reino distinto, en cierto modo una tierra de nadie, y que era —ése sí sin remisión— muy oscuro —¿qué podía importar que fuera o no oscuro, argumentaban los mayores, si era únicamente el corredor un lugar de paso, por el que se transitaba siempre camino de otra parte?—, al que se abrían las puertas del baño, de la cocina, del aseo pequeño, del dormitorio de las criadas, del despacho del padre, y por el que avanzaba de niña Sara de puntillas y arrimada a la pared, cuando, en un absurdo intento de ayudarla a superar así su miedo, la enviaban a buscar algo desde el cuarto de juegos hasta el extremo opuesto del piso.

A las habitaciones de atrás —el dormitorio de los niños, el de mademoiselle, el cuarto de jugar, el cuarto de la costura y la plancha— la luz llegaba ya desde la mañana indirecta y tamizada, amortiguados sus brillos insolentes, amansados sus fulgores extremos, en su oscuro y lento discurrir por la galería —que era, ella sí, una enorme linterna, iluminada curiosamente desde el exterior y encendida en colores intensos, porque eran azules, verdes, rojos, amarillos los breves cristales de las ventanas emplomadas que se extendían de pared a pared todo a lo largo de la fachada, y daban a la galería la abigarrada luminosidad de los caleidoscopios y de las catedrales, y al otro lado de las ventanas, más allá de los alambres en que se tendía a secar la ropa, estaban los amplios patios interiores, con sus palmeras, sus jardineras y sus parterres en flor, las macetas de las hortensias en los rincones más húmedos y mejor protegidos del excesivo sol, mezclado el griterío de los niños que salían en el recreo desde el parvulario vecino al patio con el piar desaforado de los canarios y los periquitos que se encelaban en primavera y construían sus nidos y empapuzaban a las crías dentro de las jaulas que se alineaban en la pared opuesta a la de las ventanas—. De modo que a lo largo del día, e incluso en aquellas horas en que era más amarillo y quemante el sol, reinaba en las habitaciones de los niños cierta penumbra, y al anochecer, en verano, o durante la tarde entera en invierno, no se encendían apenas las lámparas que pendían inútiles del techo, y hacían los niños sus deberes y repasaba la ropa la costurera y planchaban las criadas junto a unas luces bajas que dejaban siempre los rincones en la oscuridad. Y la casa había sido ante todo para Sara el mundo que comenzaba en el lado de acá del pasillo interminable, mundo en el cual los breves círculos de luz acumulaban celosos a su alrededor cualquier actividad, aunque no lograran triunfar jamás enteramente sobre los tenaces reductos marginales donde señoreaban, permanentes y acaso amenazadoras pero siempre cómplices, las tinieblas, y esto era algo que la madre, con su perspicacia y sus raras dotes adivinatorias de medio bruja, no había conseguido entender a derechas ni descifrar: que Sara, a pesar de sus miedos pueriles, a pesar de sus protestas cuando la mandaban hasta la sala en peligrosas incursiones nocturnas, había amado desde siempre, desde que tuvo uso de razón, las sombras y el silencio y hasta la soledad, y que había establecido de antiguo un pacto secreto con la casa vieja, con la casa oscura y sus escondrijos recónditos, protectores como una madriguera, cálidos como un nido, cuya nostalgia por nadie compartida arrastraría consigo hasta la muerte. Quizás hubieran podido compartirla Víctor o el primo Ricardo, de no haber detestado por igual todo lo vetusto y lo pasado, pero nunca los hombres que a lo largo del tiempo habría ella de amar y a los que habría de introducir una vez y otra en la casa, deshabitada ya por aquel entonces y poblada tan sólo de fantasmas, en un torpe intento de que la comprendieran más allá de las palabras, sin necesidad de explicar nada —eran tantas las cosas imposibles de explicar—, un torpe intento, cada vez menos esperanzado, de que la reencontraran entre aquellas paredes donde ella sí se reencontraba y la amaran así mágicamente niña. Sujeta Sara hasta hasta la muerte a la añoranza por esos pisos viejos, húmedos, demasiado grandes, pisos de altos artesonados, de pavimentos recubiertos de baldosas multicolores que se alineaban en precisos dibujos geométricos, de largos corredores interminables por los que transitaba una con el corazón encogido y pegada a las paredes, pisos en los que discurrió su infancia y la de todos los suyos, pero que iban a abandonar cuando ella pisara los linderos de la adolescencia, al irse trasladando unos tras otros —primero fue el padrino, luego ella con sus padres, después la abuela Concha, y detrás toda la caterva de parientes y amigos— a la parte alta de la ciudad, a unos pisos llenos de ventanas y terrazas, inundados de luz blanquísima, pero sin galerías que fueran como caleidoscopios o catedrales iluminadas, pavimentados con parqué o cubiertos de moqueta de un tono uniforme, sin corredores casi ni pasillos, unos pisos en los que no encontraban apenas cabida los antiguos muebles, ni cobijo los sueños ni acomodo los viejos fantasmas familiares.

No ocurrió lo mismo en casa de la abuela paterna (se llamaba Carmen, pero nunca había oído Sara que la llamara nadie por su nombre, la llamaban siempre así: abuela, y la trataban todos, hasta sus propios hijos, de usted, lo cual le parecía a Sara el colmo de lo extraño, y no besaba tampoco jamás, se contentaba con inclinarse justo lo imprescindible y tender la mejilla para que el otro se la besara). Allí el tiempo parecía haberse detenido hacía ya mucho, y mamá sacudía la cabeza risueña y no protestaba cuando oía a Sara asegurar que aquélla sí era de veras una casa oscura, por más que tuviera también tres balcones que daban a la calle y una galería con múltiples ventanas en la parte de atrás, y hasta se habituaron todos —incluso el padre— a llamarla así: la Casa Oscura. Los balcones cubiertos por cortinajes grana no se abrían jamás y estaban tras ellos sólo un poco entornados los postigos, se mantenía permanentemente cerrado el piano de cola de madera reluciente y oscura —no se animó nunca a preguntar Sara de niña quién lo utilizaba o si había tocado alguien en él alguna vez, porque flotaba en el aire una rara premonición de muertes anticipadas y estaban adornados con crespón los tres retratos de hombres jóvenes encima de la cómoda, e iba la abuela permanentemente enlutada— y cubiertos de fundas los muebles del salón dorado (un día había soltado Sara uno de los corchetes y había levantado una punta de la funda, y vio asomar en efecto una pata torneada y pintada de oro o purpurina y el comienzo de una tapicería de raso azul). Más adelante, cuando había cumplido ya los doce o trece años y quedaban cada vez más desdibujados a su alrededor los recuerdos y las huellas de la guerra, y se había trasladado ella con sus padres a un piso reluciente e impoluto (la abuela lo había recorrido rígida y magnífica, y había preguntado si lo habían hecho bendecir, y había asegurado el padre que sí, y entonces se había detenido la abuela, bien apoyada en el bastón de puño de plata y de marfil, y les había preguntado cómo era posible que no hubiera visto en parte alguna la imagen del Sagrado Corazón, que debía guardar y presidir cualquier hogar cristiano, y la madre la había conducido ante el dibujo en ocres de una hermosa cabeza de varón, el cabello cayéndole sobre los hombros, y había asegurado que era Jesucristo, y había quedado la abuela perpleja, pero no se había atrevido a replicar, y después habían reído tanto los padres que se les saltaron las lágrimas, y Sara miró la lámina y ponía al pie «*Última Cena,* Leonardo da Vinci, fragmento», de modo que no había en definitiva mentido la madre tampoco aquella vez, porque la madre de Sara era medio bruja, pero no mentía jamás), y el piso de la abuela parecía por contraste todavía más antiguo y más oscuro, empezaron a quitarse dos veces cada año —el día del cumpleaños de la abuela y el de Navidad— las fundas del salón dorado, y se sacudían las alfombras y se llenaban de flores los jarrones chinos o de Sèvres, y eran también unas flores distintas a las que elegía para su propia casa la madre, lirios y claveles blancos y unas pequeñas florecillas amarillas, todo como de altar, pero ni siquiera en estas fiestas señaladas, que celebraban juntos la multitud de los tíos y los primos, se ponía la abuela ropas blancas o de color, siempre de negro hasta los pies vestida, pálida y erguida y remotísima —«¿debe de ser la abuela más vieja de todas las abuelas del mundo, y la que más nietos tiene, no crees?», había preguntado Sara de muy pequeña, y la madre se había echado a reír, «nietos sí tiene muchos, pero de vieja nada, no tiene ni siquiera los años de abuela Concha», y a Sara le había parecido esto imposible, porque la abuela Concha llevaba blusas color celeste o malva, y pañuelos de seda multicolores anudados al cuello, y muchos collares de perlas, y pulseras de oro en las que tintineaban las monedas, y hasta bebía palomitas de anís y los acompañaba a la playa en el verano, y se atiborraba golosa de pasteles y bombones, y sólo años después echaría Sara sus propios cálculos y descubriría que había tenido la madre razón y que en aquel entonces no debía de haber cumplido la abuela de la Casa Oscura el medio siglo, pero la ancianidad inconmensurable de la abuela, así como lo oscuro y lóbrego de la casa, eran verdades que se movían muy por encima de la mera realidad y quedaban fuera por lo tanto del alcance de cualquier polémica o verificación.

El día de Navidad alargaban la mesa grande del comedor y disponían en la galería otra mesa igual de larga para los niños, cubiertas ambas con manteles de hilo bordado y con encajes, y se alineaban ante los platos cuatro copas de cristal —papá, cuando era ella todavía muy pequeña, se la sentaba en las rodillas y golpeaba con el mango del tenedor las copas a medio llenar, y las copas tintineaban porque eran todas del más puro cristal—, una de ellas verde para el vino blanco y otra panzuda sobre el largo tallo para el champán, y refulgían, sobre el mantel almidonado y blanquísimo, los cubiertos de plata con las iniciales de los abuelos entrelazadas. A Sara le daba rabia los primeros años que no pudieran Ricardo y ella comer en la mesa de los mayores, pero los otros primos se hubieran quejado, aseguraba Remedios, una criada ya vieja, o mejor sin edad, absolutamente atemporal, que había criado a su padre y a todos los hermanos de su padre, y había servido en la casa desde siempre y sin interrupción, porque ni siquiera en la Barcelona republicana y en armas había dejado de hacer las faenas domésticas, las que le correspondían y las que habían los otros sirvientes abandonado, pues sólo ella entre todos siguió a los amos hasta la humilde casa periférica en que se habían refugiado, en un intento doble de escapar a los bombardeos de los suyos y a los registros enemigos, y no había dejado de servirles, muda y en pie junto a la mesa, a sus horas las míseras comidas casi simbólicas, ni se había tomado la menor confianza ni se había permitido la menor libertad jamás, y eran características estas que, aun siendo naturales y justas, entrañaban sin embargo cierto mérito, y eran reconocidas algunas veces por los tíos y hasta por la abuela como propias de una persona leal y que sabía además en todo momento cuál era exactamente su lugar, y al llegar a este punto los comentarios, buscaba Sara intrigada la mirada de mamá, y había en los ojos claros una mirada irónica, y arqueaba la madre una ceja y fruncía los labios, y buscó también Sara en un par de ocasiones la mirada de Ricardo, pero no encontró en los ojos de su primo —y no era en realidad Ricardo primo de ella, sino hijo, le parecía, de unos primos de su padre, muertos o desaparecidos, a quien había dado la abuela cobijo en la casa— mirada alguna, eran de pronto unos ojos como vueltos hacia adentro, opacos e impermeables, que poco tenían que ver con su afabilidad y buen humor habituales, y que dejaban a Sara confundida. Remedios, que se había ocupado del manejo de la casa desde siempre y había cuidado sucesivamente uno tras otro de los niños que puntuales cada año nacían, vigilaba también ahora, de pie en la puerta que comunicaba el comedor con la cocina o en el umbral de la galería donde comían los niños, el quehacer de las criadas (sólo unos años después, muchos años después, cuando se hizo irremediablemente vieja —ella que jamás había sido joven de verdad y por no tener no había tenido ni siquiera edad— y no podía ya en modo alguno trabajar, y le encontraron, compasivos y humanos, y sobre todo tan agradecidos, lugar en el asilo de viejos de la ciudad, a donde iban a buscarla puntuales y sin falta los días de Navidad, sólo entonces tuvo Remedios un lugar en la mesa y pudo sentarse al lado de los amos y dejar que otras la sirvieran, pero para aquel entonces Sara había roto ya, entre otros, los lazos que la ligaban a la familia de su padre y sólo sabía de ellos por terceros), Remedios, pues, porque la abuela siempre de negro hasta los pies vestida no había intervenido nunca, ni siquiera de recién casada, en los trasiegos de la casa o en el cuidado de los hijos, a los que paría, eso sí, todos los años, pero de los que inmediatamente se desentendía, y no se levantaba ahora de la silla, y no dejaba el libro piadoso o la labor —nadie leía libros profanos en casa de la abuela, y que la madre sí los leyera a todas horas y que hubiera en la biblioteca de los otros abuelos tantos y tantos libros, muchos de ellos prohibidos, eran unas de las muchas razones que la hacían poco deseable y extranjera— más que para salir con la mantilla ya puesta hacia la cercana iglesia, o para dirigir, arrodillada en el reclinatorio de terciopelo granate, apoyado luego contra la pared bajo el crucifijo de marfil, el rosario todas las tardes. Les aseguraba pues, Remedios, que iban a protestar los otros primos, empezando por Víctor, el hermano de Sara, que tenía un año más que ella y los mismos que Ricardo, si les permitía a ellos dos trasladarse a la mesa del comedor, y de todos modos iban a ir allí a la hora de los postres, para escuchar las palabras del sacerdote amigo de la familia —había casado a la abuela y a todos los hijos de la abuela y les había bautizado a los hijos y estaba pronto y a punto para empezar a casarlos a ellos a su vez y empezar a bautizar a los hijos de los hijos, en pie el anciano sacerdote a un extremo de la mesa, justo enfrente de la abuela, mirándose todo el tiempo los dos y sonriéndose y recíprocamente aprobándose—, unas palabras que sonaban muy hermosas y hacían asomar algunas lágrimas a los ojos de las tías —no así a los de la madre, también en eso distinta, en los que seguía brillando pertinaz una chispita sarcástica, y no era que tuviera la madre difícil el llanto, ya que lloraba algunas veces por apenas nada, una película triste que veían juntas las dos, un cuento que le estaba ella misma leyendo o contando y que debía saberse de memoria, un perro vagabundo o malherido, pero que consideraba seguramente el llanto de sus cuñadas propio de hipocritonas redomadas y además ratas de sacristía—, y arrancaban estas palabras un aplauso caluroso al terminar, y entre las felicitaciones y los parabienes y los besos salibosos y las manifestaciones de lo extraordinarios que eran todos y de lo mucho y bien que recíprocamente se querían —en este punto alcanzaba la mirada irónica de la madre su punto culminante—, le daban a cada niño un pedazo de pastel y un vaso —no alcanzaban para tantos las copas de cristal de esbelto tallo— con un dedito de champán, sólo un dedito —porque todo parecía medido y escaso en casa de la abuela—, «no se os vaya a subir a la cabeza», les advertían los mayores, y alguien recordaba que en algún año anterior se había emborrachado uno de los primos sin que nadie se diera cuenta, y hubo que acompañarlo al baño a vomitar y acostarle en una de las camas, pero a Sara no se le subía tan exigua cantidad de champán a la cabeza, y le gustaba por otra parte bastante menos que las palomitas de anís —unas gotitas breves de la botella de cristal tallado en rombos con una etiqueta en la que aparecía en colores una mujer hermosa envuelta en un mantón bastaban para poner turbia y blanquecina y como pecaminosa el agua instantes antes transparente y sin culpa— que le daba la abuela Concha los días que iba Sara a comer o a merendar o simplemente a buscarla a su casa, y era el ir a aquella casa, por más que ocurriera con muchísima frecuencia, siempre motivo de fiesta, mientras que eran los raros días —tal vez no más de dos comidas al año y una docena de visitas en las tardes de los domingos— en que acudía a la casa de la abuela paterna, la abuela de la Casa Oscura, un complicado y ceremonioso y casi siempre enojoso ritual, y le hablaban para colmo las otras tías o Remedios —era la abuela mucho más discreta, o acaso sólo más indiferente o más distante, y no se ocupaban los varones de estos temas— de cuestiones que entendía Sara sólo a medias, pero que aun así la enojaban, ya que encerraban siempre algún reproche en contra de sus padres (cómo le permitían a ella estar sola con otros chicos en el parque o en la playa, cómo los llevaban a Víctor y a ella tanto al cine y hasta al circo, donde unas mujeres indecentes con la excusa del trapecio se exhibían en mallas, prácticamente desnudas, y cómo, sobre todo, podían los padres de Sara, teniendo a dos puertas de su casa un colegio de religiosas, mandarla con su hermano a un colegio extranjero y mixto y laico, en el que la promiscuidad sexual se veía agravada por el trato habitual y cotidiano con protestantes, que estaban todos, por dogma —no había posible camino de salvación fuera de la Iglesia— condenados a arder por una eternidad en los Infiernos), y le daban como merienda un chocolate áspero y unas galletas que estaban enmohecidas o rancias, por más que las pusieran sobre una bandeja de porcelana, y por eso se sentía Sara en casa de la abuela —sobre todo por sus hondas identificaciones con la madre— extranjera e incómoda, y en las comidas de Navidad, mientras espiaba a los mayores desde el corredor, pensaba que ni siquiera la ropa que ellas dos llevaban o el corte de su pelo eran parecidos a los que usaban las tías y las primas, y resultaba paradójico que el vestido casi siempre más sobrio de la madre, la escasez de las joyas, la ausencia casi total de maquillaje, los zapatos apenas sin tacón, y hasta las manos de uñas muy cuidadas pero sin pintar, resultaran en la Casa Oscura motivo de escándalo, como si alentara en estos ingredientes una recóndita invitación al pecado o al libertinaje, una invertida y por lo mismo doblemente reprobable ostentación o coquetería que ponía a las otras mujeres de inmediato contra ella —no tuvo a lo largo de toda su vida apenas amigas la madre, y «no puede decirse tan siquiera que sea propiamente una mujer hermosa», había farfullado en presencia de Sara invisible una de las tías, y había salido inmediatamente al quite un caballero, «no, pero tiene algo que hace que la belleza de las otras parezca una ordinariez».

En uno de los rincones más oscuros de la Casa Oscura, a un extremo del cuarto de costura y de plancha (todo escaseaba y se regateaba en aquella casa, y ardían en las habitaciones de servicio unas bombillas miserables, que hacían trabajar a Remedios y a la otra criada con la labor pegada a las narices y mantenían aquí sí irremisiblemente los rincones en tinieblas), había jugado de niño el primo Ricardo —hacía mucho por aquel entonces que eran los tíos mayores y se habían marchado de la casa, y se había suprimido por tanto la habitación de juegos— y Ricardo había estado jugando allí —le parecía a Sara en el recuerdo— a lo largo de años y más años, aunque tal vez no hubieran sido en la realidad más de dos o tres, y podía deberse la persistencia acrecentada del recuerdo a que era así como había visto a Ricardo por primera vez, poco después de terminar la guerra, un niño feo y flaco que jugaba en un rincón oscuro a algo que ella no pudo en un primer instante entender ni determinar —como no terminaría tampoco Sara de entender a partir de tantas explicaciones todas ellas a medias de dónde había salido aquel chico, ni cuál era el exacto parentesco que los unía, ni qué había sucedido con sus padres, ni por qué lo había recogido la abuela en la casa y lo tenía ahora allí, en la oscuridad, jugando solo a un juego que la dejó, cuando alcanzó a descubrir qué era lo que estaba haciendo, desconcertada y perpleja—, o podía deberse quizás a que, a partir de entonces y durante tiempo y tiempo, cada vez que iban ella y Víctor de visita a casa de la abuela, los conducía alguien —casi siempre Remedios— hasta el rincón aquel del cuarto de costura, y hacía luego que Ricardo les mostrara las nuevas adquisiciones y se pusiera aquellas ropas y representara ante ellos su papel —era, en cierto modo, más que un juego, una representación—, y decía sentirse la abuela muy orgullosa, y se permitía el viejo sacerdote, cuando estaba también allí de visita, unas alabanzas nunca hasta entonces en su boca escuchadas, y prodigaban los adultos frases admirativas y elogiosas y entusiastas, por más que entre los niños —y no eran en esto una excepción Sara y Víctor, que coincidían por una vez con el sentir de los restantes primos— se entrecruzaran unas miradas llenas de extrañeza y en las que no había ni el más leve asomo de envidia o de entusiasmo, y era que jugaban los chicos en sus casas y en el colegio con coches miniatura y con trenes eléctricos y con la bicicleta y con el balón, y se entretenían las niñas con cocinitas y muñecas, y tenían unos y otras diversos juegos de mesa y hasta de magia y de ilusionismo, y se disfrazaban algunas veces de mosqueteros y de payasos y de Guerrero del Antifaz, o de princesas y bailarinas y enfermeras, y jugaban algunas veces a médicos o a papás y mamás, pero ¿a quién, como no fuera al viejo sacerdote amigo, podía ocurrírsele erigir un increíble altar en miniatura, reproducción exacta de los que veían en las iglesias (habría proporcionado el cura, suponía Sara, junto con la idea, el sagrario y los vasos sagrados y el atril con las epístolas y el incensario, y habría cosido y bordado Remedios en tardes interminables los infinitos mantelitos blancos y almidonados y las mil y una prendas del complicado disfraz), erigir pues un altar en miniatura y ponerle al niño una sotana y una casulla para que jugara a curas? El juego de la misa, lo llamaban todos, y jugado allí, en la habitación sórdida donde cosía Remedios y planchaba la otra criada vieja, en el piso frío y en el rincón mal alumbrado, por aquel chico flaco de larga nariz que no se sabía bien de dónde había salido, pero que vivía allí entre viejos, le parecía a Sara —y seguramente al resto de los primos, y hasta quizá de los adultos, en cuya sinceridad no confiaba Sara demasiado, y que tenían, a pesar de las alabanzas, una mirada y un gesto ambiguos, en los que bien podían mezclarse la burla y la conmiseración— el más triste y el más feo y el más oscuro de todos los juegos del mundo, mucho peor que los juegos violentos y miserables que jugaban los chicos pobres en mitad de la calle.

Sara no habló con Ricardo de este tema jamás, porque no se animó a preguntarle entonces «¿te gusta de verdad el juego de las misas?», como no se animó a preguntarle tampoco —por timidez propia o por temor a la vergüenza del otro y a en algún punto herirle— si se sentía muy solo, si echaba de menos a sus padres, si era tan horrible como a ella le parecía vivir junto a tres viejas y vestir una ropa que habían llevado antes otros chicos y asistir gratuitamente —otro favor del sacerdote amigo— a una escuela de pago, que era para colmo de desdichas una de las más empingorotadas de la ciudad y donde le habían contado otros primos y otros amigos que llevaban los alumnos cuyas familias no podían pagar la mensualidad unas batas distintas en la hechura y en el color, y se sentaban dentro de la capilla en bancos separados, y servían a sus condiscípulos como si fueran sus criados en el comedor, un colegio en el que no se hablaba para nada de becas o de méritos o de igualdad de derechos, sólo siempre machaconamente de caridad, y tres o cuatro años más tarde, cuando tenía Sara trece y catorce Ricardo, en el breve período en que fueron de verdad íntimos amigos y llenaron de densas confidencias compartidas las noches veraniegas junto al mar, estaban demasiado atrapados los dos en su recién estrenada adolescencia, presintiendo la embriaguez sin límites del primer amor, y parecía haberse disipado por entero —aunque quedara todavía tan próximo en el tiempo— el recuerdo de sus juegos de infancia, de la vieja Remedios repasando la ropa de la colada bajo una bombilla miserable, de la abuela envarada y adusta, de las grandes concentraciones del clan familiar, y hasta se había disipado quizás el aroma inconfundible de la Casa

Oscura, y no había preguntado entonces Sara tampoco nada, y únicamente más adelante, muchísimo después, cuando habían dejado de tratarse ellos dos y llevaban más que mediado ambos el curso de la vida, revivieron en Sara estos recuerdos ahora sí tan lejanos, cada vez con mayor frecuencia y con más fuerza, hasta que llegó el día en que no pudo pensar ya en su primo Ricardo sin verlo allí, tan flaco y feo y como perdido, oficiando para nadie en las tinieblas. Pero, al margen de este juego, que la inquietaba y la dejaba perpleja, incapaz ella de improvisar alabanzas o inventar entusiasmos, y que por otra parte Ricardo no iniciaba jamás si no era a requerimientos de algún adulto, lo cierto era que la presencia del chico en la Casa Oscura hizo más tolerable para los dos hermanos —y acaso también para otros primos— las periódicas visitas rituales a la abuela, que tenían casi siempre lugar los domingos por la tarde, cuando papá le había señalado a la madre en el curso del almuerzo que llevaban los niños dos semanas o tres, a veces más, sin ir a ver a la abuela Carmen, y mamá suspiraba, y como le daba muchísima pereza acompañarlos y tenía la rara cualidad —tan excepcional, pensaba Sara, en el abnegado gremio de las madres— de reconocer que determinados lugares la aburrían y determinadas personas la fastidiaban, y de en consecuencia rehuirlos, pedía a mademoiselle que llevara a los niños al cine, a una primera sesión, y luego a merendar a casa de la abuela, y aunque consistía la merienda en pan con dulce de membrillo o pan con chocolate —un chocolate terroso y oscuro, no aquel chocolate finito y claro, con leche y a veces con almendras, que compraba mamá y le gustaba a Sara tanto—, y aunque no había en aquella casa apenas nada con lo que un niño pudiera jugar («sólo tus padres», le había confiado Ricardo en un susurro el día de Navidad, cuando acababa de entregarle la madre un balón de reglamento, «me hacen regalos *de verdad*», y era que le regalaban, la abuela y los otros tíos y hasta Remedios y el cura, calcetines de lana o un suéter o unos zapatos o las gafas nuevas o los libros para el colegio o un nuevo complemento para el altar, y resultaban los regalos de ellos entre estas cosas superfluos y disparatados y fuera de lugar y casi transgresores, y eran, claro, los únicos que podían gustarle a un niño), a Sara no le importaba demasiado, porque, superado el trámite brevísimo de saludar a la abuela y estamparle un beso en la mejilla y responder que sí, que estaban bien los padres, que sí, que les gustaba ir al colegio, y que se portaban allí y en casa más o menos bien, la abuela se quedaba en la salita hablando con mademoiselle, y se iban los niños con Ricardo a buscar la merienda a la cocina y luego a la galería, y a Sara le gustaba estar allí con él, mientras caía la tarde y oscurecía detrás de los cristales de colores (Víctor, mucho más aburrido que su hermana, hojeaba con desgana unos libros que trataban de vidas de héroes o de santos, de niños que preferían morir antes que pecar —más frecuente esto en las niñas que en los varones— y de las increíbles aventuras que vivían un puñado de aguerridos misioneros en tierras ignotas y paganas), por más que hubiera tantas y tantas cosas que ella no se atrevía abiertamente a preguntar, y era que Sara sentía por Ricardo afecto, y también algunas veces compasión, pero triunfaba por encima de cualquier otro sentimiento una enorme y difusa curiosidad, porque intuía Sara en ciertos instantes que el mundo en el que ella y su hermano y casi todos los niños que conocía habitaban era un mundo seguro y virtuoso y hasta feliz que habían inventado los adultos para que pudieran sus retoños vivir en él una niñez dorada, y que ni siquiera la madre —en otros campos iconoclasta y transgresora, tenaz amante de la verdad— se animaba a desbaratar, y ese mundo en el que imperaba la justicia y ocupaba cada cosa su exacto lugar y el bien triunfaba con aburrida pero tranquilizadora monotonía sobre el mal, tenía poco que ver, le parecía en estos instantes, con otro mundo, mucho más real, que les acechaba desde el exterior, desde el lindero de la selva oscura donde concluía la infancia, y del que no sabían Víctor y ella apenas nada —unas imágenes entrevistas en el cine, unas palabras oídas en la cocina a las criadas—, pero con el que sí podía tener Ricardo por el contrario secretas y misteriosas vinculaciones, ocultas interferencias y complicidades, porque no era posible —argumentaba Sara— que no estuviera el chico harto de tanta misa fingida ante un altar de juguete, de tantas otras misas en las que oficiaba como monaguillo de verdad, y tantas comuniones en los primeros viernes que le aseguraban, caso de llegar a nueve consecutivas —Sara no lo logró jamás—, la vida eterna, y tanto pedir a los primos ricos que le trajeran el papel de plata en que iba envuelto el chocolate de lujo y otras golosinas caras, para hacer con él unas bolas que llegaban a ser enormes y que se entregaban en la iglesia y servían —nunca consiguió Sara descubrir por qué raros caminos— para salvar almas en el otro confín del universo, y tanto animarlos a todos para que reunieran y le dieran al cura viejecito trece pesetas con cincuenta céntimos, que era exactamente lo que costaba bautizar a un chinito, del que podrías ser padrino y al que tú le elegías el nombre, con lo cual habías salvado otra alma, y como no podía lógicamente permitir Dios que aquel que había salvado un alma ajena perdiera luego la suya, quedaba asegurada de paso la propia salvación, o sea que debía de tener el primo Ricardo, con tanta misa y tantos rosarios presididos por la abuela al atardecer y tantos primeros viernes y tantas bolas de plata y tantos chinitos prohijados, el alma salvada por lo menos un millón de veces, y tenía que estar forzosamente hasta el mismísimo coco de esta historia, y no era posible —seguía discurriendo Sara— que fueran ciertos tanto rendido agradecimiento a sus bienhechores, y tan serena aceptación de las desdichas, y tan virtuosa conducta y tanta santa alegría, y bien podían correr bajo estas aguas muy serenas y azules otras mucho más turbias y enconadas, capaces cualquier día de asomar a la superficie y arramblar con todo, empezando por ese cúmulo de hipocresía y gazmoñería y falsa virtud acumuladas, y hacer saltar en pedazos la complicada urdimbre de apariencias, y dejar ese mundo roto y patas arriba.

Allí, en la galería de la Casa Oscura —Ricardo iba poquísimas veces a casa de los padres de Sara y se veían casi siempre en casa de la abuela—, muy cerca ya del verano, de modo que se alargaban interminables los crepúsculos al otro lado de las ventanas, y nadie encendía la luz, por economizar o por no levantarse, y apenas debía de distinguir Víctor las letras de las vidas de los santos, que por otra parte no le interesaban lo más mínimo, le preguntó Sara a su primo qué le gustaría que le regalaran los padres para su cumpleaños, que se celebraba en la casa juntamente con el de la abuela y era la última reunión del clan antes de la desbandada estival, y coincidía también con el final del curso y con todos los sobresalientes y matrículas y bandas de honor y premios extraordinarios que conseguía Ricardo en el colegio, y que elogiaban todos tanto, mientras se pasaban durante los postres de mano en mano la libreta de calificaciones y aseguraban que un chico tan listo y tan trabajador llegaría a cualquier parte, donde se propusiera, y lo ponían como ejemplo a sus propios hijos menos estudiosos, y ahora, unos días antes de que cumpliera catorce años, le preguntó Sara a su primo qué quería que le regalaran, porque se daban el día de la celebración los regalos también a la hora de los postres, inmediatamente después de las palabras del sacerdote, en las que no faltaba ningún año una mención elogiosa a las buenas notas de Ricardo y a su aplicación y a su virtud, y eran siempre los regalos de los padres de Sara los mejores, por más que la madre echara a la libreta de las calificaciones sólo una ojeada distraída y le felicitara sin excesivo calor y no lo pusiera de ejemplo a Víctor ni a nadie. Y ahora, unos días antes, en un rincón de la galería por la que progresaban las sombras, Ricardo dijo que quería como regalo que lo llevaran con ellos unos días a la casa junto al mar, lo dijo con una voz átona y tranquila, pronunciando claras y subrayadas cada una de las palabras, y por una vez hubiera querido Sara disponer de mejor luz para verle la cara, aunque imaginó en sus ojos la misma mirada opaca, como vuelta hacia adentro, que le conocía ya de otras ocasiones en que hablaban los mayores de cuestiones que no le agradaban, y era extraño que pudiera conseguirse una expresión tan neutra y tan vacía, como si se hubiera retirado el alma de Ricardo a los más alejados y recónditos y pertrechados cuarteles donde iba a ser imposible ir a buscarla, pero como callaba Sara y lo miraba estupefacta, tuvo él por fuerza que volver a hablar —«¿te parece que ni merece la pena intentarlo, que no tenemos ninguna posibilidad?»—, y ahora sí que se le quebró un poco la voz y temblaron unos instantes las palabras desprotegidas en el aire, y temblaba también un poco la mano que le puso en la rodilla, mientras le explicaba que llevaba tiempo y tiempo pensando en aquello y que no podía ya más —tal como había Sara sospechado, pero nunca hasta entonces se lo había oído decir— de la Casa Oscura y de las tres viejas y del cura, ¿había o no una posibilidad?, y Sara —que agradecía ahora la oscuridad, porque pensó que ninguno de los dos hubiera soportado la vergüenza, caso de tener que mirarse cara a cara, y quizá por eso había esperado Ricardo hasta el anochecer— contestó que ella no sabía, y era la pura verdad, porque no era capaz de imaginar cuál sería la reacción de los padres (en realidad sólo la de la madre importaba, porque el padre iba a aceptar como bueno lo que ella decidiera) ante una demanda tan insólita y tan inesperada, ni si, caso de acceder ellos, iba a dar la abuela su conformidad, y les era el permiso de la abuela indispensable, y solía ver la vieja en las playas una de las múltiples seguras antesalas del infierno y bien podía no confiar demasiado en la más iconoclasta de sus nueras como capaz de preservar la virtud de dos adolescentes, por más que fuera uno de ellos su propia hija, y no le era a Sara factible prever tampoco la reacción de todos los demás, y lo más grave era quizá que ni siquiera a ella le resultaba fácil —y veía ahí una debilidad y una traición— imaginar a Ricardo en la playa, entre sus amigos de otros veranos, con aquellas horribles ropas heredadas y tan terriblemente de ciudad, y a lo peor no sabía Ricardo nadar ni andar en bicicleta, pero había dicho el chico «tenemos», al hablar de sus posibilidades, y este mero plural hubiera bastado para implicar a Sara en la empresa, de no haber estado ya previamente predestinada —a pesar de sus miedos y su vergüenza y sus reparos— a apoyar como fuera la solicitud de Ricardo, aunque habría de pasar mucho tiempo hasta que pudiera determinar exactamente el porqué, y se confabuló pues inmediatamente allí con él, en la galería ya sumida por entero en la oscuridad —pacto en las sombras—, y establecieron en común que era mejor esperar al día de la fiesta, en que iban a comer por primera vez ellos tres —Sara, Ricardo y Víctor— en la mesa de los grandes, y habrían sacado buenas notas, y actuarían a su favor la euforia y la buena voluntad generales, y no tendrían tiempo los adultos de reflexionar ni de hablarlo entre sí, y se lo jugaban pues a una sola carta y tendría que decidirse forzosamente en unos pocos instantes la partida.

Cuando llegó el gran día, no había pegado ojo ninguno de los dos a lo largo de toda la noche y, ya sentados a la mesa, se encontró Sara conque no podía tragar bocado, porque se le había formado en la garganta un nudo prieto y espeso que no atinaba a deshacer, y cuando, justo al terminar su parlamento el viejo cura y comenzar el coro de alabanzas y parabienes generales, se levantó Ricardo, tal como habían convenido, se acercó a la madre y expuso su deseo, cerró Sara los ojos y quedó sin respiración, más pálida que los blanquísimos manteles, y pensó que había sido un desatino y hasta una maldad alentar a su primo en esas ilusiones locas, en esa empresa descabellada, y sin embargo la madre había mirado a papá, un poco sorprendida pero bastante menos de lo que cabía esperar, y papá dijo enseguida que por qué no, que el chico se había ganado de veras unas vacaciones, y qué iba a hacer por otra parte un muchacho de catorce años todo el verano en la ciudad (si luego, ya en la casa, reprendieron a Sara, fue sólo por haberlo llevado tan en secreto y no haberles prevenido sobre lo que les iba Ricardo a pedir), y en un arranque súbito e inexplicable manifestó el cura su conformidad, y supo Sara a partir de ahí que habían ganado la batalla, y pudo abrir los ojos y recuperar el color y volver a respirar.

Y después fue el mar, la mar, los mares, al otro lado de todas las ventanas, al término de todos los caminos, al fondo de tantos posibles paisajes, bajo los múltiples cielos cambiantes del estío, el mar discurriendo por la gama de colores que media entre el rojo intenso y el amarillo palidísimo en el amanecer, el mar verde, profundo, transparente, inmóvil junto a los más altos acantilados, el mar gris plomo algunas tardes, moviéndose lento en su torpeza recién adquirida de metal, el mar azul y leve y espumoso al romper sobre la playa, el mar hecho de noche tersa y fosforescente bajo la luna pálida, el mar buscándoles los pies cuando se tendían a la orilla, y cada ola avanzaba un poco más arriba que la anterior, y sentían el delicioso cosquilleo, la llamada, el mar golpeándoles luego como un cachorro juguetón con el hocico los tobillos, saltando alegre y loco alrededor de sus piernas, porque era entrar a la mar como volver a casa y había siempre renovado el alborozo feliz de la bienvenida, el mar subiéndoles frío a lo largo de los muslos, pegándose a su vientre, enroscándose en torno a su cintura, lamiéndoles goloso los pechos y los hombros y la espalda, para reencontrar allí quizá modificado su propio áspero sabor, envolviéndolos en un abrazo tan total que parecía no se pudieran luego desprender, y salían en efecto Ricardo y Sara del agua, por prolongado que hubiera sido el baño, perezosos y remolones, y retrocedían unos pasos ya en la orilla para alargar la despedida, o volvían a sumergirse veloces, sin intercambiar entre ellos palabra alguna, cuando estaban ya alejándose por la playa, y protestaban los padres o rezongaban los amigos por tanta demora y tanta espera, el mar de bronce, el mar de oro, el mar de espuma, el mar de luz, desbordando colores y sabores y aromas, porque olían a mar todas las habitaciones de la casa de verano y tenían un leve y acre sabor a sal todas las cosas, y olía a mar el aire y hasta las hortensias que crecían en lo más oculto y cerrado del jardín, y olieron desde el segundo día a mar los cuerpos de los dos adolescentes, paulatinamente más y más dorados, y aunque se metían dóciles en la ducha, para no oír las quejas de mademoiselle (que no tenía apenas nada que hacer allí aquel verano, los niños ya crecidos, y ausente Víctor durante todo julio), no se ponía ninguno de los dos bajo el chorro del agua, porque no querían perder ese agreste perfume a mar, ese sabor a yodo y sal que había ascendido desde los más profundos fondos marinos para incrustárseles en la piel, y andaban a todas horas mecidos en el no interrumpido rumor del mar, y se dormían por la noche escuchando el sucederse de las olas sobre la arena, y les despertaba a veces el leve oleaje al amanecer y saltaban desde las ventanas de sus dormitorios a la playa —tampoco para esto hacía falta un previo acuerdo—, y se daban el primer baño del día con el alba, teñido el cuerpo por el sol ensangrentado que emergía en la línea del horizonte por encima del mar, como se daban a veces el último baño pasada ya la medianoche, y una noche en que estaban solos los dos se quitó Sara en un arranque súbito el bañador, y no vaciló Ricardo más allá de un instante, y saltaron desnudos y enloquecidos en el agua negrísima, que les golpeaba el pecho y se les escurría entre las ingles y les cortaba el aliento de puro y recién aprendido placer.

El mar lo llenaba todo, todo era mar, y no tenían apenas allí valor ni significado las ropas nuevas —tan distintas a las que había venido usando desde que nació— que había comprado para Ricardo el primer día la madre —y que era inimaginable seguir utilizando luego en la Casa Oscura, pero ¿quién pensaba ahora en la Casa Oscura o en volver con la abuela?—, ni lo bien que lo habían acogido, previamente aleccionados y ganados por Sara para su causa, los muchachos de la panda que veraneaban juntos desde niños, ni las excursiones en bicicleta con el tocadiscos y las meriendas dentro de unas cestas, ni las atracciones de la feria que habían instalado en el pueblo coincidiendo con la Fiesta Mayor, ni los bailes por la noche en la terraza del casino, nada de esto importaba demasiado, ni se trataba tampoco —como parecía creer en algunos momentos el propio Ricardo— de lo mucho y muy aprisa que él había aprendido. «¿Sabes nadar, sabes montar en bicicleta, sabes bailar, sabes tirar al blanco?», había ido preguntando Sara, y había replicado invariablemente Ricardo «puedo aprender», convencido como estaba, y se lo dijo una vez, de que aquello que podían hacer otros también podía hacerlo él, y acaso mejor que nadie, siempre que se aplicara y persistiera y lo deseara lo suficiente, y era eso —se le ocurría a Sara— lo que hacía decir a los adultos en la Casa Oscura que llegaría el chico a cualquier parte, donde se propusiera, y no podía determinar ella si lo decían creyendo en ello o hablaban simplemente por hablar, pero no le había gustado nunca esta frase —¿por qué la aplicaban tan a menudo al primo Ricardo y no a sus propios hijos o a otros primos?, ¿o era que debía llegar Ricardo como meta a aquello que era para Sara y para Víctor y para los suyos un punto de partida?—, y no le gustaba tampoco la mirada opaca y el gesto terco, casi agresivo, que se le ponía a Ricardo cada vez que aseguraba «puedo hacer lo que sea, cualquier cosa», o —rozando los límites de la omnipotencia— «he decidido», porque a partir de la gran victoria del día del cumpleaños de la abuela y de otros sucesivos logros cotidianos parecía creerse Ricardo capaz de devorar el mundo —¿no había conseguido acaso ya una vez lo imposible?—, y había algo en esta seguridad, en ese ciego voluntarismo nacido de tanto miedo y tanta incertidumbre, que inquietaba y amedrentaba a Sara, porque había aprendido en efecto Ricardo mucho y bien, no sólo a bailar o a montar en bicicleta, sino a comportarse con otro estilo, a participar en las conversaciones y en las bromas, a mirar a la gente cara a cara, a abordar a las chicas, pero le parecía a Sara sin embargo que no era nada de esto lo que de veras importaba, ya que, aun siendo mucho, se había dado en cierto modo como por añadidura, y lo importante, el único milagro verdadero, era que estaba renaciendo Ricardo de sí mismo, a punto de emprender un vuelo insospechado desde sus cenizas, cambiando por entero la piel, en una metamorfosis a ojos vista que tenía a Sara fascinada (como de pequeña, en el zoológico, cuando abría tras una larga y tensa espera su cola el pavo real) y al propio Ricardo maravillado y como perplejo (no podía decir ahí «yo he decidido», puesto que no había decidido nada ni dependía nada de su propia decisión), y esta metamorfosis primera y esencial que había traído consigo a rastras tantas otras en retahíla era obra del mar, la mar, los mares, y era que había introducido Sara al chico —tan hasta entonces de ciudad y tierra adentro, tan de cerrado piso, tan pálido y mísero y entre sudado el cuerpo bajo ropas pesadas y excesivas, tan mísera la carne como enemigo del alma y tan mísera también como morada del Espíritu, puesto que eran tan sólo dos miserias que se complementaban y se unían, aquella carne muerta o en crisálida, que no se había sentido acaso jamás vivir— en los siempre renovados ritos paganos y marinos, y el sol había dorado el cuerpo y lo habían curtido los vientos —por primera vez la carne desnuda: la brisa y el agua y el sol incidiendo sin cortapisas sobre la carne adolescente y desnuda— y lo había fortificado la mar, y el cuerpo había despertado, había escapado a su duermevela, había roto la seda del capullo, había crecido, se había expandido, había cobrado —para siempre— conciencia de sí mismo, en la terrible, devoradora, creativa, magnífica voluptuosidad del mar.

«No se ha tratado sólo de un milagro del mar», le había confiado Ricardo una noche en la playa, envueltos en las toallas y tumbados sobre la arena oscura, y por segunda vez buscaba las sombras para desvelar ante la prima sus secretos y recabar acaso su complicidad, «¿es posible que no te hayas dado cuenta de nada?», y Sara, que no se había dado en efecto hasta aquel instante cuenta de nada, supo ahora de pronto, con certeza, que, caso de no haber sido únicamente el mar, tenía que haber colaborado por fuerza ahí el amor, porque no conocía ni imaginaba otros poderes capaces de provocar un prodigio ni parecido, de hacer nacer a alguien así de sus frías cenizas, de ponerle ese brillo en los ojos y esa densidad en la voz, pero ni aunque le hubiera ido en ello la vida hubiera sido capaz de adivinar quién era, por quién, de quién, de cuál de las muchachas del grupo se había enamorado Ricardo, «¿yo la conozco?», «sí», «¿es muy amiga mía?», y él dubitativo, «muy amiga no sé, me parece que no tiene amigas íntimas», «¿pero yo la conozco?», y él riendo, demorándose en soltar el nombre, jugando a las adivinanzas y deseoso de sorprender, «la ves todos los días», «¿y cómo es?», y Ricardo, repentinamente serio, «maravillosa», y fue ahora Sara la que rompió a reír, «ya imagino, ¡sólo faltaría que no te pareciera maravillosa!», pero no consiguió adivinar, y ni siquiera cuando le notificó Ricardo, envanecido y condescendiente, que era la chica más guapa de toda la colonia veraniega, fue capaz de acertar con el nombre, aunque tuvo que reconocer después, al oírlo, que sí era seguramente Cecilia la chica más bonita del pueblo, y sí la veía todos los días, y claro que se conocían desde pequeñas, y hasta un verano, hacía mucho, había quedado fascinada por aquella niña, apenas un año mayor que ella, de cuerpo alto y fino, de rostro de muñeca de porcelana, de grandes ojos verdes por cuyos fondos transitaban pececillos y estrellitas de oro, y la había seguido aquel verano por todas partes como un perrito faldero, pero de esto hacía ya mucho, mucho tiempo. «¿Y ahora te cae mal?», quiso saber Ricardo, y no era esto, sólo que se habían mantenido a distancia por lo que fuera, puras coincidencias, por nada, sin que esto significara que había dejado de considerarla guapísima y muy simpática, una chica estupenda, y quiso saber ahora Ricardo suspicaz por qué le había resultado imposible adivinar, ¿tan inaudito le parecía que se hubiera enamorado de Cecilia?, ¿tan poco valía él que no podía ni aspirar a una muchacha como ella?, ¿acaso creía Sara que no merecía la pena intentarlo, que no tenían —y utilizó también en esta ocasión el plural— ninguna posibilidad de conseguirlo?, y esta vez no se le quebró la voz ni le puso una mano temblorosa en la rodilla, pero al igual que en la galería de la Casa Oscura, se vio forzada a admitir Sara que no tenía la menor idea de lo que iba a suceder, y claro que valía Ricardo lo suficiente como para poder aspirar a cualquier chica, a la mejor, incluida Cecilia, que había encandilado sucesiva o simultáneamente a todos los muchachos del grupo y no se había comprometido con ninguno, ¿y era eso —la interrumpió Ricardo— lo que tenía contra ella, le daba quizá miedo que le pudiera a él dañar?, y no, no era tampoco esto, aventuró Sara sin excesivo convencimiento, pero no supo cómo explicarle esa sensación absurda de que Cecilia no encajaba en la historia (y tal vez se trataba sólo de la historia que había fabulado por su cuenta Sara y que no tenían por qué compartir los demás ni tenía por qué coincidir con la realidad), de que no era la pieza que faltaba —porque sí faltaba, se le ocurrió ahora, algo en el milagro, y era un ingrediente que no podían aportar ninguno de ellos dos, sino que debía proceder forzosamente del exterior— en el puzzle que venían con trabajo y cuidado componiendo, ¿cómo explicarle a su primo enamorado que no había modo posible de situar a aquella muchacha de catorce años que parecía rondar los diecisiete, con su cuerpo esplendoroso y sus grandes ojos verdes de los que se habían eclipsado hacía mucho las estrellas y en los que habían agonizado hacía mucho también los pececillos de cualquier color, aquella muchacha de playa, que no de mar, porque sabía nadar pero no había aprendido nunca a estar en el agua, con su bronceado impecable —le llevaba media hora untarse cada mañana, con tres o cuatro chicos a su alrededor, compitiendo por abrirle la sombrilla, o llevarle el cesto y la toalla, o esparcirle la crema por la espalda, y se daba luego vuelta cada diez minutos de reloj, adoptando las posiciones más insólitas y seguramente menos cómodas para conseguir así que fuera uniforme el bronceado—, con aquel horrible gorrito de baño rosa cubierto de margaritas que se ponía antes de entrar en el agua, cómo explicarle a Ricardo que era imposible ubicar aquel hermoso objeto de salón o de cartel publicitario en ningún rito antiguo e iniciático ni en ninguna mitología marina?

Pero no podía decirle Sara a su primo, ni decirle a nadie, «ocurre que no es Cecilia una criatura lacustre ni oceánica, que no tiene complicidades acuáticas ni puede por lo tanto colaborar en un milagro con la mar, ocurre que se pone un gorrito ridículo cuando —cosa que no ocurre con frecuencia— se mete en el agua, y resulta una vez dentro siempre incongruente», y no tenía contra ella mejores y más sólidos argumentos, y había dicho Ricardo «tenemos» al referirse a las posibilidades, en un plural que por segunda vez la comprometía y la involucraba, y luego «la quiero tanto», con un fervor y una vehemencia que la dejaron atónita, como si se hubiera entreabierto por un instante la gran puerta ante la que llevaba sin saberlo mucho tiempo aguardando y hubiera vislumbrado en el interior una realidad tan terrible como la locura o como la muerte, pero que contenía asimismo el punto de máxima intensidad y coherencia y plenitud a que podía aspirar en vida un ser humano, y era desconcertante comprobar que Ricardo, tan su cómplice, tan su igual, tan su amigo, había traspuesto sin alboroto el umbral y estaba ya, para cuando ella se dio cuenta, al otro lado de la puerta, a una distancia, si no infinita, inconmensurable, y no le quedaba a Sara pues otro remedio que apoyarle, ayudarle a conseguir a aquella muchacha ajena, de otro mundo, y sin embargo, mientras reflexionaba sobre estas cuestiones y se repetía una y otra vez que debería aproximarse a Cecilia como fuera —no se le ocurría cómo—, estrechar una amistad que había sido hasta entonces tan tibia y superficial, para poder así hablarle en favor de Ricardo y averiguar lo que la otra sentía y lo que iría sucesivamente sintiendo si es que la historia progresaba, para facilitar y propiciar incluso fortuitos encuentros u otros encuentros ya no casuales, mientras luchaba Sara contra una secreta pereza o una inexplicable repugnancia, que la mantenían aparte y al margen y hacían que no se decidiera a precipitarse de cabeza en el centro de la historia, fue la propia Cecilia la que se alejó una mañana de su sombrilla y de su toalla y de los cuatro o cinco moscones que solícitos la rodeaban —aunque para entonces era ya sólo Ricardo el que le llevaba las cosas y le untaba la espalda y hasta le indicaba, convertido en espejo, si se había puesto el gorro bien ajustado, no fuera a mojarse por fatídico accidente uno de los rizos cobrizos de su cabellera pelirroja— y se dirigió hacia donde estaba Sara y le alargó un libro que había comprado para ella, ya que le gustaba tanto leer, dijo, y quedó Sara estupefacta, y, mientras cogía confundida el libro y le daba las gracias, se había sentado ya la otra a su lado en su misma toalla y le estaba explicando que era su primo un chico formidable, tan inteligente y tan tierno y educado, daba gusto estar con él, no tenía ninguna semejanza con los restantes chicos del grupo con los que había ella salido hasta entonces, era más serio y responsable, más maduro, como mayor, y tenía tanto mérito todo lo que había hecho, cómo había conseguido dejar atrás su posición y superar obstáculos, iba a llegar donde quisiera («quiere llegar a ti», pensó Sara, «lo único que él quiere es llegar hasta ti», pero un confuso pudor le impidió decírselo), y a Cecilia, oyó Sara con asombro, Ricardo le parecía un chico guapo, aunque no, claro, con esa belleza convencional y adocenada de otros que terminaba por resultar insípida, ¿no opinaba ella igual?, y Sara desconcertada, aturullándose, «¿pero a ti te gusta?, ¿tú le quieres?», y claro que le gustaba, le gustaba mucho, claro que le quería, ¿no se daba Sara cuenta de que era eso justamente lo que estaba tratando de explicar?, le quería muchísimo, y pensaba elegirlo como pareja en el vals de los enamorados, en la verbena del casino, para que todos se enteraran y lo supieran.

Durante el día ahora no se veían apenas Ricardo y Sara, porque pasaba él las mañanas en la playa, debajo de la sombrilla de Cecilia, las cabezas muy juntas sobre una misma toalla —los cuatro o cinco chicos que la habían rondado golosos durante la primera parte del verano habían sido ahuyentados—, y hojeaban a dos una revista, o le tiraba él un chorrito de agua helada o de arena caliente a lo largo de la espalda, y reía Cecilia y le hacía cosquillas a él en el cuello o en la nariz con una punta de los mechones de su pelo, y se decían en cuchicheos unas frases que, cuando las oía, le parecían a Sara de cine o de novela, no frases de verdad que pudiera decirse la gente en la vida real, y eran siempre las mismas y la aburrían, y se daban luego Cecilia y Ricardo un baño rápido y deportivo, que era como realizar en un elemento ajeno unos ejercicios de gimnasia (cualquier día, reflexionaba Sara, iba a escupirlos lejos asqueada la mar), e iban a sentarse con otros chicos en el bar de la playa, y estaba desde luego hermosísima Cecilia, derrumbada sobre uno de los sillones de mimbre, las largas piernas extendidas al frente y la cabeza hacia atrás apoyada en el respaldo, hermosísima en su bañador de un blanco deslumbrante, que contrastaba con la piel que el sol había puesto cobriza y con el frondoso cabello de pelirroja oscura y con aquellos ojazos verdes que de puro grandes y puro verdes no parecían tampoco de verdad, y aunque les hubiera gustado a ellos dos —y se lo decían— que estuviera más tiempo con ellos, Sara prefería seguir con sus baños interminables, las largas nadadas hasta los yates que estaban anclados lejos o hasta las calas vecinas, o bucear en busca de caracolas y coral, y lo mismo ocurría por las tardes, porque tampoco le apetecía a Sara pasarlas de tienda en tienda, buscando unas sandalias o un disco o un cinturón o una crema porque le había salido a la hermosa una peca en la nariz, ni siquiera bailando en la discoteca o tomando unos refrescos en el casino, y sólo los acompañaba algunas veces cuando le proponían ir al cine, y estaba colaborando en realidad muy poco, pero tal como habían venido rodadas las cosas su ayuda no le había sido a Ricardo en absoluto necesaria (aunque la consideraban los dos como su hada madrina, único cómplice de su recíproco amor), y lo único que Ricardo quería ahora de Sara era poder deslizarse durante la noche en su habitación y sentarse en el borde de su cama, o bien tumbarse los dos como antes entre las barcas, sobre la arena oscura, y hablarle de Cecilia, porque no se le ocurría otra actividad posible, cuando no podía estar con ella —y pasadas ciertas horas de la noche a la chica no le permitían sus padres salir de casa—, que hablar de ella con alguien, y en nadie tenía tanta confianza ni nadie le escuchaba tan bien como Sara, y eran siempre las mismas protestas de amor —nadie, nadie había amado jamás como él amaba—, la misma exaltación apasionada —no había otra mujer ni la mitad de maravillosa en toda la superficie de la tierra—, las mismas dudas y temores —¿estaba segura Sara de que también ella le quería?, ¿en qué lo había notado?, ¿lo adivinaban los demás?, ¿qué decían los otros?—, y Sara le escuchaba, o le escuchaba sólo a medias, porque estaba algunas veces medio dormida y no necesitaba poner mucha atención en unas cuestiones siempre repetidas, y respondía a todo que sí: sí le amaba Cecilia, sí era maravillosa, sí duraría este amor para siempre, y sí se habían los otros dado cuenta y no había tenido nadie nada que objetar —no se animó a contarle que en cierta ocasión mademoiselle, al verlos pasear con las manos cogidas por la terraza, había fruncido el ceño y había rezongado algo sobre aquellas personas que no sabían en definitiva mantenerse en su lugar, ni entendían que una cosa era que le invitaran por pura bondad y caridad a estar allí entre ellos y otra muy distinta que pudiera creerse ni por un momento uno de los suyos.

Sara pensó más tarde, calmadas ya su frustración y su furia, que no había sido lo ocurrido culpa de nadie (pensó también que en algún punto oculto y secreto de sí misma había temido desde un comienzo un desenlace así para esta historia, que no era una historia que estuviera ella fabulando, como no era tampoco una historia que pudiera Ricardo controlar o dirigir, era una historia que crecía y avanzaba por sí misma, y los arrastraba a ellos dos y los tenía como mudos espectadores, como víctimas acaso, y tal vez por esto había intentado ella reiteradamente, aunque sin fortuna, mantenerse al margen y para nada intervenir), ni siquiera culpa de Víctor, que llegó desde el extranjero la misma mañana de la verbena y bajó a la playa sólo un momento para darse un chapuzón antes del almuerzo, y no estaba moreno de sol ni curtido por el viento y llevaba puesta cualquier cosa —una camisa vieja y unos tejanos desteñidos encima del bañador inmortal que la madre retiraba siempre como inútil pero que reaparecía misteriosamente una y otra vez cuando perdía Víctor el que le acababan de comprar—, y no se acercó a Cecilia para ofrecerle una revista o un helado, para ayudarle a extenderse el aceite por la espalda, ni siquiera para pedirle que nadaran juntos o para comentar que se había puesto guapísima, sino que se detuvo tan sólo un instante al pasar para saludarla, y estaba allí, de pie, cubriendo con su cuerpo el sol, desdeñoso, seguro de sí mismo y casi indiferente, con el aplomo de aquellos que saben que están ocupando exactamente el lugar que les ha sido asignado en el universo, el lugar que les ha sido desde siempre reservado por los dioses, y se incorporó Cecilia de medio lado, un codo apoyado en la arena, la otra mano cubriéndole los ojos a modo de visera, el cabello rojo cayendo en cascada hasta la arena, y le estuvo mirando y le sonrió y empezó a preguntarle mil y una cosas —dónde había estado, qué había hecho en el extranjero, si le había gustado, y si iba ahora a quedarse unos días en el pueblo, y si iba a ir aquella noche a la verbena del casino—, mientras Ricardo, tumbado allí a su lado sobre su misma toalla, dejaba simplemente de existir, se evaporaba con el sol, se licuaba y desaparecía absorbido por la arena, era retirado de un brusco tirón de hilos del escenario donde se le había permitido por algún tiempo actuar, y no podía decirse en realidad que hubiera sido Víctor desalmado o cruel, porque Víctor no se había enterado de nada, y ni cuenta se había dado de la presencia de Ricardo, y cuando Sara enfurecida, ya los dos en casa, trató de regañarle y de explicarle, se había echado Víctor a reír, sin maldad, «¿qué tonterías me cuentas?, ¿cómo iba a estar interesada Cecilia en el primo Ricardo?», y ya mientras hablaba le había ido pareciendo a Sara su historia más y más inverosímil y hasta vergüenza le había dado llegar hasta el final, y ante la risa de Víctor no le quedó otro recurso que callar, porque de golpe, en una segunda invertida metamorfosis, o tal vez fuera únicamente que se había desvanecido un espejismo, sin que hubiera sonado todavía la última campanada de la medianoche, había regresado Ricardo a su condición de habitante solitario entre viejas de la Casa Oscura, se había desvanecido todo posible encanto, y volvía a ser un muchacho pobre y feo y sin modales, al que se decía, eso sí, Dios sabía por qué, que llegaría a cualquier parte, y estaba aquí como de prestado y fuera de lugar, y resultaba inimaginable —hasta para Sara que lo quería tanto— que la chica más guapa y solicitada de la playa, hija de una de las mejores familias, se hubiera fijado en él, como no fuera en un arrebato caritativo o para llenar un paréntesis, y concluía el paréntesis con la llegada de Víctor, y para todos —incluida Sara— era evidente lo que iba ahora a ocurrir, tan fácil adivinarlo como leer en un libro abierto y que se sabían para colmo casi de memoria, y comentaría más tarde mademoiselle lo tonto que había sido por parte del muchacho —en otros campos tan inteligente— no discernir sus límites y no saber mantenerse en su lugar, y se preguntarían los padres preocupados si habría sido un error acceder a los deseos del muchacho y permitir que les acompañara y se mezclara aquí con una gente que nada tenía que ver con su mundo.

Sabía Sara lo que iba a suceder, y le hubiera gustado, le hubiera gustado mucho, ser capaz de inventar cualquier pretexto y no ir aquella noche al casino, del mismo modo en que le hubiera gustado en otras ocasiones no mirar cuando aparecían imágenes terribles de toros y de guerra en la pantalla del cine, o cuando maltrataban a un perro o golpeaban a un niño en mitad de la calle, pero nunca podía, algo en ella —tal vez morbosa curiosidad, tal vez el orgullo de no claudicar ante sus aprensiones y sus miedos— la obligaba a presenciar la escena hasta el final, con ojos bien abiertos. Lo cierto es que estuvo Sara allí, la noche entera, desde que ocuparon su plataforma los músicos hasta que empezó a clarear el alba tras los ventanales que daban al jardín, sin querer bailar con ninguno de los chicos que se lo propusieron, sin hablar ni mezclarse con nadie, sin ceder a las insistencias de sus padres para que se fuera ya a acostar, sentada sola en una mesa del rincón, bebiendo una y luego otra coca-cola, mientras bailaban juntos en la pista Víctor y Cecilia el primer baile y el segundo y el tercero y todos, incluido por supuesto el vals de los enamorados, hermosos, protegidos, seguros de sí mismos, hijos y herederos de los poseedores de la tierra, infinitamente encantadores y arrogantes, y los contemplaban satisfechos los adultos y se golpeaban con el codo y se susurraban al oído, porque formaban de veras una pareja ideal, y parecían hechos el uno para el otro, y estuvo también Ricardo la noche entera allí, sentado solo a otra mesa en el rincón opuesto de la sala, sin mirarla a ella ni una sola vez —también a mí, se dijo Sara, está empezando a detestarme, y no hay nada en el mundo más inútil que mi lealtad y mi amistad—, los ojos fijos en la pareja que evolucionaba abrazada en mitad de la pista, demasiado orgulloso también él quizá para retirarse, o atrapado de modo irremediable en la contemplación de su desdicha, o empeñado tal vez en consumir la amargura hasta el final, para aprender así que únicamente la obstinación en el odio, la entronización del rencor como centro de su vida y de sí mismo, el recuerdo perenne de la humillación y la injusticia y el dolor de aquella noche, podrían impulsarle desde la Casa Oscura hasta donde quisiera, a cualquier parte.

Orquesta de verano

Estaba muy avanzado el verano —más que mediado agosto— cuando decidieron iniciar las obras en el comedor pequeño y trasladar a los chicos con sus señoritas y sus nurses y sus mademoiselles al comedor de los mayores. Los niños habían formado a lo largo de julio y de la primera quincena de agosto una cuadrilla desmandada y salvaje, paulatinamente más ingobernable, que asaltaba invasora las playas, recorría el pueblo en bicicleta con los timbres a todo sonar, merodeaba turbulenta y curiosa por las casetas de la feria, o se deslizaba —de pronto subrepticia, callada, casi invisible— en el rincón más recóndito del cañaveral, donde venían construyendo de año en año sus cabañas, para ocultar en ellas sus insólitos tesoros, e iniciarse los unos a los otros en esas secretas maravillosas transgresiones siempre renovadas (fumar los primeros cigarrillos, a menudo manoseados, húmedos, compartidos; enfrascarse en unas partidas de póker cuya dureza hubiera dejado atónitos a los mayores, tan apasionadas y reñidas que hasta renunciaban a veces por ellas a bajar a la playa; adentrarse en otros juegos más ambiguos y extraños, que Sara relacionaba oscuramente con el mundo de los adultos y de lo prohibido, y que la habían tenido aquel verano fascinada y avergonzada a un tiempo, deseosa de asistir a ellos como espectadora pero muy reacia a participar, y había estado tan astuta o tan cauta en el juego de las prendas y tan afortunada con las cartas que había conseguido ver pasar los días sin tener que dejar, ella sola acaso entre todas las niñas, que la besaran en la boca, o le toquetearan los senos o le bajaran las bragas), transgresiones doblemente embriagadoras porque venían a colmar este paréntesis de provisoria libertad que les brindaba el verano y resultaban impensables en el ámbito invernal de los colegios y los pisos en la ciudad.

Pero se había disuelto en dos o tres días la colonia veraniega, y junto con ella la pandilla de los chicos, trasladados unos al interior para consumir en la montaña o el campo lo que les quedaba de vacaciones, devueltos los más a sus casas para preparar los exámenes de septiembre. Y había quedado Sara como única rezagada en la diezmada cuadrilla de varones (a finales de agosto vendrían, para su cumpleaños, las cuatro o cinco amigas más amigas, habían prometido consoladoras mamá y la mademoiselle), y la atmósfera había cambiado, se había puesto de pronto tensa y desagradable, agravados tal vez la irritabilidad y el descontento generales por las frecuentes lluvias y la sensación compartida de que quedaban ya sólo unos restos inoportunos y deteriorados del verano. Lo cierto era que las ocupaciones de los chicos se habían hecho más y más violentas, y estaba harta Sara de ellos y sus peleas y sus juegos, de sus bromas pesadas, de sus palabras sucias, de sus chistes groseros, de que la espiaran por la ventana cuando se estaba cambiando de ropa o le volcaran la barca o la acorralaran entre tres o cuatro en el cañaveral. Por eso se alegró tanto del cambio de comedor: allí por lo menos, durante las horas de las comidas, tendrían que comportarse los chicos como personas. Y esto o algo muy parecido debieron de pensar ellos, porque protestaron y rezongaron muchísimo, lamentándose de que sólo les faltaba ahora, encima de haberse quedado en tan pocos y de que la lluvia les privara muchas mañanas de la playa y casi todas las tardes del cañaveral, tener que mantenerse quietos y erguidos ante la mesa, sin hablar apenas, comiendo todo lo que les pusieran en el plato, pelando las naranjas con cuchillo y tenedor, y tener que ponerse para colmo chaqueta y corbata para entrar por las noches al comedor.

Pero Sara estaba radiante, tan excitada la primera noche que se cambió tres veces de vestido antes de bajar a cenar —se decidió por uno de organdí, con el cuello cerrado y mucho vuelo, que le dejaba los brazos al aire y no le gustaba mucho a su madre, porque decía que la hacía parecer mayor y que no era adecuado para una niña que no había cumplido todavía los doce años— y se recogió el pelo —muy largo, muy rubio, muy liso— con una cinta de seda. Excitada sobre todo Sara esta primera noche por la posibilidad que se le ofrecía de husmear el mundo de los adultos, hasta entonces apenas entrevisto y sólo adivinado, porque quedaban los niños durante el largo invierno confinados al colegio, a los paseos con mademoiselle, al cuarto de jugar, y no había existido —ni este año ni en años anteriores— apenas contacto tampoco entre los chicos y sus padres a lo largo del verano (algo había oído Sara que le decía la mademoiselle a una camarera del hotel sobre las delicias y lo entrañable de este veraneo familiar, y las dos se reían y callaron de repente cuando advirtieron que ella las estaba escuchando, y le dio todo junto a Sara una rabia atroz), y lo cierto era que los niños se levantaban, desayunaban, hacían los deberes o jugaban al ping-pong, mientras los mayores todavía seguían durmiendo, y cuando ellos subían de la playa apenas terminaban los padres su desayuno y se preparaban perezosos para el baño, y cuando los adultos entraban en el comedor grande para el almuerzo, andaban ya los chicos por ahí, pedaleando por la carretera en sus bicicletas o tirando al blanco en las casetas de la feria. Sólo a veces, al cruzar —adrede— ante la puerta de alguno de los salones o de la biblioteca, veía Sara a su madre, rubia y evanescente entre el rizoso humo de los cigarrillos, y la conmovía y envanecía que fuera tan delicada, tan frágil, tan elegante y tan hermosa, con ese aire de hada o de princesa que sobrevolaba etérea la realidad (la más mágica de las hadas y la más princesa de todas las princesas, había pensado Sara de pequeña, y en cierto modo lo seguía pensando), y la madre abandonaba por unos instantes las cartas o la charla con los amigos, le hacía un gesto de saludo, la llamaba para que se acercara a darle un beso, a coger un bombón de licor de la caja que alguien le acababa de regalar, y otras veces se acercaba el padre a la mesa de los niños, y preguntaba a la mademoiselle si se portaban bien, si hacían todos los días los deberes, si estaban disfrutando del veraneo; y coincidían todos, claro está, en la iglesia los domingos, porque había una sola misa en el pueblo y el grupo de los padres tenía que —relativamente— madrugar, pero incluso allí llegaban tarde y se sentaban en los bancos de atrás, cerca de la puerta, aunque esperaban a los niños a la salida para darles un beso y dinero para que tiraran al blanco o se compraran un helado en las casetas de la feria.

Y aquella primera noche en que pasaron los chicos al comedor grande —donde ocuparon sólo cuatro mesas—, se arregló Sara con muchísimo cuidado, y entró en la sala flanqueada por las figuras de la mademoiselle y de su hermano —ambos remolones y cariacontecidos—, y el corazón le latía deprisa y se sintió enrojecer, y estaba tan excitada y tan nerviosa que le costó un esfuerzo terminar la comida que le pusieron en el plato, y le pareció que no podía ver apenas nada, que no acertaba a fijarse en nada, tan grande era su afán por verlo todo y registrarlo todo, las mujeres con sus vestidos largos y los hombros desnudos y el cabello recogido y los largos pendientes descendiendo fulgurantes a ambos lados de la garganta; los hombres apuestos y risueños, tan distintos a como se los veía por las mañanas en la playa o en las terrazas, hablando todos animadamente —¿de qué podían hablar?—, entre las risas y los tintineos de las copas de cristal, mientras se deslizaban silenciosos y furtivos los camareros por entre las mesas, pisando leve y sin despegar apenas los labios, tan estirados y ceremoniosos e impersonales que costaba reconocer en ellos a los tipos bullangueros y bromistas y hasta groseros algunas veces que les habían servido hasta ayer en el comedor de los niños, todos, camareros y comensales, sin reparar en los chicos para nada, de modo que resultaba inútil el afán de las señoritas y las mademoiselles para lograr que se estuvieran quietos, que no dejaran nada en el plato, que utilizaran correctamente los cubiertos. Como resultaba asimismo inútil la música que ejecutaba la orquesta (oyéndola al cruzar por el vestíbulo o desde la lejanía de la terraza, había supuesto Sara que eran más los músicos, pero ahora comprobó que había sólo un piano, un violonchelo y un violín, y le pareció que tenía el pianista unos ojos muy tristes), porque no parecía escucharla nadie, no parecían ni siquiera oírla, y se limitaban a fruncir el entrecejo y elevar un poco más la voz en los momentos en que aumentaba el volumen de la música, como si debieran sobreponer sus palabras a un ruido incómodo. Ni un gesto, ni un simulacro de aplauso, ni una sonrisa. Y esto le sorprendió a Sara, porque en la ciudad los padres y sus amigos asistían a conciertos, iban a la ópera (esas noches la madre entraba en el cuarto de los niños, ya acostados, para despedirse, porque sabía que le gustaba mucho a Sara verla —como ahora en el comedor— con hermosos vestidos largos y escotados, abrigos de piel, tocados de plumas, pulseras tintineantes, el bolsito de malla de oro donde guardaba un pañuelito bordado y los prismáticos, y en torno a ella aquel perfume fragante y denso que impregnaba todas las cosas que tocaba la madre y que ella no olvidaría ya jamás), y había en el salón biblioteca varias estanterías llenas de discos, que la mademoiselle ponía algunas noches, cuando los padres no estaban en casa, para que la oyera Sara desde la cama y se durmiera con música. Pero aquí nadie prestaba la menor atención, y tocaban los músicos para nadie, para nada, y cuando se acercó Sara a la mesa de los padres para darles un beso de buenas noches, no pudo abstenerse de preguntar, y los padres y sus amigos se echaron a reír y comentaron que «aquello» tenía poco que ver con la verdadera música, por mucho que se esforzaran «esos pobres tipos». Y lo de «pobres tipos» le hizo a Sara daño y lo relacionó sin saber por qué con las burlas de los chicos, con sus estúpidas crueldades en el cañaveral, pero descartó enseguida este pensamiento, puesto que no existía relación ninguna, como no tenía tampoco nada que ver —y no entendía por qué le había vuelto a la memoria— la frase ácida y sarcástica que había oído a mademoiselle sobre las delicias de los veraneos en familia.

Fue sin embargo a la mademoiselle a quien le preguntó a la siguiente noche, porque a Sara la música le seguía pareciendo muy bonita y le daba rabia que los mayores no se molestaran en escuchar y dictaminaran luego condescendientes sobre algo en lo que no habían puesto la más mínima atención —«¿verdad que es precioso?, ¿no te parece a ti que tocan muy bien?»—, y la mademoiselle respondió que sí, que tocaban sorprendentemente bien, sobre todo el pianista, pero que lo mismo daba tocar bien o tocar mal en el comedor de aquel lujoso hotel de veraneo. Era en definitiva un desperdicio. Y entonces Sara reunió todo su valor, se puso en pie, recorrió sonrojada y con el corazón palpitante —pero sin vacilar— el espacio que la separaba de la orquesta, y le dijo al pianista que le gustaba mucho la música, que tocaban muy bien, ¿por qué no tocaban algo de Chopin?, y el hombre la miró sorprendido, y le sonrió por debajo del bigote (aunque ni por esas dejó de parecerle muy triste) y respondió que no era precisamente Chopin lo que allí se esperaba que interpretasen, y a punto estuvo Sara de replicar que lo mismo daba, puesto que no iban de todos modos a escuchar ni a enterarse tampoco de nada, y se sintió —acaso por primera vez en su vida— incómoda y avergonzada a causa de sus padres, de aquel mundo rutilante de los adultos que no le parecía de pronto ya tan maravilloso, y, sin saber bien el porqué, le pidió disculpas al pianista antes de regresar a su mesa.

Ahora Sara se ponía todas las noches un vestido bonito (iba alternando entre los tres vestidos elegantes que se había traído y que no había llevado en todo el verano: siempre en tejanos o en bañador) y se peinaba con cuidado, bien cepillado el pelo y reluciente antes de atarlo con una cinta de seda. Y seguía entrando en el comedor sofocada y confundida —se burlaban enconados y despechados y acaso celosos los chicos, pero Sara no les escuchaba ya: habían dejado simplemente de existir—, y comía luego de modo maquinal lo que le servían, porque era más cómodo tragar que discutir. Y seguía observando Sara los bonitos vestidos de las mujeres, las nuevas alhajas y peinados, la facilidad de sus risas y sus charlas entre el tintineo de los vasos, lo apuestos que parecían casi todos los hombres, y lo bien que se inclinaban hacia sus parejas, les sonreían, les encendían el cigarrillo o les alargaban un chal, mientras se apresuraban a su alrededor unos camareros reducidos a la categoría de fantasmas, y sonaba la música, y fuera rielaba la luna llena sobre el mar oscuro, todo casi como en las películas o en los anuncios en tecnicolor. Pero cada vez con mayor frecuencia se le iban los ojos hacia la orquesta y el pianista, que le parecía más y más triste, más y más ajeno, pero que algunas veces, al levantar la vista del teclado y encontrarse con la mirada de Sara, le sonreía y esbozaba un vago gesto cómplice.

De repente todo lo concerniente al pianista le parecía interesante, y averiguó Sara entonces que aquella mujer flaca y pálida, o más que pálida descolorida, como si fuera una copia borrosa de un original más atractivo, aquella mujer a la que habría visto seguramente a menudo sentada sobre la arena de la playa o paseando por los senderos más distantes y menos frecuentados del jardín, siempre con una niña pequeña de la mano o trotando a su alrededor, era la esposa del pianista, y era, la niña, de ellos dos, y nunca había visto Sara una criatura tan preciosa, y se preguntó si en algún momento del pasado habría sido la madre también así, y qué pudo haber ocurrido después para disminuirla de ese modo. Y como Sara había roto definitivamente su nexo con la pandilla de muchachos, y la mademoiselle no puso reparos, empezó a ir cada vez más a menudo en compañía de la mujer y de la niña, que le inspiraban un afecto transferido, como por delegación, porque Sara quería al pianista —lo descubrió una noche cualquiera, en que él levantó la vista del piano y sus miradas se encontraron, y fue un descubrimiento libre de sobresaltos o turbación o espanto, la mera comprobación de una realidad evidente que lo llenaba todo— y la niña y la mujer eran algo muy suyo, y Sara le compraba a la pequeña helados, garrapiñadas, globos de colores, cromos, y la invitaba a subir a las barcas, a la noria, al tiovivo, a asistir a una función en el circo, y parecía la niña enloquecida de gozo, y Sara miraba entonces con extrañeza a la madre, y la madre explicaba invariable: «es que no lo había visto nunca, tenido nunca, probado nunca, es que nunca —y aquí la mirada se le ponía dura— se lo hemos podido proporcionar», y Sara se sentía entonces hondamente acongojada y como en peligro —le hubiera gustado pedirle perdón, como se lo pidió en una noche ya lejana al pianista, no sabía por quién o de qué, porque no lograba comprender, o quizá porque algo estaba madurando tenaz dentro de ella, y cuando saliera a la luz y la desbordara, tendría que comprenderlo todo y estaría la inocencia para siempre perdida y el mundo patas arriba y ella naufragando en medio del caos sin saber cómo acomodarse en él para sobrevivir.

Al anochecer —anochecía ya más temprano a finales de agosto—, mientras la mujer daba de cenar a la niña y la acostaba en las habitaciones de servicio, se tropezaba casi siempre Sara con el pianista en el jardín, y solían pasear juntos por el camino, hacia arriba y hacia abajo, cogidos de la mano, y hablaba el hombre entonces de todo lo que pudo haber sido, de todo lo que había soñado en la juventud —ya perdida, aunque no tendría más de treinta años—, de lo que había significado para él la música, de cómo se habían amado él y la mujer, y de cómo habían ido luego las circunstancias agostándolo todo, quebrándolo todo, haciéndoselo abandonar todo por el camino. Era un discurso pavoroso y desolador, y le parecía a Sara que el hombre no hablaba para ella —¿cómo iba a descargar esas historias en una chiquilla de once años?—, sino acaso para sí mismo, para el destino, para nadie, y en la oscuridad de la noche en la carretera no se veían las caras, pero en algunos puntos el hombre vacilaba, se estremecía, le temblaba la voz, y entonces Sara le apretaba más fuerte la mano y sentía en el pecho un peso duro que no sabía ya si se llamaba piedad o se llamaba amor, y le hubiera gustado animarse a decirle que había existido sin duda un malentendido, un cúmulo de fatalidad contra ellos conjurada, que todo iba a cambiar en cualquier instante, que la vida y el mundo no podían ser permanentemente así, como él los describía, y en un par de ocasiones el hombre se detuvo, y la abrazó fuerte fuerte, y le pareció a Sara que tenía las mejillas húmedas, aunque no hubiera podido asegurarlo.

Acaso se sintiera la mujer sutilmente celosa de estos paseos a dos en la oscuridad, o tal vez necesitara simplemente alguien en quien verter la propia angustia y ante quien justificarse (aunque nadie la estaba acusando de nada), porque aludía a veces amarga a «lo que te debe haber contado mi marido», y por más que Sara tratara de detenerla, intentara no escuchar, «¿sabes que desde que hay menos clientes en el hotel no nos pagan siquiera la miseria que habían prometido, y que él ni se ha dignado enterarse?, ¿sabes lo que me hizo el otro día el gerente delante de sus narices, sin que él interviniera para nada?, ¿sabes que he pedido yo dinero prestado a todo el mundo, que debemos hasta el modo de andar, que no tenemos a donde ir cuando termine el verano dentro de cuatro días?, y él al margen, como si nada de esto le concerniera para nada». Y un día la agarró por los hombros y la miró con esa mirada dura, que la dejaba inerme y paralizada: «Ayer me sentía yo tan mal que ni podía cenar, ¿crees que se inquietó o me preguntó siquiera lo que me pasaba?, cogió mi plato y se comió sin decir una palabra la comida de los dos, ¿te ha contado esto?». Y Sara intentó explicarle que el hombre no le hablaba nunca de incidentes concretos, de sórdidos problemas cotidianos, de lo que estaba sucediendo ahora entre él y la mujer; hablaba sólo, melancólico y desolado, de la muerte del amor, de la muerte del arte, de la muerte de la esperanza.

Así llegó el día del cumpleaños de Sara, justo el día antes de que terminara el veraneo y se cerrara el hotel y volvieran todos a la ciudad, y subieron sus amigas más amigas, como mamá y la mademoiselle habían prometido, y hasta los chicos estaban mejor, con sus trajes recién planchados y su sonrisa de los domingos, y tuvo muchísimos regalos, que colocó sobre una mesa para que todos los vieran, y le habían comprado un vestido nuevo, y papá le dio una pulsera de oro con piedrecitas verdes que había sido de la abuela y que significaba que Sara empezaba ya a ser una mujer, y hubo carreras de saco, piñatas, fuegos artificiales, y montañas de bocadillos y un pastel monumental, y hasta una tisana con mucho champán que los achispó un poquito porque nunca antes les habían dejado beberla, y era un síntoma más de que estaban dejando a sus espaldas la niñez. Y estuvo Sara toda la tarde tan excitada y tan contenta, tan ocupada abriendo los regalos y organizando juegos y atendiendo a los amigos, que sólo al anochecer, cuando terminó la fiesta y se despidieron algunos para volver a la ciudad, se dio cuenta de que la hija de los músicos no había estado con ellos, y supo entonces desde el primer instante lo que había sucedido, por más que se obstinara en negarse algo que era tan evidente y le parecía sin embargo inverosímil, lo supo antes de agarrar a la mademoiselle por el brazo y sacudirla con furia, «¿por qué no ha venido la niña a mi fiesta, di?», y no hacía falta ninguna especificar de qué niña estaba hablando, y la mademoiselle sonrojada, tratando de hablar con naturalidad pero sonrojada hasta el pelo y sin atreverse a mirarla, «no lo sé, Sara, te aseguro que no lo sé, me parece que el conserje no la ha dejado entrar» y, en un intento de apaciguarla, «de todos modos es mucho más pequeña que vosotros...», lo supo antes de plantarse delante del conserje y gritarle su desconcierto y escupirle su rabia, y encogerse el tipo de hombros, y explicar que él había hecho únicamente lo que le habían mandado, que había instrucciones de su madre sobre quiénes debían participar en la fiesta, lo supo antes de acercarse a su madre con el corazón encogido, esforzándose por no estallar en sollozos, y la madre levantó del libro unos ojos sorprendidos e impávidos, y dijo con voz lenta que no sabía ella que fueran tan amigas y que de todos modos debería ir aprendiendo Sara cuál era la gente que le correspondía tratar, y luego, al ver que se le llenaban los ojos de lágrimas y que estaba temblando, «no llores, no seas tonta, a lo mejor me he equivocado, pero no tiene demasiada importancia, ve a verla ahora, le llevas un pedazo de pastel, unos bombones, y todo queda olvidado». Pero en el cuarto de los músicos, donde no había estado nunca antes, la mujer la miró con una mirada dura —definitiva ahora, pensó Sara, la dureza que había ido ensayando y aprendiendo a lo largo del verano—, pero se le quebró la voz al explicar, «lo peor es que ella no entendía nada, sabes, os veía a vosotros y la merienda y los juegos, y no entendía por qué no se podía ella acercar, ha llorado mucho, sabes, antes de quedarse dormida». Pero la mujer no lloraba. Y Sara se secó las lágrimas, y no pidió perdón —ahora que sí sabía por quién y por qué, también sabía que uno no pide perdón por ciertas cosas—, y no les llevó pasteles ni bombones, ni intentó regalarles nada, arreglar nada.

Sara subió a su habitación, se arrancó a manotazos la cinta, el vestido, la pulserita de la abuela, lo echó todo revuelto encima de la cama, se puso los tejanos, se dejó suelto el pelo mal peinado encima de los hombros. Y cuando entró así en el comedor, nadie, ni la mademoiselle ni los chicos ni los padres ni el maître, se animó a decirle nada. Y Sara se sentó en silencio, sin tocar siquiera la comida que le pusieron en el plato, muy erguida y ahora muy pálida, mirando fijo hacia la orquesta y repitiéndose que ella no olvidaría nunca nunca lo que había ocurrido, que nunca se pondría un hermoso vestido largo y escotado y un abrigo de pieles y unas joyas y dejaría que unos tipos en esmoquin le llenaran la copa y le hablaran de amor, que nunca —pensó con asombro— sería como ellos, que nunca aprendería cuál era la gente que debía tratar, porque su sitio estaba para siempre con los hombres de mirada triste que habían soñado demasiado y habían perdido la esperanza, con las mujeres duras y envejecidas y desdibujadas que no podían apenas defender a sus crías, desde este verano terrible y complicado en que había descubierto Sara el amor y luego el odio (tan próximo y tan junto y tan ligado con el amor), en este verano en que se había hecho, como anunciaban los mayores aunque por muy distintos caminos, mujer, repitiéndose esto mientras le miraba fijo fijo, y él la miraba también a ella todo el tiempo, sin necesidad ninguna de bajar los ojos al teclado para interpretar, durante todo lo que duró la cena, música de Chopin.

La niña lunática y otros cuentos

El hombre que pintaba mariposas

J. B. nació una tarde luminosa de julio y, al principio, parecía un niño como todos. Ni siquiera el médico, ni la comadrona —que había asistido al nacimiento de su padre y de su madre y de sus tíos y de sus hermanos, y que presumía de entender de recién nacidos más que nadie—, ni siquiera las vecinas pudieron notar nada especial. «No eres muy guapo», dijo la madre, «pero tienes unos ojos bonitos.» Y aunque era cierto que el niño no era ni pizca guapo, no era del todo verdad que tuviera los ojos bonitos. Eran unos ojos extraños —y quizá ahí hubiera podido encontrarse el único indicio de que algo no marchaba bien—, unos ojos por los que cruzaban de repente unas chispitas de luz, como bengalas diminutas. Pero eran unos ojos chiquitos y, además, los primeros días los tenía casi todo el tiempo cerrados. Dejaron, pues, al crío en la cuna, felicitaron a los padres y nadie se dio cuenta de nada. Fue una pena porque, si hubieran advertido el menor síntoma, quizá el daño hubiera tenido todavía remedio. Hay niños a los que les tienen que cambiar toda la sangre para que vivan; traen una sangre que no sirve —una sangre verde, o azul, o dorada—, y entonces se la quitan, les ponen otra

—sangre color sangre— y se quedan todos tan contentos. Quizá con J. B. pudo haberse hecho algo parecido. Aunque ésta es una impresión falsa que se tiene siempre cuando se producen las catástrofes, la impresión engañosa de que todo se ha debido a un pequeño error, a un fallo insignificante, a algo que hubiera podido evitarse, que hubiera podido remediarse casi con nada.

Y es una impresión falsa, porque ¿cómo iban a notar algo en J. B., si ni siquiera después, mucho más tarde, cuando era evidente para todos que algo marchaba mal, pero que muy mal, y cuando cualquier remedio hubiera sido seguramente ya imposible, resultaba fácil precisar en qué consistía el daño? Era imposible que al nacer, o en los primeros días, se diera nadie cuenta, y además quizá hubiera sido muy difícil aplicar cualquier tipo de solución. Porque ¿qué era en realidad lo que tenían que cambiar en J. B.? No es seguro que los médicos hayan descubierto un sistema para apagar a tiempo las chispitas que cruzan, como bengalas, por los ojos de algunos niños... Y las chispitas sólo eran un síntoma de aquel mal desconocido.

J. B. aprendió a gatear por el suelo, a mantenerse en pie agarrado a los barrotes de la cuna, a parlotear, con absoluta normalidad, ni antes ni después que los otros niños. Le gustaban los dulces, los barquitos de juguete que se deslizan en el estanque de los parques, las pelotas de muchos colores, los pájaros que cantan libres en los árboles. Tenía el cabello oscuro y unos ojos vivos, de color indefinido, en un rostro un poco pálido. Pero esto no tiene importancia; igual pudo ser pelirrojo, o rubio, y tener los ojos verdes, o azules, o grises, o color de miel, hubiera podido ser un niño muy alto, muy bajo, muy gordo o muy flaco. Pero no, era un niño muy parecido a todos, ni siquiera resultaba ya feo como cuando nació, e incluso, cuando creció un poquito más, las chispitas raras que cruzaban por sus ojos palidecieron, y no eran ya como bengalas, parecían, como mucho, cerillas mortecinas o rajitas de luna. Una insignificancia. Uno piensa que hubiese sido muy sencillo que todo siguiera normalmente, que el mal no se desencadenara, que J. B. llegara a ser un hombre como tantos... pero ya he dicho que esto ocurre siempre unos minutos antes, o unos minutos después, de las catástrofes, la ilusión de una posible marcha atrás o de que todo pudo haber ocurrido de otro modo. Sólo una ilusión. Porque J. B. llevaba en algún rincón oscuro y secreto de su carne —o de su mente—, por más que pareciese durante tiempo y tiempo un niño sano y normal, algo que le hacía irremediablemente distinto, algo que se manifestaba quizá en las cerillas mortecinas que cruzaban aún por sus ojos de color indefinido.

Pero ni siquiera cuando empezó a ir al colegio lo notaron. Había allí otros muchos niños. Óscar cambiaba cromos por gusanos de seda, plumas estilográficas por libros ilustrados y dejaba copiar los resultados de aritmética a cambio de unas monedas (los cromos estaban rotos, y siempre les ocurría a las plumas algo raro en la plumilla o en el cargador, pero, en cambio, los resultados de las sumas y las multiplicaciones eran invariablemente perfectos). Walter no hubiera dejado copiar una sola cifra ni una sola letra —nadie quería sentarse a su lado en los exámenes—, pero se derretía en sonrisas suficientes y en palabras viscosas cada vez que se ponía a tiro uno de los maestros, y, aunque no cayera demasiado bien a los otros chicos, era siempre el primero de la clase. Joaquín torturaba a las moscas, arrancaba la cola a las lagartijas, espiaba a las niñas cuando se desnudaban para la clase de gimnasia y les pellizcaba el culo o las pantorrillas cuando subían ante él, de vuelta del recreo, las escaleras. Pero todo caía dentro de la norma y nada tenía mucha importancia. Eran niños como todos, y, aunque sintieran la necesidad o el capricho de amontonar monedas, de ser siempre los primeros o de martirizar animalitos, eran niños simpáticos, tenían ojos ingenuos y respuestas conmovedoras. Sus faltas daban la medida justa de su normalidad.

¿Y J. B.? ¿Acaso J. B. no tenía defectos? Sí y no. Tenía muchos: era atolondrado y distraído —todos los maestros decían invariablemente que tenía la cabeza a pájaros, y el propio J. B. sentía a veces, en las sienes, un aleteo loco, como si cientos de pájaros quisieran escapar hacia la primavera—, perdía lápices y cuadernos, llegaba tarde a clase —porque había perdido uno tras otro todos los relojes—, inventaba extrañas historias tan íntimamente entretejidas de verdad que uno se perdía en ellas como en una selva oscura. Y tenía una afición desenfrenada e inoportuna —todos decían, los padres, los maestros y hasta el psicólogo escolar, que la más inocente afición, si se lleva al extremo, se convierte en vicio—, la pasión del dibujo. No era que le gustara dibujar —eso hubiera estado muy bien, sentenciaban todos—, era la necesidad incontrolada de pintarrajear, de cubrir de imágenes cuanto se ponía a su alcance. Cubría las hojas de las libretas, los márgenes de los libros, las pizarras de la clase de geografía o aritmética y hasta las paredes de las calles o del patio, con flores, con barcos, con pájaros, caballos, leones, guerreros y princesas (aquí el psicólogo pontificó sobre el miedo a la nada, la angustia ante los espacios vacíos y blablablá). Era un defecto raro, un vicio poco frecuente. Al maestro le inquietaba, le ponía incómodo (aunque no se tomaba demasiado en serio las historias del vacío y de la nada), hubiera preferido que J. B. se dedicara a las cosillas habituales y conocidas: amontonar monedas, arrancarles las alas a las mariposas, pellizcar las pantorrillas de las niñas... y no digamos a ser el primero de la clase. Ante cosas de este género el maestro sabía cómo debía actuar, y eran, en definitiva, una especie de aprendizaje para la vida. Pero, de todos modos, J. B. daba poca guerra, era un niño dócil, un niño obediente cuando entendía —y no ocurría siempre— lo que esperaban de él, y quién sabe, a lo mejor llegaba con los años a convertirse en un artista de verdad, de los que pertenecen a alguna academia y tienen cuadros en los museos y hasta terminan por figurar en las enciclopedias. Todo el mundo sabe que los artistas son —ya desde niños— un poquito raros.

Hasta que ocurrió lo que tenía que ocurrir y llegó un día terrible —o quizá fuera sólo un día triste, y en realidad no se desarrolló todo en un día, sino en una larguísima serie de días, porque no todos los niños aprendieron al mismo tiempo— en que se puso de manifiesto la incapacidad de J. B., la diferencia total entre él y los otros niños, su irreductible condición de distinto. Digo que no todos los niños aprendieron al mismo tiempo. El primero fue Óscar, el primero y el mejor. Tuvo desde el principio una seguridad y una soltura pasmosas: parecía que no había nacido para otra cosa. También Joaquín aprendió pronto y bien, resultó ser un chico listo, o quizá no había sido enteramente inútil el aprendizaje previo con las pantorrillas y las mariposas. Y tras ellos dos siguieron todos los demás. El último fue Walter. Seguía aún con sus cálculos perfectos, su letra primorosa, su interminable lista de los reyes godos y las eras prehistóricas, sin darse cuenta de que los vientos habían cambiado y se trataba ahora de otra cosa. Pero incluso él terminó entendiendo y terminó por aprender. Todos aprendieron a jugar al juego. Un juego distinto a los juegos infantiles que habían jugado hasta entonces: un juego que no era un juego, sino EL JUEGO. Un juego oscuro y viscoso, un juego denso. Y aunque era, de eso no cabía la menor duda, un juego sucio, parecía en cierto modo que no habían ido a la escuela con otro fin que aprender aquel juego, y, aunque en ciertos momentos —y casi para guardar un mínimo las apariencias, o por un oculto resto de vergüenza— fingieron reprenderlos, el rostro de los padres y de los maestros resplandecía de orgullo, se iluminaba de gozo al verlos jugar. Los miraban con esa sonrisa, sorprendida pero satisfecha —secretamente conmovida— que se dedica, años más tarde, al primer pantalón largo o al primer cigarrillo. Porque aprender el juego significaba ser ya hombre.

Pero J. B. no aprendió; ni siquiera, durante mucho tiempo, se dio plena cuenta de lo que estaba sucediendo a su alrededor. Seguía pintando barquitos de vela que navegaban por un mar azul, princesas vestidas de seda con un largo cucurucho sobre las trenzas rubias, maravillosos pájaros con todos los colores del arco iris perdidos y cautivos entre las plumas... Sus compañeros le miraban de reojo y sonreían con sonrisas de hombres: con sonrisas sucias. Sus compañeros se cuchicheaban unos a otros en voz baja. Y aguardaban. Aguardaban que aprendiera, y era una espera ansiosa, tan intensa que casi hacía daño. Como si estuviera en peligro algo propio, como si fuese cosa suya que J. B. ocupara, aunque tarde, su lugar en la partida. Insistían, le tentaban, le acosaban. Hasta en los ojos de los maestros se encendían oscuros relámpagos de impaciencia, y la burla empezó a resbalarles viscosa y turbia por las comisuras de los labios. Alrededor de J. B. se entretejió día a día una barrera de hostilidad y luego de silencio.

Y una mañana llegó Lily. Era en invierno, hacía frío, y el cielo estaba muy alto y muy azul. Lily llevaba un gorrito de punto rojo sobre las trenzas rubias, un suéter rojo cubría los pechos adolescentes, agitados ahora por la carrera —había llegado corriendo a través del patio— y por el frío, y unas medias rojas envolvían las piernas largas, un poco flacas todavía. Lily tenía la carne color miel y una vocecita grave. Joaquín llevaba años y años espiándola con una mueca torcida. Pero ahora Joaquín no estaba allí. Y J. B. vio que por los ojos de la niña, unos grandes ojos de color casi violeta, cruzaban bandadas de mariposas. Mariposas azules, rojas, amarillas; mariposas chiquitas como gotitas de oro y enormes mariposas verdes con complicados dibujos plateados. Era tan hermoso que J. B. deseó de repente hacer algo distinto, aunque no sabía exactamente qué. Y Lily habló entonces con su vocecita grave, y J. B. no entendió demasiado bien lo que decía, pero supo en cierto modo que le estaba invitando —también ella— a participar en el juego. Y cuando le propuso que, si él quería, podían jugar juntos, podían ganar todas las partidas, juntos, hubo un aleteo loco —tan bonito—

de mariposas de todos los colores. Pero J. B. quedó parado allí, como el más tonto entre los tontos, quieto y mudo, con un miedo terrible, no se sabía bien si a lastimarla a ella o a lastimarse a sí mismo, y la niña se alejó corriendo con sus patitas rojas de perdiz, con sus trenzas rubias bajo aquel cielo alto y azul, irrepetible.

Llegó el día en que todos dejaron la escuela, y las cosas siguieron igual. El mundo estaba lleno de Óscares, de Walters, de Joaquines... Habían perdido la esperanza de que J. B. aprendiera algún día, de que se prestara a participar, y apenas si reparaban ya en él. Pero, de vez en cuando, algo les recordaba fugazmente que existía, que seguía allí, entre ellos, negándose a jugar, le dirigían oblicuas miradas de odio. Un odio que no destinaban a Óscar, aunque los engañara y los vendiera, aunque traficara hasta hartarse con el sudor y con la sangre ajena; un odio que no destinaban tampoco a Walter, soberbio y resentido —no lograría olvidar nunca que había sido invariablemente el primero en la escuela y que, luego, la vida fue otra cosa—, que gozaba intrigando y humillando, mientras acumulaba títulos académicos y menciones honoríficas; que no destinaban ni siquiera a Joaquín, sucio y dañino como un insecto enorme, peludo, venenoso, infinitamente más repugnante que todos los bichitos a los que había torturado de niño. Miraban a J. B. —los raros instantes en que le veían— con un odio más denso, más pesado, más real. Porque —J. B. entendió al menos esto por fin— todo les estaba permitido a aquellos que participaban en el juego (aunque casi nunca se hablara de él y no figurara en forma explícita en las ofertas de trabajo ni en las solicitudes matrimoniales del correo del corazón).

Algunos, de niños, debieron de tener ojos en los que chisporroteaban bengalas muy chiquitas o por los que cruzaban bandadas de mariposas. Pero ahora tenían unos ojos iguales, opacos, sin fondo ni transparencia. Por muy distintos que fuesen, todos se parecían. J. B. les miraba y se decía: «Claro, se parecen porque juegan todos al mismo juego, ese juego sucio que yo no quiero jugar». Porque ahora creía adivinar en qué consistía el juego y —por más que supiera que no había tregua ni piedad para los que no jugaban, que no habría tregua ni piedad para él— pensaba que si no lo jugaba era porque no quería.

Poco a poco se le fijó en la boca, en las comisuras de los labios, una mueca amarga. Y en sus ojos incoloros, más pequeños ahora en el rostro de hombre, brillaban unas luces intensas pero furtivas, que ya no se parecían ni un poco al chisporroteo de las bengalas o al plata tenue de las rajitas de luna: eran como esos ramalazos de luz que invaden el cielo sólo unos instantes, justo antes de las tormentas. Tenía ojos de perro maltratado, porque únicamente los perros afrontan los malos tratos con esa mirada tristísima del que nunca entiende. Pero lo peor —peor que saberse irremediablemente distinto, irremediablemente solo, definitivamente al margen, peor que las hostilidades y que el odio, peor incluso que la burla y que aquella certeza de no tener ya nunca derecho a nada— era lo que ocurría con Lily. Porque las mujeres jugaban también al juego, o incitaban a los hombres a jugarlo —más o menos era todo lo mismo—, y Lily hacía maniobras inexplicables, que J. B. no podía entender, aunque, por otra parte, había dejado de prestarles atención: J. B. espiaba hora a hora, minuto tras minuto, los ojos de la muchacha, y en aquellos ojos violetas moría cada día una mariposa. Era una agonía interminable y monstruosa. Al fin no quedó ya ninguna. Entonces le pareció a J. B. que Lily se había quedado vacía, que era tan sólo un cementerio enorme de mariposas muertas que perdían gradualmente sus colores. Eso era Lily: un cementerio de mariposas blanquecinas, polvo de mariposa al fin.

Y por primera vez pensó entonces J. B. que el juego podía no ser un disparate, una monstruosidad asquerosa y sin sentido, una locura a la que se entregaba un mundo de dementes, porque tal vez, si él hubiera aprendido a jugarlo una mañana —aunque tampoco era seguro—, si él hubiera aprendido a jugarlo una mañana ya remota de cielo alto y azul, hubiera podido evitarse —tal vez— que murieran todas las mariposas en los ojos de la niña. Y J. B. empezó ahora a pintar sólo mariposas: mariposas de todos los colores, de todos los tamaños, de todas las variedades, las variedades reales que encontraba en los campos o —sobre todo— en viejos libros polvorientos, y las variedades imaginarias que no habían existido jamás en ninguna parte: mariposas azules, rojas, amarillas, mariposas chiquitas como gotitas de oro y enormes mariposas verdes con complicados arabescos plateados. A los niños les gustaban.

Y así pasaron años. De vez en cuando —siempre con menor frecuencia— algún hombre trataba de tentarle y de envolverle. Muy de tarde en tarde, se le acercaba alguna mujer a suplicar o redimir, pues el mundo estaba lleno de Lilys que incitaban a los hombres a jugar para ellas. Pero ninguna tenía mágicas mariposas multicolores tras unos ojos violetas, ninguna llevaba largas trenzas rubias bajo un cucurucho de princesa o bajo un gorrito de punto rojo, ninguna tenía piernas zanquilargas de perdiz.

Y por fin le dejaron definitivamente solo, definitivamente al margen. J. B. no poseía nada y no había otro hombre más solitario. En su corazón se había acumulado tanta tristeza que le oprimía el pecho como la garra de una fiera o de un ave rapaz, y algunas veces le parecía tener la boca y la garganta llenas de un líquido denso y amargo que le producía náuseas. En sus ojos achicados bailoteaban unas chispitas lamentables, como las luces fatuas que parpadean sobre los sepulcros de los poetas fracasados o las bailarinas melancólicas. En toda su vida no había hecho otra cosa que pintar mariposas, y se preguntaba si merecía la pena (Walter, Óscar, Joaquín y todas las Lilys se preguntaban algo muy parecido sobre sí mismos en sus sórdidos cubiles presuntuosos, pero esto J. B. no podía ni siquiera imaginarlo).

Entonces llegó la mujer que no tenía nombre. Fue un atardecer de otoño y le estuvo mirando mucho rato mientras él pintaba en el parque una hermosa mariposa de carmín y oro. Hay mujeres pálidas y sin nombre que buscan a los poetas tristes o a los pintores de mariposas, los buscan por los parques otoñales, al atardecer, y algunas veces —muy pocas— los encuentran.

Y cuando J. B. recogió los pinceles y el caballete, la mujer sin nombre le siguió hasta la ciudad, hasta su casa, hasta su alcoba. J. B. tardó mucho en darse cuenta de su presencia. Porque las mujeres pálidas, las mujeres que no tienen nombre, son difíciles de distinguir. Ésta tenía el cabello castaño y suave, una sonrisa extraña, unas manos tibias que transmitían algo muy parecido a la paz. Sus ojos eran igual que un paisaje submarino, o como el fondo de un lago: todo transparencias azules, gestos lentos, silencio. Y J. B. creyó sentir una tristeza nueva, aunque seguramente no era una tristeza nueva, era la misma tristeza de siempre, que adquiría ahora profundidad insospechada con la presencia de la mujer. Estaba cansado y pensó: «Pronto o tarde pedirá, también ella, que entremos en el juego». Porque J. B. creía haber aprendido —había costado mucho— algunas cosas: los hombres juegan y las mujeres, antes o después, los impulsan siempre fatalmente al juego.

Pero la mujer sin nombre no dijo nunca nada, no pidió nunca nada. No parecía siquiera esperar nada. Estaba allí. El hombre se miraba en sus ojos y le parecía sumergirse en un agua azul. Ella le ponía las manos en la frente, le rozaba despacio las mejillas en una caricia interminable, se sentaba en silencio junto a él, le miraba pintar sus mariposas. Hasta que, con el tiempo, J. B. tuvo que convencerse de que ella no pediría nunca nada. Y todo era natural y sencillo, como lo había soñado de niño, antes de que sus compañeros aprendieran el sucio juego de los hombres, cuando Lily tenía todavía los ojos violetas llenos de mariposas y no había pedido «ganaremos juntos todas las partidas: juega para mí».

Pero J. B. no era ya el niño de entonces. Era un hombre seco y amargo, que había cerrado los cauces normales de la ternura. Y —por primera vez— sintió él también odio. Odió a los Walters, a los Óscars, a los Joaquines, a las Lilys únicas e innumerables, que habían agostado en él las fuentes de la fantasía y la esperanza. Y sintió piedad por aquella mujer acuática y silenciosa, a la que no podía ofrecer nada, porque hasta las mariposas que pintaba le salían pálidas e inertes, como las mariposas que morían en los ojos de las muchachas en flor; a la que no podía amar, pues no era amor aquella necesidad imperiosa de sumergirse en sus ojos lacustres, de adormecerse bajo la caricia de sus dedos pálidos. Y por ella, que no se lo pedía, que seguramente no lo deseaba, que quizá ni siquiera lo entendía, decidió J. B. tan tan tarde ingresar en el juego. O tal vez actuara, en el fondo, movido por un oscuro deseo de represalia, de demostrarles a todos que podía vencerles en aquel juego sucio, en aquel maldito juego que jugaban todos y que él nunca había querido aprender.

Y así entró J. B., finalmente, en el juego de los hombres. Se sumergió en la partida, una partida minúscula, sin demasiada importancia. Y hubo un largo murmullo de complacencia, un hondo suspiro de alivio, como si se sintieran los otros más seguros, más autosatisfechos, mucho más justificados, ahora que J. B. iba también a jugar. Como si se hubiera restablecido milagrosamente el orden del universo, algo turbado —por extraño que pareciese— ante la tozudez de aquel niño distinto. Ahora J. B. ya no pintaba mariposas y en sus ojos no brillaba ya nada: unos ojos idénticos a los de millones de otros hombres. Repetía los gestos, las palabras del ritual; maniobraba con la exactitud, con el cuidado de una marioneta.

Y, sin embargo, algo fallaba. Tal vez, en definitiva, J. B. no había entendido nunca realmente en qué consistía el juego, y, en cualquier caso, no lograba jugarlo con convicción. De repente le subía a los labios un asco profundo, y se le nublaban los ojos, y se distraía, y sus manos se entreabrían blandamente dejando escapar la presa. Entonces comprendió la peor verdad, la más dolorosa de todas las verdades, de todas las mentiras, que le habían ido destruyendo: no era exacto que él no jugara porque no quería jugar, porque no le gustara aquel juego, porque se obstinara en ser distinto, lo cierto era sencillamente que no servía, que no podía, que no hubiera podido en ningún instante —ni siquiera aquella mañana de cielo alto y azul en que se lo pidió la niña de las trenzas rubias y los ojos violetas— y que no podría tampoco aprender jamás. Estaba fuera de juego desde siempre, desde el momento mismo en que nació. Y no había nada que hacer, nada que intentar, en este mundo de jugadores, donde no queda ni un rincón diminuto para las mujeres que ocultan un fondo marino tras los ojos y que no piden nada, las mujeres que no tienen ni siquiera nombre, ni un solo refugio para los hombres que —incapaces, impotentes, distintos— se dedican a pintar mariposas de colores inverosímiles, de formas disparatadas, de variedades que ni siquiera —como ellos mismos— existen de verdad.

J. B. murió una mañana de invierno, mucho tiempo después de que muriera la mujer sin nombre, una mañana fría de aire liviano y cielo muy azul (una mañana que él hubiera amado). Nadie lamentó su muerte. Nadie pensó en él un solo instante. Nadie habría de recordarle jamás. Era sólo un hombre inútil, incapaz de hacer algo por los otros, incapaz de hacer siquiera algo por sí mismo. No quedó huella de su paso por la tierra. Manos extrañas destruyeron —ni siquiera con odio: con total indiferencia— toda su obra: una verdadera montaña de papel emborronado. Pero un niño —el hijo de un Óscar o un Walter cualquiera, de una Lily como todas las Lilys que pueblan el mundo, un niño aparentemente normal, aunque en sus ojos se encendían unas lucecillas extrañas, como bengalas diminutas, que inquietaban un poco, sólo un poco, al psicólogo de la escuela—, este niño, pues, cogió su caja de acuarelas y todos sus pinceles, sus lápices Caran d'Ache y sus rotuladores, y cubrió la sepultura de mariposas de todos los colores, de todos los tamaños, de todas variedades: mariposas azules, rojas, amarillas, mariposas chiquitas como gotitas de oro y enormes mariposas verdes con complicados arabescos plateados.

Las sutiles leyes de la simetría

No había razón alguna para que Carlos se enfadara con ella, ninguna razón para que se mostrara celoso y ofendido, y mucho menos todavía para que se sintiera desdichado (esto sería lo peor), se había repetido Sara una y otra vez desde el momento en que «el otro», Diego, ese muchacho reservado y melancólico, la había despedido en el aeropuerto de su ciudad, besándola en el último instante, cuando estaban llamando ya a los viajeros para embarcar, con una furia en él inesperada, como si quisiera atrapar y retener el aroma y el sabor de su boca, y abrazándola fuerte, en un gesto que tenía algo de desolado, el abrazo de un niño al que abandona su mamá sabe Dios por cuánto tiempo, acaso para siempre («no puedo prometerte nada», había puntualizado Sara precavida, «no puedo asegurarte siquiera que volvamos a vernos», y luego, tan sin motivo a la defensiva, «yo no te debo nada», y él, sarcástico de pronto y casi agresivo, «claro que no me debes nada, no hace falta que lo digas»). No había ante todo razón alguna para que ella, Sara, tuviera que considerarse ante Carlos culpable (como tampoco se sentía culpable ante este chico, ni entendía por qué no iban a poder seguir siendo felices los tres, ni por qué iba a tener alguien que sufrir), nada que tuviera fuerza suficiente como para obligarla a simular, a ocultar, a mentir, odiando Sara desde siempre la simulación y la mentira, puesto que también con Carlos (con él más que con nadie) había quedado la situación muy clara dos años atrás, el día que se conocieron (el día que hicieron el amor, porque se habían acostado por primera vez el mismo día en que se conocieron, arrastrada Sara por ese peligroso arrebato de locura, ese espejismo fascinante y letal, esa enfermedad dañina para la que no queremos sin embargo encontrar remedio, esa pasión que rompe incontrolada las barreras y puede con todo y lo atropella todo y lo arrasa todo, que pone el universo entero patas arriba, que nos impulsa a reaccionar y actuar y pensar y sentir como si fuéramos extraños a nosotros mismos —lo que en uno queda de sano y de sensato anonadado e impotente ante la magnitud del estropicio—, esa fiebre maligna que se llama amor y que nos hace a un tiempo tan injustos, tan malvados, tan inocentes, tan egoístas, tan desprendidos y magnánimos, tan terribles), todo acordado entre ellos dos, se había repetido Sara en el avión que la llevaba de una ciudad a otra ciudad, de un amor a otro amor —se dijo, con una sonrisa—, y sin embargo al cumplimentar los trámites y recoger el equipaje en este aeropuerto desconocido, y al encontrarse con Carlos que la esperaba (curioso que hubiera ido a buscarla precisamente hoy, cuando no lo había hecho casi nunca en el curso de dos años), y que la besó también él con vehemencia inusitada, como si llegara Sara del otro extremo del mundo, donde la hubieran retenido prisionera contra su voluntad, como si hubieran pasado tiempo y tiempo separados, cuando de hecho llevaban sólo unos pocos días sin verse, los imprescindibles para que Carlos pudiera terminar aquí el trabajo que le habían encargado, y la estrechó también en un apretado abrazo (cuando no tenía que temer él que Sara pudiera como un sueño desvanecerse, como un perfume evaporarse), se sintió la mujer incómoda y mal, y presintió que acaso contra toda lógica iba Carlos a sufrir, y contra toda lógica iba quizás ella a considerarse culpable.

Intentó decírselo en el coche, antes de recoger a Mónica y a Miguel para emprender los cuatro juntos el viaje, aprovechando así esos minutos en que iban a estar todavía a solas. Pero se encontró a sí misma ansiosa y llena de reparos y vergüenzas, incapaz de enunciar sencillamente «me telefoneó aquel chico que conocimos en el concierto y que te cayó desde un principio tan mal, aquel tipo al que me pediste —y no me habías pedido nunca nada parecido— que no volviera a ver, me llamó pues y nos vimos y me acosté con él», se encontró a sí misma farfullando titubeante «he hecho algo que no te va a gustar», y era el tono de voz que empleaba de niña cuando llegaba a casa su mamá y había hecho ella algo malo y la esperaba a la entrada del piso para enseguida decírselo (imposible para Sara quedar libre de culpa y en paz consigo misma sin que mediara esa laica parodia de la confesión), para explicarle que se había roto el jarrón chino de la sala, o le había llamado estúpida a la niñera, o había andado ella a trompadas con los hermanos, una vocecita amendrentada y vacilante que anticipaba ya la súplica del perdón.

Sólo que ahora y aquí Sara sabía bien que no tenía por qué pedir disculpas, no tenía tan siquiera por qué contarle (¿para qué se lo estaba contando en realidad?), puesto que había quedado todo muy claro entre ellos dos años atrás, y había sido Carlos, no ella, quien había hecho una explícita declaración de independencia, quien había proclamado su inalienable derecho a la libertad y había hecho votos de jamás amarla con ese amor romántico y total al que algunas adolescentes aspiraban (independencia y derecho que valían para los dos, puesto que no pretendía él en modo alguno una relación asimétrica, sólo que no imaginaba Sara en aquel entonces cómo podría ella utilizarlos ni con qué fin, votos a los que hubiera podido sumarse, de no estar empezando ya a quererle del único modo en que la adolescente que sobrevivía en ella entendía el amor).

Había sido Carlos quien había decidido de una vez por todas y en nombre de los dos que cuanto entre ellos aconteciera tendría poco que ver con el gran amor, el loco amor, y sería más bien la plácida y civilizada amistad de dos adultos que se estimaban mucho, sin excesos y sin exclusividad, se respetaban mucho, tenían aficiones parecidas, se llevaban bien y hacían el amor de modo satisfactorio («extraordinariamente satisfactorio», hubiera dicho Carlos, con una chispa maliciosa en los ojos, y en la boca una sonrisa de gato satisfecho que se relamía los bigotes, gato pedante y suficiente que se preciaba de haber descubierto —sólo él en la especie de los gatos— lo rico que era el sabor de la pescadilla, y hubiera añadido algo sobre el «tener buena cama» y sobre que era ella, Sara, «una diosa haciendo el amor», tan excepcional en esto que si un hombre la poseía y la perdía luego, no le quedaría otro recurso que meterse monje o pasarse a la homosexualidad, y a Sara estas afirmaciones tan halagadoras le producían un escalofrío de desagrado y de incredulidad, aunque nunca se atrevió a decir que no entendía ella esto de la buena cama, no se animó nunca a cuestionar qué hacían ellos dos en la cama que no hicieran todos los demás y en qué aventajaba ella a las otras mujeres), y no se debían otra cosa pues el uno al otro que este recíproco placer, y esta lealtad que surge entre los buenos amigos y que nada tiene que ver con la fidelidad que se exigen las parejas. (Que Sara estuviera viviendo el gran amor romántico, porque no conocía otro esquema ni otro modelo de amor, que tuviera la boca llena de grandes palabras, era un asunto que sólo a ella le incumbía y que ella debía resolver.)

«He hecho algo que no te va a gustar», había empezado a decir Sara con esa vocecilla de niñita que ha cometido alguna fechoría, pero Carlos no entendió, y empezó a tratar de adivinar, a preguntarle por el trabajo del despacho, la visita al tocólogo, las relaciones con los amigos, y esto lo puso para Sara más difícil, y fue más duro interrumpirle para explicar «no, no se trata de esto», y luego, tragando saliva y sin parpadear, «Diego me telefoneó y he salido con él», y ver cómo Carlos se ponía tenso, le cambiaba la expresión en un instante, y tratar entonces torpemente de justificarse («no tienes derecho a enfadarte, acordamos que los dos éramos libres para hacer lo que quisiéramos, lo impusiste tú, ¿no recuerdas?», y Carlos, mirando fijo al frente, las dos manos aferradas al volante, como si de repente conducir el coche fuera algo que reclamara toda su atención, «sí, lo propuse yo, pero desde entonces ha pasado mucho tiempo», y Sara, atónita, genuinamente sorprendida, «¿quieres decir que nuestra situación ha cambiado desde entonces?, ¡pero si nunca me has dicho nada!», y él, «hay cosas que no es preciso decir, cosas evidentes en sí mismas, ¿cómo no lo advertiste tú, que eres tan intuitiva y tan sensible?»), y tratar entonces torpemente de arreglarlo, porque no le gustaba a Sara verle sufrir así, y menos todavía siendo ella la causa («pero ¿qué puede importarte?, no tiene nada que ver contigo, y yo he salido con otros hombres y nunca te ha importado en absoluto, hasta lo has propiciado algunas veces, incluso te ha divertido», y Carlos, amargo y obstinado, «esta vez es distinto», sin especificar qué era lo distinto, si el hecho de que se tratara de Diego, o la actitud de Sara, o la suya propia, o el lugar, el modo, la ocasión, empeñándose sólo en que esta vez era distinto, y Sara fingiendo no entender, tratando a toda costa de negar, pero diciéndose en secreto que acaso Carlos tuviera razón, algo había de diferente y nuevo, y de repente lo supo: las otras historias anteriores habían sido vividas siempre en función de Carlos, por causa de Carlos y para lograr algo de Carlos, aunque sólo fuera verle un poco más interesado o ligeramente celoso, aunque sólo fuera para afirmarse ante él o para castigarle por tantas inocentes brutalidades, mientras que ahora se trataba de una historia autónoma, una historia a dos y no ya a tres, una historia que afectaba indirectamente a Carlos pero que no pasaba ya por él).

No volvieron a estar solos hasta la noche, cuando se retiraron a la habitación del hotel. A lo largo de todo el día, delante de Mónica y de Miguel, que les miraban con extrañeza pero que no preguntaron nada, Carlos se había mantenido huraño y melancólico, sin intervenir apenas en la conversación y mirando a Sara en algunos instantes con una fijeza desolada, y Sara se había mostrado cariñosa y solícita, le había mimado con este cuidado especial que se dispensa a los enfermos (le hablaba incluso en voz más baja), convalecientes los dos —parecía— de una dolencia que les había dejado especialmente sensibles y vulnerables. Y cuando cerraron tras ellos la puerta de la habitación, no le permitió Carlos que ordenara el equipaje, que se metiera en el baño, que se desnudara, sino que la agarró con firmeza, y allí mismo, de pie sobre la alfombra, ante el gran espejo del armario, la fue desnudando él entre manotazos tiernísimos, y la mantuvo luego así, desnuda ante el espejo, obligándola a mirarse y admirarse («¿has visto lo bonita que eres?»), y después Carlos estaba de rodillas, sujetándola por las nalgas, la cabeza de él hundida entre sus piernas, y la mordió en el pubis, y Sara protestó «me has hecho daño», pero no era verdad, no le había hecho apenas daño, y le gustaba, y le gustó que la tumbara allí, sobre la alfombra, y la penetrara con esta violencia entre ellos inédita, tan intensos en estos momentos en él —pensó— el odio y el amor, que libraban allí sobre el cuerpo desnudo de mujer una durísima batalla, y de la intensidad de este sentimiento ambivalente brotaba un placer escarpado y difícil, y le gustó a Sara que la manipulara y maltratara y bientratara, que la hiciera gritar (vencida por una vez la vergüenza a lo que pudieran pensar los huéspedes de las habitaciones contiguas), y que la llevara luego en brazos hasta la cama, y la depositara allí como una muñeca repentinamente desarticulada, tan agotada que ni se movió siquiera y quedó inmóvil en la misma posición en que él la había dejado, y se tumbara él a su lado y la abrazara fuerte y escondiera la cabeza en el hueco de su hombro. Hasta que se dio cuenta de que Carlos estaba llorando, le estaba empapando de lágrimas el hombro, el cabello, la almohada, lloraba desolado y sin ruido, y no había llorado nunca antes ante ella y ahora que había empezado parecía que no iba a poder parar, y trató Sara de apartarlo de sí para mirarle al rostro, pero él se resistió, y entonces se limitó ella a acariciarle lentamente, maquinalmente el pelo, y por fin, siempre llorando y sin mirarla, Carlos dijo: «no vuelvas a verle, Sara, por favor, no vuelvas a verle», y luego «es maravilloso lo que existe entre nosotros, y si sigues viéndole, sé que se va a perder», y Sara le besó en la frente y le estrechó más fuerte, pero —y ni ella misma lo entendía— no dijo nada, no prometió nada.

Hacían ahora el amor la noche entera, casi sin pausas, como no lo habían hecho jamás, ni siquiera en las primeras semanas después de conocerse, excitado Carlos por el miedo a perderla, por la furia de fantasearla —y saber que no era sólo una fantasía— en la cama de otro, y excitada Sara a su vez porque algo le había transmitido él de sus aprensiones y temores, de su sorda tristeza, de su oscuro rencor, o tal vez porque la relación era ahora más intensa y literaria que en cualquier momento anterior, y vivía Sara a menudo su propia vida como una mala novela. Había algo enfermizo en el modo en que se amaban —se dijo—, cierta sensibilidad extrema, cierta morbosa receptividad, que no podían darse entre personas adultas y sanas, que quedaban reservadas al mundo de los niños y los locos. Y después del amor, llenando los paréntesis, antes del infatigable recomenzar, Carlos no se dormía ya, ni se volvía de espaldas, ni se levantaba para encender un cigarrillo, Carlos quedaba abrazado a Sara y le decía unas cosas que no le había dicho antes, cosas que Sara había estado esperando y propiciando a lo largo de dos años, que hubiera pagado cualquier precio por oír, y que la pillaban ahora desprevenida y a destiempo, cansada de esperar, y eran como mucho una loca invitación a la nostalgia, nostalgia de lo nunca poseído —pensó—, que es la peor de todas las nostalgias.

Y repetía Carlos las declaraciones de amor («nadie te ha querido como yo, Sara, no sabes lo muchísimo que te quiero», y Sara sonreía y le besaba y le decía que sí, que también ella le quería mucho, y era verdad, pero también era verdad que se preguntaba en silencio por qué diría Carlos «soy el que más te ha querido», en lugar de decir «eres tú lo que más he querido yo») y llegaba el momento de las autoacusaciones («yo he tenido la culpa de lo que ahora sucede, no te he dado lo que merecías, lo que querías», y ella, tranquilizadora y amable, como si estuviera hablando con un niño, «qué tontería, ¿por qué piensas esto?, todo ha estado, también para mí, muy bien», y él, «pero a ti te hubiera gustado que viviéramos juntos, que tuviéramos un hijo», y Sara, perezosa y olvidadiza, «¿de verdad quise esto?, debió de ser hace muchísimo tiempo», y él, molesto, al borde de enfadarse, «¿quieres decir que no lo deseas ya?», y ella, tratando de ser suave, pero concluyente, «no, no quiero vivir contigo, no, no quiero tener un hijo», hablando antes de pensar, escuchando sorprendida sus propias palabras, anteriores a cualquier razonamiento), el momento de los reproches y las súplicas («te apiadas de cualquiera, hasta de un gatito perdido, pero no te importa verme sufrir así», y Sara, «claro que me importa, me importa más que nada, te quiero más que a nadie», y Carlos, «déjale pues, promete que no volverás a verle, porque lo nuestro se romperá si tú sigues con Diego, no vas a poder conservarnos a los dos», y Sara, acaso más ingenua que cínica, «¿pero por qué?», sin soltar prenda, sin prometer ya nada, empezando a admitir como posible que decidiera ella seguir con Diego a toda costa, aunque apenas unos días atrás, al despedirse de él en el aeropuerto, le había dicho «no te aseguro ni que volvamos a vernos» y «yo no te debo nada», convencida entonces de que era poco más que una aventura trivial, una travesura de niñita mala que iba a enojar a Carlos —otro modo en definitiva de atraer la atención de papá—, aunque nunca tanto como para que rompieran su relación, inconcebible entonces la posibilidad de una ruptura, mientras que ahora, en las largas noches de amor y de guerra —se querían acaso más que nunca, pero luchaban ferozmente para romperse el uno al otro la voluntad o el espinazo—, se veía tentada a admitir que tal vez se trataba de algo más, algo distinto a lo que había vivido ella antes, aunque se equivocara Carlos de medio a medio al indagar las causas y desesperado preguntarle, «¿qué te hace Diego que no pueda hacerte yo?, ¿cómo es posible que te dé más placer que el que yo te doy, el que reconquistamos noche tras noche juntos?», incapaz de fantasear cualquier otra razón, y no se atrevía Sara a sacarle de su error, a confesarle que Diego era apenas una sombra triste que se tumbaba a su lado, alguien que iba reinventando con ella viejos cuentos, olvidados mitos, mientras sonaba el tocadiscos y veían anochecer al otro lado de los cristales, no era nada especial Diego haciendo el amor, y no se trataba de que le diera más placer, ni siquiera se trataba —pensó una de las noches con sorpresa— de que se hubiera hartado ella de Carlos, como él pretendía —«te he tratado mal, no te he dado lo que mereces, te he hecho sufrir», y era verdad, pero no se trataba de esto— ni de que el tiempo hubiera deteriorado la historia de modo irreparable, era más bien —descubrió— que la historia había estado mal planteada y mal montada desde el principio, y sobre todo era que ella había elegido un papel durísimo y agotador —muy difícil asumir durante dos años enteros, sin desfallecer, el papel de enamorada romántica, abnegada sin límites, sin límites comprensiva, sin posible parangón lírica— pero lo había aceptado y ahora se había cansado y no veía modo de cambiar de rol, o de invertir los roles, sin deshacer la historia).

Hacían el amor la noche entera, y en los paréntesis hablaba Carlos sin parar, cediendo cada vez más terreno, perdiendo irremisiblemente pie y sin lograr sin embargo que Sara cediera, porque Sara le compadecía y le mimaba y le consolaba, pero no prometió en ningún momento nada (la laica confesión no exigía por lo visto —pensó ella, con esta parte de sí misma que analizaba y juzgaba a la otra como si se tratara de una extraña— el propósito de enmienda, o era tal vez que había dejado de importarle la absolución), sintiéndose Sara más y más segura a medida que él naufragaba (por mucho que le quisiera todavía, por mucho que la entristeciera verle sufrir —se confesó—, había también algo de ajuste de cuentas, la satisfacción inevitable e involuntaria de ver triunfar al fin las sutiles e inexorables leyes de la simetría). Y se dormían al amanecer, cuando entraban ya por las ventanas las primeras luces del nuevo día, y no salían entonces de las habitaciones de los distintos hoteles hasta el mediodía, y no le importaba ahora a Carlos —curioso infatigable, turista ejemplar— perderse las ciudades, los museos, las tiendas, los paisajes, al igual que había dejado asimismo de preocuparle —a él, tan pudoroso— lo que pudieran adivinar o suponer Mónica y Miguel, y dejó que se repartieran entre los dos la conducción del coche, y se sentó con Sara en el asiento de atrás, y, aunque se limitó al principio a sentarse apretadamente junto a ella, a acariciarle el pelo, a hablarle muy bajito, luego, a la tercera o a la cuarta jornada del viaje, se abandonó a unas caricias más audaces y apremiantes, y lo miró Sara estupefacta, pero cedió enseguida divertida, y se tocaron y excitaron a partir de entonces como si fueran un par de novios que no se habían acostado nunca todavía y que no disponían de un lugar donde encontrarse a solas, y torturaban y desahogaban así sus calenturas en los rincones más oscuros de los cafés en sombra, en las últimas filas de los cines o en los quicios de los portales, y esto no había existido en absoluto entre ellos dos al principio de la historia y aparecía en cambio disparatadamente al final, pensó Sara, y era la primera vez que surgía en sus elucubraciones la palabra «final», y esto la entristeció, como la entristecía también comprobar que sólo antes de la consecución de un objeto, o cuando estaba uno al borde de perderlo, se alcanzaba la intensidad máxima del deseo.

Hacían el amor la noche entera, amanecían al mediodía sonámbulos y ojerosos, inventaban en la parte trasera del coche extrañas formas de placer —fijas entre tanto las miradas de Mónica y Miguel en la carretera y hablando sólo entre ellos dos como si fueran los únicos ocupantes del vehículo— y hasta por las calles, en los restaurantes, en las tiendas, la tenía Carlos enlazada por la cintura, abrazada por los hombros, cogida de la mano, entrelazadas las piernas bajo las mesas y buscándose los pies desnudos, en una amplísima y complicada gama de contactos furtivos, cual si temiera Carlos que podía ella desvanecerse o escapar si dejaban de estar un instante en físico contacto, más desesperado y enloquecido él a medida que tocaba el viaje a su fin, y —en contra de su voluntad, despreciándose y acusándose en parte por así sentirlo— más distante Sara y más segura cada vez, capaz ahora de enjuiciar los hechos y calibrar los daños, porque había sanado tal vez, sin desearlo y sin saberlo, de su enfermedad, y estaba definitivamente en la otra orilla, y Carlos había dejado de ser el mundo todo, su más mínima contrariedad elevada por Sara a catástrofe universal, su capricho o sus deseos convertidos en ley, para pasar a ser tan sólo un hombre más que se debatía en la corriente, que padecía en el naufragio, pero que iba de un modo u otro —Sara estaba segura— a mantenerse a flote y sobrevivir, puesto que nadie (y acaso Carlos menos que nadie) moría ya de amor.

Y cuando Carlos se emborrachó la última noche (él que nunca bebía) y perdió absolutamente el control, la conciencia de lo que estaba haciendo, se olvidó de Miguel y de Mónica, que los miraban asustados sin animarse a intervenir ni saber hacia dónde mirar, y empezó a agredirla a gritos, a insultarla a gritos, llamándola, a ella y a todas las mujeres, cosas espantosas, repitiendo hasta la saciedad que Sara era una mala puta, porque había sólo dos clases de mujeres, las buenas y las putas, y las buenas eran mujeres como su madre o sus hermanas, que llegaban vírgenes al matrimonio y no jodían con nadie más que con su marido, y ni con éste encontraban acaso de verdad placer, y ni se les ocurría pensar en otros hombres, mujeres entre las cuales todo hombre sensato debía elegir su compañera, y no como él, que era un loco y un vicioso y un perdido y en el fondo un soñador, y por eso las mujeres buenas no le interesaban ni le gustaban para nada, y había ido a enamorarse de una de las otras, esas putas reputas hijas de la gran puta que se acostaban con uno, jurándole que era el primero y que lo hacían por amor, y acababan a los dos años acostándose con cualquiera, con el primero que llegaba, mujeres a las que no debería sacarse del burdel, sino gozarlas allí por un precio convenido y sin comprometer nada de uno mismo, en lugar de hacer lo que había hecho él, que se había enamorado de esta mala puta como un idiota y se había engullido sus embustes y sus melindres y su mala literatura, y estaba tan loco por ella como para proponerle todavía aquí y ahora que se casara con él, porque no podía, simplemente no podía, seguir vivo sin ella, no podía soportar la imagen de que estaba ella en la cama de otro, y por eso sacrificaba su dignidad y estaba dispuesto a olvidar lo que fuera y perdonar lo que fuera y pedirle a esa zorra que se casara con él ahora mismo, y cuando Sara perdió a su vez la paciencia y gritó también, aunque le gritó una sola frase, por dos veces una misma frase, «nunca, nunca me casaré contigo, te enteras, nunca me casaré contigo», y luego, hablando una vez más sin pensar y escuchándose atónita a sí misma, «antes me casaría con Diego», esto fue sólo un gesto simbólico que venía a marcar el final de la historia, que la dejaba sellada y terminada y definitivamente atrás (imposible pensar en reanudarla, en salvar nada, después de haberle dicho él tamañas brutalidades, pero sobre todo después de haber esgrimido Sara contra él, como un arma certera e inevitablemente mortal, «antes me casaría con Diego»), el último trazo que venía a restablecer el equilibrio roto y a proclamar el triunfo final de la simetría.

Recuerdo de Safo

Safo era rubia y suave. Tenía el pelaje sedoso, las orejas largas y caídas, los ojos brillantes de un marrón oscuro, el hocico afilado, y los pelos de la cola tan largos que el extremo del fleco arrastraba por el suelo, porque Safo —un perro dackel, un perro salchicha, un perro tranvía— tenía las patas cortísimas. Pero no era un dackel de pelo raso, ni de pelo duro, sino un dackel de pelo largo, y por eso era el pelo tan suave, y de un rubio entremezclado de reflejos rojizos, muy parecido al de los setters irlandeses. Safo tenía unos ojos tan vivos, y movía con tanto garbo la cola, que ni siquiera las orejas gachas, tan largas también que se le metían en la escudilla de la comida, conseguían darle un aspecto triste. Safo era uno de los perros más alegres, vitales, tercos y traviesos que he tenido. Era muy suya mi perra Safo.

Había nacido en casa de mis padres, única entre una camada de cinco cachorros. A la madre, Chufa (el nombre se lo había puesto mi hermano, divertido por el aspecto ridículo de aquellos perros bajos y alargados, que no habíamos tenido nunca hasta entonces), que había sido mía, la había abandonado yo luego, al casarme y marcharme de la casa. La vida a dos me parecía —ya antes de por primera vez intentarla— una aventura demasiado arriesgada e incierta para comprometer a nadie más en ella. Pensé que iba a vivir yo en el futuro a salto de mata, y que estaba la perra ya muy habituada a una vida metódica, segura y ordenada. Pero no sé si Chufa llegó a aceptar jamás que había sido por su bien, ni sé tampoco si llegó nunca a perdonarme. Porque sí ladraba feliz cuando yo llegaba, y me movía el rabo y me lamía la oreja, pero no era lo mismo, y tuvo a partir de entonces cierto aire severo y reticente. «Fueras adonde fueras, debías haberme llevado contigo», se le leía en los ojos. Y, sin embargo, no llegó nunca a decírmelo, porque era una perra muy digna —«muy señora», decía Ana María Moix—, y se guardaba para sí los celos y el dolor del abandono.

El padre de Safo, al que sólo vi una vez, era un macho de muchísimas campanillas, con un pedigrí larguísimo lleno de «von» y de apellidos con dos eses. Un perro dorado de mirada distante, que cumplió su cometido con eficacia aunque sin entusiasmo, y se fue de la casa con el mismo aire indiferente con que había llegado, siguiendo a una pareja de humanos rubia y extranjera, que también nos miraba, o eso me pareció a mí (Chufa era una perra indocumentada y de padres desconocidos), levantando un poquito la nariz. A los tres los hubiera mandado yo escaleras abajo de una buena patada en el trasero. Y tuve que explicarle a Chufa que eran unos engreídos y unos idiotas, que la calidad de un perro (o la de un hombre, claro) no se mide jamás por su pedigrí, y que era ella una perrita preciosa, la más bonita del mundo, y que no se sintiera desairada, porque ocurre que los machos se comportan así. Dos años después descubriría Chufa que, aunque movida por las mejores intenciones, había mentido yo como una bellaca, porque dos años después encontraría Chufa el verdadero amor, el amor de un perro que la lamía y la olisqueaba y la empujaba tierno con el hocico y le ladraba quedo, cuando había terminado el coito y no se trataba todavía de recomenzar, un macho que la requería y la halagaba sin descanso entre montura y montura, y que, cuando Chufa dormía rendida y deslabazada dentro de su cesto, se tumbaba ante él cuan largo era y no nos permitía a nadie acercarnos. Y resultaba que este macho potente pero delicado, que conocía las sutilezas y ternuras del buen amor, ese macho romántico y enamorado, era precisamente hermano de Safo y de su misma camada, hijo por tanto como ella de Chufa, lo cual me creó no pocas dudas y perplejidades respecto a las delicias y exquisiteces de los amores incestuosos.

Safo tenía cuatro hermanos y era, sin duda posible, entre todos la más fea. Grandota y gordísima, torpona, se encaramaba a trompicones sobre los otros cachorros, los empujaba, los hacía caer y se adhería glotona a la más rica de las mamas: chupaba con un entusiasmo que nos escandalizaba. Como era la más fea y los dueños del perro con tantos apellidos de doble ese nos habían caído antipáticos, decidimos, aunque una ley no escrita les daba derecho a elegir uno entre todos los cachorros de la camada, hacerles trampa y endilgarles a Safo, y fuimos distribuyendo pues a los otros perritos. Pero ocurrió que al cabo de unos días yo había sido absolutamente seducida por aquella *fati* patosa y glotona (apenas si se sostenía sobre las patas de tan gorda), quizás porque me daba pena por fea. Una falsa fea, resultó ser, un patito feo, porque enseguida adelgazó y dejó de crecer, y se le puso sedoso y brillante el pelaje, se le afiló el hocico, aunque no nos dimos cuenta de estos cambios, y no podíamos creerlo cuando la llevó mi madre junto con otros perros a una exposición y quedó clasificada entre las superguapas, y no podía creerlo porque bien sabía yo que era la más bella del mundo, pero pensé que se trataba de una belleza visible sólo por mis ojos, pero los jueces la midieron, le examinaron los dientes, la miraron por todos sus lados, y le dieron un «excelente», lo cual abría el camino a enormes posibilidades de éxito si concurríamos a otras exposiciones, sólo que a Safo no le interesaban esas vanidades y se había aburrido de lo lindo, y no le gustaba tampoco que la miraran tanto y la manosearan unos desconocidos, o sea que no concursamos nunca más y su carrera terminó ahí. O tal vez me había seducido su entusiasmo, su empuje, su alegría, su misma glotonería y voracidad. Lo cierto es que muy pronto, casi sin saber cómo, estaba Safo viviendo en mi piso y durmiendo en mi cama (y no era precisamente que mi vida a dos estuviera resultando más placentera y cómoda de lo que había supuesto), y yo sabía con seguridad total que cuando vinieran a buscarla aquellos ridículos rubios de las tierras del norte con sus naricitas levantadas no se la entregaría, ni a ellos ni a nadie, ya jamás. Por suerte, en las patrañas que le había contado a Chufa tras su melancólica luna de miel resultó haber parte de verdad, porque el perro podía tener un pedigrí impecable escrito en alemán (quiero suponer que auténtico y no falsificado...), pero los dueños resultaron ser unos maleantes internacionales perseguidos por la Interpol y que habían tenido que huir a toda prisa y con rumbo desconocido (al menos eso fue lo que nos contó regocijada su portera).

Es posible que para un perro su amo sea siempre su dios, pero convengamos en que hay perros más devotos y otros más irreverentes. Los dackels, pese a su aspecto engañoso de perritos falderos, no tienen de falderos casi nada. Los dackels deben de ser posteriores a todos los concilios y no deben de haberse adherido nunca al dogma de la infalibilidad. Los dackels tienen la buena o la mala costumbre de decidir cantidad de cuestiones por sí mismos y de pelearlo luego hasta el final. Tan tercos y tan bravos que atacaban en jauría al jabalí (sin embargo, lo suyo no era la caza mayor, sino los tejones), y que insistían en el ataque, aunque el jabalí los despanzurrara de cuatro en cuatro. Safo me eligió a mí como su dueña, antes tal vez de que la hubiera elegido yo a ella como mi perro, y me profesó una devoción y un afecto inquebrantables, pero no fue nunca una perrita sometida.

Nunca me dio la patita, ni hizo otras monerías de circo que las que a ella se le ocurrían. En realidad, Safo fue siempre una descreída, una golfa, una descarada. El más loco entre todos los cachorros locos que he tenido, y el que siguió siéndolo por más tiempo, el que tardó más tiempo en sentar la cabeza, si es que la sentó. En aquellos primeros meses anduvimos por el mundo juntas e inseparables, una perrita loca que no se cansaba nunca de jugar y morder y ladrar y alborotar, y una mujer que a los veintiséis años se creía experimentada y viejísima, inmersa en el naufragio de su primer intento matrimonial. Supongo que lo mal que marchaban otras cosas hizo que me aferrase más a la perrita. Lo cierto es que una noche para mí crucial, una noche que cambió el curso de mi vida (aunque no supe yo de ello hasta días después), entré en una boîte de Sitges (siniestra), con unos amigos (siniestros también) y aquel que iba a ser —lo escribo sonriendo pero esto no quita que sea verdad—, el que iba a ser el gran amor de mi vida estaba sentado a una de las mesas. Tenía yo un aire tan patético y desvalido, me explicó más tarde, muy flaca y palidísima, peor que pálida: color de cera, tan conmovedora sobre todo con aquel cachorro entre los brazos, que a él le pareció que alguien debía hacer urgentemente algo por mí, y decidió, tal vez aquella misma noche, que iba a ser él ese alguien.

A partir de ahí fuimos dos las locas («locas de la vida», nos llamaba Esteban, que era aquel señor de la boîte de Sitges), las voraces devoradoras de placer, las que le arrancábamos a bocados sus tajadas más tiernas a la vida, y andábamos por las calles dando saltos, y reíamos y ladrábamos por todo o por nada como estúpidas, y nos precipitábamos en los brazos del primer desconocido en una embriaguez de amor universal. En las salidas al bosque, me quedaba yo dentro del coche, porque el amor por la naturaleza fue algo, tal vez lo único, que no fui capaz de aprender ni compartir, y desaparecían ellos dos entre los árboles, monte arriba, y me llamaban a cada rato para mostrarme orgullosos cualquier porquería que acababan de descubrir, y él me explicaba por qué era tan y tan maravillosa. Y Safo había aprendido a mantenerse inmóvil y a unos pasos, sin pisotear nada y sin ladrar, para no destruir ni asustar a uno de esos tesoros recién encontrados —bichos repugnantes, bulbos amenazantes, piedras iguales a todas las demás—, que yo fingía admirar sin excesivo entusiasmo, porque nunca se me dio bien eso de fingir y fueron vanos todos mis esfuerzos por interesarme de verdad en estas cosas.

Pero en la playa sí, en Cadaqués enloquecíamos al unísono las dos, y le dejábamos a él en pasivo espectador. Porque Safo y yo amábamos por igual todas las formas libres del agua en movimiento, cualquier extensión de agua en la que pudiéramos sumergirnos, nadar, navegar. Al llegar a la playa, Safo saltaba por la ventanilla —sin hacer el menor caso de nuestras reconvenciones— y arrancaba a correr en círculo, una vuelta tras otra y cada vez más aprisa (y siempre había algún tontorrón que se alarmaba y sugería que debía de estar aquella perra enferma o loca, y no me molestaba yo en explicar que Safo corría de aquel modo para dar salida a su entusiasmo total, a su inagotable alegría de vivir), y luego seguía corriendo de un lado a otro durante horas, hasta que llegaban a sangrarle en contacto contra las piedras de la playa las patas de perra de ciudad, y había que vendarlas y mantenerla a toda costa quieta. Y se plantaba Safo terca y seria al borde de la mar, y nos ladraba, porque le gustaba muchísimo el baño, pero quería que fuera un placer compartido, tenernos de estímulo y de espectadores, y había que echarle una y mil veces una madera lo más lejos posible, y se lanzaba entonces aunque fueran altas las olas y ella tan bajita, o aunque estuviéramos, como ocurrió en Peñíscola en cierta ocasión memorable, a menos de cero grados.

No era yo por aquel entonces demasiado partidaria de la maternidad, pero insistía Esteban el ecólogo, Esteban el amante de la naturaleza, el sumo sacerdote de la vida, en que no podíamos mutilar así una de las facetas del existir, y le daba Safo la razón, con unos embarazos imaginarios que aparecían puntuales cada seis meses, y venga a llorar y andar inquieta y romper cosas y buscar unos perritos que no existían en lo más hondo de los armarios y en todos los rincones. Decidimos cruzarla pues, pero para entonces ya sabíamos que era Safo un ejemplar muy especial («excelente», habían dictaminado los jueces), y mi madre, que se arrogaba cierto carácter directivo en los asuntos concernientes a los perros, se empeñó en que debíamos llevarla a Madrid, donde había, por lo visto, otro perro muy fino, con muchos «von» en el pedigrí. Conque a Madrid nos fuimos, cargando con la perra, y con la brillante idea de hacer coincidir su boda aristocrática con los actos de presentación de un libro de Gillo Dorfles que acabábamos de publicar.

Entre comida con los críticos y conferencia con debate, fui escapada a la dirección del perro finolis, propiedad de una loquita teñida y pizpireta, a quien se lo había regalado un «amigo». Muy guapo el perro y procedente de un criadero de Suiza. O sea que todo parecía muy bien. Sólo que llevamos a Safo, e hizo el macho unos leves e inocentísimos intentos de jugar, pero en cuanto comprendió de qué iba la cosa y lo que se esperaba de él, se refugió gruñendo debajo de la mesa, mientras Safo lo buscaba con entusiasmo y ladraba para animarlo y se le ponía delante de culo con la cola alta y bien torcida. Imposible dar más facilidades, pero no hubo nada que hacer. Y lo peor fue que la dueña lo tomó como un asunto de honor, y quiso que volviéramos una vez más, y nos tenía al perro atiborrado de pastillas y de inyecciones afrodisíacas. Y el perro nada, peor que nada, más cabreado por momentos. Y nos hizo volver la dueña una tercera vez, y esta vez estaba la casa llena de amigos que pretendían colaborar. Y todos coreamos al macho, le pusimos la perrita por delante, lo sacamos a rastras de debajo de la mesa, le subimos a Safo encima de una banqueta.

Y nada de nada. De modo que le dije a la señora que no debía ponerse así, que esto ocurría en las mejores familias, que no todo es sexo en la vida, y telefoneé a mi madre para explicarle que habíamos fracasado, que tenía yo mucho trabajo atendiendo a Dorfles y que quedaría, la boda de la perra, para otra ocasión. Pero mi madre —también bastante terca aunque no sea un dackel— no quiso ni oír hablar de la cuestión y nos mandó a otra casa, cuya dirección había conseguido no sé dónde. Cuando llegamos no estaba el perro, que habían sacado a pasear, pero las dueñas, dos viudas de militar, encantadoras como sacadas de una comedia de Mihura, quedaron contentísimas de que se cruzara su perro y no pararon de cantar sus excelencias y virtudes: nos pusimos todos tiernos hablando de los novios... Hasta que llegó el perro por fin, y ahí me tenéis a mí agarrando a Safo en brazos, disculpándome como pude de las dos señoras, tan desilusionadas, y precipitándome escaleras abajo, porque aquel macho había olido a la hembra en celo desde que cruzó el portal de la calle, y entró como una tromba, magníficamente armado, pero abultaba cuatro veces más que mi perra y tenía un aspecto indescriptible, y, no es que sea yo racista, pero entre buscar un macho de alta alcurnia y dejar montar a Safo por aquel bicho estrafalario debía de haber, me parecía a mí, un término medio, y para terminar así no merecía la pena el viaje desde Barcelona.

Llamé de nuevo a mi madre, y me convenció para llevar a cabo un tercer intento (a estas alturas mis amigos de Madrid, hasta los más entrañables, me miraban como si estuviese yo chiflada, y me temo que el pobre Dorfles, tan educado, no debía de entender nada de lo que pasaba, ni por qué desaparecía yo con tantas prisas y en momentos tan inoportunos). El tercer novio vivía lejísimos y nos llevó siglos encontrar la torre en una zona residencial, y la dueña me recibió advirtiéndome que no estaba dispuesta a que la estafaran una vez más y utilizaran su perro y luego no le dieran el cachorro que le correspondía, sobre todo porque tenía su marido caballos de carreras y siempre andaba presumiendo de que ganaba con ellos dinero y se autoabastecían y quería ella demostrar que con su perro podía ser lo mismo. Luego se le pasó esta onda y empezó a deliberar sobre si sería mejor que los niños estuvieran o no presentes, en vistas a una adecuada educación sexual, y si sería mejor que sucediera dentro de la casa, más hogareño y tranquilo, o sobre el césped del jardín, más agreste y natural. Yo me abstuve de intervenir, porque no tenía ideas claras y porque me daba lo mismo. Y por fin salimos de allí con Safo felizmente preñada.

Los actos culturales de mi visita a Madrid culminaron en el instante en que, en mitad de una discusión pedante y disparatada, Safo, que jamás se ensuciaba dentro de las casas, se bajó al suelo desde la silla que ocupaba entre el público, abrió las patas traseras y soltó una meada descomunal, que fue descendiendo como un río hacia la tarima de los coloquiantes, mientras yo contemplaba desconcertada el avance de las aguas y Esteban se echaba a reír y decidía de una vez por todas que teníamos la perra más lista del mundo, porque no se podía soportar ya más tanta gilipollez.

Fueron años buenos, muchos y muy buenos, para los tres. Pero dicen los aguafiestas y los sensatos que todo termina en esta vida, y aunque no me guste darles la razón no tengo demasiados argumentos en contra que argüir. Lo cierto es que un perro, por mucho que viva, vive siempre bastante menos que lo que dura la vida normal de un hombre. Y tarde, muy tarde, cuando había rebasado ya los quince o los dieciséis años, Safo envejeció (no sé por qué encrucijadas del vivir se nos iba quedando a girones la alegría ni en qué momento dejó de ser mi perra un cachorro loco). Quedó completamente sorda, perdió en parte la vista, se le puso el pelo opaco y apelmazado, empezó a oler mal, y un día nos dimos cuenta de que no podía ya encaramarse de un salto a mi cama o al sofá, y de que no se metía ya, aunque la animáramos, en la mar, se quedaba en la orilla y lanzaba unos ladridos melancólicos, pero no se aventuraba a nadar. Y no corría ya como una loca, ni en círculo ni en nada. Seguía comiendo, eso sí, con voracidad, y se tendía pacífica a dormitar al sol. Pero había adquirido cantidad de manías que no se podía contradecir y se fue aislando más y más: esto era lo peor, peor que la sordera, peor que los achaques. Porque a Safo, que se había apasionado por todo, curiosa e inquieta como el que más, comenzó casi todo a serle indiferente. Creo que incluso yo, porque aquel lazo de firmísimo afecto que nos había unido se debilitó en la extrema vejez. Pienso que me porté mal con ella, que no la mimé ni la quise tanto en los últimos tiempos, y me siento sin remedio culpable. Pero yo no sabía que fuera tan dolorosa la decrepitud creciente de alguien con quien se han compartido muchas cosas. Con el ciclo de la vida de la perra se clausuraba también la etapa de plenitud de mi vida, los años más felices y mejores. Eran cosas muy mías y muy irrecuperables las que se me morían con ella.

Le di muerte yo en la noche del dieciséis al diecisiete de diciembre de 1980. Pasaba unas noches muy malas, dormía inquieta y se metía en los huecos que quedaban entre los muebles, entre los muebles y la pared (¿en busca de qué?, ¿de unos tejones que le había vedado su vida de perra de ciudad?, ¿de unos perritos que no existirían nunca más?), una vez metida allí no acertaba a retroceder y rompía a ladrar hasta que despertaba yo y la sacaba. Mariano, el psiquiatra amigo, me dijo que era la senilitud, que también los humanos se caían de la cama, que iría de mal en peor y que no tenía remedio. Me recetó también barbitúricos para evitar que las noches fuesen tan angustiosas y terribles.

Aunque no tengo teóricamente excesivos reparos respecto a la eutanasia, fue muy difícil decidir, difícil decidir por otro si merece la pena o ha dejado de merecerla el seguir vivo. Aquella noche me levanté al oírla ladrar, la saqué de entre el sofá y la mesita del teléfono, le di dos valiums diez, y luego, en un arranque súbito, otros dos. Le fui dando pastillas y pastillas a lo largo de la noche, no entiendo por qué lo quise así, darle la muerte a poquitos por mi mano, de la que ella hubiera aceptado cualquier cosa, y, entre una toma y otra, yo caía en un sueño profundo, sin fisuras, como si fuera yo la que me estuviera atiborrando de barbitúricos.

No sé en qué momento de la noche Safo pasó de estar dormida a estar en coma, tan pequeño fue el cambio. Y por la mañana, mientras se levantaban los niños para ir al colegio, la cubrí con una manta y dije que estaba dormida. Sólo cuando se fueron me acerqué a mirarla, y estaba tan plácida, tan inmóvil, que me costó darme cuenta de que el corazón latía todavía, ávida hasta en sus últimos momentos Safo de vivir. Mariano confirmó que estaba en coma, que no sentía ya nada, pero que podía durar horas. Como no quería que la vieran en ese estado los niños, la envolví en una manta y la llevé al veterinario. Le pusieron una inyección directa en el corazón, yo la tenía en brazos y no sentí el menor cambio, ni un estremecimiento. No quise llevarme el cuerpo, porque no quedaba allí nada que pudiera interesarme, y sin embargo fui incapaz de quitarle la manta.

No lloré una sola lágrima (quizá porque pensé que, si rompía a llorar, sería tanto y por tantos motivos distintos que no iba ya a dejar de llorar jamás). Ni tampoco, hasta hoy, me he detenido en serio a pensarla y evocarla. Pero cogí el teléfono e hice una única llamada: porque sólo aquel hombre al que había conocido en Sitges una noche veraniega de hacía diecisiete años podía entender lo que significaba que hubiese muerto Safo.

A Love Story

Ardían encendidos como brasas los ojos del gavilán, dos breves puntos de fuego en la penumbra —aunque no era de noche: acababa de alcanzar el sol el punto más alto del mediodía, en un mundo sin sombras— y el ave se prendió de los barrotes de la jaula con sus garras curvas y afiladas, mientras agitaba las alas hirsutas y despeinadas y oscuras en un vaivén lentísimo, sólo para mantener en el aire con el aleteo el difícil equilibrio, y aproximó como al desgaire, sin avidez ninguna, la cabeza a los barrotes, y Marta pensó acongojada, en una primera punzada de angustia, «¡escapad ya, no seáis estúpidas!», tan tontas las palomas como para no comprender la inminencia del peligro, y escapar, porque la jaula era grande, los barrotes recios y resistentes, no podrían nada contra ellos los ataques del gavilán, no tenían ellas más que refugiarse al fondo, contra la pared, y estarían a salvo, y Marta intentó gritar para advertirlas del peligro, pero fue un intento inútil, ya que había quedado, no recordaba desde cuándo, privada de la voz, y era inútil también que pretendiera apartar a manotazos al gavilán, porque se descubrió asimismo privada de movimiento, los pies hundidos en un engrudo pegadizo, que se adhería a ellos y no le permitía avanzar, o tal vez fuera que las piernas le pesaban demasiado, o que había quedado exhausta, en el límite extremo del cansancio, a causa de algún esfuerzo terrible que no acertaba tampoco a recordar. Era tan sólo, pensó, una espectadora inerme y paralizada, que observaba lo que estaba sucediendo —lo que iba ahora mismo a suceder, lo que había sucedido tal vez en el pasado ya otras veces— desde un remotísimo planeta o desde el otro lado del espejo. Y en un súbito remolino levantaron por fin el vuelo las palomas, las blancas plumas flotando en el aire quieto, mientras seguía el gavilán agitando las alas oscuras con el mismo fuego y la misma indiferencia en los ojos, todo extrañamente en silencio, como en el fondo de la mar, se dijo Marta, ya que esa torpeza de movimientos, esa ausencia de ruidos, se parecían mucho a las que imperaban en los fondos marinos, que la fascinaban tanto y que, sin embargo, al mismo tiempo, la aterrorizaban. En un súbito remolino habían levantado su vuelo las palomas, y fueron a refugiarse al otro extremo de la jaula, sólo que una de ellas había quedado rezagada, no había intentado tan siquiera emprender el vuelo o alejarse: una de las palomas, la más blanca, había permanecido quieta en su lugar, fuera todavía del alcance del pico y de las garras enemigas, pero peligrosamente próxima, y ahora, mientras seguía el gavilán su aleteo lento e indiferente, empezó a deslizarse despacio a lo largo de la caña, en dirección a él, sin dejar de mirarlo de hito en hito, los inexpresivos ojos de pájaro muy abiertos —imposible adivinar si latía en lo hondo de sus pupilas una forma extraña de hipnosis o locura—, temblorosa toda, con el pico entreabierto —imposible precisar si a causa del espanto o en un patético simulacro de ataque o de amenaza, aunque cómo iba nadie a imaginar que pretendiera la paloma enfrentarse al gavilán y combatirlo. Tan estúpida la paloma blanca poniéndose al alcance de su verdugo, yendo por sus propios pasos contados a la muerte, en un ignoto ritual, en un sangriento culto que Marta no acertaba a descifrar, aunque sí supo, al llegar a este punto, qué era lo que iba a seguir, como si aquello que acaecía aquí y ahora hubiera tenido realmente lugar ya antes, una o mil veces, y se le hubiera quedado grabado en algún escondido aletargado rincón de la memoria. Sabía que iban a ser inútiles sus gritos y advertencias, que el aire transmutaba en silencio, inútiles sus intentos de golpear al gavilán con unas manos que habían dejado de obedecerla, inútiles incluso sus deseos de escapar, de cubrirse los ojos y los oídos (como hacía todavía en los cines, tan lejos ya la infancia, cuando miraba una película de terror o de violencia), de dejar a la paloma blanca abandonada a su suerte y ponerse ella por lo menos a salvo, sin tener que vivir por una vez la repugnante historia hasta el final. Pero no existía, ni para Blanquita ni para ella, posibilidad ninguna de escapar al horror o mantenerse al margen. Y ni cerrar los ojos pudo, ni mirar hacia otro lado, porque había perdido los párpados o la capacidad de manejarlos y su mirada se había tornado fija y estática como la de los peces o de algunos reptiles. Tuvo que ver pues, horrorizada y fascinada, cómo se acercaba muy despacio la paloma más y más al gavilán —que había retirado entretanto la cabeza de la proximidad de los barrotes, y la esperaba inmóvil, sin rasgo ninguno de belicosidad o de impaciencia, como si nada de lo que estaba sucediendo tuviera que ver con él—, tembloroso el plumón, respirando con dificultad, fijas las pupilas en las pupilas de fuego o de hielo. Y luego un final tan rápido que Marta no tuvo tiempo de ver nada, un segundo tan sólo y el gavilán había recuperado ya su inmovilidad y su indiferencia, si es que las había perdido de veras alguna vez, pero quedaba sólo de la paloma en el suelo de la jaula un montoncito de plumas informes y, en mitad del montón, dos patitas como de alambre enhiestas en el aire —¿en un postrer y lamentable simulacro de ataque o de defensa?, ¿qué era lo que buscaba y pretendía la paloma?—, y el brotar de la sangre, la sangre oscura cubriéndolo todo —aunque no había ni una gota ni la más leve mancha en el plumaje del gavilán o en su curvado pico—, anegándolo todo, tan escandalosa siempre la sangre, decían, mentira parecía que pudiera haber cabido tanta sangre en un cuerpecito tan exiguo y mezquino, la sangre pegajosa desluciendo a borbotones la malograda blancura de la paloma muerta. Y ahora Marta intentó una vez más gritar, porque no quería en modo alguno ver cómo descuartizaba el pico curvo, las garras aceradas, la carne tierna y rota, no quiso ver cómo —abandonando su pasividad, porque parecía todavía petrificado en el aire y por entero ajeno a la tragedia— el gavilán se precipitaba sobre su víctima y la despedazaba y la devoraba o hacía lo que fuera a hacer con ella, unidos los dos, víctima y verdugo, en una misma oscura repugnancia. Marta gritó, y esta vez le pareció que sí salía, un tanto sofocada y confundida, la voz, aunque no había conseguido liberar los pies de las arenas que la inmovilizaban, y la voz empezó a abrirse camino sinuosa en el aire denso y quieto y oscuro y con olor a sangre, y entonces, como en anteriores ocasiones (aunque no sucedía siempre, pensó, en el mismo punto de la misma historia), tuvo la revelación de que todo aquel horror formaba parte de un sueño —de ahí la torpeza de movimientos, el peso en las piernas, la lentitud con que discurría todo, la dificultad en respirar—: todo aquel horror no era otra cosa que una pesadilla, un mal sueño que la parte de ella misma ya en estado de vigilia discernía como tal, únicamente un sueño, que se desvanecería en cuanto abriera ella los ojos en el completo despertar. Y concentró ahora todas sus fuerzas en obligarse a salir de ese sueño, como alguien que, arrastrado por otro, emergiera poco a poco del aire enrarecido de un incendio o de los abismos oceánicos. Y allí estaba Marta de repente, gritando, aunque no se trataba del alarido terrible que había creído emitir, era un grito más débil y apagado, poco más que un quejido, que se prolongaba, eso sí, monótono e interminable, y que la arrastraba trabajosamente desde las profundidades del sueño. Lo importante era que Marta estaba allí, rescatada por su propia voz, sentada a oscuras en una cama desconocida, lejos ya de gavilanes y palomas, aunque persistía en el aire, advirtió aprensiva, un olor acre y desagradable, que le produjo náuseas y una punzada de miedo, y que no era propiamente olor a sangre, y había, en la atmósfera que la rodeaba, una turbia tonalidad rojiza. Pero lo importante, se repitió aplicada en un esfuerzo por serenarse, era que estaba emergiendo a la realidad, por más que no supiera todavía cuál era esta realidad a la que despertaba. Trató de elucidar, mientras abandonaba paulatinamente las capas, cada vez menos densas y engañosas, del mundo de los sueños, cuál era la habitación en la que se encontraba, y se fantaseó primero en su cama de niña y de adolescente, la estrecha cama de soltera que había ocupado durante años en la alcoba que compartía con su hermana, pero no estaba allí, descubrió, ni tampoco en ninguno de los sucesivos dormitorios en los que, en el curso de una vida, había ella dormido y a los que ahora recurría: no estaba en ninguna de las habitaciones que recordaba y en las que se fantaseó por un instante. Y este veloz desplazamiento imaginario, de cama en cama, de una alcoba a otra alcoba —sin que ninguna fuera— la hizo sentirse mal —se daba cuenta ahora de que había despertado con una jaqueca atroz, esas jaquecas recurrentes que le traspasaban como un punzón al rojo vivo la cabeza, desde la nuca hasta encima de los párpados—, la hizo sentirse mareada y enferma, atrapada en un escenario donde todo giraba vertiginosamente a su alrededor, sin darle tiempo a detenerse en nada, sin que pudiera aposentar los pies en realidad alguna. Hasta que se fueron habituando gradualmente sus ojos a la oscuridad, a aquella parpadeante y tenue luz rojiza, que procedía, descubrió, del exterior, tal vez algún letrero luminoso que se proyectaba en el techo de la habitación, y Marta se arrastró —los pies seguían pesándole como si fueran de piedra o estuvieran hundidos en la arena, se resistían a soportar su peso y transportarla— hasta lo que supuso, y sí era, un cuarto de baño, donde prendió la luz y parpadeó deslumbrada, y se asustó ante esa tipa extraña, desgreñada, lívida y con ojos de loca que la miraba desde el espejo, tan desencajado el rostro que no acertaba apenas a reconocerse ella a sí misma. Y sí debía de haberse vuelto probablemente loca, porque, ¿cómo explicar de otro modo ese despertar angustioso en una habitación extraña —tal vez la de un hotel, el hotel cuyo anuncio luminoso se proyectaba en el techo y teñía la atmósfera de penumbra rojiza— y en una cama asimismo desconocida? ¿Cómo explicar, ante todo, la presencia en la cama contigua a la suya —y lo descubría ahora por primera vez a la luz que alumbraba el centro de la alcoba desde el baño— de un hombre al que no recordaba haber visto tampoco jamás, un tipo de cabello rojizo y barba enmarañada, que gruñó al recibir la luz en los ojos, y rebulló inquieto sin terminar de despertar, y se dio vuelta por fin tapándose la cabeza con la almohada? ¿Qué era lo que podía haber ocurrido —y ella no recordaba— para que se hubiera dejado arrastrar hasta allí por un desconocido, de qué artimañas había podido él valerse, de qué coacciones o qué engaños, para meterla en su cama? Aunque para aquel entonces —y tal vez radicara ahí una posible explicación— ya debía de estar ella, o los dos, perdidamente borrachos, porque sentía Marta la boca seca, la lengua estropajosa, la saliva amarga, y olía el aire, entre otros olores infames que la aterrorizaban, a vino agrio y barato, y había en la papelera del baño cascos de botellas, y restos de hielo y papeles mojados en el lavabo, y encontró también el tubo de un bolígrafo vacío, por el que —recordaba ahora— había aspirado ella dócil y aplicada el polvillo blanco: ¿Blanquita la llamó el hombre?, ¿Blanquita como la paloma? Y la jaqueca atroz, el peso inusitado de las piernas, el estado de duermevela, el mareo, la imposibilidad de recordar, ese sentirse hasta tal punto enferma y mal, no era más que la secuela inevitable de una borrachera descomunal. Vino mezclado con blanquita, pensó, qué locura. Y comprobó, con otro ramalazo repentino de miedo y de vergüenza, que tenía los labios hinchados y amoratados, los pezones doloridos, todo el cuerpo entresudado y desmadejado y sucio, mientras le resbalaba por entre las piernas un líquido pegajoso y desagradable como la sangre. Tan angustioso lo que le estaba sucediendo y tan inexplicable, que temió haber escapado de un mal sueño para ir a caer en una pesadilla todavía peor. Y se acercó Marta a la cama donde dormía el hombre, y lo sacudió violentamente, lo zarandeó, le echó un poco de agua por la cara. Le preguntó frenética quién era él, y cómo la había traído y por qué no recordaba ella nada y qué era en definitiva lo que habían estado haciendo allí. Pero el hombre no quería o no podía despertar, gruñó entre sueños, protestó de que lo zarandearan y mojaran, intentó darse otra vez vuelta en la cama y seguir durmiendo, hasta que al fin, con los ojos abiertos y el corazón —pensó Marta— todavía dormido, la agarró por la cintura, le deslizó una mano entre las piernas, acercó el sexo de ella hacia su boca, todo sin dejar de gruñir y rezongar y hacer arrumacos y reír entre dientes, y luego a carcajadas, cuando le oyó preguntar qué estaban haciendo allí ellos dos, porque qué le parecía a ella que podían hacer en la habitación de un hotel —sí era pues en definitiva un hotel— un hombre y una mujer que acababan de conocerse y se gustaban, y olía a sudor, a semen, a vino a medio digerir, y su boca seguía buscando obstinada el vientre de la mujer, y el tipo le entreabría el sexo con el manejo torpe de los dedos, quiso tumbarla luego a su lado en la cama, y ella resistiéndose, muerta de miedo y asco, pero queriendo todavía averiguar, «¿por qué me trajiste aquí?»; y el hombre, interrumpiendo por unos segundos sus forcejeos y sus intentos de aproximación, mirándola por primera vez a la cara y quizás ahora sí totalmente despierto, empezó a farfullar unas palabras que carecían para Marta de sentido, «fuiste tú la que quisiste, guapa, te traje aquí porque tú me lo pedías, con un apremio y unas ganas que no tenían nada que ver con esos aires cursis que estrenas ahora de señorita remilgada», y el tipo se reía, «te traje porque tú me lo pedías, ¿está claro?, no exactamente aquí, pedías que te llevara a cualquier parte, pero lejos, lo más lejos posible». Lejos de qué, lejos de dónde, se preguntó atónita Marta, «¿lejos de qué?», inquirió luego en voz alta, pero el hombre dijo que él no sabía, chifladuras de tipa rara, porque estaba la chica loca de atar, y, mientras él hundía los labios carnosos y babeantes, la barba hirsuta, entre sus piernas, que no presentaban ahora resistencia, Marta se preguntó a sí misma, en el colmo del desconcierto, qué podían significar las palabras del hombre, aunque era lo más probable que se tratara sólo de una mentira o de una broma, ya que, ¿lejos de quién o de qué podía haber querido ella escapar?, ¿lejos tal vez de gavilanes y palomas?, ¿del terrible y tedioso sueño repetido de los indiferentes gavilanes asesinos, de las sucias palomas suicidas que se precipitaban sin tregua una y otra vez —movidas por un resorte que Marta no entendía— contra el pico y las garras del ave carnicera? Y, si era esto verdad, no habría servido su huida para nada, puesto que el sueño se había venido aquí tras ella, la había perseguido hasta aquí, y, mientras Marta se debatía de nuevo, y trataba de hurtar a la boca babeante su sexo y de romper el cerco de los brazos del hombre en torno a su cintura, y luchaba él, ya decididamente despierto, por retenerla allí y tumbarla a su lado, aunque estaba para conseguirlo demasiado drogado o demasiado borracho, siguió diciendo él frases sin sentido, «me pediste que no me alejara de ti por ningún motivo, que no te dejara sola ni un momento, que hiciéramos el amor sin tregua hasta el atardecer, ¡qué sé yo por qué!, chifladuras de tipa rara, aunque cumpliste bien, una hembra de primera, sí señor, nada que ver con esos aires ridículos que te estás dando ahora, como una Maria Goretti de pacotilla», y, estimulado por lo reciente de estos recuerdos o por la imprevista resistencia que presentaba ahora la mujer, se incorporó en la cama, estrechó el cerco de sus brazos en torno a la cintura de Marta, hasta hacerle perder el equilibrio y caer a su lado, y trató torpemente de encaramarse sobre ella, «no seas tonta, verás lo bien que lo vamos a pasar, mejor que por la noche, ¿recuerdas?, voy a hacerte unas cosas que no podrás esas sí olvidarlas nunca...», y Marta debatiéndose, juntando con todas sus fuerzas las piernas, agitando despavorida la cabeza de uno a otro lado de la almohada para zafar su boca de la otra boca, mareada por el olor a vino, a semen, a macho entresudado, aterrada porque ahora el hombre, enfebrecido de deseo, la tenía asida por la garganta, y apretó hasta dejarla sin respiración, hasta hacerle perder el aliento, y luego la soltó y empezó a golpearle la cara con la mano abierta, aunque sin demasiada fuerza, casi como si se tratara de algún juego, y al mismo tiempo la insultaba con palabras groseras, pero que parecía decir también en broma, en un susurro entrecortado por la risa, «¡hijaputa, maricona, jodida mala puta de mierda!», todo sin dejar de reír ni elevar el tono de la voz, y era una suerte que estuviera todavía en la resaca del vino o de blanquita, para que lograra así Marta rechazarlo, empujando con todas sus fuerzas, escabullirse a los intentos de montura, ponerse en pie, echarse algo de ropa encima y alcanzar la puerta de la habitación, mientras él intentaba un par de veces levantarse y seguirla, y caía las dos derrumbado en la cama, espatarrado como un insecto ridículo y atroz, una tortuga panza arriba, y le hablaba repentinamente convincente y apaciguador, al ver que por las malas la perdía, «¿dónde vas?, ¿cómo se te ocurre que vas a poder conducir en este estado?, espera un momento y nos vamos juntos, ¡no puedes tenerte en pie, no llegarás ni hasta el vestíbulo!», y Marta, corriendo despavorida por el pasillo interminable, claro que podía mantenerse en pie, no sabía cómo, pero podía, correría hasta caerse muerta, para escapar a la inmundicia y el espanto de aquella habitación y del hombre que dejaba a sus espaldas, abandonada ya la esperanza de entender, de averiguar lo que había sucedido, «para detenerme», se dijo, «me hubiera tenido que matar», y luego, con sorpresa, «o le hubiera matado yo a él», porque nada, salvo la muerte, podía interponerse en su camino y frenar su carrera, y llegó así al vestíbulo, y lo cruzó bajo las miradas atónitas de clientes y empleados, loca debía parecerles, corriendo así, desgreñada, lívida, medio desnuda, y cruzó el vestíbulo y salió a la luz, al sol, un sol redondo y deslumbrante, como el dibujo de un niño, en la mitad del cielo azul, casi en su cénit, y sobre el mar, un sol al borde de su plenitud libre de sombras (¿y cómo se podía ligar la intensidad de esta luz con un anuncio luminoso?, ¿o habrían pasado tantas horas desde que despertó en la cama hasta que encontró la salida?), y estaba forcejeando con las llaves del coche, cuando alguien, un tipo de uniforme gris y gorra plana, llegó a su lado, «espere, espere, señorita, ¿qué es lo que ha sucedido?, entre un momento en el hotel para tranquilizarse, beber una copa o un vaso de agua, ¡no puede conducir el coche en este estado!», y ella zafándose, empujándolo hacia atrás con toda su fuerza (imposible que le quedara tanta, se dijo, debía tratarse de la fuerza inexplicable de los desesperados y los locos), entrando en el coche y poniendo el motor en marcha, claro que podría conducir, conduciría hasta el fin del mundo si fuera preciso, conduciría por el aire o sobre la mar, seguiría nadando o volando su camino, y si este conserje entrometido le seguía interceptando el paso iba a pasar por encima de él, y el hombre no comprendió hasta el último instante, y se hizo entonces de un salto a un lado, maldiciéndola. Pero Marta no le escuchaba ya, había salido a la carretera costera junto al mar, y había apretado a tope el pedal del acelerador, en esa carretera mal asfaltada y llena de curvas, flanqueada a la derecha por el precipicio a pico sobre el agua y a la izquierda por las laderas escarpadas de la colina, y Marta tensa en el esfuerzo y la embriaguez de la carrera, como si este esfuerzo suyo, esa voluntad de correr, pudiera acelerar la marcha del vehículo, como si estuviera cabalgando sobre un caballo y no en el automóvil, un corcel al que animaba y espoleaba, Marta penetraba en las curvas sin aminorar la marcha, y el coche resbalaba, chirriaba, daba bandazos de un lado a otro de la carretera, invadía el carril contrario, y, de haber surgido otro coche de frente en estos instantes, se hubiera tenido Marta forzosamente que matar, bastaba que una única vez coincidiera con un camión al rebasar la curva para ser precipitada al mar o estrellarse contra los peñascos, pensó, y se dijo que en aquellos momentos morir no le importaba, pero, ¿de qué tenía todavía miedo?, ¿por qué esta carrera desenfrenada?, el hombre no se había levantado siquiera de la cama, allí estaría todavía, en aquella misma habitación, peleando con la ropa y con la necesidad de conseguir un taxi, odiándola y maldiciéndola sin duda, mas sin la menor intención de perseguirla, y sin embargo seguía apretando el acelerador despavorida, como si algo de aquel horror se le hubiera pegado a la piel (tal vez aquel hedor nauseabundo que llenaba la pieza) y se hubiera subido con ella al automóvil. Debía de estar por fuerza borracha, reconoció ante sí misma, drogada o borracha, ya que nada podía de otro modo explicar esta carrera sin sentido, como si le fuera en ella algo más importante que la propia vida o que la vida de los que se cruzaban en su camino, como si estuviera en juego algo más importante que estrellarse contra la piedra o la superficie de la mar o hacer que se estrellaran otros contra ellas. Corría enloquecida, sin saber hacia dónde, tal vez en busca de la madriguera, del agujero cálido donde podría sentirse por fin a salvo, por fin definitivamente segura, donde se desvanecerían los fantasmas, donde podría quizás limpiar el propio cuerpo de aquel maldito hedor, quemar la ropa, meterse bajo una ducha hirviente y luego helada, recordar acaso lo que había sucedido en el curso de la noche y qué era aquello a lo que había pretendido escapar, y a lo que estaba intentando escapar todavía. Y siguió adelante sin aminorar la marcha, resbalando en las curvas, ocupando el carril contrario, obligando a otros coches a frenazos suicidas o echándolos a la cuneta, mientras sonaban los cláxones y la increpaban los conductores atónitos y enfurecidos asomados a las ventanillas, ¿estaba loca o borracha?, inquirían, y Marta les contestaba a gritos que ambas cosas, y seguía adelante, y se perdía su respuesta en el aire antes de llegar a los oídos de conductores y camioneros. Loca y borracha, y atiborrada de blanquita, y trastornada de asco y temor, lanzada a una carrera insensata con el último residuo de sus fuerzas exhaustas —¿o la arrastraba tal vez sin que ella lo supiera una fuerza exterior?— hacia un punto que no conocía, ebria también acaso de velocidad y de peligro, mimando las imágenes de catastróficas volteretas en el aire, contra la montaña o sobre la mar, despedazado el cuerpo contra el asfalto o devorado por los peces. Y le pareció, al adentrarse en la ciudad, que se estaba sumergiendo de nuevo en un mar acogedor y profundo, siempre más y más abajo, en busca de la densidad extraña, del sobrecogedor silencio que impera en el fondo de los mares o en el mundo de los sueños, y siguió adelante sin ver a los guardias ni los semáforos, sin atender a las señales, ignorando los gritos y silbatos, pero cada vez más despacio, hasta que dejó tirado el coche en cualquier parte y siguió a pie su camino, pegada a las fachadas, rozándolas con el hombro —como avanzan los perros temerosos del castigo—, apoyándose en ellas cuando se detenía, cada vez con mayor frecuencia, a recobrar el aliento y respirar, extenuada por el esfuerzo de seguir proyectando su cuerpo hacia adelante, porque le pesaban las piernas como si fueran de plomo y parecía que tuviera los pies sumergidos en la arena, y se dijo de pronto, «voy porque yo quiero, nada me obliga a seguir», pero supo —una parte en ella supo— que se estaba mintiendo, tuvo la certeza de que nadie ni nada, y menos que nadie ella misma, podía detenerla, impedir que llegara a esta cita no sabía con qué, con quién, tal vez con alguien que podría explicarle lo ocurrido en la noche y brindarle la clave de sus sueños. Se detuvo una vez más al llegar al portal, le ardían las mejillas, toda ella ardía, y sentía la cabeza hueca, un nudo en la garganta, un temblor en el cuerpo que no lograba controlar, y de nuevo se dijo que nada la obligaba a seguir, que podía quedarse ahí, regresar al coche, retroceder, porque aquella, descubrió sin excesiva sorpresa, no era su casa, y qué demonios andaba ella buscando allí, mejor marcharse, pero en este preciso instante se abrió la puerta con un chasquido —o la mujer había pulsado sin darse cuenta el timbre o alguien había adivinado su presencia desde el interior— y, aunque subsistía todavía en Marta una parte de sí misma que la impulsaba a retroceder, a volver a la calle llena de gente, inundada de sol —un sol que acababa de alcanzar justo ahora su cénit, en un mundo sin sombras—, supo que iba a trasponer el umbral, supo que no podía hacer otra cosa que entrar y avanzar a lo largo del pasillo oscuro, porque se trataba en definitiva, se dijo, de una historia de amor, una historia de amor y muerte que debía vivirse hasta el final, y no podía ella en modo alguno detener el tiempo o modificar un futuro de antemano establecido, ni podía tampoco mantenerse al margen, y siguió pues adelante por el corredor en sombras, el corredor sumido en la penumbra y el silencio, luchando por dar detrás de cada paso otro paso más, apoyándose en las paredes, temiendo que pudiera desplomarse de un momento a otro de rodillas, y sabiendo que en este caso avanzaría arrastrándose, porque mientras quedara en ella un resquicio de vida iba a seguir, hubiera seguido cruzando a nado todos los océanos o avanzando sobre brasas encendidas o dejando tras de sí montones de cadáveres, y había algo tranquilizador en esta certidumbre de que la suerte había sido de una vez por todas echada, de que no cabían ya irresoluciones o dudas por resolver, muy simple ahora todo lo que iba a ocurrir, lo que había ocurrido acaso en el pasado innumerables veces, algo por entero impersonal e inevitable, una tragedia que Marta veía de pronto desde el exterior de sí misma, desde muy lejos, como si estuviera situada en una remota estrella o al otro lado del espejo, y no existía ya otra realidad que aquella que al término del pasillo, indiferente e inmóvil, la aguardaba, no había otra realidad que ella avanzando, sin voluntad, sin pensamientos, hacia él, arrastrándose hacia él por los infinitos tramos de un pasadizo interminable, hasta que estuvo delante de otra puerta cerrada, temblando desde los pies hasta la punta del pelo, jadeando como una mísera bestezuela malherida, como una triste bestezuela atrapada, como una inmunda bestezuela en celo —¿no había resultado tratarse en definitiva de una historia de amor?—, y reunió el resto de las fuerzas que le quedaban —ahora sí eran las últimas, pero poco importaba, porque estaba arribando la historia a su final y para nada iba después a necesitarlas— para golpear dos veces la puerta, como siempre, como en tantos repetidos y únicos mediodías, y apoyarse por último contra la pared —desfallecida, privada ahora de voz y movimiento, recorrido ahora el cuerpo exangüe por un ramalazo de una violencia tal que no podía deberse ya a la ansiedad o el miedo: un salvaje y monstruoso ramalazo de deseo—, apoyarse por último contra la pared y aguardar en la penumbra rojiza, hasta que se abriera por fin la puerta y viera arder tras ella, en el umbral, encendidos como brasas, los ojos del gavilán, dos diminutos puntos de fuego en la oscuridad.

La niña lunática

Homenaje a Oskar Kokoschka

La había visto por primera vez haciendo cola delante de la filmoteca, las piernas flacas y larguísimas, desproporcionadas con el resto del cuerpo, el cabello castaño muy corto y en punta, como el de un pillete, la mirada atónita y sonámbula (acababa de pasar junto a él, estaba seguro, sin verle), y le hizo pensar de inmediato en esas princesas corzo que pueblan los relatos fantásticos, atrapadas en el momento preciso de la metamorfosis, cuando acaban de recuperar sus formas de mujer y conservan todavía vestigios de su estado anterior, ese aire torpón y desmañado del cervatillo que no sabe qué hacer con unas patas que descubre demasiado largas y zascandilea por un bosque embrujado, donde inventan los duendes juegos mágicos y descarados, en ocasiones perversos, y puede toda una reina de las hadas enamorarse perdidamente del primer palurdo con cabeza de asno que se le cruce en el camino (tan sagaz también aquí, tan fino, el maestro de maestros, sabedor, él, que tanto sabía de los hombres —tal vez ya nadie haya vuelto después a saber tanto—, de que el amor depende poco o nada del objeto, y puede uno por tanto enamorarse, sin que se precisen magias ni encantamientos, de cualquier hombre, de cualquier animal o de cualquier cosa). O acaso fuera al revés, y se tratara en realidad de una cervatilla que acababa de adquirir, tramposamente y a elevado precio, un cuerpo de mujer con el que no acertaba todavía a desenvolverse, inmersa la escena toda en un espeso aroma a musgo y frutos silvestres. Y la amó de inmediato, le parece, por sus piernas largas, su aire desmañado, su cabello de muchacho, su mirada atónita, y tal vez también ya entonces, unos minutos después de verla por primera vez, por algo equívoco que emanaba de ella y le turbaba, como si estuvieran todavía la especie, el sexo y la edad por definir, porque era imposible fantasear un ser menos viril y, sin embargo, no se arriesgaría quizá nadie a asegurar que se trataba propiamente de una mujer. Era, se dijo, el acabado arquetipo de la adolescencia y, por lo mismo, de la ambigüedad.

Y entonces la mirada de Julia, al seguir el itinerario de la suya, había ido a coincidir con ella en la muchacha, y se había sorprendido la mujer, se había soltado de él, había ido al encuentro de la desconocida, y los había, entre sonrisas y besos, presentado (sonrisas de ella, porque la niña ciervo, que tal vez fuese sin más tímida o tonta, y él, un gilipollas que se enamoraba todavía algunas veces a primera vista, estaban demasiado azarados para atinar a sonreír), y le había explicado Julia, «es Silvia, una compañera de universidad, imagina cuánto tiempo, siglos llevaba sin verla», y luego, dirigiéndose a la muchacha con cierta sorna, «¿sigues tan forofa del cine, yendo sola casi todas las tardes?», y para concluir, porque iba en la sala a comenzar la película y estaban ahí los dos estorbando el paso, y como si se le acabara de ocurrir la idea del siglo, «¿por qué no la llamas cualquier día y os vais juntos al cine, en vez de ir cada uno por vuestro lado como dos tontos?», y había anotado rápidamente el teléfono que la otra, atónita, un poco más abiertos los ojos de cierva temerosa, le dictaba (tal vez falso, tal vez adrede equivocado, había pensado él), y se lo había deslizado luego a él en el bolsillo, mientras alcanzaban cotas no sospechadas el sonrojo y la incomodidad de los dos.

Luego, en la sala oscura, la había él increpado, enojado de veras esta vez, «¿cómo se te ha ocurrido tamaño disparate?, ¿cómo puedes pensar que voy a telefonear a una desconocida para ir al cine, y que ella, que tiene seguramente sus amigos y si va sola es porque le da la gana (y ahí advirtió que estaba perdiendo convicción), va a aceptar?», y Julia, encogiéndose de hombros, porque incluso en la oscuridad advierte él que se ha encogido de hombros y ha comenzado a sonreír, «es una chica rara, sabes, inteligente, buenísima en los estudios, y a mí me parece que bastante bonita, pero no salió nunca con nadie en los cinco años de Facultad, juraría que ni una sola vez la acompañó un chico hasta la esquina o la invitó a tomar un helado, ¡proponerle una copa hubiera sido como pervertir a una menor!», y ahora ríe Julia abiertamente, y, como los regañan desde la fila de atrás, concluye en un susurro, «seguro que os llevaríais bien, seguro que te iba a gustar, de hecho te está gustando ya, ¿no?, ¿por qué si no ibas a preguntar por sus amigos y a decir que si sale sola es porque le da la gana? Seguro que la vas, cualquier tarde en que te sientas más incomprendido, más depre o más solo, a llamar. ¡Si estáis hechos el uno para el otro y hasta os parecéis bastante!».

Y él se dijo a sí mismo, aunque lo calló —porque cuando se montaba Julia en una de esas historias era imparable y de nada servía llevarle la contraria—, que nada semejante iba a ocurrir, jamás se atrevería él, sobre una base tan endeble, tan traído todo por los pelos, a llamarla, demasiado sensible y gilipollas para que una negativa o el simple descubrir que el número era falso no le sumiera en la más feroz de las miserias, y, por otra parte, ya era una memez fantasear que es la chica, de la que en la puerta de un cine te acabas de enamorar, un cervatillo o un hada, pero verse a sí mismo (ya que pretende Julia que se parecen) como un duende o un cervatillo iba a ser demasiado.

Aunque tal vez no la hubiera llamado nunca, puntualizaría más adelante (en un intento de justificar algo que no precisaba justificación, pero que, caso de necesitarla, no la hubiera encontrado), de no haber literalmente chocado con la muchacha a la salida del cine, y haber descubierto con emoción que tenía la nariz enrojecida y los ojos hinchados, porque el hecho de que se hubiera pasado la película —esta precisa película, tan disparatadamente romántica y sentimental, tan de otros tiempos— llorando sin contención y sin rebozo (ni se había molestado siquiera en secarse las mejillas) le resultó conmovedor, y ganas le dieron de sacarse allí mismo un pañuelo del bolsillo, enjugarle las lágrimas, sonarle las narices y darle como a una niña buena y chica un beso en la frente.

«¿Cómo no iba a llorar?», se sorprendería Silvia ante la incomprensión de él (porque había tenido finalmente razón Julia una vez más, y sí había llamado a aquel número, que no era equivocado, y la chica había accedido de inmediato a ir al cine con él, y era ésta la cuarta o la quinta vez que salían juntos), «¿cómo no iba a llorar, si lo que en la película le sucede a Joan es lo mismo que me ha pasado a mí?», y él divertido, «¡vaya, quién lo iba a imaginar!», una verdadera suerte que no se le hubiera muerto un hijo ni estuviera ella agonizando en un sórdido hospital, ¿radicaba acaso la identificación en que se había enamorado todavía niña de un pianista o de un vecino?, y le había mirado Silvia enojada, porque no soporta bromas ni ironías, y menos cuando se refieren a ella, que no bromea por su parte jamás, ¡y ya es engorroso tratar con alguien que no tiene ni el más leve o exiguo sentido del humor y que se toma tan dramáticamente en serio a sí misma durante las veinticuatro horas del día! No, había protestado, «claro que no era un pianista ni un vecino, pero sí me enamoré de alguien que no llegó ni a sospecharlo jamás», y, con un temblor en la voz y los ojos más desvalidos que nunca, «alguien a quien sigo todavía amando», y él había abandonado la más remota sombra de ironía y había hecho un esfuerzo por entender, porque a Silvia le asomaban ya las lágrimas, «pero ¿cómo fue?, ¿qué pasó?, ¿fuisteis novios, te acostaste con él?», y había mostrado la chica un desdén infinito, como si estuviera hablando con un oligofrénico profundo, «¡qué disparate!, ¡claro que no!», ¿habían salido juntos unos meses, unos días?, y Silvia, «no, nunca, ni una sola vez», «¿pues entonces?», «entonces esto, nada, nada de nada, ya te había advertido que no lo entenderías», «no lo entiendo, no, pero me gustaría que me lo explicaras».

Y había contado Silvia que lo había conocido en una estación de esquí, cuando tenía ella diecisiete años y él algunos más de veinte, que había comprendido desde el primer instante que era el hombre de su vida, el único hombre (y había recalcado la palabra y lo había mirado de una forma especial, y había tenido él la sensación de que lo estaba enfrentando a un desconocido y disparatado rival) que podría haber en su vida, pero nunca, durante los quince días que coincidieron en el albergue, se había animado ella a decirle nada, «¿y después?», después habían vuelto a la ciudad y se había pasado ella semanas, meses, rondando su casa, apostándose en una esquina para verlo pasar, telefoneándole y colgando luego para oír, si era él quien respondía a la llamada, un instante su voz, «¿y después?». Y aquí la voz de la muchacha se había quebrado y había seguido en un susurro, después había sabido un día que él se casaba y había comprendido que ya nada tenía remedio, que ya no podría nunca darse a conocer, decirle nada, que había perdido de forma definitiva, a causa de su tontería, de su apocamiento, cualquier posibilidad de ser feliz, ¿no le parecía toda la historia una simpleza, un mero disparate?, y había manifestado él que no, no podía parecerle una simpleza algo que la estaba haciendo de tal modo sufrir, y era, por otra parte, muy frecuente enamorarse así a los diecisiete años, lo que sí le admiraba era que se hubiera sostenido ese fantástico amor, ese fantasmagórico amor, esa fragilísima construcción levantada sobre la nada, apoyada en apenas nada, durante tantísimo tiempo, que no hubiera surgido, en todos esos años, más de diez, otro hombre capaz de liberarla de su obsesión, ¿qué les pasaba a cuantos la habían conocido, empezando por los compañeros de universidad y llegando hasta los hombres que trabajaban ahora con ella en el laboratorio, donde era, para colmo, la única mujer?, ¿sería cierto, como pretendía

Julia, que ninguno había tomado la iniciativa, que no le proponían siquiera ir a tomar un café al bar de la Facultad?, y Silvia, «bueno, Julia exagera siempre un poco», y él, «pero de todos modos, ¿qué demonios les pasa, están, para mi fortuna, todos ciegos?».

Iba a comprobar a su costa más adelante, demasiado tarde para ponerse a salvo o escapar, que de ciegos no tenían nada, sino que estaban, por el contrario, lo suficiente sanos y cuerdos para que su instinto de conservación les advirtiera del peligro, porque algo debía de haber en Silvia —un estigma, una señal, una luz roja que se le encendía en la frente o entre las piernas— que sólo él entre todos no había percibido. ¿Y a qué se debía que sólo él entre todos no lo hubiera percibido?, había inquirido Julia cuando se lo contó, ¿un fallo de los sentidos o cierta secreta complacencia? Algo debía de haber en Silvia que los había mantenido siempre, aunque la chica les pareciese atractiva, porque bonita lo era sin lugar a dudas, a una prudentísima distancia.

El día que le contó su historia, pues, la cuarta o quinta tarde que pasaron juntos, sentados en la mesa más apartada y oscura de un bar de citas adolescentes, donde no había puesto él los pies desde hacía mucho (y risa le dio a él, que sí tenía, para su ventura o desventura, sentido del humor, y que no lo aplicaba a nadie tan acremente como a sí mismo, elegir esa precisa mesa de ese bar, para mostrarse poco después displicente sobre el modo en que se sentía el amor a los diecisiete años, presuponiendo que existía otra forma —¿más madura?— de amar, de la que él, junto con los restantes adultos, poseía el secreto). Aquella tarde, pues, tenía Silvia al terminar la historia los ojos anegados en lágrimas, mientras trataba inútilmente de conseguir que por lo menos una parte del té pasara de la tetera a su taza y no al mantel, y sintió él una ternura intensa, conmovido hasta los huesos, y se preguntó si alguien, tal vez Julia (que era en realidad la única a la que se lo iba a contar), entendería que él amaba a esta mujer porque lloraba como una chiquilla, con ese impudor total que es propio de los niños y suele perderse en la adolescencia, y la amaba sobre todo, pensó, porque era incapaz de servirse una taza de té sin derramar la mitad, y esta vez sí la estrechó entre sus brazos, y le estaba secando a besos los lagrimones, y sentía en los labios, en la punta golosa de la lengua, junto al sabor salado de las lágrimas, el tacto escurridizo de las mejillas (toda su piel, comprobaría después, era satinada, lisa, suave, como si se tratara de una porcelana o de una figura de cristal, no de una mujer de carne y hueso —nada menos carnoso, menos tibio, menos sensual que aquella piel que, paradojas tiene la vida, le hacía perder el sentido de ganas de lamerla, de tocarla— y exhalaba de veras, como había fantaseado el primer día, un leve pero pertinaz aroma a musgo y frutos silvestres, tal vez una colonia para niños de la que había perdido hacía mucho la memoria, y la sintió tan frágil, tan flaca y temblorosa, como si estuviera sujetando un pájaro en la mano cerrada).

Y se mantuvo Silvia casi todo el tiempo inmóvil, salvo aquel temblor, sin un inequívoco gesto de consentimiento o agrado, pero también sin un solo gesto de disgusto o de rechazo, los ojos de corza sorprendida, ahora tal vez un poco más abiertos, fijos en él, cada vez que la apartaba de sí para mirarle la cara, y dejó que la besara en la boca, aunque mantuvo firmemente cerrados los labios un poco rugosos y agrietados —labios de colegiala poco coqueta que no se preserva del viento ni del sol—, y le estuvo él besando los labios una eternidad, como si hubiera quedado atrapada su boca en un punto del que no podía ni quería despegarse, y estuvo también eternidades acariciando el breve pelo hirsuto, las manos, las mejillas, resiguiendo con dedos emocionados las líneas de su rostro —los ojos, las orejas, la nariz, las mejillas—, dibujando los rasgos de su cara en un juego aprendido en la infancia y nunca practicado antes con una mujer. Y se había dicho aquel día, aquella tarde en que contó la muchacha su fantástica historia y se animó él a besarla por primera vez, se había dicho, exultante y esperanzado, que había de lograr con entera certeza, antes o después, con mayor o menor dulzura y cariño y tenacidad (seguramente con altas dosis de los tres), arrancar a la princesa dormida, a la valquiria hechizada, tras superar selvas enmarañadas y llanuras de fuego, de sus ridículos fantasmas adolescentes, porque alguien debía liberarla de hadas malvadas, padres prepotentes, del maléfico dragón (disfrazados los tres en este caso de esquiador), y precipitarla de golpe en mitad del torbellino de la vida, y allí estaba él con flamígera espada, protegido y acuciado por un amor sin par, para conseguirlo, ¿no era acaso el amor, decían, más fuerte que la muerte?, ¿cómo no iba a poder arrancar de un sueño estúpido a una muchachita empecinada? (¿Seguro, sugería Julia, que tenía la culpa de todo el abominable hombre de las nieves y la mala fortuna de haberse tropezado a los diecisiete años con él?, ¿no obedecería el daño a otra causa distinta, tal vez incluso anterior, de la que serían el fantasma y lo que trajo consigo mera consecuencia?)

Y habían salido a partir de entonces muchas tardes, o a veces por la noche, porque él anteponía estas salidas a cualquier obligación o compromiso y ella decía casi siempre que sí, cuando no le dolía la cabeza o el estómago, o algún otro punto concreto o indeterminado del cuerpo, o se sentía griposa, o se fantaseaba de cualquier rara dolencia enferma, o se había acostado la noche anterior un poco más tarde, o debía levantarse temprano a la mañana siguiente porque había mucho trabajo en el laboratorio, siempre turbada, había él muy pronto descubierto, por ridículos miedos y aprensiones, por múltiples y disparatadas fobias, sin que fuera sencillo distinguir si se trataba de un problema real, de una dolencia cierta, o si era simplemente otra de sus muchas y casi siempre negativas invenciones. Algunas tardes iban directamente al bar de los rincones oscuros y las parejas entrelazadas (que se llamaba, para que todo fuera perfecto, Paradiso), otras iban primero al cine, y después al bar, o se quedaban sentados horas dentro del coche, aparcado también en la oscuridad, besándola él, cada vez más apremiante, acariciándola él, cada vez más desesperado, porque rebasaban todos los presupuestos las dosis que se le exigían de paciencia y cariño y tenacidad, besando y acariciando las mejillas, la frente, la boca, el cabello, las manos, pero sin avanzar más allá, porque en cuanto pretendía abrirle con la boca su boca o avanzaba una mano hacia sus pechos, tenía Silvia un brusco sobresalto, abría desmesuradamente los ojos de animalillo silvestre (unos ojos atónitos en los que no se podía o no acertaba él a leer nada, abiertos en todo momento, y erguidos, como una vigilante carabina, entre ellos dos) y protestaba en un susurro, «no, por favor, no», mientras apartaba el rostro y rechazaba con sus manos las suyas, y él suplicaba ahogándose, oyendo los latidos de su corazón delatador, sintiendo que le faltaba literalmente el aire, «¿no quieres, di, de verdad no quieres?, pero ¿por qué?», y negaba la chica con un gesto, y hundía él entonces la cabeza en el hueco de su hombro, contra el cabello caoba, que seguía oliendo a bosque, a miel, y permanecía allí, mientras trataba de silenciar los latidos de su corazón (no fuera ella a escucharlos), de recuperar el aliento. Y una tarde la había sujetado por los hombros, sus ojos enfrentándose a los de ella, y había querido saber, «dime algo, lo que piensas, lo que sientes», y ella, como excusándose, «nada», «¿cómo nada?, ¿te gusta o no te gusta?, dime por lo menos si te gusta», y se había encogido ella de hombros, y sin embargo, después de que él la soltara de golpe, pusiera el coche en marcha y la acompañara hasta su casa sin volver a dirigirle la palabra, lo había mirado entristecida, suplicante y casi casi —¿o sería un espejismo?— cariñosa, y había musitado, «¿hasta mañana, no?, ¿me telefonearás mañana?».

Él no había telefoneado mañana, ni al otro día, ni al otro, pero sí —harto de morderse las uñas y no hacer otra cosa que pensar en ella— el día que hacía cuatro, aunque ni la saludó casi al subir la chica al coche, ni le preguntó dónde quería ir, sino que condujo hosco hasta el cine que a él le pareció, y había solicitado ella, con voz triste y suave, «no te enfades conmigo, por favor, te quiero mucho, de verdad, eres mi mejor amigo», y luego, ya en la oscuridad de la sala, sin que mediaran más palabras, le había cogido una mano y la había mantenido todo el tiempo entre las suyas, frías, un poco temblorosas, fragilísimas.

Y también había sido ella la que, cuando iba a poner él el coche en marcha, le había detenido, le había pedido inesperadamente «bésame», y la había mirado él con recelo, diciéndole que no acabaría nunca de sorprenderle, y le había dado luego un beso moroso, tierno, en los labios cerrados, y después se había enfrentado a la mirada de Silvia, y había preguntado, aunque la más elemental prudencia aconsejaba no preguntar, «¿y ahora qué?, ¿te ha gustado así un poquito más?», y Silvia había vagamente asentido, sí le había por lo visto gustado, y fue ahora ella la que le besó en la boca y abrió por propia iniciativa los labios y los mantuvo largo rato así, pero pasivos y sin responder a sus besos.

Y aunque nunca, en los días que siguieron, demostró Silvia especial agrado ni interés, aunque no volvió a tomar en ningún momento la iniciativa y se limitó a mantenerse quieta y pasiva a su lado, los ojos abiertos y vigilantes, aunque no respondió nunca a la pregunta que no podía dejar de hacerle (que el hombre, muy a su pesar, no podía dejar de hacerle), «¿te ha gustado más ahora?, di», más que con gestos vagos, imprecisos, con un «no sé» que le sacaba de quicio, o con uno de los «síes» menos convincentes de cuantos hayan podido ser pronunciados en la historia del hombre sobre la tierra, y, por más que en ocasiones le parara la chica al primer beso, siempre sin que mediara una explicación, y no quedaba entonces otro recurso que charlar o centrar la atención en la película, porque seguían yendo al cine con frecuencia, en otras sí le permitía continuar (sin que fuera posible tampoco averiguar el cómo o el porqué, obedeciendo únicamente, y era eso lo que más le irritaba, a su humor del momento o a mera arbitrariedad).

Y le parecía a él que la muchacha iba cediendo, bajando sus defensas, y entonces una tarde, en un golpe de audacia, sacó el coche del reticulado de las calles ciudadanas y ascendió por la carretera hasta un mirador desde donde se dominaba la ciudad hasta la mar, y, como no había Silvia protestado, como nada había argüido a favor ni en contra —tal vez no había advertido siquiera el radical cambio de decorado—, la llevó a partir de entonces casi siempre allí, y, por más que hubo paradas y retrocesos, para él inexplicables, iba tomando, le parecía, lenta, muy lentamente, centímetro a centímetro, con una paciencia de la que nunca se hubiera supuesto capaz, posesión de su cuerpo, porque un día había abierto ella los labios y los había mantenido abiertos, otro se había dejado besar en el cuello, los hombros, acariciar las piernas, y otro, por último, uno de tantos días en que aventuró él sin excesivas esperanzas la mano hacia sus senos, no había ella protestado («te advierto que no tengo tetas», le había simplemente prevenido, «vas a llevarte un desengaño», y él, ahogándose de emoción, perdiendo el mundo de vista, pero intentando bromear, «¡no me digas!, ¡no lo hubiera sospechado jamás!»), y le acarició largamente, morosamente, sin cansarse, los pechos casi inexistentes, dos breves promontorios de porcelana o de cristal, coronados por dos pezones tiernos, suaves, seguramente sonrosados, muy parecidos al extremo de la flor de nardo, pechos de niña o de mozalbete, y sólo cuando aproximó el hombre a ellos la boca, había tenido Silvia un gesto de alarma y de rechazo.

Y habían seguido así durante muchos días más, pero luego, inesperadamente, una tarde, sin darle siquiera tiempo a estacionar el coche en el mirador, le había largado la chica de corrido un discurso, sin respirar, que traía seguramente desde su casa aprendido, y en él le explicaba que no podría ella jamás olvidar al otro, dejar de amar al otro, pero que a él le quería muchísimo, de verdad, era la persona en quien más confiaba, su único amigo en realidad, ¿y por qué no podían ser simplemente esto, buenísimos amigos?, y él, sin acertar a disimular el enojo, a contener la amargura, «porque estoy enamorado de ti como un idiota: si te tomaras por una vez en la vida la molestia de tener en cuenta los sentimientos de los demás, sabrías que lo que me pides es imposible, ¿imaginas lo que supondría para mí?, ¿lo que me iba a hacer sufrir?», y ella, «no es culpa mía, sabes, no lo puedo evitar, no puedo sentir de otro modo, ¿crees que no me gustaría ser distinta, enamorarme de ti?», y a él no se le había disipado el enojo, pero pensó que muy probablemente era la muchacha sincera y hasta llevaba razón, seguro que se comportaba así porque no lo podía evitar, y saltaba a la vista que estaba más sola que la una y no era en absoluto feliz, seguro que necesitaba ayuda, pero le pareció por primera vez harto improbable ser él la persona adecuada para brindársela, para librar una batalla eficaz contra el abominable hombre de las nieves (ni siquiera contra eso: contra la disparatada invención de un abominable hombre de las nieves), tan complicado siempre luchar contra hombres invisibles o contra fantasmas, sobre todo porque no iba ella, de esto estaba seguro, a colaborar, y estaba para colmo él inmerso hasta el gaznate en la historia, al borde mismo de perder pie y sucumbir y volverse tan loco o más de lo que ella lo estaba, siempre más fuerte y contagiosa la locura que la cordura o la sensatez, de modo que él se destruiría sin que le aprovechara a ella para nada, y se dijo y le dijo que, ahora que estaban las cartas sobre la mesa y era obvio (o eso le parecía a él) que no podía con las suyas ganar, no quedaba otra solución que romper o echar por la ventana la baraja y no volver a verla más.

Y sí parecía, por el modo en que condujo de regreso a la ciudad, que se había vuelto loco también él, invadiendo el carril contrario, patinando en las curvas, como si le persiguieran mil demonios o estuviera intentando batir el récord de peligrosidad e insensatez en carretera, movido tal vez por el ridículo deseo de asustarla, de que tuviera ella que pedir, «no corras tanto, por favor» (porque no sólo se comportaban los dos como chiflados, sino que habían empezado a comportarse también como niños), pero Silvia no rechistó, tal vez no se daba cuenta siquiera de la velocidad, como no había demostrado advertir tampoco, unos días atrás, que habían sustituido el rincón más apartado y oscuro de un bar de citas adolescentes por un mirador desde el cual divisaban toda la ciudad hasta la mar, ciega y sorda a cuanto no fuera ella misma, a cuanto no ocurriera dentro de ella misma, y ahora en el coche, a su lado, parecía dolida y sobre todo desconcertada, como si no atinara a comprender por qué le sucedían estas cosas, y, cuando detuvo él, siempre hosco y en silencio, el coche delante de su casa, le había cogido una mano, la había oprimido entre las suyas, se la había llevado a la mejilla, la había apoyado contra sus labios, y había susurrado quedo, «hasta mañana, ¿no?, promete que nos veremos mañana», y tuvo él la sensación de que aquella precisa escena había tenido ya lugar en el pasado y la premonición de que iba a repetirse una vez y otra, inalterable, porque no estaban inmersos en una historia lineal, con sus avances y retrocesos, sino atrapados (no sólo él: los dos) en una historia perfectamente circular que, como el infierno sartriano, podía no tener fin.

Porque sí volvió, sí volvía a llamar él al día siguiente, o unos días después, tras un agotador e inútil batallar contra sí mismo, y, cuando resistía por más tiempo, era Silvia la que indefectiblemente telefoneaba, para proponerle con su voz inocente y como si no hubiera sucedido nada, como si no mediara conflicto alguno entre los dos, salir al cine o a cenar, y, si no cedía él a la primera, cedía a la llamada cuarta o quinta o décima, incapaz de resistir a la tentación de volver a verla (o tal vez porque aleteaba todavía en él, malherida y agónica, pero viva, persistentemente viva, la esperanza), y hubo etapas, a veces largas etapas, en las que, tal vez por miedo a perderle o dios sabe por qué ignorados y confusos motivos, se permitía ella ceder, y se reanudaban las sesiones en el mirador o en el bar, o en el interior de un cine, hasta que llegaba indefectiblemente el punto en que lo rechazaba, porque se había pasado él tal vez de ese límite —variable y determinado siempre por ella— que no debía traspasar, y volvía él a jurarse no verla nunca más, o pasaba días y días tratándola sólo como la trataría un amigo (reconcomiéndose el alma, pero como un amigo). Y unas veces rompía él lo que se había propuesto, pero, y eso sí resultaba más difícil de explicar, era en otras ocasiones Silvia, en plena etapa de castidad, la que le pedía «ponme la mano aquí» o «dame un beso». Y, en una de las ocasiones en que estaba él de veras más desesperanzado o enojado, en que se había propuesto no ceder ante ninguna llamada ni invitación, había logrado ella una vez más desbordarle y sorprenderle (muchas cosas y malas podían decirse de esa relación, le había confesado a Julia, pero no que, por más que recurrente, hubiera sido en ningún momento aburrida), porque le había pedido «ven a mi casa, por favor» (como una niñita bien educada, lo pedía todo por favor, «por favor» y «perdóname» eran las palabras que más veces había escuchado de su boca), «necesito que me ayudes a montar unas estanterías», cuando era eso, subir a su casa, verse en un lugar que no fuera público, uno de los extremos que ella no se había avenido nunca ni siquiera a discutir, y unos pocos minutos después (por un motivo u otro conducía ahora siempre despendolado) había llamado a su puerta.

Y le había abierto Silvia con una sonrisa tímida, con gestos absolutamente normales, pero desnuda de los pies a la cabeza, y él, sin saber qué hacer, sin saber lo que se esperaba de él ni lo que debía entender, la había estrechado entre sus brazos y había comenzado a besarla en la boca, y entonces ella, con un gesto de sorpresa, sintiéndose desagradablemente confundida y escandalizada, molesta ante una actitud por lo visto inesperada y fuera de lugar, «¿pero qué estás haciendo?, ¡suéltame!», y en lugar de darle él la bofetada del siglo, en lugar de hostiarla contra la pared, y aunque sentía genuinos deseos de asesinarla, de apretarle el gaznate hasta que dejara de respirar, de golpearle la cabeza hasta que quedara machacada, de abrirle con violencia las piernas y meterle en el sexo hasta el mango el cuchillo de cortar el pan, se había puesto a montar, eso sí, a golpes, las estanterías, mientras desaparecía Silvia en la habitación contigua y regresaba poco después en tejanos y jersey, y había estado normal y simpática, cariñosa incluso, y habían ido al cine, al mirador, a merendar: qué importaba dónde, en una historia que se repetiría hasta el infinito, hasta pasar por todas las situaciones imaginables, para volver de nuevo a comenzar.

Y unos días, o unos meses, después, había subido él a buscarla, cuando el hecho de subir a su piso no significaba ya nada, y estaba ella vestida, curiosamente con los mismos tejanos y el mismo jersey, pero en lugar de coger el bolso y seguirle hacia la escalera, le había pedido, «ven, siéntate aquí a mi lado», y luego «bésame si quieres, así por lo menos no me sentiré tan sola». Y no era una motivación demasiado estimulante para besar, pero él la había de todos modos aprovechado, y había avanzado muy despacio (aunque muriera de impaciencia y de deseo), como si estuviera recorriendo un terreno minado donde podía cualquier paso en falso ser fatal, rato y rato besándola en la boca, en el cuello, en los ojos, y los había cerrado ella y no los había en esta ocasión vuelto a abrir, y luego, siglos después —le parecía a él que había anochecido detrás de los cristales de la ventana—, había aventurado una mano hacia sus senos, y tampoco ahora había Silvia protestado, desmayada, inmóvil, abandonada (¿sería posible que sin defensas ni subterfugios abandonada?), y la había besado en la boca, abriendo los labios de ella que no ofrecieron tampoco apenas resistencia, y, mientras se decía que debía de estar soñando, demasiado hermoso aquello e inesperado para ser verdad, se quitó torpemente, sin dejar ni un segundo de besarla, la ropa y, luego, le había quitado a ella los tejanos y el jersey, las breves bragas de algodón, y sí se había apartado entonces un instante para contemplarla, y aquella muchachita canija y desmañada le pareció ahora suntuosa y deslumbrante en su entera desnudez, que no había atinado él a ver el día que le abrió la puerta desnuda y la tomó él de inmediato entre sus brazos («una falsa flaca», hubiera dictaminado Julia, «un genuino patito feo»), y se contuvo él todavía eternidades besándola en la boca, acariciándole los pechos, hasta que sintió los pezones erguidos y duros contra las palmas de sus manos, y descendió entonces una de ellas hasta el cálido agujero que se abría entre sus piernas, y la acarició allí, mucho, mucho tiempo, hasta que sintió los dedos mojados y viscosos, y le pareció que se había acelerado el ritmo de la respiración de la muchacha, y sólo entonces se permitió el abandono, se deslizó encima de ella, cada centímetro de su piel estremecido sobre la suave piel de porcelana, el sexo de él buscándola ansioso entre las piernas, y murmuró en un quejido, al borde del más intenso, arduo, escarpado placer que se hubiera alcanzado jamás, «¡te gusta!, ¡sé que sí te gusta!, ¡ven, ven ahora, ven!», y entonces, en el ultimísimo instante, cuando era imposible ya parar y contenerse, había abandonado Silvia su pasividad, había cerrado fuertemente las piernas, apartado el rostro, lo había rechazado, y, unos instantes después, cuando él la miró torvo, desesperado, atónito, tenía la muchacha una mirada extraña y los labios apretados, y había dicho luego en un susurro (no se hubiera atrevido él a asegurar si triunfal o pesaroso, y no quedaba excluido que fuera ambas cosas a la vez), «yo no he sentido nada, ¿sabes?».

Y tampoco esta vez la había golpeado él, tal vez porque temió que de empezar no podría detenerse después hasta despedazarla. Se había puesto la ropa, había salido de la casa y, casi sin proponérselo ni decidirlo, se había dirigido, no a su piso, sino al de Julia, más seguro refugio donde lamerse las heridas, ¿no era acaso ella la iniciadora y la culpable, no había sido acaso suya la brillante idea?, y se lo había dicho en cuanto traspuso el umbral, y Julia, «bueno, la verdad es que no creí que te iba a dar tan fuerte», y se había quedado él a dormir allí, aquella noche y las siguientes, noches que pasó enteras hablándole a Julia de Silvia, despotricando enfurecido y desesperado contra Silvia, o pretendiendo que fuera Julia la que le contara, y Julia, «¿qué quieres que te cuente?, la conocí de forma muy superficial en la universidad, no fuimos ni siquiera propiamente amigas, y llevaba siglos sin saber de ella, pero no, no creo que se enamore nunca de ti, ni de ningún otro, ni siquiera del dichoso esquiador, si se le cruzara de nuevo en el camino, y, si lo que quieres es que te dé un consejo, deberías (si se dejara, que no se dejará, porque está demasiado loca para reconocer que pueda estarlo) llevarla a la consulta de un psicoanalista o un psiquiatra, y podrías, de paso, hacer que te echaran también un vistazo a ti», y se había quejado él de que lo tomara tan a la ligera, y Julia, «¿qué quieres, que nos echemos a llorar los dos?». Y siguieron transcurriendo los días, que se le hacían a él interminables, en que parecía que el tiempo se había detenido o avanzaba a trompicones y a cámara lenta, empujándose torpes unos a otros los segundos, días en los que no se acercó siquiera al despacho, ni vio a nadie, excepto a Julia. Sin poder centrar su interés en nada, sin poder ocuparse de nada, distraerse con nada, sin hacer otra cosa que luchar denodadamente contra la tentación, siempre presente, de presentarse en su casa o de llamarla —contra la permanente tentación de llamarla—, como si le fuera en esta resistencia la vida, como si fuera lo único que le quedaba por hacer en la vida, y a ratos no recordaba siquiera las razones por las que había resuelto no volver a verla, pero la resolución seguía ahí, y le había dicho Julia una de esas frases hechas, frases talismán, que intercambiaban entre ellos, meneando la cabeza llena de conmiseración, «no te preocupes, también esto pasará», y él, «seguramente, pero de qué me sirve esto ni cómo me consuela; ¿no ves que el problema no es lo que haré dentro de unos meses, unos años, sino cómo puedo superar las próximas tres o cuatro horas?». Y estuvo bebiendo de forma disparatada, combinando el alcohol con los somníferos, no para morir, no (de morir alguien, tenía que ser ella), sino para dormir mil horas y que le pasara el tiempo sin sentir, y sí dormía muchas horas y pasaba las restantes en una especie de duermevela. Y se encontró una tarde conduciendo el coche por la autopista, no sabía hacia dónde, ¿y cómo demonios había podido llegar en su estado hasta allí?

Y transcurridos esos días de infierno, había sido Silvia la que le había llamado, y él, sorprendido, «¿cómo me has localizado?, nadie sabía que yo estaba aquí», y ella, con su voz más dulce y sometida, «te he telefoneado a tu casa, y al despacho, mil veces, te he buscado por todas partes, hasta en el Paradiso...», y luego, con un temblor, «perdóname, por favor, yo no puedo evitarlo», y luego, bajando la voz hasta un murmullo casi inaudible, «ven a mi casa, por favor, te necesito». Y se habían citado en casa de ella veinte minutos después, y había resucitado él de entre los muertos, y había señalado Julia lo evidente, «te alegra que te haya llamado, ¿verdad?, te sientes feliz», y era cierto, ocurriera luego lo que ocurriera, que no sería seguramente nada bueno, él se había alegrado de que le llamara y se sentía en aquellos momentos feliz.

La conversión de la pequeña hereje

Desde que nació hasta sus quince o dieciséis años había veraneado Bubi con su familia en aquel pueblecito de El Maresme, contiguo a la mar y muy próximo a Barcelona, y allí habían podido, Sara y él, explorar zonas de libertad en la ciudad prohibidas: salir con la panda de amigos sin la siempre incordiante presencia de un adulto (si era asalariado, peor), acostarse tarde por las noches, ya que no existía al otro día razón alguna para madrugar, o mantener un trato mucho más fácil y distendido con las chicas, limitado prácticamente en el invierno a las amigas de su hermana que acudían a la casa y se encerraban con ella en el cuarto o a las alumnas que veía, sin animarse a abordarlas, a la salida del colegio. En el pueblo habían fumado los primeros cigarrillos e inaugurado las primeras timbas —en que apostaban a los naipes (al póker o al siete y medio) canicas de barro y de cristal, cromos, gusanos de seda, chocolatinas e incluso dinero, besos y toqueteos—, agazapados en las exiguas cabañas de juncos que levantaban todos los veranos en el cañaveral, y allí habían visto clandestinamente —con la complicidad de las criadas y la connivencia del acomodador— innumerables películas no aptas para menores.

Era el mismo pueblo donde habían veraneado sus padres y, antes, sus abuelos y bisabuelos, donde veraneaban los amigos y habían veraneado, ya, los padres y los abuelos y los bisabuelos de los amigos, donde se habían gestado —tal vez precisamente por darse una relación más libre y confianzuda entre chicos y chicas— múltiples noviazgos. De modo que se conocían todos, los veraneantes y la gente del lugar, parecía que desde siempre, aunque, para sorpresa de Bubi, formaban dos ámbitos perfectamente diferenciados y con escasos puntos de coincidencia —antes de que el aluvión turístico y luego la televisión alteraran la costa catalana y el país entero, ya que antes, por más que estuviera el pueblo a menos de una hora de viaje en los ferrocarriles de entonces, que le dejaban a uno un tanto magullado y cubierto de carbonilla, la gente del pueblo sólo bajaba a la capital para visitar a un especialista que el médico rural les había recomendado, o para llevar a cabo, en fechas señaladas (por ejemplo, una boda, o la Navidad) compras muy especiales—, donde se vivían y entendían la religión, el dinero, las relaciones familiares y hasta la misma muerte, de formas diferentes. Y si en la ciudad se había forjado el niño una imagen bastante precisa de su propio mundo, la alta burguesía urbana, y sólo una vaguísima y fantasiosa idea de otros mundos distintos, vislumbrados a veces al visitar el zoo, subir a las atracciones del Tibidabo o zarpar en una golondrina rumbo al rompeolas —esparcimientos multitudinarios y populares—, o al ir de compras con la abuela, que bajaba hasta la parte vieja de la ciudad en busca de unas cintas, unos botones especiales, hilo para el encaje de bolillos o polvos de colonia para fabricación casera (para la madre de Bubi, la Barcelona que se extendía por debajo de la plaza de Cataluña simplemente no existía), aquí sí era estrecha y palpable la coexistencia de dos mundos dispares, y él constataba con asombro que los chicos del pueblo, incluso en familias acomodadas, disponían de muchísimo menos dinero, mal chapurreaban, si era imprescindible, el castellano, se dirigían a los padres, abuelos y otras personas de respeto utilizando el «vos» (¡qué curioso, igual que los príncipes y princesas de los cuentos de hadas!) y, por más que fueran en su mayor parte hijos y nietos de pescadores (en aquel entonces ya remoto disponía el pueblo, al igual que los pueblos vecinos alineados a lo largo de la costa, de una flotilla de barcazas de madera que se hacía a la mar con el amanecer y regresaba con el crepúsculo —poco antes de la llegada del tren que traía de regreso, después del trabajo, a los padres y maridos de los veraneantes desde la ciudad—, para vender buena parte del pescado, escamas de plata todavía en agónico y encabritado movimiento, en la misma playa), no sabían, y a Bubi le resultaba incomprensible, nadar, y era lo cierto que miraban el mar con menos amor que respeto y con elevadísimas cotas de desconfianza.

Inamovibles parecían, en aquellos años anteriores al turismo en masa y a la televisión, las costumbres de las gentes del pueblo, pero también los reiterados hábitos de los veraneantes, que no se sentían allí en absoluto forasteros, procedentes todos de la ciudad vecina, y ocupando verano tras verano, a veces de generación en generación, ya fueran alquiladas o de propiedad, unas mismas casas, reducida —y era una suerte, decían— la capacidad hotelera a dos pensiones familiares de medio pelo, ¡y hasta en las playas se respetaban de año en año las familias un mismo lugar bajo la sombrilla o el toldo!

Y un verano se estableció en una de las casas más hermosas del paseo —grande, tal vez un poco destartalada, con suelos de baldosas multicolores que formaban dibujos geométricos, muebles antiguos o quizá simplemente viejos, tribuna acristalada y un jardín trasero con rincones de sombra hasta los que llegaba el traqueteo y silbido de los trenes y, en los días menos apacibles, el rumor de las olas al romper en la playa— un matrimonio suizo con una criaja de seis años, dos menos que Sara, que había hecho aquella primavera la primera comunión, y tres menos que él. Y sucedió que la niña andaba —no en ocasiones excepcionales y contadísimas, como pudiera ser una arriesgada expedición hasta los picos más altos del Himalaya, donde yendo con falda hubiera corrido el riesgo, peor, de que se le vieran las bragas, o para montar a caballo o en camello, o porque hiciera (¿y cómo iba a hacerlo en julio y agosto?) un frío de verdad atroz— a todas horas en pantalones; y se quedaba la mayor parte de las noches hasta muy tarde con sus padres en la terraza del casino, viendo lo que no hubiera debido ver y oyendo lo que no hubiera debido oír, aunque si la hubieran dejado sola en casa, todavía se los habría criticado y censurado más, y, por otra parte, ya entonces le parecía a Bubi que no había en el casino nada especial que ver ni nada peligroso que oír, sobre todo si se tenía en cuenta que la niña, al menos en el inicio de sus vacaciones, no entendía ni media palabra de catalán ni de español; y se bañaba —incluso después de que, agotadas las sugerencias y las indirectas y las frases dichas entre ellas, pero a voz en grito para que los suizos oyeran y entendieran, y tras múltiples deliberaciones, pues había que decidir quién le ponía el cascabel al gato, dos señoras más intrépidas que las otras, o más insensatas, les llamaran en nombre de la comunidad (aunque no era cierto, piensa Bubi, que hubieran con todo el mundo consultado, porque sus propios padres no hubieran aprobado jamás semejante delirio) la atención— con un traje de baño que cubría tan sólo la parte inferior del cuerpo y dejaba impúdicamente al descubierto la zona donde cabía suponer que iban a crecerle en el futuro los pechos. Y era, para el colmo de males, la niña, al igual que sus padres, protestante, aunque en su caso sin culpa personal alguna.

En qué radicaba la culpabilidad de los padres no quedaba para Bubi lo bastante claro; «en no haber puesto de su parte los medios necesarios para salir del error», había dictaminado, cuando le plantearon un dilema parecido, el cura que les daba en el colegio clases de religión, pero ¿cómo iba a ocurrírseles, ni a ellos ni a nadie, ponerlos medios necesarios para escapar de un error que no sabían que era un error? ¿Y qué ocurría con los bebés que morían sin que hubiera dado tiempo a bautizarlos, o con los miembros de tribus primitivas que no habían oído hablar nunca de Cristo, con pueblos a veces tan intensamente religiosos que se lanzaban aguerridos a la guerra santa, o que se precipitaban incluso, como en trance, bajo las ruedas de los carros —Bubi lo había oído o leído en alguna parte— donde transportaban a sus dioses —a sus falsos dioses, de acuerdo, pero ellos no podían saber que eran falsos dioses— para dar con la vida testimonio de su fe, seguros de ingresar así, y por la puerta grande, en sus particulares paraísos? Pero en este punto, como en otros, era el sacerdote —por más que se tratara de un cura muy al día, que hasta jugaba con ellos al fútbol en el patio del colegio— inexorable: dejando al margen que los pueblos de las tribus primitivas o los musulmanes no eran religiosos sino fanáticos, y no podía hablarse al referirse a ellos de fe sino de superstición, y no había en la historia otras guerras santas que las cruzadas predicadas por el Papa, era dogma de la Iglesia, y no podía por tanto cuestionarse ni discutirse, que todos aquellos que, aun no habiendo cometido pecado, no habían sido bautizados iban a parar al limbo, del mismo modo en que aquellos que habían faltado a misa un único domingo, o habían pensado con una angustia entretejida de placer en los cuerpos morenos y sucios de las muchachas gitanas, sus traseros altos y sus pechos sin sujetador, o en cualesquiera otros pechos y traseros, iban, si no mediaba a tiempo una confesión, a los abismos del infierno. Y al llegar a este punto les refería el cura, sobre todo si estaban en Cuaresma y en ejercicios espirituales, historias aleccionadoras como ésta:

«Érase una vez una niñita de cinco años que había muerto de repente, y aquella misma noche, cuando estaba su madre rezando por ella, se le apareció envuelta en llamas y le dijo: "No reces por mí, mamá, porque anoche, antes de dormirme, tuve un mal pensamiento y estoy condenada a arder en los infiernos toda una eternidad"».

Iban a parar, pues, al limbo por bonísimos que hubieran sido siempre, por grandes que hubieran sido su piedad y su virtud, dado que, concluía el sacerdote con énfasis, «no existía salvación fuera de la Iglesia» (la Iglesia con mayúscula, se entiende, la Iglesia Católica y Romana, porque los miembros de las diversas iglesias protestantes eran todavía más abominables, más culpables ante Dios, si cabe, que los musulmanes o los budistas o los idólatras de las tribus primitivas, al haber tenido a su alcance muchos más medios para descubrir la verdad, para escapar al error, y, sin embargo, no haberlo hecho).

Seguramente, la historieta de la redención de la pequeña hereje —una criaja tan rubia y tan bonita y tan sensible (Bubi la había visto no sólo llorar por los perros atados y los pajaritos caídos del nido, y dar platitos de leche a los gatos supuestamente vagabundos, sino tratar de consolar a las flores cortadas o hablar con ellas cuando les cambiaba el agua), condenada a languidecer eternamente en esa absurda tierra de nadie que constituía el limbo, o a un destino todavía peor, ya que era harto improbable que transcurriera entera su vida sin haber cometido un solo pecado mortal— hubiera podido despertar un vivo interés en él, hubiera podido convertirse incluso en una de sus obsesiones, aunque era también probable que se hubiera limitado Bubi a elucubrar y atormentarse, a inútilmente sufrir (por otra parte, el cuerpo de la niña, fuese cual fuese el tipo de bañador e incluso sin bañador alguno, le resultaba indiferente, centrada su naciente y confusa lubricidad en los cuerpos de las muchachas gitanas, precozmente desarrolladas en una espléndida floración adolescente, o incluso en los pechos de la sospechosa acompañante-secretaria de un matrimonio de mediana edad, integrada desde siempre en la colonia de veraneantes, que ella sí los tenía, espectaculares, y no como un discutible proyecto aplazado para el futuro), pero, como en tantas otras ocasiones, le hizo retraerse la actitud de su hermana, porque Sara se había hecho de inmediato cargo de la situación, había tomado, cuándo no, el mando, se había precipitado al centro del conflicto de cabeza y sin respirar (al chico, el entusiasmo de su hermana le deprimía, su exceso de vitalidad le dejaba exangüe), y, tras ganar a las otras niñas para su causa, había iniciado una nueva cruzada infantil en la que no había lugar para los adultos y que debía mantenerse en el más estricto secreto, había iniciado —sin tener que escapar, como santa Teresa, de la casa paterna y tener que encaminarse a tierras remotas, tierras de infieles— su apostolado como misionera.

«Además», concluía Sara las arengas o sermones que estaba dispuesta a repetir cada vez que tenía a su alcance a un nuevo adepto (porque al principio se habían enrolado sólo niñas, pero luego se incorporaron también algunos varones), «además», y lo decía como si les estuviera vendiendo algo y ofreciera ahora, sugestiva, un valor añadido, algo que te daban de regalo o como propina junto con la compra, «si tú conviertes a un infiel, puedes tener ya la absoluta certeza de que no vas a condenarte —puedes pasar, tal vez, una temporadita en el purgatorio, pero al infierno seguro que no vas—, pues, ¿cómo iba a permitir Dios que rescataras para Él el alma de otro ser humano y luego la tuya propia se perdiera y condenara?». Y reflexionaba Bubi para sí mientras mudo y lleno de dudas la escuchaba: «Del mismo modo en que permite los terremotos y las epidemias; del mismo modo en que permite que nazcan niños minusválidos o ciegos; del mismo modo en que permite las guerras (aunque éstas tal vez se las agenciara por sí mismo el ser humano, al margen de los designios de los dioses); del mismo modo en que permite algo tan abominable como el sufrimiento y la muerte de los niños, como que esté muriendo de hambre parte de la humanidad».

En cualquier caso, la argumentación que en aquel verano de la pequeña infiel había esgrimido Sara para ganar adeptos a su minicruzada (argumentación, a fin de cuentas, egoísta y utilitaria, dado que se trataba, en definitiva, de asegurarse la salvación personal) resultaba, tanto si la había discurrido por sí misma como si la había oído en clase de religión o en la iglesia, o la había leído en cualquier parte —aunque no abundaban en la casa los libros de piedad, muy tibia, para aquellos años, la religiosidad de los padres—, muy convincente, todo un hallazgo, capaz de competir, y ventajosamente, con otras similares ofertas de los curas, que, por más que hubieran abandonado, en parte, el comercio de las indulgencias (a Bubi le admiraba que los sacerdotes se permitieran unánimes una sonrisa displicente cuando explicaban en clase, o fuera de ella, que, aparte de su lujurioso afán por casarse con una monja de la que se había contra toda razón y decencia enamorado, era este comercio el que, al escandalizar a Lutero, había dado origen al protestantismo, ya que, se preguntaba el niño, ¿no era acaso este comercio de hecho reprobable y escandaloso?, ¿cómo se conciliaba con el hecho de echar a golpes y a latigazos —máximo brote de violencia en la figura evangélica de Cristo— a los mercaderes del templo?), a pesar de haber abandonado, pues, este comercio, se resistían a abandonar sus trapicheos de mercachifles, pues seguían vendiendo unas bulas que te libraban en gran parte, no totalmente, de los ayunos y abstinencias de la Cuaresma, o perdonaban unos años de purgatorio —¿cómo se medirían, piensa Bubi, los años de purgatorio, cómo debía de transcurrir allí el tiempo?— a los difuntos cuyos parientes tenían dinero, devoción y ganas para hacer que se oficiaran misas por su alma, o que habían dejado específicamente en su testamento una cantidad destinada a este fin, o a los vivientes que podían permitirse ir, por ejemplo, en peregrinación a Roma en el transcurso del Año Santo, los que cumplían allí determinados ritos piadosos, recibían la bendición del Papa, adquirían por dinero un documento determinado y se beneficiaban así de la indulgencia plenaria, lo cual venía a significar que quedaban limpios de toda culpa —siempre, claro está, que el bautismo les hubiera librado antes del pecado original—, limpios y puros como en el instante de salir del claustro materno, todas las cuentas saldadas, reducidas a cero, ingreso inmediato y automático en el paraíso, si tenían la suerte inmensa, la suprema fortuna, de morir enseguida, sin que les diera tiempo de empezar nuevamente a pecar, porque la indulgencia redimía de los pecados anteriores, pero nada garantizaba respecto al futuro.

Mientras que aquella otra oferta de la Iglesia contra la que competía Sara no garantizaba a nadie que quedara limpio de pecado y a salvo incluso, por tanto, de pasarse una temporadita en el purgatorio, pero sí prometía en cambio un lugar seguro en el paraíso, avalada personalmente la operación por María Santísima —si no existía fuera de la

Iglesia posibilidad de salvación, la Virgen era asimismo mediadora de todas las gracias—, pues se comprometía, si comulgabas en su honor nueve primeros viernes de mes consecutivos, fueran cuales fueran, veniales o mortales, tus pecados futuros, a reservarte una parcela en el cielo y a no permitir, por tanto, que murieras en pecado mortal (la ventaja de la propuesta de Sara estribaba en que, si comulgar nueve primeros viernes seguidos era un engorro y, además, dificilísimo —Bubi no lo había conseguido ni lo iba a conseguir nunca—, redimir a la pequeña infiel era uno de los juegos más divertidos que habían inventado en aquellos veranos de la infancia), lo que suscitaba en el chico multitud de dudas y recelos, ya que, en primer lugar, ¿cómo podía la Virgen ni nadie, incluido el mismísimo Dios, garantizarte que no morirías en pecado sin inmiscuirse en el campo de tu libertad individual? ¿Habría que imaginar a un Dios astuto, siempre al acecho, decidiendo si te mandaba la muerte —era el único que podía enviarla— en el momento preciso en que acababas de ganar las indulgencias, o al menos de confesarte, o en el momento en que acababas de cometer un pecado mortal? Y, en segundo lugar, ¿a quién podía caberle en la cabeza que gasear a miles de niños judíos, robar a los pobres, asesinar a ancianitas o participar en impías orgías luciferinas, pudiera equipararse ante Dios con faltar un domingo, tal vez un único domingo, a misa, beber unos sorbos de agua y luego comulgar, o incluso pensar unos segundos, antes de conciliar el sueño, en las tetas de las gitanas? ¿Cómo podía asignarse un mismo castigo, eterno, a faltas tan dispares?

Lo cierto era que el juego de la conversión de la pequeña hereje se había prolongado hasta el treinta de agosto, fecha en que terminaban los suizos sus vacaciones y emprendían el regreso a casa, y, por más que habían argumentado algunos de los conjurados, entre ellos Bubi, que bastaba coger a la niñita en un momento cualquiera y sin mayor ceremonia bautizarla (no se precisaban más que un chorro de agua del grifo y unas palabras mágicas o rituales por todos conocidas, y nadie, ni los adultos, que parecían no percatarse de nada de cuanto acontecía en el mundo de los niños en las vacaciones estivales, ni la propia chiquilla, que les seguía la corriente sin apenas entender —por mucho que se empeñara Sara en hacerle aprender y recitar oraciones en francés—, y que estaba, eso sí, encantada, lo mismo que sus padres, de que se le hiciera tantísimo caso y se hubiera convertido inexplicablemente en el centro de interés, iba a ocasionar problemas ni a oponer dificultades, no iba siquiera a preguntar), se había mostrado Sara inflexible, negándose a aceptar una solución tan sencilla y tan fácil.

De modo que, bajo sus instrucciones, habían sacrificado los conjurados las mañanas de playa, el helado, la merienda, se habían metido un ratito piedrecitas o garbanzos en el calzado —¿dónde iba a conseguir Sara unos cilicios?—, habían rezado juntos y de rodillas todos los misterios del rosario, y hasta habían dejado de pelear con sus hermanos menores o de comerse las uñas, para congregarse luego todos los días, al atardecer, en la iglesia, a esas horas vacía, Sara delante, en el primer banco, al lado de la infiel, recitando muy despacio, vocalizando con cuidado para que se entendiera su deficiente francés, haciéndole repetir palabra por palabra —imposible aventurar si comprendía la niña algo de aquel galimatías— todas las oraciones a la Virgen que recordaba o que había encontrado en estampas o en el misal (también en esta modalidad doméstica de compra del paraíso, como en la de los primeros viernes, debía actuar María como mediadora de la Gracia, tanto más cuanto que la peor aberración de los protestantes radicaba precisamente en no rendirle culto), y le había explicado muchas, muchas veces, en un discutible francés pero con la voz quebrada de emoción y los ojos anegados de llanto, la Pasión de Nuestro Señor Jesucristo, en una versión algo amañada y adecuada a las presentes circunstancias, que centraba más el interés en los sufrimientos y agonía de la madre que en los padecimientos y la muerte del hijo.

Hasta que por fin un día se habían dado cita, también al atardecer, en el recinto que habían levantado adrede en el cañaveral, más amplio que las cabañas y mejor construido, pero sin techumbre, en el centro un montículo de piedras blancas y sobre éste un cuenco, no lleno de agua del grifo, que hubiera sido lo más sencillo, nada debía ser fácil, sino de agua de lluvia (no había llovido en todo el mes de agosto, hasta dos días antes, y a un tris estuvieron de tener que renunciar a este requisito del ceremonial: seguro que había sido la Santísima Virgen en persona quien les había procurado en el último momento una lluvia tan oportuna), y había repetido la pequeña hereje bien o mal unas palabras que con toda certeza no entendía (no daba muestras de estar asustada, ni siquiera impresionada, aunque la escena, más que bautismo, pudiera parecerle una secuencia de *Tarzán de los monos en el templo maldito*), y se había llevado a cabo la aspersión, mientras se pronunciaba la fórmula del sacramento, sólo que, pocos minutos antes de llegar a este punto, había perdido Sara la primacía de un juego por ella inventado y dirigido, porque alguien había sugerido que el papel del sacerdote debía desempeñarlo un varón, no importaba cuál pero un varón, y lo habían sometido a votación, y a pesar de que había más chicas que chicos, y a pesar de que eran todos tan amiguísimos de su hermana, Sara había perdido, de modo que había sido un chico el que vertió el agua sobre la cabeza de la infiel y pronunció las palabras sagradas, y cuando años más adelante Sara se desinteresó de la religión, y años más tarde todavía militó en el feminismo, se preguntó siempre Bubi si no habría sido decisivo el episodio de la pequeña infiel, dado que era impensable, totalmente impensable, que aceptara Sara unas creencias que la relegaban en definitiva a ser un ciudadano de segunda.

La increíble, sanguinaria y abominable historia de los pollos asesinados

El episodio había pasado a formar parte de la saga familiar y mucho tiempo después, cuando los hermanos rememoraban juntos su infancia (que parecía a trechos, tan dispares eran los puntos de mira, dos infancias distintas), Sara se refería a él, jocosamente y sin poder contener la risa, como «la increíble, sanguinaria y abominable historia de los pollos asesinados», y Óscar rectificaba, también jocosamente, aunque para él, y Sara tenía que saberlo, no se trataría nunca, ni aunque viviera mil años, de un chiste ni de una broma, «alevosamente asesinados».

El episodio había tenido lugar pocos años después de haber terminado la guerra civil, cuando la familia —el padre, la madre, los dos niños y una tía soltera, acompañados de una cocinera y una camarera— había abandonado el pueblecito, al que huyeran acosados por el hambre y sobre todo por los bombardeos que asolaban la ciudad, y habían regresado al piso que ocupaban antes de la contienda. Era un clásico piso del Ensanche barcelonés, que se abría en la fachada por tres balcones de piedra al paseo arbolado y se asomaba en la parte trasera, a través de una galería acristalada —allí solían merendar los niños y hacer los deberes, y allí criaba la madre sus canarios—, a los patios interiores, donde crecían, entre buganvillas y geranios, cuatro magníficas palmeras y donde jugaban a la hora del recreo los niños del colegio vecino.

Sara acababa de cumplir ocho años, derrochaba energía por los poros, no le tenía miedo a nada, o a casi nada (Óscar, caso de haber sido preguntado, no hubiera sido capaz de establecer a qué le temía su hermana), y parecía decidida a comerse el mundo de un bocado (no había llegado todavía a ese momento inevitable en que las niñas, unas antes y otras después, descubren que el mero hecho de ser mujeres les pone muy difícil comerse el mundo de uno o varios bocados: en aquel entonces, el mundo, para Sara, consistía en la casa y el colegio y allí campaba a sus anchas, hacía y deshacía a su antojo, sin que le preocupara lo más mínimo que la tildaran de déspota y mandona, o en las clases —porque era además una excelente alumna— de sabihonda y empollona).

Óscar tenía seis años. Había nacido, comentaban los adultos, «en plena guerra civil», y al niño le parecía que estas palabras, sobre todo en boca de la madre, escondían un latente reproche, como si ya desde el comienzo hubiera hecho las cosas torcidas y al revés, y hubiera incurrido, si no en un delito, si en una *gaffe* espantosa, porque ya eran ganas de fastidiar nacer tan a destiempo y en tan inadecuadas circunstancias, cuando bastantes problemas de supervivencia tenían todos para cargar además con un bebé. Para colmo había elegido para nacer una noche de intenso bombardeo y había costado Dios y ayuda conseguir que una comadrona se desplazara hasta la casa, y, pocos días después, había abierto al mamar una grieta en uno de los pechos de la madre, que ésta no podía recordar sin que se le crispara el rostro de dolor. Y, sin embargo —le contaban—, se habían desvivido literalmente por él, se habían quitado todos la poca comida que tenían de la boca para que el pequeño y su hermana Sara no carecieran de nada.

Entonces, recién cumplidos los seis años, Óscar caminaba con los pies obstinadamente torcidos hacia adentro (cualquier día iban a tropezar el uno con el otro y se iba a romper él la crisma), tenía un ojo loco, el izquierdo, que, en lugar de acoplar su mirada a la del ojo derecho, miraba hacia donde le daba la real gana, estaba gordito y era el único niño del parvulario que no había conseguido ni una sola vez dar una voltereta a derechas: se le torcía el cuerpo a la mitad y se desplomaba de lado sobre la colchoneta. Huelga decir que ni se le pasaba por la cabeza comerse el mundo, ni siquiera un cachito, y que centraba todas sus energías y temores (si Sara no conocía casi ninguno, el niño era un genio inventándolos múltiples y variopintos, a cual peor) en que el mundo no lo devorara a él.

El padre era médico —un tipo racionalista, descreído y humanitario como pudiera serlo un científico del Siglo de las Luces— y trabajaba todas las mañanas, desde las ocho hasta las tres, en el hospital. Pero, en aquellos primeros tiempos difíciles que siguieron a la guerra civil, atendía, para desesperación de la madre, por las tardes en casa. Tenía el despacho en una de las tres habitaciones delanteras que daban al paseo y la sala de espera en la pieza contigua, y, como era un buen médico, pero no un médico caro ni a la moda, se llenaba la sala de espera de gentes en su mayor parte humildes, que la desbordaban a veces a lo largo del pasillo e invadían incluso el recibidor, peligrosamente próximos a la zona trasera del piso, donde la madre, cual una reina hipersensible y ultrajada (un punto ridícula en su pose de princesa del guisante), se había refugiado con un libro o una labor en su dormitorio, que no abandonaría bajo ningún pretexto hasta que hubiese desaparecido el último paciente, y hubiera aireado la criada las habitaciones y eliminado el rastro de tanta posible mugre.

Muchos de estos pacientes humildes que acudían a la consulta privada procedían de pueblos próximos a la ciudad. Seguramente se recomendaban el médico unos a otros, en un boca a boca extremadamente eficaz (se hacían cruces hombres y mujeres de su prodigioso ojo clínico, y las muchachas de la increíble brevedad de las cicatrices rastro de sus intervenciones quirúrgicas). Y algunos de estos pacientes satisfechos y agradecidos enviaban luego un obsequio, coincidiendo casi siempre con la Navidad. Solía tratarse de productos del campo: unas docenas de huevos grandes y oscuros, unas morcillas o un jamón de la última matanza, unas tortas caseras con aroma y sabor a anís que rezumaban aceite por los cuatro costados, un bote de miel, un saco de naranjas, y también, en ocasiones —provocando, justo es reconocerlo, una consternación general, no únicamente de Óscar—, un par de pollos vivos, que cacareaban y aleteaban torpemente con las patas atadas, a los que la madre no quería ni ver y que procuraba sufrieran el mínimo tiempo de cautiverio posible, pero a los que la cocinera de turno (él se había forzado a contemplarlo años después, ya en la adolescencia: ¿por qué no iba a poder soportar él algo que los demás, sobre todo los varones, sí soportaban?) les cercenaba sin miramientos (y aquí reconoció Oscar adolescente que cuantos menos miramientos mejor, más rápido todo; no quería ni imaginar lo que hubiera sido una operación de este tipo llevada a cabo por alguien tan pusilánime con él) el pescuezo (como si no se tratara de un ser vivo, había pensado entonces, no más vivo que unos tomates o unas patatas que había que trocear antes de mezclarlos en la ensalada o meterlos en la cazuela, eliminado así el riesgo de cualquier posible identificación).

Pero esto tuvo lugar mucho más adelante, porque de niño, cuando tenía poco más de cinco años, creía, ingenuamente creía, porque así se lo habían dicho los padres —más puritanos en el respeto a la verdad que en ninguna otra cuestión y que nada castigaban acaso con tanto rigor como la mentira—, que aquellos pollos que habían llegado vivos a la casa, por más que la gente del pueblo los hubiera enviado como regalo con la intención de que se los comieran, no eran sacrificados entonces ni iban a serlo jamás, sino que eran llevados a una granja —¿qué iban a hacer las aves en un piso del Ensanche?—, donde vivirían felices para siempre, sin otra ocupación ni compromiso que poner buenos huevos las hembras, cuando les viniera en gana, y cacarear los gallos anunciando el amanecer, para fallecer de buena muerte en el límite extremo de la vejez.

Y lo peor era que alguien —no recordaba Óscar quién, pero no los padres— había agregado a la mentira inicial otra mentira gratuita y en consecuencia peor, casi un escarnio aunque no fuera deliberado, al asegurarle a Óscar que los pollos se los habían cedido y eran de él. De modo que iba el niño como un idiota —razón tenía Sara cuando lo tildaba de auténtico idiota— llevando cuidadosa cuenta —con los dedos de una mano, de las dos, luego de los pies, acumulando palotes de colores en un cuaderno cuando los dedos no bastaron— de los pollos que iba reuniendo en el gallinero de una paradisíaca granja, y que podría ir cualquier día a visitar. Y hasta se lo iba contando a todo el mundo, sin que se le ocurriera relacionar una cosa con otra, ligar cabos, sin advertir la cara que ponían al escucharle cuantos estaban en el secreto, y de duda y perplejidad los que no estaban en él.

Hasta que un día, cuando los pollos acumulados por Óscar eran ya más de cuarenta, Sara —en parte porque le irritaba que su hermano fuera todavía tan tontorrón y tan ingenuo, tan ajeno a las realidades de la vida, pero arrastrada sobre todo por la furia de una de esas escaramuzas fratricidas que jalonarían su infancia y buena parte de su adolescencia—, tras gritarle «¡idiota!», había adivinado qué era lo que más le podía herir y, a pesar de que no venía para nada a cuento, porque el motivo de la discusión (que Óscar ha olvidado hace mil años) nada tenía que ver con los pollos, había añadido: «¡A la fuerza has de ser idiota para tragarte el cuento de que no nos comemos los pollos que le regalan a papá, sino que los guardan para ti en una granja!».

Y ahí tuvo Óscar uno de los primeros atisbos —sin necesidad de escapar por tres veces, como Siddharta, y lanzarse a recorrer los caminos para encontrarse sucesivamente con un viejo, un enfermo y un cadáver: sólo con descubrir lo que ocurría en la cocina de su casa, que no era siquiera un palacio, aunque la madre se diera en ocasiones aires de reina—, los primeros atisbos, pues, de la existencia del mal, entrevió la faz brutal y oscura de la realidad, tuvo el presentimiento de que tal vez no vivía, no vivía nadie, en el mejor de los mundos imaginables, sino en un extraño y sombrío planeta poblado de seres vivos que subsistían, el hombre incluido, a base de devorarse los unos a los otros. Y lo más sorprendente era que todos cuantos vivían a su alrededor parecían encontrarlo normal.

«Claro que es normal», había dictaminado el padre, tras propinarle a Sara una buena regañina, tal vez por sentirse, en esta ocasión, también él culpable y pillado en falta. Y Óscar: «Entonces, ¿por qué no me dijisteis la verdad?». (Que los padres fueran capaces de mentir y de mantener esa mentira durante casi un año era tan escandaloso e inesperado como el asesinato de los pollos.) Y el padre: «Cuando nos trajeron el primer pollo no parabas de llorar, por eso te engañamos, y después estabas tan ilusionado con la dichosa historia de la granja, que no sé a quién demonios se le ocurrió inventar, que no hemos encontrado tu madre ni yo el momento adecuado para confesarte la verdad. De todos modos, este asunto no es tan catastrófico como a ti ahora te parece. El mundo está hecho así, y, a medida que vayas creciendo, te irás acostumbrando».

Pero Óscar pensó aterrado que él no se acostumbraría jamás, que era otro de sus fallos incurables, como haber nacido en plena guerra civil, andar con los pies hacia adentro, mirar torcido o ser el único chico de toda la clase incapaz de dar una voltereta. Estaba desesperado ante la sospecha de que la tierra toda, la entera creación, era un puro dislate, un lugar plagado de terribles padecimientos y crueldades, en el que él no iba a poder sobrevivir, y de los que no era, para colmo, nadie responsable.

«Claro que conocemos al responsable, claro que hay un culpable», había dictaminado con energía el cura que estaba preparando a Sara para la primera comunión y que había tenido sin duda noticia de la parábola de los pollos (tal vez la madre se lo había explicado para que hablara con Óscar e intentara tranquilizarlo). «Los culpables son dos, Adán y Eva, nuestros primeros padres. Si ellos no hubieran cometido, incitados por el príncipe de los ángeles caídos metamorfoseado en serpiente, el pecado original, no hubiera penetrado el mal en el Paraíso, no se hubiera transformado éste en el valle de lágrimas que conocemos, no existirían todos estos padecimientos y crueldades que tanto te escandalizan, y, entre otras muchas cosas, los animales, incluido el hombre, no tendrían que devorarse los unos a los otros.»

Pero estas palabras del cura, sin duda bien intencionadas, no disiparon la angustia del niño, sino que le sumergieron en una perplejidad mayor, pues ¿qué relación podía establecerse entre que la cocinera de su casa, las sucesivas cocineras de su casa y seguramente de todas las casas, que no le parecían aquejadas siquiera de una especial maldad, asesinaran a los pollos y el hecho de que Adán y Eva, sometidos por un Dios incomprensible a una prueba absurda por lo innecesaria (a los padres, que no eran Dios, no se les hubiera ocurrido jamás respecto a sus hijos una idea tan siniestra e incluso tan mezquina), se hubieran zampado, y ni siquiera entera, una manzana entre los dos?

Era casi imposible para un niño como Óscar (tan imaginativo y tan sensible, decían los padres y otros muchos adultos; tan miedica y tan bobo y tan blandengue, dictaminaba Sara), aceptar que sus pollos, innumerables veces contados (en aquel momento sumarían cuarenta y tres) y representados en el cuaderno de dibujo, no existieran ya en ninguna parte y hubiesen muerto para colmo de malísima y alevosísima muerte. De modo que andaban todos por la casa cabizbajos y con aire culpable, tratando al niño con especial mimo y cuidado, como si estuviera aquejado de una extraña dolencia. Hasta que Sara, que era la que había desencadenado la catástrofe, pero no parecía sentirse en absoluto culpable, se hartó de la situación y se enfrentó a su hermano: ¿qué era esa tontería de que no había ni sospechado la verdad?, ¿nunca le había llamado la atención que, al día siguiente de ver a los pollos aletear en la cocina, se sirviera pollo en el comedor?, y, por otra parte, cuando comía él un bistec o unas albóndigas o un bocadillo de jamón, ¿no sabía acaso que, para que ellos lo comieran, habían tenido que ser los animales previamente sacrificados?, ¿no sabía que los pollos, los terneros, los conejos, los cerdos, los pavos, eran criados con el único fin de ser alimentos para el hombre?, y había todavía algo más: ¿tanta diferencia suponía, tanto importaba, que se tratara de aquellos concretos pollos a los que había visto en la cocina, a los que se había empeñado en dar de comer y de beber, en aflojarles o quitarles las ataduras, en acariciarles y hablarles como si se tratara de unos gatitos, y no de otros pollos anónimos, a los que personalmente no conocía?

De modo que los humanos, había descubierto el niño, ayudado por Sara y a raíz del incidente de los pollos —aunque poco importaba, porque lo hubiera descubierto de todos modos, antes o después—, incluso cuando eran tan delicados y exquisitos como la madre, muy amante de los animales e incapaz de matar por su propia mano ni a una mosca, o tan pacíficos y humanitarios como el padre, del que todos aseguraban que era un santo (un santo ateo, pero un santo), no podían dejar de comportarse como bestias carnívoras y depredadoras. Y no se limitaban a cazar y a pescar, sino que habían convertido buena parte del mundo, especies enteras, en un matadero.

E incluso él, cuando transcurridas unas semanas (no muchas, pero las semanas de la infancia duran casi una eternidad) se le pasó el berrinche y la congoja, volvió a comer sobrasada y mortadela y jamón en el bocadillo del desayuno o la merienda, y después unas croquetas, unas albóndigas, un bistec, una chuleta, y luego, sin pensar, una pechuga de pollo.

Y a pesar de que más tarde, a lo largo de su vida, no había permitido que lo arrastraran jamás a la matanza del cerdo en los pueblos, y había pasado en la adolescencia dos días de vómitos y fiebre tras presenciar la muerte (cataratas de sangre oscura brotándole de la boca) del primer y para él último toro de la primera y última corrida de su vida, a la que sí habían logrado con malas artes arrastrarle, y aunque no iba a permitir jamás que se introdujeran en su casa pollos o conejos vivos, y aunque, esporádicamente, la langosta elegida dentro del acuario o pataleando ya en las manos del maître, las piezas de caza colgadas por las patas traseras a la entrada del restaurante, las aves o el lechón que llegan a la mesa sin que se hubiera tomado la precaución de amputarles la cabeza para enmascarar así su carácter de cadáveres, le quitaran el apetito y lo indujeran a pedir una ensalada, y aunque siempre alguna de estas imágenes evocara, por un cortocircuito establecido en la infancia, la evidencia de que no era nuestro mundo —se debiera o no al pecado original— un lugar mínimamente aceptable, lo cierto es que no dejaría nunca de comer carne e incluso regalaría abrigos y chaquetones de piel a algunas de las mujeres que había amado o creído amar. De modo que sí resultaría ser cierto el vaticinio del padre: la realidad era ésta y Óscar acabaría también por acostumbrarse.

Carta a la madre

Esta noche he vuelto a soñar que estaba en vuestra casa (que abandonasteis hace mucho, sustituyendo el centro de la ciudad por un absurdo barrio residencial al que estaba emigrando casi en bloque la burguesía, poco después de que mi hermano y yo saliéramos casi simultáneamente de ella para casarnos —impulsados vosotros, dijiste, por la falta de luz, pero movida también tú sin duda por esos inacabables deseos de cambiarlo todo—, y que ahora ocupan las oficinas de una agencia de viajes), aunque sería más apropiado decir tu casa, porque, si en la primera vivienda que ocupasteis juntos y donde nacimos los dos hermanos, mi padre había impuesto hasta cierto punto su gusto estético y sus ideas acerca de la comodidad, en la nueva vivienda fuiste ya tú quien lo elegiste todo, empezando por el piso, ese piso magnífico en el que me sueño cada vez con mayor frecuencia por las noches y que años después te parecería demasiado oscuro. Para aquel entonces papá había abdicado de cualquier presunción de poder, y hasta de opinión, en el ámbito de la vida doméstica, hijos incluidos, para ponerlo enteramente en tus manos. En parte lo hizo, pienso, por sentir cierta pereza, por andar sobrecargado de trabajo; en parte, porque era eso lo habitual en el grupo social al que pertenecíamos (el marido cedía a su mujer, y la mujer delegaba hasta cierto punto en el servicio, el cuidado y la educación de los niños), pero también porque se había abierto camino la convicción de que lo hacías todo —o al menos todo lo que te interesaba y emprendías— mejor que nadie y se iniciaba la sospecha de que eras superior a los restantes mortales. (Más adelante, en el transcurso de una vida que rebasa ampliamente el medio siglo, he estado en contacto con algunos políticos, con grandes empresarios, con escritores, con pintores, con artistas en general, que jugaban con mejor o peor fortuna a hacerse los divinos, pero aquel que no te haya conocido a ti en tus buenos tiempos no tiene ni la más remota idea de lo que es la indeclinable vocación de divinidad.) Y no se trata de que mi hermano y yo, como tantos otros niños, creyéramos tener la mejor de las madres (que pudiéramos tener el mejor de los padres, allí estabas tú para evitarlo, no se nos ocurrió jamás), sino de que, en el pequeño mundo que nos envolvía, era aceptada como dogma, y papá era el primero en proclamarlo (no hubieras podido ser tan divina sin un tan entregado sumo sacerdote), tu inefable excelsitud.

Eras la más alta, la más rubia, la de ojos más claros (yo nací rubia, pero enseguida degeneré en castaña, tenía los ojos pardos y, a pesar de pertenecer a una generación posterior y de haber sido alimentada según las normas más estrictas del mejor de los manuales de puericultura alemán, lo cual casi me obligaba moralmente a ello, no llegué a alcanzar nunca tu estatura: siempre faltaron cuatro condenados centímetros). Tan alta eras, y tan rubia, y tan blanca y delicada y preciosísima tenías la piel, y tan azules los ojos y la mirada (una mirada centelleante y terrible que nos podía dejar petrificados, y tú lo sabías y te gustaba) que te tomaban a menudo por extranjera (eso de parecer extranjero, extranjero del norte de Europa se entiende, se cotizaba muchísimo en el ámbito familiar).

Eras también la más inteligente (¿recuerdas que en cierta ocasión, cuando ya éramos adultos, papá se preguntó ingenuamente en voz alta de dónde habríamos sacado mi hermano y yo la inteligencia, y tú lo miraste estupefacta, sin dar crédito a tamaña tontería, y rompimos nosotros dos a reír?). La inteligencia, justo es reconocerlo, no me la negaste nunca, pero establecías y estableces una sutil distinción: yo puedo ser inteligente, pero no soy nada lista, pues existe cierto preocupante desequilibrio en mi mente, por el cual, a pesar de estar bien dotada para el estudio, para el saber abstracto en general, resulto casi oligofrénica para el trato con los demás (¡tan absurdamente propensa a creer que me quieren cuando aseguran que me quieren!) y para el cotidiano vivir. Fuiste también (aunque ya en los últimos años de la madurez —mucho antes de que la enfermedad y la vejez definitiva arramblaran con todo, lo arrasaran todo— y llevada seguramente por el afán de divertir, de sorprender, de seguir siendo el centro de cualquier reunión cuando era ya de hecho inevitable que dejaras de serlo, te habituaste a repetir unas mismas historias, que habían perdido gracia y sabor, y comenzaste a hablar en un tono de voz demasiado elevado) la más brillante, la más ocurrente, la más ingeniosa; que tu ingenio mordaz desembocara a veces en el más despiadado de los sarcasmos no parecía alterar a nadie (salvo a quien los padecía y se debatía inerme en el más atroz de los ridículos), rodeada tú siempre, como estabas, por una devota corte de admiradores incondicionales, dispuestos a reír tus salidas y a ignorar tus excesos, todos ellos varones, puesto que —y no es la menos importante de tus limitaciones— no has sido capaz de establecer nunca, sin duda porque no te ha interesado —sólo entre varones te sientes cómoda, te sientes entre tus iguales— un vínculo de afecto importante con otra mujer, comenzando por tu madre y terminando en tu nieta.

De la guerra civil no conservo apenas recuerdos propios, y ninguno en el que aparezcas tú, pero hay dos anécdotas que has repetido, ante propios y extraños, hasta la saciedad, y que cobran por eso mismo carácter emblemático. Primera anécdota: un día paseas tú por la calle conmigo, metida yo en un cochecito de bebé y ataviadas las dos con sencillez extrema, pero un grupo de mujeres obreras, tú dices que de la FAI, nos acosa y nos pone en fuga al grito amenazador de «¡aún quedan fascistas!». Segunda anécdota: en casa de mi abuela paterna, donde nos hemos refugiado huyendo de los bombardeos del centro de la ciudad, no hay apenas nada que comer, sufrís todos un hambre atroz y todos devoran lo que encuentran —sucedáneos de tortilla, hierbajos que habitualmente se destinan a los conejos, papillas de harina, garbanzos agusanados—, pero mi madre no: tú prefieres perecer de hambre a engullir semejantes porquerías, y estás rozando ya el límite de la invisibilidad a fuerza de flacura, cuando consiguen un día para ti un huevo de verdad, de los que ponen las escasas gallinas que aún siguen con vida, y te lo sirven en la mesa (están al borde de la inanición, pero en la casa hubo siempre una criada fiel que servía la mesa y mi abuela no dejó de salir un solo día a la calle con un montón de medallas religiosas de oro colgadas al cuello), pero, ante la general consternación, no eres capaz de pasar bocado y el huevo queda en el plato. Moraleja: ¡por más que se disfrace de mendiga y viva en condiciones miserables, una princesa genuina —basta pensar en la princesa del guisante— sigue siendo siempre una princesa!

Si de los años de la guerra no conservo recuerdos tuyos, los años de la posguerra están llenos de ti. Conducías el coche —eso decían todos— tan bien o mejor que cualquier hombre, nadabas un crol impecable, de competición, que ignoro dónde habrías aprendido, metida en un bañador negro de punto, ajustado a la piel, sin falda ni adorno alguno, que ninguna otra de las mujeres de la playa se hubiera atrevido a llevar, y, en la escuela para señoritas a la que te habían enviado unos años, no muchos, no habías aprendido, era evidente, a hacer un dobladillo o a zurcir un desgarrón (aunque te encantaba y te encanta agarrar unas tijeras y cortar o descoser a mansalva), no habías aprendido tampoco —ni en el colegio ni en la casa de tus padres— a freír un bistec o hervir unas verduras (muchos años después me comentarías con toda seriedad respecto a una interina que sustituía por un día a la cocinera enferma: «Le he pedido una tortilla y le ha salido bastante mal, pero, claro, hacer una tortilla debe de ser muy difícil...»). Limitabas tus habilidades culinarias a dos manjares; uno lúdico y transgresor: hervir al baño maría un bote grande de leche condensada y zampárnoslo luego entero —tú, mi hermano y yo— a cucharadas; otro casi mágico: un arroz hervido durante veinte minutos de reloj

—amante tú de los relojes como objetos y fanática de la puntualidad, incluso ahora que pierdes a veces la noción del transcurrir del tiempo, incluso ahora cuando, colgados de la pared o distribuidos encima de los muebles, están todos tus relojes parados o marcan una hora equivocada—, sin otro condimento que un puñadito de sal, un chorro de aceite y un par de ajos, capaz de sanar todos los males, incluidos los del alma, y me pregunto si también mi hermano, ahora tan gourmet, habrá afrontado de adulto las desdichas del humano vivir parapetado tras enormes platos de arroz hervido.

Pero lo cierto es que saliste del colegio, o de la academia de idiomas, en cualquier caso de la casa de tus padres, con un buen francés (las tres hermanas leíais en idioma original a Balzac, a Zola, a Voltaire, que figuraban en la biblioteca del abuelo, y no deja de ser insólito que tres burguesitas de la época leyeran a unos autores que figuraban en el índice de libros prohibidos por la Iglesia. ¡Dios mío, lo que hubieran pensado y dicho, en caso de saberlo, los miembros de la encopetada y ultraconservadora familia de papá!, sobre todo la abuela y el tío monseñor que, cuando acudió a vuestra primera casa para bendecirla, anduvo buscando inútilmente por las paredes o sobre algún mueble un cuadro o una figura del Sagrado Corazón, hasta que lo condujiste tú ante una lámina de una cabeza de Cristo pintada por Leonardo, aunque seguramente ya barruntaban que no eras para uno de los suyos la pareja ideal y que no ibas a cumplir las normas del *Libro de la perfecta casada* que te regalaron, aunque no hubieran podido creer jamás que tampoco mi padre creía ya en Dios cuando se casó contigo), y con un inglés aceptable (más adelante, a partir de fragmentos dispersos oídos en el transcurso de las clases que la Fräulein nos daba a los niños, llegarías a entender algo el alemán).

Cuando —por razones que sólo a medias sospecho, a pesar de haberme interrogado sobre ellas buena parte de mi infancia y de mi adolescencia y de haberte interrogado a ti después— accediste a casarte con papá, pintabas al óleo y a la acuarela, repujabas con habilidad el cuero y el metal, trenzabas alfombras de nudos (recientemente nos mostró mi hermano, en una revista que rememoraba el diseño de los años treinta, la alfombra que tú copiaste sin duda de una revista de la época y que estuvo durante años en nuestra sala de estar), decorabas con gracia objetos de cristal, habías leído más libros que nadie a quien yo conociera (en casa había una biblioteca de verdad, formada por libros que se habían leído, no por las enciclopedias y las obras completas impresas en papel biblia y encuadernadas en piel que encontraba en las casas de los amigos), y disponías sin lugar a dudas de más historias que contar —y lo hacías mejor— que ninguna otra mujer desde Sheherezade, y a ti no te hubiera llevado mil y una noches conseguir que el más misógino de los sultanes te perdonara la vida y te convirtiera en su reina. No cumpliste varias de las funciones que se asignan comúnmente a las madres, pero colmaste nuestra infancia de arrobas de leche condensada al baño maría y de todo un mundo mágico de relatos maravillosos.

Me ha resultado arduo llegar a entender a medias, y a medias perdonarte (y estoy segura de que a ti ni se te ocurre que pueda haber algo que perdonar), que, cuando no habías cumplido, todavía veinte años y eras por varios pretendientes simultáneamente cortejada (papá, que sabía pocos cuentos —en su casa sólo debían de escucharse relatos evangélicos y vidas de santos—, pero que estaba absolutamente empeñado en convertirte en un mito, nos daba una explicación de vuestro noviazgo que me hacía pensar en el tercer hermano, el más bobalicón o el más inocente, de los cuentos de hadas, que termina por conseguir, ante el pasmo general, la mano de la hija del rey, o en el Sigfrido de las leyendas germánicas, que conocía yo a través de los clásicos Araluce, que arrebata a la Valquiria de su lecho en llamas), condescendieras, por muy harta que estuvieras de la rígida disciplina de la casa paterna (leíais a Voltaire pero a las hermanas no os dejaban dar un paso) y por muy grande que fuera tu ingenuidad respecto a lo que la vida en pareja significaba, a comprometerte en matrimonio con nuestro padre, que podía ser el mejor de los hombres y un magnífico partido, que podía haber seducido a tu familia entera (a todos menos a ti) y que te amaba sin lugar a dudas profundamente, pero al que tú no querías. ¿Eras consciente entonces, o lo has sido después, de que sobre este punto no nos dejaste a mi hermano ni a mí, desde muy pequeños, la menor sombra de duda, el menor resquicio de esperanza, ya que, si bien no discutíais casi nunca en nuestra presencia, ni mucho menos os levantabais la voz, ni os desautorizabais el uno al otro —siguiendo a rajatabla, imagino, las normas del mejor libro de puericultura alemán, del más moderno, del mismo modo que habías seguido con precisión, perfeccionista tú en todo, las normas que dictaba para nuestra higiene y nutrición—, hiciste siempre evidente, dejaste clarísimo, sobre todo con tu actitud, pero también sin rebozo con tus palabras, que a papá no lo habías querido nunca —no me refiero, claro está, a que no le tuvieras cierto afecto, sino a que no le querías como puede querer a un hombre una mujer— en ningún momento del pasado, no lo querías entonces, ni —era un iluso si había alimentado esta esperanza— existía la más remota posibilidad de que lo quisieras en un futuro? ¿Eres consciente de que durante toda mi vida te he visto desvalorizar de modo sistemático cualquier cosa que fuera de mi padre, que hiciera él, que se relacionara con él —tan obstinada en menospreciarle como él en a ti mitificarte—, y de que lo has llevado a cabo con un encono creciente, a medida que el paso de los años te hacía más dura, más frustrada, más amarga? ¿No reparaste nunca —tú, a quien no escapaba nada, medio bruja en adivinar lo que sentíamos, lo que hacíamos— en que a mi hermano y a mí se nos encendían los ojos, se nos caía la baba, cuando veíamos que otras parejas casadas se hacían una caricia espontánea, se enlazaban por los hombros o la cintura, se besaban en la boca? ¿De veras, mamá, pudiste siquiera fantasear que mi hermano y yo te íbamos a estar nunca agradecidos por el hecho de que no le abandonaras? ¿Crees que, al lado de ese implacable desamor, podía importarnos lo más mínimo que tuvieras cien o uno o ningún amante, y que lo vivieras a la vista de todos o con cuidadosa discreción?

Pero si me ha resultado difícil llegar a medio entender todo esto (medio entenderte a ti, porque papá murió siendo para mí un misterio insondable), tampoco me es fácil explicarme por qué motivo —no pudo ser sólo pereza— renunciaste, después de la boda, a todas tus actividades, dejaste de lado todas tus aficiones, salvo la lectura. (Había en casa obras de tus manos: una buena copia de *La lección de anatomía,* que colgaba encima de la mesa del despacho de papá, una arqueta repujada de metal donde solías guardar las facturas, un juego de copas para helado decorado con motivos geométricos, la alfombra de la sala de estar, pero todas estaban ya allí antes de que yo naciera.) Y no abandonaste tampoco unas actividades a fin de sustituirlas por otras, porque tu labor de ama de casa (al margen de reemplazar unos muebles por otros, cambiar de la noche a la mañana la distribución de las habitaciones, abrir puertas donde no las había y derrumbar tabiques) se ha limitado siempre a tomarle la cuenta de la compra a la cocinera (a las sucesivas cocineras que te habrán hecho, unas más y otras menos, las cuentas del gran capitán, porque no has tenido nunca ni la más remota idea —y yo tampoco, a qué negarlo— de lo que podía valer un kilo de tomates, un litro de aceite o un limón —apuesto a que ni sabías a qué precio estaban los botes de leche condensada— y te has sentado siempre a la mesa ignorando lo que nos iban a servir) y, hasta hace muy poco, hasta que has hecho dejación de todo para caer en un abandono total, a lavarte por las noches en el lavabo las medias y las bragas y tenderlas en el toallero a secar. Dos actividades cargadas tal vez de un alto valor simbólico, pero que te ocupaban poquísimo tiempo. He conocido muchos casos de talentos desperdiciados, de energías agotadas en la nada, sobre todo talentos y energías de mujeres, sobre todo de mujeres de tu generación, pero entre todos te llevas tú la palma.

En el limitado mundo de mi infancia imperaba pues la convicción de que todo cuanto hacías —que en algún momento empecé a sospechar era muy poco— lo hacías mejor que nadie. (La exigencia de perfección y la prohibición absoluta de en ningún caso mentir eran puntos en los que papá y tú coincidíais sin tener que consultar el manual de puericultura alemán, y si el primero nos ha condicionado mucho, para bien y para mal, a mi hermano y a mí, el segundo nos ha creado, un cúmulo de situaciones disparatadas y engorrosas.) Pero además tenías un modo peculiar, muy tuyo, de hacerlo. Te gustaban —te han gustado siempre— las pequeñas transgresiones. ¿Recuerdas que en la primera comunión de mi hermano, cuando todas las mamás iban ensombreradas, tú (tan poco hispana y tan poco religiosa, porque creías, o jugabas a creer, en las hadas, en las ninfas de los arroyos, en los traviesos gnomos que estropeaban y escondían los objetos del hogar, hasta, si me apuras mucho, en los fantasmas, pero no en el Dios severo y aburrido de los cristianos, tal vez, un poco más, en los hermosos dioses de la mitología griega, que vivían tan fabulosas aventuras, o en las divinidades de la mitología germánica, que figuraban en las óperas de Wagner —sí, mamá, tú sabías quién era Sigfrido y quién era Gunter y lo que le aconteció a Brunilda, otra malmaridada, aunque saberlo no te había servido de mucho—), compareciste con una espléndida mantilla de blonda, que provocó el estupor de la concurrencia y el entusiasmo del cura y de las pacatas maestras del colegio (ya no era el Colegio Alemán), que entendieron tu gesto al revés.

Muy elegante en el vestir, no seguías a pies juntillas los dictados de la moda, sino que rescatabas elementos del pasado y los mezclabas con otros de tu invención que a veces se ponían de moda en el futuro: de hecho toda la ropa que tenías era magnífica y casi nunca desechabas nada, guardabas las prendas con cuidado, para hacerlas reaparecer, modificadas o combinadas de otra forma, en el momento oportuno. Te gustaban las pieles, y tenías abrigos, chaquetas, estolas, pero no solían ser las pieles habituales, y, en los casos en que sí lo eran, lo insólito de la confección las hacía difícilmente reconocibles (¡cómo te has burlado siempre de esos abrigos de visón, anchísimos y largos hasta los tobillos, para que duren toda la vida y no pasen de moda, pero que por lo mismo no están de moda nunca!). Tus sombreros los confeccionaba una exiliada —de nombre difícil de recordar y poseedora de dos magníficos y fieros pastores alemanes, que había que encerrar cuando había otras clientas, pero no si estábamos solas en el probador tú y yo—, siguiendo punto por punto las instrucciones que tú, sentada ante el espejo del tocador, los dos hermosos perros tumbados dóciles a tus pies, reposando a menudo sus hocicos sobre uno de ellos, como en una figura decó, le ibas dando, y que hacían brotar, desaparecer, superponerse, agruparse de modo distinto sobre tu cabeza, plumas de aves exóticas, flores multicolores, broches y agujas de bisutería, lazos de tul, de seda, de terciopelo, aunque en la opción final entraban casi siempre pocos elementos.

Encontré hace unos años en el aeropuerto de Londres a la hija de tu sastre —a la que no reconocí, pero que sí me reconoció a mí— y me estuvo describiendo el revuelo que se armaba en el taller cuando tú llegabas, el sastre y las oficialas nerviosos por miedo a no haber acertado en lo que deseabas, las aprendizas inventando pretextos para salir al pasillo y mirarte a hurtadillas, amedrentadas y fascinadas —¡de modo que no era yo la única en amedrentarme y fascinarme!— ante tu figura esbelta y erguida, la ropa impecable y personal, los zapatos hermosos pero sin apenas tacón, las manos bellísimas y cuidadas pero con las uñas sin pintar, el rostro —no propiamente hermoso, porque siempre has señalado, y con razón, que no eres una mujer guapa— apenas sin maquillaje.

Y de nuevo me sorprende tu rapidez: que el cuidado de tu persona te haya ocupado, como cualquier otra actividad, tan poquísimo tiempo (de ahí lo insoportable, lo monstruoso de la lentitud y la torpeza, casi la invalidez, a que te ha condenado estos últimos años la enfermedad, lo abominable de tu decrepitud y de tu abandono). Salir de compras con una de mis tías, con la tata, con la madre de alguna amiga, significaba una tarde entera —y pienso que en el fondo no les contrariaba, todo lo contrario, ocupar así el tiempo en actividades vanas o imaginarias, lo cual les permitía (a ti, no) sentirse útiles y hacendosas y lamentarse incluso de exceso de trabajo— de lidiar con las dependientas, hacerles llenar el mostrador de género, sacado incluso, a regañadientes, del escaparate, manosearlo, asomarse a la puerta de la calle para averiguar el color exacto a la luz del día, quejarse del precio, para regresar en ocasiones a casa sin haber adquirido un alfiler y aplazándolo todo hasta la tarde siguiente. Salir de compras contigo me sumergía en un vértigo gozoso (y creo que el placer se debía en gran parte a las pocas ocasiones que tenía de estar en tu compañía, porque supervisabas nuestra educación —nos habías enviado, pese al rasgarse de vestiduras de mi abuela paterna y de mi tío el monseñor, que veían confirmadas así sus peores sospechas, al Colegio Alemán, donde regía la coeducación y no se nos impartía otra educación religiosa que las clases preparatorias para la primera comunión; y elegías con cuidado a las señoritas que se ocupaban de nosotros, a las profesoras particulares, a los médicos— pero nos dedicabas poco tiempo): acompañarte al peletero —un judío pequeñito que, ignorando imagino tus simpatías por los nazis, sacaba para ti las mejores piezas y aseguraba dejártelas a buen precio por el placer y sobre todo la publicidad que significaba para él que tú las lucieras—, al modisto —donde adquirías por sumas muy bajas algunas de las prendas, prácticamente nuevas, que habían exhibido un par o tres de veces las modelos en la pasarela y que se ajustaban sin retoque ninguno a tus medidas—, a la sombrerera húngara de los perros hermosos y feroces —que sólo podías acariciar tú, y yo por delegación—, a tu joyero, que se divertía diseñando contigo joyas exclusivas, inspiradas a veces en otras que habíais visto o que aparecían en una revista extranjera, porque si en casa podía despertar uno por la mañana y encontrar trastocada la colocación de los muebles del comedor, o podías regresar una tarde y descubrir que había desaparecido un tabique o que la puerta de tu dormitorio no ocupaba su lugar habitual, también las joyas sufrían en tus manos, con la colaboración de tu joyero, modificaciones constantes, y los brillantes de unos pendientes de tu abuela pasaban a un broche decó, o las esmeraldas de una pulsera a una gargantilla, mientras las múltiples hileras de perlas, de distintos orientes, formas y tamaños, agotaban en torno a tu garganta todas las combinaciones posibles.

Salir de compras contigo me sumergía en un vértigo gozoso: sabías lo que querías y dónde buscarlo, y te bastaba una ojeada para decidir si lo que nos mostraban se ajustaba o no a tu deseo, los dependientes te salían al paso en cuanto trasponías el umbral de la tienda, y con frecuencia acudía el dueño o el encargado para atenderte personalmente. No sé si a ti te parecía normal que, aun en tiendas nuevas o en las que ponías por primera vez los pies, te instaran a llevarte cuanto quisieras, dejándolo a deber (lo cual tú nunca aceptabas, porque debía de vulnerar ese código arbitrario pero estricto por el que se ha regido siempre tu conducta), o que se brindaran a enviarte a casa, para tu mayor comodidad, compras insignificantes que te cabían casi en el bolso, pero yo sabía bien que eso no ocurría así con ninguna de mis tías y con casi ninguna de las madres de mis amigas. Y es que fuiste durante años, muchos (no andaban erradas las mujeres de la FAI que nos pusieron en fuga), una gran señora. Y eso no se debía a que hubieras nacido en mejor cuna, porque en la misma habían nacido tus hermanas, y bastante más encopetada era la familia de papá o de muchas de las personas que tratabais.

Tú eras una madre distinta y a mí me encantaba casi todo el tiempo que lo fueras, aunque podía resultar engorroso que en casa imperaran costumbres insólitas (y no era la menos inquietante que ni papá ni tú fuerais los domingos a misa), y que te obstinaras en que yo —una cría del montón, algo gordita y con gafas antes de cumplir los tres años— llevara el pelo corto, a lo paje (me lo cortaba tu peluquero francés), cuando las otras niñas lucían sin excepción trenzas o tirabuzones o melenas onduladas (sólo el día del bautizo de mi hermano, tú todavía recluida en cama, pudo hacerme a escondidas una de tus hermanas, con un cabello que no debía de ser en aquel momento demasiado corto, un proyecto de tirabuzones), y que idearas para mí prendas de vestir insólitas, un punto más deportivas de lo habitual, supongo que elegantísimas, pero que me diferenciaban dondequiera que iba, en unos años en que mi máxima aspiración era integrarme en los grupos y pasar inadvertida, y dentro de las cuales (basta ver la cara de desdichada que tengo en las fotografías) moría yo de vergüenza y de incomodidad (recé durante todas las noches de un curso a la Virgen Santísima para que a la mañana siguiente no lloviera y no nos plantificaran a mi hermano y a mí unas capitas impermeables a cuadritos, que no sé de dónde demonios habrías sacado y que me convertían en el hazmerreír de la clase).

Cierto que en algunos momentos hubiera preferido una madre corriente, más convencional, que me diera a veces unos buenos cachetes (tú me diste únicamente cuatro bofetadas, y el hecho de ser sólo cuatro las hizo más terribles e inolvidables, y seguro que no me las diste arbitrariamente, en un arranque de impaciencia y malhumor del que pudieras arrepentirte luego, sino porque creíste que era lo indicado, como era asimismo lo adecuado que una decisión tomada no se modificara ya jamás, o que nunca, nunca, por ningún motivo, se levantara un castigo), una madre que nos protegiera de las iras de mi padre (que en este caso no las había), que se solidarizara con nosotros, ante los profesores, ante el servicio, ante los compañeros, incluso cuando no lleváramos razón, una madre que suspendiera en nuestro caso todo juicio crítico y nos considerara extraordinarios, que se nos comiera a besos (la mera idea de que tú pudieras comerte a besos a nadie resulta un disparate; ni siquiera con tu hijo, al que has querido y quieres más que a nadie, ni siquiera con tus perros favoritos, a los que has exigido una fidelidad y una obediencia sin límites, una devoción monstruosa y total, monoteísta, te he visto nunca desbordando afecto, te he visto de veras cariñosa; quizá, en algunos momentos fugaces, ante una camada de cachorros), pero fuiste una madre seductora y yo literalmente te adoraba. (Papá te adoraba, mi hermano te adoraba, el servicio —al que no permitías la menor familiaridad y que mantenías siempre en su lugar— te adoraba, te adoraba la modista y el peletero y la sombrerera y los profesores del colegio, te adoraba tu corte de amigos, y el hecho de que tus hermanas y la familia de mi padre y algunas de las mujeres de vuestro grupo te censuraran con acritud no hacía más que fortalecer el mito.)

¿Qué ocurrió después, mamá? A menudo preguntas o aventuras en qué momento, a qué edad, dejé yo de quererte, y dejó de quererte mi hermano y han dejado de quererte mis hijos, porque al parecer, tú así lo dices, hemos dejado, antes o después, todos de quererte (aunque preguntas siempre el cuándo, pero nunca el porqué, como si se tratara de un fenómeno debido a nuestra malevolencia u obedeciera a un proceso natural e irreversible, algo, en cualquier caso, que no tuviera nada que ver contigo ni con tu actitud). Y tal vez aguardas que yo responda que sí dejé efectivamente de quererte en tal o cual momento, o que asegure que no he dejado de quererte nunca. Y yo no respondo nada, porque no lo sé: no sé a qué edad dejé de quererte, no sé si he dejado de quererte nunca. No sé en qué preciso momento algo se echó a perder en nuestra relación. Era inevitable que tu mito, como todos, sufriera un deterioro, no sólo porque mis ojos adultos no podían verte como te habían visto mis ojos de niña, sino porque tantos años hueros (tiene gracia que te irriten los días festivos y que desapruebes los puentes que hacemos en la oficina: tú que no has trabajado en nada ni uno solo de los días de tu vida), tantas capacidades desperdiciadas, tantas energías moviéndose en el vacío y desembocando en crisis de jaqueca o de nervios, te han ido sumergiendo en una pereza creciente y te han conducido a un egoísmo tan brutal que tal vez no sea ya egoísmo y habría que inventar otra palabra para nombrarlo. Pero si nuestra relación se quebró, si en algún momento de la adolescencia me enfrenté a ti y no bajé durante tantos años la guardia, no fue por nada que me dijeras, me hicieras, me dejaras de hacer, por nada que dijeras, o hicieras, o dejaras de hacer a otros. Fue porque comprendí —en una súbita revelación que debía de haber madurado largo tiempo en secreto en mi interior— que nunca (y, en cuanto se relaciona contigo, «nunca» es un nunca sin paliativos ni esperanza), por mucho que me aplicara, lograría tu aprobación. Aunque llegara a ser tan elegante y tan seductora y tan señora como tú, aunque obtuviera al que consideraras tú el mejor de los maridos, aunque tuviera unos hijos de lujo (altos y rubios y con ojos claros, hijos que parecieran extranjeros), aunque llegara a superar tu crol y a ser campeona de natación, aunque escribiera mejor que Cervantes y pintara mejor que Rembrandt, aunque consagrara la vida entera a conformar la imagen que tú habías fantaseado de mí, no iba a conseguir jamás tu aprobación: estaba descalificada de antemano, y por consiguiente el único modo de afirmarme y de no sucumbir era enfrentarme a ti. Pero descubrí algo todavía más grave y por igual irreversible, y era que tampoco nunca, por mucho que nos esforzáramos, ibas a permitir que te hiciéramos feliz (ni siquiera íbamos a verte contenta, ¿sabes que intento evocar un momento en que estuvieras contenta, de veras contenta, y no encuentro ninguno?). Es paradójico que gustándote tanto a ti misma y sin tener la más remota idea de lo que pueda ser un sentimiento de culpa, no hayas sido ni medianamente feliz. ¿Y qué relación cabe mantener, mamá, con alguien que nunca va a darnos su aprobación y no va a permitir nunca que le hagamos feliz?

Esta noche he vuelto a soñar —ocurre a menudo— que estaba en vuestra casa, en la casa que construiste a tu medida, y tú estabas también allí —sentada en el gran sillón de terciopelo verde donde leías horas y más horas, encendiendo en la chimenea de la biblioteca un fuego disparatado, que a punto estuvo en más de dos ocasiones de provocar un incendio, de pie ante el armario de tu vestidor, dejándome oler tu perfume, mostrándome las joyas de la abuela, que a mí me gustaban tanto y que ibas a destruir para crear otras nuevas—, y me han invadido tantos y tantos recuerdos, y pienso que hubiera podido establecer aquí una larga lista de agresiones y de agravios, que tal vez comencé esta carta con la intención de convertirla en un ajuste de cuentas, pero he descubierto que los agravios y las agresiones, si existieron, han dejado hace mucho de importarme, que hace mucho también que sin ser consciente de ello he bajado ante ti la guardia, que la historia —a pesar de que sigamos las dos con vida— se ha cerrado, ha concluido, que ha bajado definitivamente el telón y estamos definitivamente en paz.

Últimos cuentos
(2005-2009)

Pepe, Pepe, Pepe

Para Maitena y Daniel, a quienes divirtió esta historia de familia.

Todo empezó la radiante mañana de mayo en que Nora vio a Pepe encaramado en lo alto de un cerezo. Habían transcurrido apenas dos décadas del siglo XX, y la familia de Pepe, dueña de una floreciente industria textil, residía en un amplio piso de lo que era entonces el centro de la ciudad, pero poseía una finca con huerto en las afueras, donde pasaban algunas veces la primera parte del verano —antes de trasladarse en agosto a la torre que se habían construido en un pueblecito costero, al borde mismo de la mar— y donde todos los años se invitaba a un grupo de amigos a un almuerzo campestre cuando llegaba el tiempo de las cerezas.

Aquel año la cosecha había sido magnífica, los árboles estaban cuajados de fruto, y Pepe —encaramado audazmente a una de las ramas de atrás de un cerezo, en parte para impresionar a las muchachas congregadas alrededor del tronco, que reían y chillaban excitadas, simulando un miedo a la improbable caída que de hecho no sentían, mientras iban recogiendo en unos cestos las cerezas que el único hijo de los dueños de la casa les arrojaba a puñados— le pareció a Nora arrojado, hermoso y atractivo como un joven dios que dispensara desde el Olimpo sus dones a los míseros mortales. Nora se enamoró perdidamente. Fue un caso genuino de flechazo, de amor a primera vista. A los dos minutos de conocerle decidió que era el hombre de su vida, el único hombre que tendría cabida en su vida. O él o ninguno. O él o nadie. O se casaba con Pepe, o no le quedaba otro recurso que ingresar en un convento, caso de no asumir el papel de tía solterona que cuida, a medias abnegada, a medias resentida y pesarosa, de los niños de su hermana. Lo malo era que, si a Nora le pareció Pepe —envuelto en el aire dorado de una mañana gloriosa que preludiaba el estío— atractivo y audaz y guapísimo, también le pareció que cualquiera de las muchachas apiñadas al pie del árbol era más bonita y más simpática que ella, y seguro que mucho más inteligente, y hasta estaba más graciosa recogiendo las cerezas. Tuvo, pues, desde el primer instante la certeza de que, aun tratándose del hombre de su vida, el único hombre de su vida, Pepe no se fijaría nunca en ella. Nora no se tenía, claro está, en un concepto ni remotamente elevado y cultivaba además desde niña una apasionada inclinación por el fracaso y una obstinada vocación de víctima. Su única hermana, Blanca, sí tenía, por el contrario, una idea sublime de sí misma (no sólo se consideraba la más hermosa de las muchachas que estaban aquella memorable mañana en el huerto, sino de todas las que conocía e incluso de las que no conocía, y no le cabía duda de que poco le hubiera costado enamorar a Pepe, como a cualquier otro varón, caso de habérselo propuesto, sólo que no se lo propuso, porque a Blanca aquel muchacho guapito, con su fino bigote y sus aires de incipiente donjuán, no le recordaba en absoluto a un hermoso dios heleno, ni el cerezo, por muy cargado de fruto que estuviera, admitía comparación con el Olimpo) y creía firmemente en un brillante porvenir jalonado de todo tipo de éxitos. Le deparara la vida lo que le deparara, Blanca se vería siempre a sí misma como una triunfadora, dispuesta a comerse la vida de un bocado, y, ocurriera lo que ocurriera, Nora presagiaría desastres y no renunciaría jamás a su papel de víctima. Hay vocaciones irrenunciables y el de víctima debe de resultar sin duda sumamente atractiva puesto que es una de las que crea mayor adicción. Ya de niñas, Blanca se disfrazaba de princesa, se sentaba al piano y jugaba a flirtear con príncipes azules, que, locos por ella, ponían el reino a sus pies o se suicidaban por amor al pie de sus ventanas. Y, mientras ella desgranaba risueña las notas de *Para Elisa,* agitaba el abanico, llenaba su carné de baile, prodigaba palabras ingeniosas y ofrecía ambas manos a los ávidos labios de sus enamorados, Nora se liaba un pañuelo a la cabeza, se ponía la ropa más vieja de la más fachosa de las criadas, y jugaba a llevarle la comida a su marido, que, en el mejor de los casos, trabajaba de albañil en una obra, y, en el peor, agonizaba tuberculoso en el hospital.

Lo curioso es que, inmunes a la realidad, iban a prolongar ambos juegos a lo largo de toda su vida. Al borde del hundimiento afectivo y económico, Blanca seguiría siendo una princesa, y ni toda la opulencia y el amor del mundo hubieran hecho de Nora algo mucho mejor que una mendiga desamada. Por tortuosos que fueran los vericuetos del destino, Nora acabaría zurciendo la colada en un hogar ajeno, y Blanca haciendo complicados y exquisitos encajes de bolillos en una galería inundada de sol y desbordada por el trino de innumerables canarios.

Aquel mayo remoto de su juventud en que conoció al hombre de su vida subido a la copa de un cerezo, Nora estaba en lo cierto. Aunque hizo lo posible por coincidir con él en casa de otros amigos, en el club de tenis, en las funciones de ópera, y hasta en hacerse la encontradiza por la calle, Pepe —de buena familia, rico, guapito, seductor— no reparó en la presencia de aquella chica que tan pronto le miraba con ojos desorbitados como bajaba obstinada la mirada, que pasaba del rojo intenso a la palidez más absoluta, que sólo hablaba en inaudibles balbuceos.

Y por una vez Nora, perdidamente enamorada, olvidó su vocación de víctima, traicionó su adicción a la derrota, y se dispuso a librar batalla. ¡Todos olvidamos en ocasiones nuestras convicciones más profundas si estamos perdidamente enamorados!

Había en la catedral un cristo, el Cristo de Levanto, y en aquel entonces existía la creencia popular de que determinado día del año, si salías de tu casa e ibas, en absoluto silencio, hasta su capilla, podías formular tres deseos, con la certeza de que uno de ellos te sería concedido.

Nora esperó hasta este día y se dispuso a ir sola —vergüenza le daba compartir con nadie, y menos que con nadie con su hermana Blanca, su secreto— a la catedral. Pero antes incluso de asomar la cabeza a la calle, en el vestíbulo del edificio, la abordó el portero. Algunos vecinos se habían quedado sin suministro de agua, ¿tenían algún problema en su piso? No, no había problema alguno, le tranquilizó Nora. Pero quedaba roto el compromiso de silencio. De modo que tuvo que fingir haber olvidado algo, subir en el ascensor, entrar un instante en su casa, salir de inmediato, bajar de nuevo la escalera... En este segundo intento, había recorrido ya casi la mitad del camino, cuando se encontró con una de sus primas. Intentó en vano rehuirla, seguir adelante con un gesto de saludo, explicarle por señas que no podía hablar. La otra la miraba perpleja, y tan obvio era que estaba en un tris de tomarla por loca o al menos por chiflada, que Nora se resignó a romper de nuevo su silencio.

Vuelta a empezar. En el tercer intento —que en los cuentos es siempre el definitivo, por algo dicen que a la tercera va la vencida— Nora ya estaba ante la puerta del templo cuando la abordó una mujer humildemente vestida. Sacó el monedero y pretendió salir del paso con una limosna. Pero la mujer se puso furiosa. Ella no era una mendiga, quería simplemente saber la hora, ¿por quién la había tomado? Ante el silencio de la pobre Nora, que atribuyó al desprecio, la ira de la desconocida alcanzó límites tragicómicos. Y, muerta de vergüenza y desesperación, Nora tuvo que hablar para justificarse... antes de poder dar media vuelta y regresar a casa.

La cuarta salida la hizo a la carrera, sin desviar ni por un instante la mirada a derecha ni a izquierda, sin atender a las voces que se oían a su paso, cruzando las calles sin prestar atención a los bocinazos de los coches ni a las airadas voces de los conductores de tranvía. Llegó a la catedral jadeante y desatinada —pero ilesa—, se precipitó en el interior como una exhalación, en la capilla como una tromba, se desplomó exhausta a los pies de la imagen, indiferente a las otras muchas mujeres, a los escasos hombres, que se agolpaban allí aquel día tan especial, indiferente por una vez a llamar la atención, a quedar en ridículo, y gritó en alta voz sus tres deseos, transformados en un único deseo, porque no cabe más que un deseo en las mujeres perdidamente enamoradas:

—¡PEPE, PEPE, PEPE!

Y, contra todas las previsiones, se produjo el milagro.

Pepe se casó con Nora, y cumplió con creces sus expectativas: la hizo desgraciada desde el mismo día, o acaso fuera desde la misma noche, de la boda; la convirtió en una víctima ejemplar, antológica, difícilmente superable, y la engañó con cuantas hembras se le cruzaron al paso, incluida, por supuesto, su hermana Blanca.

A una vieja amiga que se ha enamorado de la Pantera Rosa

¡Hace tantos años que nos conocemos! Nos conocimos el día que nos presentamos las dos al examen final de bachillerato, en el Instituto. Tú andabas arriba y abajo por aulas y pasillos, como Pedro por su casa —divertida, segura, dicharachera—, porque cursabas estudios allí y además habías aprobado ya los exámenes, mientras que nosotros, que procedíamos de un centro privado y sólo acudíamos al Instituto para pasar el examen final de bachillerato, andábamos más asustados y perdidos y desorientados que un pulpo en un garaje.

Pero, a pesar del caos y los nervios, me fijé en ti, y te reconocí inmediatamente cuando, tres meses más tarde, coincidimos en la clase de Griego de primero de Letras, sentadas una al lado de la otra. Había poco que escuchar (y nada que aprender) de las lecciones del inefable Cirac, que daba un aprobado general a los que asistían a sus clases. Nosotras nos limitábamos a contestar «presente» cuando pasaba lista, y luego ocupábamos el resto del tiempo intercambiando confidencias y poemas. Porque escribíamos poemas. Las dos. Tú me hablabas de tus clases de danza, porque en aquel entonces acariciabas el sueño de ser bailarina, y de un amigo de tu hermano que te gustaba, y me contabas que tenías un perro caniche de color marrón, al que le dedicaste unos versos. Yo te hablaba del mar y de mi madre y de la tristeza sin causa que me sobrecogía en primavera (también tenía perro, un cócker blanco y negro, pero nunca salió en mis poemas, ¡pobre Puck!). Las dos hablábamos, incansables, de la muerte, la soledad, la falta de justicia en el mundo, la existencia o no existencia de Dios (tú creías en él, yo ya a duras penas), y del amor, sobre todo del amor (en el que creíamos ciegamente las dos).

Es curioso que esta amistad haya durado casi un cuarto de siglo, a pesar de haber seguido, dices tú, caminos divergentes (a mí, la verdad, no me lo parecen tanto, aunque es cierto que nos hemos movido en mundos muy dispares y hemos ejercido profesiones distintas), y que durante esa enormidad de tiempo no se haya producido nunca una interrupción. Siempre nos hemos ido citando —en ocasiones, a menudo; otras, de tarde en tarde— en anodinas cafeterías del centro de la ciudad, para comer con prisas (tú siempre tienes prisa) cerca del instituto donde das clase.

Y han ido pasando los años, y nos hemos casado, y hemos tenido hijos, y nos hemos situado bien profesionalmente (tú, en la enseñanza; yo, en la edición), y hemos conocido y tratado y establecido amistad con gente muy diversa. Pero nos hemos recibido siempre la una a la otra con la misma alegría, con la misma sonrisa, y nos hemos besado con el mismo cariño, en los ojos la misma chispa cómplice, y nos hemos lanzado en el acto a hablar como cotorras, igual que si nos hubiéramos visto el día anterior.

Sólo que paulatinamente los temas han ido cambiando. Hace tiempo que ya no se habla de la muerte, ni de la soledad, ni de la poesía, ni de la existencia de Dios (en el que tú sigues creyendo y en el que yo he dejado definitivamente de creer), ni de la tristeza que me sigue acechando en primavera. Ni siquiera del mar y de los perros, porque tú veraneas tierra adentro y a tu marido no le gustan los animales domésticos. Hace tiempo que hemos pasado a hablar del jefe de estudios, que te hace la vida imposible, o de mis problemas con la distribución de los libros, o de la necesidad de dinero que obliga a aceptar algunas veces trabajos poco interesantes y te quita tiempo para la tesis, o de los problemas con las canguros, o de las dolencias reales o imaginarias de nuestros hijos y de tu marido (un hombre buenísimo, muy inteligente, que sabe siempre lo que hay que hacer, que te ha ayudado tantísimo a mejorar como persona, que es el mejor padre que soñar se pueda, y tan buen profesional, hay que ver cómo lleva su farmacia, y es, además, uno de los mejores jugadores de petanca del club, un hombre del que no puedes dejar de señalar a cada tres frases la excepcionalidad) o de mis parejas. Hablamos de marcas de neveras, de lo poco que les duran a los niños los zapatos, del presupuesto para cambiar los armarios de la cocina; a veces un poco de cine, o de televisión, o de las majaderías de los políticos. Y siempre, siempre, siempre, de la compra del nuevo piso. Si alguien escribe en serio la novela realista y social de la segunda mitad del siglo XX en España, el tema central tiene que ser la adquisición del piso, porque ahí radica el meollo de todo, o de casi todo: el reencuentro con la maltrecha identidad, la seguridad de quien tiene, en la jungla donde vivimos, seguro su cubil, la empresa común que da consistencia a la pareja (si no por otra causa, por lo que complica su disolución), el orgasmo garantizado, el reconocimiento universal de nuestros méritos y talentos, la prueba fehaciente de nuestro éxito. Mi amiga tardó bastante en empezar a buscarlo, en encontrarlo, en enseñárselo al marido, en decidirse los dos (¿o él por los dos?) a adquirirlo, en hacer reformas, en amueblarlo. Fue un proceso largo, pero veinticinco años de amistad —no todos, cierto, consagrados al piso— dan para mucho. La verdad es que, cuando el proceso terminó, nuestras conversaciones estuvieron al borde de sufrir un colapso por inanición.

Y entonces, un buen día, compareciste distinta. Sonrojada, llorosa, demacrada, tiraste —tú tan cuidadosa— de cualquier modo el bolso a un extremo del sofá y derribaste con un torpe coletazo de tu abrigo mi vaso lleno hasta el borde de coca-cola. Habías recuperado el aire inconfundible de la mañana que te derrumbaste a mi lado en el banco que compartíamos en clase y me comunicaste que habías encontrado por fin, en el profesor de Latín Medieval, al gran amor de tu vida (cosa que no había vuelto a ocurrir nunca, ni siquiera cuando me participaste que habías conocido y te ibas a casar con un hombre buenísimo y excepcional, estudiante de Farmacia, que siempre sabía lo que había que hacer, y sería el mejor padre para los hijos, y era ya el mejor jugador de petanca del club). Tenías el mismo temblor en la voz, los mismos titubeos. La misma rara mezcla de orgullo y de vergüenza. Y estabas más guapa que nunca, encendida por dentro, llena de vida desde la planta de los pies hasta las puntas del cabello negro, lustroso y ensortijado.

Fue como las últimas secuencias de una película de Antonioni —que me parece no gustó a casi nadie, pero sí a mí—, donde saltan por el aire, en explosiones sucesivas, explosiones en cadena —que una desearía interminables—, lujosos apartamentos, regias mansiones con piscina, cargamentos enteros de coca-cola, neveras con música y en technicolor, salas de congreso, todo volando por el aire, todo hecho trizas, y allí no queda ya más nada, no existe ya más nada, que una muchacha enamorada a la que, estúpidamente, le han matado a su chico. Porque, mientras tú me contabas —«estoy perdidamente enamorada de un hombre maravilloso, no puedo vivir sin él, pero sé que es un amor imposible, porque está casado con una mujer a la que todos dicen que adora y porque a mí ni me mira»—, volaban por el aire de la cafetería americana donde nos habíamos citado el piso despampanante, el coche recién estrenado, la segunda residencia, los conflictos con el jefe de estudios, las montañas de letras por pagar, los niños como deber (no como amor gozoso, nunca los hijos como amor y como alegría) y hasta el marido excepcional, acompañado de todas las copas de plata ganadas a la petanca, que tú limpias con fervor cada semana.

Veinticinco años después, estabas allí —llorosa, encendida por dentro, guapa como nunca— y me repetías, con esa insistencia que caracteriza a los borrachos que tienen mal vino, y a los enamorados, poseídos por el buen o el mal amor: «Le amo tanto que no puedo vivir sin él. Le amo tanto que moriré si no le veo. Le amo tanto que moriré si no me ama».

«¿Cómo es él?», te pregunté. Y respondiste que era un tipo único, extraordinario, genial, y esto me tranquilizó un poco, por ti, pues los amores suelen ser remediables y fugaces cuando se depositan en un hombre que se califica de extraordinario, único y genial. Pero enseguida olvidaste los tópicos, superaste el estadio de las banalidades y las frases hechas, pisaste a fondo el acelerador, te lanzaste en picado, y surgieron palabras magníficas y aterradoras.

Resulta que el tipo del que estás perdidamente enamorada camina un poco torcido; no es que sea cojo, no, pero muestra, al andar, un balanceo de lo más gracioso, como a lo Pantera Rosa; y tiene una mirada nebulosa y vaga y perdida tras los cristales gordísimos, porque no ve demasiado bien; y, como tampoco oye bien, pues sordea del oído izquierdo, se inclina un poco hacia la derecha cuando le hablas, de modo que se tuerce todavía algo más; y a veces, si está pensando intensamente en algo, o si le aburre la reunión de profesores, hace chasquear los dedos, los diez, pero no como la otra gente, qué va, este hombre tan maravilloso los chasquea por riguroso turno, y con un chasquido especial, que tú reconocerías entre mil y que te pone cada vez un temblor en las rodillas; y ese tipo único y extraordinario es tan distraído que igual puede llevar dos calcetines de colores distintos, repetir algo ochenta veces u olvidarse de decirla una, o pisarte un pie en el ascensor en la planta baja y no haberse dado cuenta al llegar a la octava.

Sé que cuando una mujer se enamora y enternece por cosas como éstas, hay serios motivos de alarma y la situación es grave. Me cuentas, además, que tu Pantera Rosa —sorda, cegata y torcida— es profesor de Ciencias

Naturales en tu mismo instituto, que sólo se interesa por una rara variedad de moscas mediterráneas, a cuyo estudio dedica todo el tiempo libre, y que está, dicen, muy enamorado de una mujercita flaca y pelirroja, que toca maravillosamente el violín, y de cinco hijos también pelirrojos y larguiruchos que son los cinco primeros de sus respectivas clases (por lo cual tú te encuentras en casi cada aula con un cachorrito de Pantera Rosa, muy parecido a su papá, que te arrebata la más remota posibilidad de un temporal olvido).

«¿Y ahora qué hago?», me preguntas, pues por lo visto me consideras experta en este tipo de lances, supongo que por haber metido yo más veces la pata. «¿Qué puedo hacer para dejar de amarle?», me preguntas, y es en realidad una pregunta hipócrita, porque no creo que nadie desee de veras dejar de amar, y lo que tú quieres saber es: «¿Qué puedo hacer para que él me ame?». Y como creo que la verdad es siempre o casi siempre menos dañina que la mentira, a la verdad me lanzo. Y te digo que no veo posibilidad ninguna de que él te quiera. Pisarte un pie en el ascensor a lo largo de siete pisos no es algo que puedas tomar como un síntoma alentador, y tú misma me has contado indignada que, cuando un día le insinuaste que estabas de él enamorada y le leíste un poema que habías escrito y que ahora me lees a mí *(Una rosa es una rosa. / Seguro que una rosa es una rosa. / ¿Pero qué puede interesarle a nadie / constatar que una rosa es una rosa, / es una rosa, / es una rosa? / No es este el modo, madame Stein, / de hacer literatura. / No se trata, parece, / de flores ni de juegos de palabras. / Para empezar a hacer literatura / es preciso encontrarse antes con Carlos, / lo demás viene por sus propios pasos, / conocer, pues, a Carlos, / amarle todo, / tan tonta y triste y desoladamente, / y repetirse quedo cada noche, / ahogando los sollozos en la almohada: / nunca es nunca / es nunca / es nunca.),* te miró alelado, petrificado de espanto, y te sugirió, oportuno y sutil, que fueras al psiquiatra. Te digo que tú sí —a esas alturas debieras ya saberlo— dejarás algún día de amarle. Es cosa de tiempo, y no depende de tu voluntad. Y ¿por qué tanta prisa? ¿Por qué emprenderla a arponazos con tu pobre amor? Es un amor un poco absurdo, con pocas perspectivas de futuro, con una dosis importante de invención. Pero ¿no se te ocurre que debías de estar asfixiada, aburrida, harta hasta los topes, de estúpidas intrigas en el claustro de profesores, de problemas con los canguros y el colegio de los niños, de hipotecas para adquirir otro coche, la segunda residencia, que las dos sabemos no te interesan en absoluto, de las cenas de matrimonios de los sábados, de las partidas de petanca, de este marido tan extraordinario, y tan aburrido, que nunca, ni cuando os conocisteis, hacía que te temblaran las rodillas, que te iluminaras por dentro?

Elegiste todo esto desde hace más de veinte años, y aseguras que te gusta, pero quizás un día te pareció demasiado distinto a lo que habíamos soñado en los claustros y las aulas de la universidad. Y entonces, para escapar, te inventaste un amor. Es un amor doloroso, te lamentas, es un amor imposible. Tal vez lo sea, pero lo inventaste tú. Y creo que puede ser a pesar de todo, si no lo vives con tanta frustración, un amor hermoso. El pobre Pantera Rosa parece un personaje de veras entrañable, y no tiene, desde luego, la menor culpa de nada. Allá tú si lo has elegido como pretexto de tus rimas, como fantasma de tu corazón. Dado que los profesores de Ciencias Naturales a veces saben alemán —aunque dudo que hayan leído, como tú y yo, a Heine en la universidad—, tal vez, si vuelve a pisarte a lo largo de ocho plantas un pie en el ascensor, le puedes recitar: *«Doch du, die mich am meisten / Gequält, geärgert, betrübt, / Du hast mich nie gehasset, / Und hast mich nie geliebt...»*. No lo vas a enamorar con eso, pero igual le intrigas y le haces olvidar por un rato a la violinista pelirroja, los cinco larguiruchos primeros de clase y las moscas mediterráneas.

No trates de quererle menos, porque no vas a conseguirlo. No vayas a un psiquiatra para que te cure de tu amor, porque tampoco iba a funcionar. El amor acaba cuando acaba, no cuando uno se lo propone. El amor acaba cuando acaba, aunque una no quiera. Quizás no deberías tener excesiva prisa, ya que ¿cuánto tiempo hace que no te sentías tan viva como ahora? No pretendas tampoco que él te corresponda. Alguien, no recuerdo quién, ha escrito que el amor es un juego solitario. Resígnate, pues, a amarle sólo tú, perdidamente, locamente, como entendíamos el amor hace tantísimos años. ¿O has descubierto acaso, existe acaso, otro modo de vivirlo o de entenderlo?

Epílogo triste

A lo largo de varios meses las dos mujeres han entrevistado al hombre importante en su despacho de la Diagonal. Sentados los tres en unos amplios sofás de cuero muy claro, muy confortables, con una coca-cola o un agua mineral o una infusión ante ellos —abstemios todos, al menos a estas primeras horas de la tarde—, pendiente la primera mujer —a la que podríamos llamar la Historiadora, que sabe un montón de cosas y quiere averiguar más— de que funcione correctamente la grabadora, mientras va tejiendo preguntas y respuestas en un tapiz impecable, implacable a veces, y admirada la segunda mujer —a la que podríamos llamar la Escriba, que se siente a menudo un poco inútil por no intervenir apenas en la conversación— de la pericia de su compañera, y de la espontaneidad sin tapujos con que el hombre le responde. Sintiéndose un poco inútil, pues, pero tan cómoda y relajada que a punto está de quitarse los zapatos, cosa que ni se le pasaría por la imaginación en las entrevistas con Narcís o con José, y no digamos con Jordi (aunque hay que reconocer la generosidad con que estos tres hombres, también importantes, les han concedido parte de su tiempo, y agradecerles su extrema amabilidad).

Donde sí se descalza la segunda mujer, la Escriba, es en las reuniones que tienen lugar con la esposa del hombre importante en el piso de la «casa grande», feudo ancestral del clan. Pues, si la Historiadora mantiene con Artemisa, y al parecer con toda la familia, una vieja amistad (y es este conocimiento personal de los protagonistas uno de los motivos que las ha impulsado a escribir el libro), ella ha quedado fascinada. En palabras de Artemisa, se diría que se ha producido un *feeling* instantáneo. Tan encantadora, tan simpática, tan directa, «tan suya» le ha parecido la dueña de la casa, le hace tanta gracia el modo en que cuenta las cosas, la naturalidad desenfadada con que responde a las preguntas, las expresiones que usa, que le sugiere a su compañera que sus funciones de Escriba son innecesarias, y que pueden limitarse a transcribir las entrevistas y publicarlas tal cual, pero la Historiadora ni siquiera responde. Sólo ríe. Ríe también cuando la Escriba, que pese a sus muchos años sigue siendo una insensata, afirma con vehemencia que conocer a esta pareja habrá sido lo mejor, lo más gratificante, de la aventura, aunque tal vez, reconoce, esto haga más difícil para ella la objetividad.

También el protagonista de la historia, aunque ya no sea joven y esté enfermo, es un tipo encantador. Cariñoso, simpático, socarrón. Un seductor nato. Uno de esos hombres que se muestran solícitos, pendientes de ti, de si tienes sed, de si sientes frío, uno de esos hombres que te cogen por el brazo al cruzar la calle, y no te molesta, sino todo lo contrario, que te pasen confianzudos y protectores un brazo por los hombros, sobre todo si estás ingresando en la tercera o en la cuarta o en cualquiera sabe qué tardía edad, como es el caso de las dos entrevistadoras. Es muy probable que también a muchos hombres les haya parecido encantador.

Nada de esto aparece en lo que graba la cinta, pero no es preciso, la Historiadora y la Escriba y cualquier hombre de la calle saben que ha desempeñado un papel primordial en su carrera. ¿Cómo no iba a ser importante para un político tener carisma, tener «gancho»? Y nuestro protagonista los tiene, y lo sabe y los ha utilizado a fondo. Le es fácil hacerse querer, le ha sido fácil relacionarse con gente de muy distinta condición, aunque es seguro también que muchos otros le habrán detestado y envidiado.

No es tan seguro, pero sí posible —la Escriba piensa que tendrá que discutirlo con la Historiadora— que estas ventajas iniciales no vayan ligadas a muchos de los defectos que se le achacan y que le han hecho en ocasiones vulnerable. Dicen que es caprichoso, imprevisible, fantasioso, optimista en exceso, demasiado confiado en los demás, y sobre todo en sí mismo, lento por tanto en advertir las amenazas, poco previsor, poco respetuoso con las normas, propenso a palabras y actos impremeditados e inaceptables en la posición que ocupa... Dice Artemisa, una Artemisa leal y enamorada cuyo testimonio no merece entera confianza, que una de las características de su marido es la honestidad. ¿Será eso cierto? ¿Puede un político permitirse el lujo supremo de la honestidad sin pagar por él un altísimo precio?

El hombre carismático dialoga con las dos mujeres en su despacho, mientras oscurece despacio tras los ventanales y, como nadie prende la luz, van quedando sumidos en la penumbra. Ha desaparecido la última secretaria, se ha fundido el hielo de la coca-cola y del agua mineral, se ha enfriado la infusión. En un grado mayor de intimidad, el hombre contesta con prolijidad de detalles a las preguntas —incluso cuando giran en torno a temas dolorosos como los espinosos problemas de sus hermanos, o su propia enfermedad—, bromea socarrón y pasa luego largo rato recitando o leyendo o buscando la traducción más correcta a una expresión difícil de los sonetos de Shakespeare. Le encanta leer en voz alta, le encanta el cine, la música. Tiene la suerte de que le gusten e interesen muchas cosas.

De su enfermedad ha hablado con total normalidad, sin dramatismos, sin culpar a nadie («el estrés y los disgustos pueden provocar una depresión, pero no modificar una proteína»), sin alardes («¡dicen que soy muy valiente! ¿Valiente, por qué? ¡A la fuerza ahorcan!»). Siempre combativo, siempre dispuesto a ir a por todas, siempre optimista, luchará —codo a codo con Artemisa— contra la enfermedad. Es posible que se descubra a tiempo un remedio eficaz que la cure o haga más lento su avance. Es posible que no. Pero en el peor de los casos, ese hombre carismático, todavía atractivo, que lee con entusiasmo en la penumbra los sonetos de Shakespeare, ha sido un afortunado. Puede afirmar, con Neruda, «confieso que he vivido». La historia, que tiene la última palabra, será generosa con él, porque, en un ámbito limitado pero que es el nuestro, ha mejorado su curso, ha convertido una ciudad de tantas en una gran ciudad, ha intentado, y a veces —no siempre— conseguido, lo que nadie había intentado, ha sido aclamado por multitudes, ha sido amado. En su lápida podrían escribir: «Aquí yace un hombre que supo hacerse querer». Y además, aunque llegue el olvido, algo ha de subsistir. Al margen del cerebro, una piel reconocerá el contacto de otra piel, la piel de su mujer seguirá siendo la de siempre, y la amará aunque crea que la toca por primera vez. Y resulta terrible —terrible, pero también maravilloso— fantasear que descubre las *Variaciones Goldberg* y se pregunta admirado cómo puede no haber oído antes algo tan hermoso, fantasear que las ha oído mil veces y disfruta de ellas con el placer supuestamente irrepetible de la primera vez.

Dos viejas amigas

Hace tiempo ya, no podría precisar cuánto, mucho, que la tristeza, ese sentimiento peculiar, solapado, temible, que no se parece a ningún otro, se ha pegado a ella como una segunda piel. «Ha sido», piensa la mujer, con una sonrisa triste, «como encontrar años después a una vieja amiga —o más bien enemiga— de la infancia». Casi olvidada ya, casi desconocida, porque llevaba muchos sin caer en ella. De hecho, todos aquellos de madurez y plenitud. Y ahora la sonrisa se acentúa porque ella sabe, y ni segura está de lamentarlo, que no ha madurado propiamente nunca. Son pocos los que maduran: ellos, los hombres, suelen quedarse en la infancia, agarrados o no a las faldas de sus mamás, mientras que ellas, las mujeres, qué duda cabe superiores —y la sonrisa triste adquiere un deje de ironía—, suelen saltar airosas a la adolescencia, y ahí se quedan, formando unos y otras un delicioso mundo plagado de niños caprichosos que compiten en sus pequeñas o grandes, casi siempre sórdidas, batallas, y de mujeres insatisfechas y frustradas, porque la vida, el amor, los hijos, no eran como les habían contado (menos las del tercer mundo, claro, que están demasiado ocupadas en el intento de que alguno de sus hijos sobreviva al hambre, las epidemias y otras calamidades para que les alcance el tiempo para sentirse frustradas, y además sí es la realidad que les ha caído en suerte muy parecida a lo que esperaban resignadas desde que adquirieron uso de razón).

En la vida de la mujer —no en vano ha repetido con un énfasis, que ahora le parece ridículo, que prefería la intensidad a la felicidad— ha habido momentos de desmesurada dicha, en que le ha parecido tocar el cielo con las manos, y momentos patéticos, desesperados, sórdidos —estos últimos son los que ha tolerado peor—; se ha enamorado un montón de veces y se ha desenamorado otras tantas; ha tenido hijos que han constituido el centro de su universo y que luego se han vuelto casi ajenos; ha conseguido en su trabajo éxitos espectaculares, que nunca le han parecido, porque seguramente no lo han sido, suficientes; ha dispuesto en ocasiones de una fortuna considerable y la ha dilapidado con alegría, segura de ser capaz de rehacerla, porque la vida —¿quién dice que es breve, quién inventó esa necedad de que se pasa en un soplo?—, si no la interrumpe un accidente o una enfermedad, resulta interminable, y da tiempo para todas las tonterías y maldades que una es capaz de imaginar, que tampoco son tantas.

La mujer —que se llama Elisa, acaba de cumplir setenta años y reconoce haber sido en conjunto afortunada— tiene la sensación de que ahora, cuando en realidad le queda menos, es abrumadora la cantidad de tiempo que le sobra, porque no va a saber en qué emplearlo, porque ella, paladín del bullicio, el tumulto, la intensidad, ha sucumbido a un letal aburrimiento —otro enemigo de la infancia al que tenía casi olvidado y derrotado, y que ahora a traición la pilla inerme—, y únicamente aspira ya al vacío y al silencio. Y seguramente el vacío y el silencio van a demorarse mucho, si alguien no les da un empujón, porque las mujeres de su familia tienden a eternizarse, y se ha establecido además una conjura casi universal para lograr que los humanos alcancen cifras nunca soñadas de longevidad. «¿Para qué?», se pregunta Elisa. Mira a su alrededor, a la gente vieja que la rodea —enferma, achacosa, desdichada, una carga para los demás, para los más cercanos, para los hijos, que malditas las ganas tienen de verles alcanzar una nunca soñada longevidad, sino a veces de que la palmen cuanto antes—, y se pregunta por qué diablos se obstinan en prolongar contra viento y marea tamaño despropósito. Llevaban razón los griegos al afirmar que mueren jóvenes los humanos amados por los dioses. Y, cuando en los brindis se desean unos a otros fervorosamente «salud», Elisa se limita a añadir «y felicidad», porque si les deseara «y vida breve», la creerían loca, o lo tomarían por una broma. Todos alaban su sentido del humor, y Elisa queda perpleja —aunque nunca les saca de su error— cuando ve que de pronto se desternillan de risa, como si hubiera hecho un chiste genial, cuando ella ha hablado, no sólo absolutamente en serio, sino creyendo decir algo por todos sabido y aceptado. Es raro que la realidad no requiera arreglos ni aditamentos para resultar hilarante. Pero está bien: le gusta que rían. ¿Cuánto tiempo hace que ella no ríe de verdad, a mandíbula batiente, hasta perder el aliento?, y ¡cómo lo echa de menos!

Con Irene —esa vieja amiga, cuyo breve e inquietante e-mail, «ven en cuanto puedas, te necesito», le ha hecho coger el primer vuelo a Venecia— ¡había reído tanto, se había divertido tanto, poniéndose el mundo por montera y creyéndose con derecho a permitírselo todo! Porque eran listas, eran bonitas (Irene era una auténtica belleza del sur —ahora estaba en Venecia y había vivido antes en muchos sitios, pero había nacido en Sicilia—, morena, alta, delgada, de facciones marcadas y huesos grandes, con unos ojos increíbles, «ojos de maga, ojos de terrorífica medusa», le decía Elisa, que no era ni con mucho tan espectacular, y se atribuía riendo el «discreto encanto de una burguesita de Barcelona»), tenían sentido del humor, bailaban como nadie, y eran demasiado competentes en su trabajo para que, pese a sus ramalazos de frivolidad y de descaro, pudieran no tomárselas en serio.

En realidad, reflexiona Elisa, no habían sido amigas como suelen serlo las mujeres, con esa afectuosidad a flor de piel y ese gusto por las confidencias; más bien había existido entre ellas la camaradería que lleva a los hombres a discutir sobre todo lo divino y lo humano, a compartir descubrimientos, a contrastar proyectos de futuro, o a salir simplemente de parranda. Habían sido, por lo menos al principio, más compinches que amigas —les había llevado tiempo quererse de verdad—, pero, cuando llegaron a serlo, fue para toda la vida.

Llevan ahora tiempo sin verse, sin ni siquiera escribirse, y Elisa sabe que, antes de pedirle lo que le viene a pedir —porque ha partido de Irene la llamada, pero también ella estaba planeando viajar hasta Venecia para verla y pedirle algo—, tendrá que explicarle, y no va a ser fácil, porque son en eso muy distintas, que se aburre —Irene no entiende que alguien pueda aburrirse, no se ha aburrido jamás, convencida de que hay siempre más cosas por hacer que tiempo para terminarlas, y, antes de conocer a Elisa, sentía por las personas capaces de aburrirse ese profundo desprecio que siente, sin poder evitarlo, por aquello que dice no entender y que en realidad moralmente desaprueba—, tendrá que explicarle que con el aburrimiento ha vuelto a reencontrarse con la tristeza. El aburrimiento y la tristeza de las tardes de domingo de la infancia, de los interminables veraneos de la infancia. Y también de las interminables noches de su adolescencia, todos durmiendo ya en la casa y ella sin la menor posibilidad de escapar a la calle, como lo haría después, a partir de los dieciocho, fueran cuales fueran los castigos si la descubrían, porque Elisa pertenece a la noche, pasa las mañanas en cama, hundida en la miseria, se levanta tambaleante al mediodía y se arrastra un par de horas de sofá en sofá, sorbiendo zumos de fruta, leyendo de cabo a rabo y sin el menor interés la prensa, un libro (si alguien le hubiera dicho hace sólo unos años que dejaría de ser para ella un placer la lectura, no lo hubiera creído), hablando por teléfono, y animándose gradualmente al caer la tarde, para estar a las tres o a las cuatro o a las cinco de la madrugada —antes, esto era antes— fresca como una rosa y pronta para empezar la jornada, proponiendo, en otros tiempos, antes de que llegara sabida pero inimaginable la vejez, coger los coches, irse a San Sebastián, ver salir el sol en la Concha, darse un baño clandestino y desnudos en el agua helada y tomar un suculento desayuno en el Hotel de Londres e Inglaterra, o iniciar una partida de póker maratoniana, cerrando antes cuidadosamente las persianas para que no les turbe la luz del amanecer.

Pero en esta ocasión ha vencido Elisa su pereza y su cansancio, ha elegido intrépida el primer avión de la mañana, y anda ahora atontada y sonámbula por el aeropuerto de Venecia. Aunque tal vez, piensa con otra de esas sonrisas tristes recién aprendidas o perfeccionadas, que brotan en su boca con la misma frecuencia con que se le llenan desde hace un tiempo los ojos de lágrimas, ella no ande atontada y sonámbula, sino simplemente como una vieja de setenta años, que pone atención en cada paso (la atención que ponen los bebés cuando aprenden a andar, pues son muchas las actividades que durante un montón de años ha desarrollado un ser humano sin reparar en ellas, de modo absolutamente automático, y que requieren luego, o requerirán en breve, la misma concentración que en el curso de su aprendizaje, sólo que se trata en realidad de un aprendizaje invertido, donde cada vez se domina menos la materia: todo en la vejez es una regresión, una pérdida creciente e imparable), que mira dónde va a apoyar el pie, que agradece y odia que el chico del vaporetto la sostenga con firmeza, la meta casi en vilo dentro de la embarcación y le advierta que tenga cuidado con los peldaños que llevan a la cabina. «Ese miedo a caer», decía alguien, la mujer cree recordar que Pla, refiriéndose a la vejez. Y ese esfuerzo consciente por bajar airosa y sin excesiva torpeza de un vehículo, y la precaución de sentarse en las primeras filas de los cines para tener la seguridad de alcanzar a leer los subtítulos y el abuso obsesivo de perfumes y desodorantes para no oler a viejo, y tener que tachar un nombre tras otro de la agenda de teléfonos y de las listas de invitados... «La vejez es una afrenta, una catástrofe, una indignidad, que no tenemos por qué soportar», piensa la mujer.

Pero, a pesar de que las autoridades intentan desde hace tiempo evitar el tráfico de las embarcaciones por las zonas más vulnerables de la ciudad, el vaporetto se ha adentrado en el Gran Canal, y a Elisa la sobrecoge el mismo deslumbramiento de la primera vez que, todavía adolescente, la llevaron sus padres a Venecia. Todavía le resta pues, descubre, capacidad para emocionarse, cosas por las que ha merecido, y tal vez merece todavía, la pena vivir. Como esta ciudad mágica. A la que ha vuelto mil veces. Con casi todos sus amantes, con sus hijos, con sus nietos, disfrutando el placer de redescubrirla al descubrírsela a otros. Ahora los amantes se han esfumado, los hijos son viejos, los nietos guardan el recuerdo mítico de una maravillosa abuela, a la que no ponen ya, sin embargo, gran empeño en ver, pero el Gran Canal sigue allí.

También ha vuelto a Venecia, en múltiples ocasiones, para pasar unos días con Irene, quien, cuando los estudios de cine se la disputaban porque no había en Italia otro fotógrafo mejor, terminó por instalarse en una noble mansión del barrio judío, rodeada de un extenso jardín. Donde ahora la estará esperando, porque ya le advirtió —disculpándose— que no podría ir como de costumbre a recogerla al aeropuerto. De haberlo sabido Elisa antes de adquirir el pasaje, tal vez no se hubiera tomado la molestia que suponía el madrugón y hubiera viajado a horas más civilizadas.

En Venecia se conocieron, hace un millón de años (para ser exactos, cuarenta y dos), las viejas amigas. A Irene le habían dado el premio a la mejor fotografía por una película norteamericana que había acaparado un montón de galardones, y en la sección de documentales se había presentado uno español del que era Elisa guionista y codirectora. Se trataba de su primera obra y constituía ya un éxito que la hubieran seleccionado para competir, pero había sido además uno de los documentales más aplaudidos y comentados en la prensa. Las dos muchachas se habían mirado al principio con cierta suspicacia. A Elisa le parecía Irene demasiado dogmática y tajante, demasiado obstinada en teñirlo todo de ideología, mientras que Irene vio en Elisa una niña de la alta burguesía que en la España franquista coqueteaba frívolamente con la izquierda. Pero esto había sido antes de que se proyectaran sus trabajos. A partir de este momento, habían aprendido a respetarse, y luego, cuando coincidieron en cócteles y cenas y tomando copas en el Harry's Bar hasta el amanecer, y tuvieron ocasión de hablar a solas, descubrieron que, pese a las diferencias de carácter —que tampoco eran tantas, pues alentaba en la siciliana, bajo su rigidez, cantidad de ternura y de capacidad de goce, y no era por otra parte cierta la frivolidad que la niña bien de Barcelona con deliberada coquetería aparentaba—, coincidían en la mayor parte de opiniones, compartían gustos y, sobre todo, lo pasaban muy bien juntas, yendo al cine y al teatro y a conciertos, visitando exposiciones y museos, callejeando por ciudades que las dos amaban, o simplemente hablando, si estaban solas, y manteniendo una ironía cómplice, a menudo burlona, si estaban con otra gente, sobre todo si se trataba de varones.

Nunca habían vivido en el mismo lugar, pese a haberlo planeado varias veces, pero siempre se habían mantenido en contacto. Se reunían en casa de una o de la otra, viajaban juntas, se escribían cartas interminables y habían sostenido, hasta que se generalizó el uso del correo electrónico, interminables conversaciones por teléfono. Ambas habían vivido con más de una pareja, habían tenido hijos y más tarde nietos, ambas habían triunfado en el campo profesional, y ambas, piensa Elisa, como casi todas las mujeres de su estilo (si alguien le preguntara de qué estilo se trata, tal vez guardara silencio, pero sabe perfectamente que se refiere en definitiva a mujeres incapacitadas sin remedio para el sometimiento), han terminado viviendo solas, envejeciendo solas, adquiriendo los vicios y manías de las solteronas hasta un punto tal que les sería, sobre todo a Irene, casi imposible convivir con nadie. «Y, sin embargo», reconoce Elisa por primera vez, mientras atraviesa el jardín, cuidado hasta la obsesión (las viejas solitarias se vuelven obsesivas), pero que parece natural —un fragmento de naturaleza intocado por la mano del hombre—, «a ninguna de las dos le gusta vivir sola». Por un instante le cruza por la mente la posibilidad, desechada de inmediato, de que Irene la ha llamado para proponerle que se traslade a Venecia y compartan la casa, magnífica, y tan extensa que las dos mujeres podrían vivir en ella y pasar días sin encontrarse.

Irene la espera en el umbral. Erguida, más flaca y huesuda que antes, vestida como de costumbre con un impecable pantalón gris y un jersey también gris de cuello alto y lana suavísima, con el rostro sin maquillaje que disimule la profusión de arrugas, y con aquellos ojos de hechicera, encendidos y bellísimos, que siguen inspirando una chispa de miedo. «Sigue siendo una mujer hermosa», piensa Elisa con placer, «aunque no lo sepa, o aunque sí lo sepa y no le importe.» Y: «Me encantaría pintarla o fotografiarla».

Se han abrazado en silencio allí mismo, en el umbral, en un abrazo estrecho y largo. Después, todavía sin decir palabra, penetran en la casa cogidas de la mano, y recorren estancias enormes, casi vacías —a Irene le gustan los espacios amplios y desnudos, pintados de blanco, abiertos al exterior; a Elisa, los interiores acolchados, cerrados por cortinajes, las paredes tapizadas de libros, las superficies de los muebles atestadas de objetos valiosos y bellos, que su amiga aborrece—, que obviamente no se utilizan para nada, o sólo para esto, para recorrerlas en silencio de la mano de alguien a quien se ama.

Hasta llegar a una habitación comparativamente menor, con dos sofás, y alfombras y almohadones —en atención a Elisa— por todas partes. Está encendido el fuego de la chimenea, aunque empieza el invierno y no hace todavía frío, y suena bajita la música. Irene se sienta en el sofá, y Elisa en el suelo —sigue todavía sentándose en el suelo, aunque le suponga ya un pequeño esfuerzo luego levantarse—, junto a una mesita donde aguardan las copas y una botella de vino. Irene llena las copas, le tiende una, le sonríe. Y hablan, y es como si reanudaran una conversación del día anterior, como si no hubiera transcurrido el tiempo. Siempre ocurre así entre ellas. Le cuenta Irene que su único hijo vive ahora muy lejos, que su nuera no la soporta, o que ella no soporta a su nuera («no has soportado a ninguna de tus nueras», se arriesga a aventurar Elisa, y la otra se enfada, la fulmina con su mirada de medusa —lo cual obliga a Elisa a moverse un poquito para comprobar que no ha quedado petrificada—, pero luego se encoge de hombros y reconoce que tal vez sea cierto), que no ve nunca a sus nietos, que sus mejores amigos han muerto, que nadie piensa ya en ella a la hora de encargar un trabajo, y que no puede vivir sin trabajar, que tiene que tomarse tres váliums todas las mañanas para reunir las fuerzas necesarias para empezar el nuevo día... Y Elisa le cuenta una historia parecida y las dos están de acuerdo en que la vejez es una afrenta intolerable.

Y entonces por fin Elisa pregunta el motivo del e-mail, qué es aquello tan grave que le ocurre, pues muy grave tiene que ser para que la «siciliana de acero» (así la llama a veces y es pura broma, porque le consta que su amiga está hecha de todo, menos de acero) lance un SOS, le pregunta qué puede hacer por ella, y confiesa luego que también ha acudido con el motivo interesado de pedirle algo a su vez. Irene dice sin titubeos: «Bien, siempre he pensado que tenemos derecho a bajar el telón cuando la función deja de interesarnos, y, como sé que tú has estado en la clandestinidad y que entonces disponíais de armas, quería pedirte, para cuando llegue el momento, una pistola». Elisa dice: «Yo pensé que tu hijo, al ser médico, podría conseguirme, para cuando llegue el momento, las pastillas adecuadas», y añade: «No tengo una pistola, ni sería capaz de usarla...». E Irene: «Mi hijo asegura que las pastillas no funcionan». Hay un silencio largo, se miran a los ojos, y Elisa dice bajito y como para sí misma: «De modo que las dos hemos pensado pedirle a la otra...». Y de repente la situación le parece de una comicidad rotunda —la realidad no necesita aditamentos para ser hilarante—, y rompe a reír a carcajadas, como no reía desde hace mucho tiempo, hasta perder el aliento, y se deja caer en la alfombra y hace caer a Irene —primero atónita y luego riendo también— del sofá, y ríen mucho rato allí en el suelo, delante de la chimenea encendida, abrazándose y besándose, hasta que ha caído el día detrás de las ventanas y del fuego sólo restan las ascuas.

Y entonces Elisa se incorpora, se despereza, le da un último beso a Irene en la punta de la nariz, suspira y dice: «Puesto que al parecer el momento no ha llegado todavía... ¿Por qué no llamas a un taxi y nos vamos a tomar unas copas al Harry's Bar y a pasear bajo la luna llena por la Riva Schiavoni?».

Siempre el mar

Ha conducido al azar, como hace a veces, cuando se siente triste, desorientada, o no sabe qué hacer con su tiempo, o le apetece estar sola, y el coche le brinda una intimidad cómoda, unida a una sensación de libertad que en otro tiempo —cuando la embriaguez era posible— resultaba embriagadora. Y este atardecer se encuentra, por azar, en el pueblecito de veraneo de su infancia y juventud. Tan cambiado, que a no ser por el letrero de la entrada, no lo hubiera reconocido. Pero toma el camino que tan bien conoce, y allí, al final, sobre un promontorio, en uno de los rincones más bellos de la Costa Brava, está «su» hotel. A Irene le gustan los hoteles —el Gran Hotel situado ante el lago de Estocolmo, el pequeño y exquisito Hotel de París, donde se alojaba Borges y murió Oscar Wilde; el Palacio de Invierno a orillas del Nilo, por cuyos jardines se escabulle a veces la sombra de Agatha Christie— pero «su» hotel era éste, tan metido en el mar, justo encima de la playa.

A veces ella y Eduardo se escabullían por la noche de sus habitaciones, descendían la escalera esculpida en la roca y se reunían en la playa. Eran, con mucho, los mejores nadadores del pueblo. Eduardo era el más rápido, con un crol espectacular. Irene era más resistente, con una braza suave y elegante. El rubio y largo cabello flotando alrededor de su cuerpo breve, de largas piernas y pequeños senos empinados, le daban un aire prerrafaelita. «¡Qué preciosísima eres! ¡Pareces Ofelia!», le decía Eduardo. Y ella reía: «¡Pero una Ofelia vivita y coleando! ¡Y tú, tan moreno y con esa barba y pelo de salvaje, pareces el Moro de Venecia!». Era un chico muy guapo y era, como Irene, hombre de la mar. Irene había tenido muchos hombres a lo largo de su vida —quizá, no estaba segura, demasiados—, pero eran hombres de fuego, o de aire, o de tierra, ninguno era, como Eduardo, de agua. Y tampoco ninguno de sus hijos —que le habían importado tanto y le eran ahora extraños, casi indiferentes— tenía pactos con el mar ni se parecían a lo que había sido ella cincuenta años atrás.

Irene y Eduardo nadaban juntos en la oscuridad, hasta una pequeña isla, a la que sólo ellos se atrevían a llegar. A veces iban también por las mañanas, si les apetecía estar solos. Allí se quitaban el bañador y, con los cuerpos ligeros, resbaladizos, ensayaban caricias inverosímiles (caricias que Irene, después de pasar por distintos amantes, no ha reencontrado jamás). Y, al regresar, los otros chicos los miraban con una rara mezcla de envidia y reprobación.

Esta noche se ha metido en el mar dejando la ropa y el calzado ocultos entre las rocas —nadie la habrá visto, pero de todos modos hace mucho que ha renunciado a ser una señora para devenir una vieja dama indigna— y nada hacia el islote. Conserva una braza elegante y eficaz, y los cabellos grises flotan como algas alrededor de su cuerpo, que, inmerso en el agua, sostenido y arropado por el agua, finge una perdida juventud.

Irene sabe que sus fuerzas no le permiten alcanzar la isla, y pensaba volver atrás cuando sintiera cansancio. Pero la invade una extraña somnolencia, un delicioso bienestar, y sigue adelante, impulsada por unas pequeñas olas suaves, porque se está levantando una tramontana que lo arrastra todo mar adentro. Ahora la mujer está tan agotada que no controla apenas el movimiento de sus miembros, y advierte que de un momento a otro va a sufrir un desmayo, pero no experimenta ahogo alguno, ni rastro de temor, y se abandona a las aguas como a los brazos de un amante, que la sostiene y la sostendrá hasta que llegue dentro de unos segundos el final y ella pierda el sentido.

Ahora sabe que para esto ha llegado hasta aquí, hasta su viejo hotel, este atardecer, para representar a la auténtica Ofelia, para que el mar la libere de los achaques, la terrible decrepitud de la vejez, la soledad y el miedo, sumiéndola en la más dulce de las muertes. Y lo último que le pide antes de cerrar los ojos es: «Llévame muy adentro, no me devuelvas a la costa, que no den nunca conmigo, arrástrame a las profundidades marinas y permite que sirva de sustento a los grandes depredadores y a los minúsculos pececillos».

Índice